公子闻筝 著

"轻轻"撞进你的心

上册

青岛出版集团 | 青岛出版社

图书在版编目（CIP）数据

"轻轻"撞进你的心/公子闻筝著. —青岛:青岛出版社,2023.9
ISBN 978-7-5736-1113-0

Ⅰ.①轻… Ⅱ.①公… Ⅲ.①长篇小说－中国－当代 Ⅳ.①I247.5

中国国家版本馆CIP数据核字（2023）第071134号

"QINGQING" ZHUANGJIN NI DE XIN

书　　名	"轻轻"撞进你的心
作　　者	公子闻筝
出版发行	青岛出版社（青岛市崂山区海尔路182号）
本社网址	http://www.qdpub.com
邮购电话	18613853563
责任编辑	郭红霞
特约编辑	孙小淋
校　　对	郭金乔
装帧设计	梁　霞
照　　排	梁　霞
印　　刷	三河市良远印务有限公司
出版日期	2023年9月第1版　2023年9月第1次印刷
开　　本	16开（640mm×920mm）
印　　张	37
字　　数	605千
书　　号	ISBN 978-7-5736-1113-0
定　　价	69.80元（全2册）

编校印装质量、盗版监督服务电话 4006532017　0532-68068050

目录 上册

第一章　绑定的爱情　　　1

第二章　医学奇迹　　　38

第三章　刷我的卡　　　71

第四章　撑　腰　　　103

第五章　订　婚　　　152

第六章　秀恩爱　　　191

第七章　对　决　　　237

第八章　吃　醋　　　276

目录

下册

第 九 章　恋爱节目　　　　317

第 十 章　感情升温　　　　352

第十一章　公　开　　　　　391

第十二章　一掷千金　　　　432

第十三章　危　机　　　　　476

第十四章　我爱你　　　　　513

番 外 一　怀　孕　　　　　546

番 外 二　奶爸日常　　　　561

番 外 三　沈薇薇　　　　　576

番 外 四　小Ａ的自白　　　584

第一章
绑定的爱情

"当红演员纪轻轻,因故意伤人罪被警方逮捕,今日保释出局,有消息称,一旦受害者正式起诉,纪轻轻将面临五年的牢狱之灾!"

纪轻轻看着手机屏幕上字体硕大的新闻,眨眨眸子,看向坐在自己面前的女人:"你说,这新闻中的纪轻轻,是我?"

女人穿着一身利落的女式西装,不苟言笑地望着纪轻轻:"今天我来找你,是想告诉你,沈小姐决定和你庭外和解,不起诉你,但是你必须赔偿她2000万元的赔偿金,在一个月内付清。"

坐在她面前的这个女人,是她的经纪人孟寻,孟寻口中所说的"沈小姐"叫沈薇薇,也是孟寻手下的艺人。

一个星期前沈薇薇与纪轻轻两个人同在一个剧组拍戏,发生了争执。沈薇薇被纪轻轻推下山丘,身上多处骨折,脸上有一道深可见骨的伤疤,近乎毁容。这对一个演员而言,无疑是天大的打击。

沈薇薇之后报警,纪轻轻在警局待了几天,一旦沈薇薇控告纪轻轻,那么等待纪轻轻的,便是五年的有期徒刑。

沈薇薇表示愿意庭外和解,不过纪轻轻得赔偿她2000万元。

"轻轻,我带了你这么多年,也不和你绕圈子了,这件事公司上层很不高兴,你的那些代言和角色公司决定给其他艺人,这段时间,你先把自己的事解决了再说。"

纪轻轻的思绪从震惊中抽离。

"今天先这样，没事我先走了。"

纪轻轻目送孟寻离开。

就在孟寻离开后，她在脑海中已将剧情捋了一遍。

纪轻轻知道自己本命年犯太岁，但也没想到会犯得这么彻底，一觉睡醒还能进入穿到小说中，成为坏事做尽的女配角。

小说中的女主角沈薇薇出身于贫困家庭，但天生乐观向上，与人为善，因为喜欢演戏且长得漂亮被星探挖掘进了演艺圈，然而女主角没有背景也没有后台，在演艺圈内举步维艰。女主角度过了一个又一个艰难的考验，最终名利双收，走上人生巅峰。

至于小说中的恶毒女配角纪轻轻，因为长相甜美进入演艺圈，出演一部电视剧的女二号后一炮而红，邀约不断，如果能认真演戏，态度谦逊，说不定能在演艺圈内长久立足。

毕竟演艺圈大浪淘沙，新人换了一拨又一拨，能立于不败之地的，向来都是有真材实料的人。

然而小说中的纪轻轻是个嫌贫爱富、任性妄为的人，虽然脸长得好看，但是也耐不住自己作死。

她进入演艺圈后不想着打磨演技，反而靠着炒作、营销吸引眼球，演艺圈内当红的男艺人都被她得罪了个遍，以致现在演艺圈的艺人见着纪轻轻便绕道走，个个不想与她沾上边。

后来纪轻轻认识了一个有钱的男人，便以他的女朋友自居，在演艺圈横行霸道，开罪了不少人，却没想到那人反而被善良努力的女主角吸引了目光。在一次目睹纪轻轻刁难女主角后，他声称纪轻轻只是自己的玩物而已，从此为女主角保驾护航，而纪轻轻因此名声尽毁。

至于小说中的男主角，他是女主角的男朋友，二人相互扶持。更有意思的是，男主角还是纪轻轻年少时一脚踹了的穷小子。

穷小子哪儿是什么穷小子，其实是豪门家族里吃穿不愁、富到流油的少爷，离家出走自力更生，被纪轻轻一脚踹开之后幡然醒悟，从此性情大变，寡情薄幸，直到遇到善良美丽的女主角。

女主角不嫌弃男主角穷，一直默默地在男主角身边陪伴着他。女主角在演艺圈内遇到不少刁难，都是男主角明里暗里帮她摆平，最终男主角认为不该再向女主角隐瞒自己的身份，于是和女主角坦白了。

知道男主角身份后的女主角，在纠结与一番冷战后，最终原谅了男主角的隐瞒。

至于作为女配角的纪轻轻，知道男主角是某财团的继承人后，肠子都悔青了。

纪轻轻在演艺圈内处处排挤女主角，还将当年男主角追求自己的事大肆宣扬，接近男主角，试图与男主角复合，各种手段都使了出来，惹得男主角厌恶她并封杀她，后半生她在羡慕、心酸与潦倒中过活，几度连房租都交不起，虚度余生。

女配角纪轻轻的存在，大概也就是为了衬托女主角的美丽、善良与坚强励志吧。

纪轻轻就是个天生享乐的女人，给自己购置名牌包包、衣服、护肤品，这些都是消耗品，不值几个钱，唯一值钱的只有一处位于市中心价值几百万元的房子。

2000万元的赔偿金，她根本拿不出来。

这明摆着就是要整死她啊！

为了解决这事，原主在小说中是怎么办的来着？

哦。

因为纪轻轻刚被男朋友抛弃，现在演艺圈的人个个等着看纪轻轻的好戏。纪轻轻没了靠山，代言被抢，角色被换，谁都能踩上一脚，走投无路之下，一个中年男人替她解决了这事。

穿越前的纪轻轻本就是个很穷的人，她爸、她妈、她爷爷还有她那不成器的哥，全靠她一个人养活。她一睁眼拥有了豪宅豪车还没来得及庆祝，就被告知背上了2000万元的债务，以及还不上债要么委身给中年油腻肥胖男人的结局？

纪轻轻眼一闭差点儿背过气去。

2000万元！她哪儿拿得出这么多钱！

她粗略估算了一下原主名下所有资产，就算把她所有的东西和不动产给卖了，林林总总加起来不过1000万元，远远不够。

纪轻轻站在镜子前，看着镜子里素面朝天却比电视里漂亮100倍的脸。她就是去死也绝不会屈从！

否则她也不会来到这个鬼地方！

"急需用钱吗？"

电视上的借贷广告一个接一个。

"只要你照我说的去做，你就可以拥有这辈子都花不完的钱。"

"首先下载倾家荡产APP应用程序，只需一步，输入您所需的借贷金额，便可拥有这辈子都花不完的钱。"

纪轻轻："……"

这真是个神奇的世界。

"急需用钱吗？"

"陆励行家财万贯，大限将至，和他在一起，你能得到他的巨额遗产。"

"……"这个广告词不对吧。

纪轻轻转身，电视机黑屏了。

"陆励行快死了，你只要嫁给他，就能得到他的万贯家财。"

"谁？"空荡的房间里响起纪轻轻的回声。

"自我介绍一下，我是你的系统，指点你走出目前困境，你可以叫我小A。"

"小A？什么玩意儿？"

"准确来说，你之所以来到这个世界，是我带你来的。"

纪轻轻牙齿轻颤："不用你指点我怎么走出困境，我指点你吧，你只要把我送回去，一切困境迎刃而解。"

"抱歉，这个请求无法达到，在你原来的世界里，你已经死了，回去也是一捧灰，但是我能帮你解决目前2000万元的赔偿金。"

她退而求其次，也行吧。

"怎么解决？"

"只要你和陆励行结婚，他的遗产就全是你的了。"

这个世界这么厉害的吗？她想和谁结婚就和谁结婚？

"他的遗产有多少？"

"大约，也就100亿元吧。"

纪轻轻："……"

小A："……"

"那行吧。"这个世界还挺疯狂。

纪轻轻勉为其难地答应了。

"我该怎么做？"

"开门。"

门外响起一阵敲门声。

纪轻轻从猫眼往外瞧，门外是一名穿着西装的男人。她打开门一瞧，发现门外竟赫然站了四五名穿着西装的凶悍男人。

纪轻轻稍稍后退一步。

为首的人问："请问是纪轻轻小姐吗？"

纪轻轻忐忑地点头："是我。"

"我们家老先生找您有点儿事，请您和我走一趟，行吗？"

为首的男人穿着西装、戴着墨镜，看不清全脸也不知道底细，态度恭敬有礼，但说话不是请求的语气，纪轻轻心里还真有些发怵。

"跟他走跟他走，马上跟他走！"

"稍等。"纪轻轻回房间换了件衣服，跟着几个人下楼。

月黑风高，小区高档，没什么人。

四辆黑得晃瞎人眼的豪车停在楼底下的停车场里，为首的男人拉开车门，示意她上车。

纪轻轻坐进后座，看似淡定，实则慌得不行，打量着坐在副驾驶座上的黑脸西装男人："我们这是去哪儿？"

"医院。"

"你家老先生是……"

"陆老先生。"

纪轻轻沉默，脑海中回忆起关于陆励行的资料。

陆励行，30岁，身高一米八九，名校硕士研究生，一个月前遭遇车祸，病情反复，至今尚未清醒，不近女色，但也有传言说是他有很强的控制欲，性格暴戾，阴晴不定。

小说中对于陆励行的描述很少，大多是一笔带过，他只在女主角陷入绝境之时露了一面力挽狂澜，小说越是想要隐藏他，他越是显得神秘。

最重要的是，陆励行是被纪轻轻已经分手的初恋男友的哥哥。

"陆老先生找我有什么事吗？"

"这个我不清楚，纪小姐到医院之后，自然就知道了。"

纪轻轻将目光移向车窗外飞速倒退的景物，强迫自己冷静下来。

时间回到两个小时前。

安静的病房走廊内，急促的脚步声打破平静。

"老先生，陆先生的病情不容乐观，各个器官开始衰竭，我们只能尽全力救治，这是病危通知书，请您在上面签个字。"

头发花白的老人接过医生手中的病危通知书，握着那支似有千斤般重的笔，一笔一画地签下自己的大名。

"麻烦你了，医生。"

生死有命，老人家活到现在这个年纪对生死看淡了许多，生老病死乃人之常情，他无从干涉，可这种事发生在自己苦心栽培的孙儿身上，白发人送黑发人，他接受不了。

老先生就着身边人的搀扶，颓然地坐在走廊座椅上，一辈子挺得笔直的腰背如今佝偻着，苍老了许多。

一阵急促的脚步声传来，男人在老先生耳边说了几句话。

"纪轻轻？是闻大师亲口说的？"

"是，闻大师说少爷只要和这个名叫纪轻轻的人结婚，就能转危为安。这是纪轻轻的资料，请您过目。"

老先生看了一遍资料，语气坚决："去找！"

男人疑惑地问："老先生，这位闻大师说的话是真是假？"

老先生合眼，手中捻动着那串佛珠。他不是个相信鬼神的人，可越到晚年，越是想求个心安。

"当年正是这位闻大师指点，让车祸昏迷一年有余的陆北川娶了叶家的女儿叶蓁，一个月后，陆北川果然醒了过来。玄之又玄的事，宁可信其有，不可信其无。"

男人点头，转身离去。

陆老先生手上的佛珠不知捻了多少圈，直到走廊里整齐的脚步声响起，老先生将手中的佛珠一停，睁开双眼，望向站在自己面前的姑娘。

"你就是纪轻轻？"历经风霜的老人家目光如炬。

"我是。"

陆老爷子指着重症病房："里面躺着的是我的孙子，他叫陆励行，一个月前车祸重伤，昏迷了一个月，闻大师说只要让我孙子和你结婚，他就能转危为安。纪小姐，我这么说你清楚了吗？"

纪轻轻点头。

老一辈人走投无路时，都想求个心安。

"清楚。"

"你的资料我都清楚，今天找你来是想问问你，你愿意嫁给我孙儿吗？"

纪轻轻皱眉。

"答应他！快答应他！再晚一点儿陆励行就要成一个死人了！想想你的2000万元债务，嫁给这个男人，你还愁吃穿吗？而且陆励行快死了，一个陆太太的名称换100亿元你不亏！嫁给陆励行，以后你能像螃蟹一样横着走！这样的好事，不亏！"小 A 在纪轻轻耳边大声喊道。

"如果你愿意嫁给我的孙子，我可以替你摆平你的官司。"

陆老先生一生阅人无数，一个人的眼睛骗不了人，这个纪轻轻眼神明亮澄澈，态度谦和，不像网上所说的那类人。

纪轻轻心跳如擂鼓。

她一直担惊受怕的是什么？

是官司！

她拿不出那 2000 万元，就得坐牢。

老先生这话太具诱惑力，她现在给"纪轻轻"背锅，背负 2000 万元的债务，还有男女主角与她作对，想翻身，恐怕是难上加难。

想到自己之后的悲惨人生，纪轻轻眼一闭心一横，都这样了，还能怎么办？

更何况正如小 A 所说，100 亿元的遗产换她后半生守寡，这样的好事，不亏！

"我知道婚姻大事不能儿戏，所以，你考虑一下。"

走廊里静悄悄的，纪轻轻似乎能听到自己的心跳声，一声声都在催促她做下这个决定。

小 A 在她耳边念叨："曾经有一个有钱的婚姻摆在我面前，但我没有珍惜，等到失去了我才追悔莫及，尘世间最痛苦的事莫过于此。如果上天可以给我再来一次的机会，我会对那 100 亿元说三个字——"

"我愿意。"纪轻轻说。

有人递给她笔，文件最下方有个签名处。

纪轻轻强行忍住激动才让自己呼吸不那么凌乱，手不那么抖。

"在这儿签个字，你就是我陆砺锋的孙媳妇了！"

纪轻轻深吸一口气，提笔，在签名处写下自己的大名。

"好极了！任务完成，祝早生贵子哟！"

病房里静谧无声，安静得只听得见心电监护仪传来的嘀嘀声，窗前几盆绿色盆栽在阳光下青翠欲滴。

纪轻轻走到病床前，无比惋惜地看着病床上躺着的这个重病垂危的男人。

小说中这个男人确实是在这几日里死了，男主角也因此放下自己隐姓埋名的穷苦生活回到了陆家。

这是个优秀的男人，可再优秀，依然逃不过生老病死。

轻轻在他的床边坐下，看着这张仿佛经过精雕细琢的冷峻面孔，再次感叹造物主的神奇。

面对这样一个英俊到无可挑剔的男人，很多女人都会心动吧。

这样的男人阴错阳差竟然成了自己的丈夫，纪轻轻有种在做梦的奇妙感。

"你放心地去吧，我会代替你好好孝顺爷爷，好好照顾他老人家的晚年。"

病床上的男人眼睑下的眼珠在眼眶内滚动，眉心皱起，紧接着双眼睁开一条缝隙，许是畏于强光，没能全部睁开，半睁半合之间依稀将目光投向了纪轻轻。

纪轻轻对上那双疲惫的眼睛，心蓦然重重一跳。

他醒了？

"你……你醒了？"

纪轻轻难以置信地看着面前的男人，惊慌失措地起身："你别急，我去叫老先生过来！"

陆励行伤势严重，主治医生说了，他的各大器官已经开始衰竭，死亡或许就是这几天的事了。

陆励行昏迷了一个多月，现在醒过来，纪轻轻估摸着，应该是回光返照。

还未等纪轻轻拉开病房门，男人发出一声极痛苦的呻吟，紧接着，病房内响起长长的一声"嘀——"，似要刺破人的耳膜。

心电监护仪上平稳的折线向前延伸成一条直线。

男人再次昏迷过去。

"医生！"纪轻轻朝外大喊。

医生与护士从外面拥进来："快！急救！"

"没有心跳了！"

"准备除颤仪！"

纪轻轻愣怔在床边看着那条平直的线，脑中蒙了片刻。

这个人，就这么死在了自己面前？

刚才他还有呼吸和心跳，不到一分钟的时间就死了？

纪轻轻大脑一片空白，脑海中充斥着心电监护仪那尖厉的声音，无端地心慌。

护士急忙赶来，仓皇间猛地一撞，纪轻轻恍惚间重心不稳往前扑去，整个人扑倒在病床上的男人身上。

所有人都白了脸。

"纪小姐,请你马上离开……"

嘀嘀嘀——

心电监护仪上那条平直的线,在纪轻轻跌倒在男人身上的瞬间,诡异地跳动起来,渐渐趋向稳定,床上那在死亡线上挣扎了一个月的男人,竟再次缓缓睁开了眼睛,恢复了生命力。

"我说了,只要让纪轻轻与你有任何身体上的接触,你就能活下去。"

这机械的声音原本存在于纪轻轻的脑海中,此刻却出现在陆励行的脑海里。

时间回到10分钟前。

纪轻轻在重症病房门外的文件上签下了自己的名字,病房中的陆励行指尖微动。

大限将至的男人思绪回转,脑海中出现一个机械的声音。

"纪轻轻年轻漂亮,富有活力,和她在一起,你能活下去。"

硕士研究生毕业的陆励行,更愿意相信这是他车祸之后撞伤大脑的幻听后遗症。

"你身体各个器官已相继衰竭,10分钟内如果不能与你的妻子纪轻轻有任何身体上的接触,那么你的器官将会彻底衰竭,等待你的只有死亡。"

自己的身体自己清楚,陆励行呼吸已然费劲,整个人陷入一片混沌中使不出半分劲。

他缓缓睁开双眼,刺眼的光线让眼睛不由自主地眯起,瞧见了坐在他床边的女人。

她素面朝天,漆黑的眸子透着紧张的情绪。

女人的手正抓着他的床沿,在他触手可及的地方。

"死亡警告!请在1分钟内与您的妻子纪轻轻有身体接触,否则器官将全部衰竭!"

"你……你醒了?"

"你别急,我去叫老先生过来!"

"最后30秒。"

"嗯……"陆励行闷哼一声,刹那间,身体的每一寸肌肤、每一块骨骼被来回碾轧般的痛楚传来,他无法抵抗,无法忍受,只能无助地颤抖。

紧接着，似乎有一股巨大的吸力将他疲倦的灵魂拉扯至黑暗的深渊。

他合上双眼。

他好累。

他所有的感知仅存一线，纪轻轻惊慌失措的叫喊声刺破耳膜："医生！"

凌乱的脚步声响起。

"快！急救！"

"没有心跳了！"

"准备除颤仪！"

嗡——

陆励行感觉身体轻飘飘的，似乎要离开这个喧哗的人世间。

在丧失所有感官的上一秒，似乎有人抱住了他，将他的灵魂禁锢在身体里。

"纪小姐，请马上离开……"

"与纪轻轻身体接触任务完成，生命值加0.5，每一点生命值等于1小时。"机械的声音说。

病房内一阵忙乱。

心电监护仪上的心跳频率稳定，陆励行再度睁开双眼。

陆老先生从外走进来，看着苏醒过来的孙子，大喜过望，眼中带泪："醒了……终于醒了。"

一个月来提心吊胆夜不能寐，最终不负他连日来的祈祷，濒临死亡的孙子终于醒过来了。

陆励行目光扫过房中所有人，闭了闭眼，定了定神后睁开。

"爷爷，对不起，让您担心了。"陆励行刚醒，身体虚弱，声音有些嘶哑，目光却雪亮如刀，一扫之前的虚弱与疲倦，准确无误地望向纪轻轻，"她是谁？"

陆老爷子将纪轻轻拉到跟前："别怪爷爷自作主张，这是爷爷给你定下的妻子，她叫纪轻轻。"

陆励行目光幽深，晦暗不明，什么也没说，看了他的妻子一眼，打量审视的意味很是明显。

纪轻轻低着头，完全不敢与陆励行对视，心里莫名地发慌。

医生继续给陆励行检查身体，一连串的数据让资历深厚的主任医师连连皱眉。

陆励行在重症病房躺了一个月，几次差点儿没抢救过来，所有器官已走向衰竭，即使现代医学如此发达，也无法挽回他的生命。

"老先生，我看，我们去外面谈谈？"

陆老爷子看了一眼陆励行，点了点头，在外人的搀扶下与病房内的医生护士离开病房。

走廊中，医生脸色沉重地对陆老先生说道："陆先生一个月前遭遇车祸，送到医院时伤势严重，特别是心、肺、肾都开始衰竭，经过一个月的救治，他的身体已经是强弩之末，今天能醒来……很抱歉老先生，现代医学已无法挽救陆先生的生命。"

陆老先生捻着佛珠，并不言语。

"老先生，我知道您爱孙心切，但那场车祸给陆先生造成的伤害实在太过严重，这一个月不过是吊着他的一口气而已，之后的治疗对陆先生而言也只是徒添痛苦。"

医生推了推鼻梁上的金丝边眼镜，叹息道："作为一名医生，我能给的建议是，尽量让陆先生在这最后一段时间里，没有遗憾。"

陆老先生猛地攥紧了佛珠，这是他看着长大的孙子，他还盼望着孙子娶妻生子，一家人其乐融融，如今竟是要他白发人送黑发人！

陆老先生步伐不稳，急急后退几步。

医生忙扶住他："老先生，您保重身体。"

陆老先生颓然地闭上双眼："我明白了，陈主任，谢谢你们医院这段时间对我孙子的全力救治！"

"这是我们应该做的。"

病房门关上，整个房间内只剩陆励行与纪轻轻两个人。

纪轻轻看着病床上这个虚弱而苍白的男人，眼底生出无限的怜悯。

这个人真可怜啊，身体虚弱成这个模样，不知道还有多少时日，或许在某个夜晚睡着后就再也醒不过来了，现在的清醒，也不过是生命最后的狂欢，回光返照而已。

纪轻轻替他掖了掖被角，上天给了这男人无可挑剔的外表、显赫的家世、睿智的头脑、立于巅峰的事业，却让他英年早逝。

对于将死之人，纪轻轻总是要心软一些。

"妻子？"陆励行指尖无意识地摩挲着被角，语气淡淡的，听不出什么喜怒之情，"你是爷爷为我找的妻子，我没任何意见。"

"我也不知道陆老先生为什么会选我当你的妻子,但是既然我成了你的妻子,之后的日子,我会好好照顾你。我会让你没有遗憾地离开。"

陆励行冷淡的瞳眸一眨不眨地望着她,眼底暗流涌动,看不出端倪,也不知在想些什么。

他见过太多的女人,那些被称赞为天姿国色的女人根本勾不起他的欲望。

但这个女人不一样,她待在自己身边,可以让自己活下去。

"我不知道你的底细,诚如你所说的,你不知道爷爷为什么让你做我的妻子,我也不清楚,但是我希望在以后的日子里,你能摆正自己的位置。"

纪轻轻知道这人性格冷漠,不近女色,听这语气似乎是不太满意自己。

不过她想想也是,一个素未谋面的女人成了自己的妻子,哪个男人心里不硌硬?

陆励行脸色苍白,躺在床上一个月让他身形消瘦不少,纪轻轻心底暗叹一口气,也不知道这人心里对自己的身体有没有点儿数,都这个时候了,还一本正经地在这儿和她谈身份的问题。

"我明白,你放心,对外我不会宣称我是你的妻子。"

陆老先生在外面与医生谈陆励行的病情还没回来,房间里只有他们两个人,确实让人有些不自在。

"你好好休息,我先走了。"纪轻轻笑笑,起身准备离开。

陆励行态度不好纪轻轻能理解。

谁出了一场要命的车祸,在病床上躺了一个月,醒来后发现自己时日无多,还凭空多了个妻子,都会心情不好。

她不是个没眼色的人,她留在这儿,陆励行只怕不能安度最后的时光,既然如此,她干吗留在这儿惹人厌呢?

"死亡警告,5分钟内,请完成与纪轻轻的名称交换任务。"

陆励行皱眉:"名称交换?"

"你们现在已经是夫妻,当然要进行名称交换。请称呼纪轻轻为老婆,并让纪轻轻称呼你为老公1次。"

陆励行:"……"

"等等……"

纪轻轻手已经握上了门把手,闻言转身看向陆励行,见他脸色突然变得难看,误以为他身体不舒服,快步走到他跟前:"你怎么了?没事吧?"说着她就要去按床头的呼叫按钮。

陆励行一把攥住她的手腕,阻止她按下呼叫按钮。

"我没事。"

拉扯间,纪轻轻不得不弓背低头,与陆励行面对面,咫尺的距离让陆励行的脸在她的瞳眸中放大,那股独属于男人的气息钻进她的鼻腔。纪轻轻的心跳蓦然加速,手心出了一层薄汗,她下意识地红了脸。

她不得不承认,陆励行是个长得很帅的男人,鼻梁高挺,五官立体有型,眉眼英俊锋利,或许是久居上位,发号施令惯了,轻飘飘的一个眼神,就能让人面红耳赤,不敢与之对视。

纪轻轻眨了眨眼,视线下垂,放在了攥着自己手腕的那只干净的手上。

那是一只骨节分明的手,手心微凉,却透着力量感。

纪轻轻猛地一把抽回被陆励行攥着的手,揉着手腕上的红印。

"纪轻轻……"陆励行闭上眼,"刚才我说,希望你能摆正自己的位置的意思是,你是爷爷给我找的妻子,得到了爷爷的认可,那么从今天开始,你就是我陆励行的……老婆。"

"最后1分钟。"

陆励行说:"你明白了吗?……老婆。"

纪轻轻以怀疑的目光看着他。

她又不傻,陆励行刚才说的话,那语气,那表情,什么意思她不清楚?

他不就是希望在以后的日子里,她能摆正自己的位置,不要以为嫁给他陆励行了,就能在外用陆太太的身份为所欲为吗?

怎么现在她一转身他又认可了自己的身份?

纪轻轻开口敷衍:"我明白。"

陆励行双眼微眯:"你既然明白,以后你怎么称呼我?"

纪轻轻硬着头皮试探:"陆先生?"

"最后30秒。"

陆励行眉眼一沉:"我和你现在是夫妻关系!"

"励行?"他干吗这么凶?!

"最后20秒。"

心脏隐约传来钝痛感,陆励行深吸一口气,一字一顿地说:"老婆!"

哦。

她明白了。

陆励行这是想让她叫他"老公"满足自己的占有欲?

小说里怎么写的来着？陆励行对属于自己的东西有着变态般的占有欲。

可是这才第一次见面就想让自己叫他老公？

她连恋爱都没谈过，现在直接跳过女朋友晋级成了老婆？

单身二十多年的纪轻轻有些抗拒，转身就想走人，没想哄着他。

可在纪轻轻转身的瞬间，陆励行再次一把抓住她的手腕，那力道太大，纪轻轻竟直接被他拽到了床边，甚至坐到了病床上，靠在了他怀里。

纪轻轻还真没见过这么不要脸的人！

"你干什么？！"

病房门猝不及防地被推开，一名护士端着托盘走进来："陆先生——"可下一秒看到"亲密无间"的"小两口"，那小护士下巴差点儿掉到地上，脸上带着进退两难的尴尬神色戳在门边，进也不是，退也不是。

"护士来了！"纪轻轻起身，极力想甩开陆励行的手。

纪轻轻对那护士说："没事没事你进来吧。"

"最后10秒。"

"纪轻轻！"

纪轻轻碍于有外人在放不开，压低了声音，声音里尽是恨不得一口咬死他的情绪："有人来了！有什么事待会儿再说行吗？"

"出去！"陆励行对那护士说。

"最后5秒！"

心脏锥心般的痛，陆励行同样咬牙切齿，不达目的不罢休："老！婆！"

纪轻轻快被气死了，使劲挣不开陆励行的手，无奈之下咬牙喊道："老公！"

她喊得病房为之一震。

"行了吧！放开我！"

陆励行放开了她的手。

"任务完成，生命值加1，当前生命值为一小时。"

心脏的钝痛感消失，陆励行往后一靠，闭目养神。

那小护士僵笑着走近病床："陆先生和陆太太……真恩爱啊。"

纪轻轻喊"老公"两个字喊得口干舌燥，又被这小护士羞得无地自容，逃也似的离开病房。走廊里凉风一吹，吹散了她脸颊上的几分燥热之意，可她的心情依然不平静，心脏跳得厉害。

"老公？"纪轻轻嘴里试着又说了一遍。

她心跳得更厉害了。

作为一个单身了二十多年的人,"老公""老婆"这样的词语她只从别人嘴里听到过,自己亲口说,有点儿刺激。

"生命值加1,当前生命值为2小时。"

陆励行一头雾水:什么情况?

"陆太太,老先生让我带您去一趟主任办公室。"将纪轻轻带来医院的西装男人迎面朝她走来。

纪轻轻一愣,5秒后才反应过来,"陆太太"是在称呼她。

"你是……"

"我叫秦邵。"

纪轻轻点头,朝主任办公室走去。

为了照顾重伤的陆励行,主任办公室与陆励行的病房在同层,两三步路的距离。办公室内陆老先生脸色严峻,气氛凝重。

"老先生,您找我?"

陆老先生见纪轻轻来了,招手示意她坐下,将手里所有有关陆励行的资料递给她。

"是这样的,刚才我和陆老先生聊了聊陆先生的病情,陆先生车祸时伤势太重,器官衰竭,特别是心、肺、肾,衰竭很严重。经过一个月的救治,他的身体状况很不好,医院对陆先生进行过彻底的检查与治疗,我们认为,现代医学已无法挽救陆先生的生命。"

虽然是早就知道的事,但纪轻轻听着陈主任说得如此直白,心还是无端地颤抖了一下。

"作为一名医生,我能给的建议是,尽量让陆先生在最后这段时间里,没有遗憾。"

纪轻轻的心咯噔一下。

"我打算让励行出院……回家。"陆老先生疲惫地说道。

一个月的时间熬干了陆老先生的心血,他在忐忑与不安中整夜整夜无法入眠。

"老先生,我……"

"你放心,我说过的话算数,你的事情我会帮你解决,你是励行的妻子,我希望在他最后的几天时间里,你能继续陪着他。"

纪轻轻点头:"您放心,我会的。"

医生的最后诊断,几乎是给陆励行的生命判了死刑,陆老先生与纪轻轻听着医生交代的注意事项，脸色无比沉重。

纪轻轻对生命怀着敬畏之心，虽然她是冲着陆励行的遗产去的，但还不至于对着一个快死的人高兴起来。

小说中陆励行的死被一笔带过，但这人真的死在她面前，她又觉得无比惋惜。

这么帅的男人死了，太可惜了。

她这么漂亮的一个女孩子守寡，也太可惜了。

纪轻轻跟着陆老先生回到病房，老先生僵硬的脸上露出一抹微笑："励行，觉得怎么样？"

陆励行在系统的续命下，感觉还不错，有一种比车祸前还要健康的错觉。

陆励行微微一笑，真心地宽慰他："爷爷您放心，我没事。"

但陆老先生似乎会错了意，强忍着心中的悲痛，强颜欢笑："那就好，那……今天下午，咱们就回家吧，好不好？"

"我听您安排。"

见陆老先生这副忍痛的模样，共情能力强的纪轻轻也不由得深受触动，红了眼眶。

以前她爸妈就重男轻女，总觉得自己这个女儿一无是处，把那个真正一无是处的儿子当宝宠，宠着宠着儿子被宠废了，好吃懒做，还欠下了巨额的赌债，逼得家里卖了房子。

儿子指望不上，一家人只能指望女儿，她只能不停地打工赚钱来弥补家里那个巨大的窟窿，好几次想与家里断绝关系，却又舍不得那微乎其微的亲情。

陆老爷子这么慈爱的目光，她上辈子从未在自己家人眼中见过。

她好羡慕啊。

陆励行瞟过陆老先生身后的纪轻轻时，眉心微皱。

她哭了？

医生、护士进来，将陆励行病床上的监护设备全部拆除，陆励行也终于被人从躺了一个月的床上挪到了轮椅上。虽然他再三声明自己不需要坐轮椅，但在众医生、护士那指责他不自量力的目光中还是坐在了轮椅上。

重伤了一个月的身体恢复得太快，确实匪夷所思。

但他还是严肃拒绝了医院提出的用救护车送他回家的建议！

收拾好了医院的东西，纪轻轻作为陆太太，推着陆励行的轮椅离开医院。楼底下停车场内停好了车辆。秦邵将车门拉开，小心翼翼地将陆励行搀扶上车，陆老先生与纪轻轻紧随其后。

纪轻轻从没坐过这么舒适的车，车开得很快却没有颠簸感，内饰奢华大气，很显品位与档次。

一路上陆励行靠在后座上闭目养神，老先生时不时地将担忧的目光投向他。如果不是克制自己，纪轻轻担心老先生恐怕是要探一探陆励行还有没有呼吸。

很快，陆家到了。

陆老先生早有交代，此刻别墅铁门大开，车进入花园中间的水泥路，直接开到了别墅门口。

阳光正好，透过车窗，纪轻轻看到了堪称宏伟的别墅，庭院花园的草坪绿草茵茵，几棵参天大树盘踞在院子四周，粗壮的树干与翠绿的枝叶彰显着无限的生命力。

别墅门口站着几个人，正翘首以盼。

车刚停下，车外的人便迫不及待地拉开车门，眼中含着热泪望向陆励行。

陆励行被搀扶着下车，望着面前的中年女人："裴姨，我回来了。"

"我的少爷，你终于回来了……"裴姨是照顾陆励行长大的女人，一个月前陆励行出车祸的消息让她差儿崩溃，不比陆老先生好受多少，一个月来的折磨却换来今天晴天霹雳一般的消息。

她看着长大的少爷，照顾了大半辈子的少爷，说好还要看着他娶妻生子的少爷，就要……就要走了！

裴姨强忍着眼泪不敢哭。

"好了，先让励行回房间休息。"陆老先生说。

"对对对，先回房休息，想吃点儿什么喝点儿什么都告诉裴姨，裴姨给你做！"

一屋子人围着一个人转，纪轻轻的存在就显得很多余了，她踌躇着该不该进时，陆励行转身看向了她："过来。"

没见过纪轻轻的人都不由得一愣，但这种情况下，也没人关心纪轻轻这人为什么会在这儿。

她走到陆励行身边，被太多人挤着，只能以亲密的姿态小心地扶着他上楼。

众人将人送回房，那小心翼翼的模样，仿佛他陆励行就是个易碎的玻璃制品。裴姨扶他上床，给他盖上被子，悲痛欲绝地握着他的手，一双眼睛一眨不眨地望着他，仿佛这一眼就是最后一眼，眼眶中积蓄的眼泪忍了又忍，最后在陆励行的安慰中没忍住，她冲出房门痛哭起来。

　　房间内的人一个个脸色沉重，如丧考妣。

　　陆励行眉心紧拧，有种他们在参加自己葬礼的错觉。

　　陆励行这次从医院回来，陆老先生请了几名医生住在家里，不少医疗设备也从医院搬到了陆励行的房间，时刻监控着陆励行的身体状况。

　　说句不好听的话，陆励行就是回家等死的。

　　许多人病重不愿意死在医院里，医院只能遵从患者的意愿让他们回家。

　　陆励行对自己的身体心里有数，可这种事太过匪夷所思，不好直说，只委婉地向陆老先生表示："爷爷，您别担心，我觉得好多了。"

　　他这么一说，房间里的人脸色皆是一沉，连纪轻轻看他的目光中都带了几分怜悯。

　　他果然是回光返照了。

　　"好，你觉得好就好。"陆老先生握着佛珠的手直颤，他颤颤巍巍地站起身来，纪轻轻在旁边连忙扶了他一把。

　　"你好好休息，爷爷……爷爷待会儿再来看你。"陆老先生挥了挥手，"出去，都出去！"

　　房间里的人个个面色沉重，缓缓走出房间，没发出一丁点儿的声响。

　　裴姨在客厅里哭得肝肠寸断，见陆老先生下来，连忙起身，声音哽咽，断断续续地问道："老先生，就真的没有办法了吗？去最好的医院请最好的医生，或者，去国外……"

　　她泣不成声，怎么也不肯相信陆励行是个命不久矣的病人："我看少爷精神还好，能走能笑能说话，或许病情还没那么糟糕。"

　　老先生听了这话合上双眼。一个月的时间，无数专家会诊，但凡有一丝的机会，他又怎么会轻易放弃？

　　"我知道你照顾他长大，看着他病成这样心里难受，我这个当爷爷的何尝不是呢？这孩子从小就为了继承陆氏而努力，从来没有一天的时间是真正属于自己的，如果早知道……"陆老先生顿了顿，如鲠在喉。

　　裴姨声泪俱下："老先生，我……我真的不能眼睁睁地看着励行他就这样在我面前……他还这么年轻，还没娶妻生子，怎么能就这么走了？"

　　"有些事情既然已成定局，就得试着接受，在医院，陈主任明确告诉过我，励行恐怕就剩这几天了，有些东西，也该准备起来了。"

裴姨胆战心惊地问:"准备什么东西?"

陆老先生闭上眼,沉沉地叹了口气:"葬礼该准备起来了。"

"葬礼"两个字从陆老先生的嘴里说出来,这个身体还算硬朗的老人家顷刻之间仿佛又老去几岁。

白发人送黑发人,这对一个先失去儿子,不久后又要失去孙子的老人家而言,再残忍不过。

"葬礼?"裴姨声音颤抖,死死地看了陆老先生良久,颓然地坐在了沙发上,"老先生,少爷他还……"

"生老病死是人之常情,当年励行他爸去世的时候我也无法接受。"陆老先生疲惫地挥手,"这件事我已经交给秦邵去办了,男人办事,难免有不周到的地方,你多看着点儿。"

裴姨颤颤巍巍地起身,强忍着心中的悲痛:"我知道了。"

陆老先生将目光放在纪轻轻身上。他心里还揣着一丝侥幸,闻大师说过,陆励行只要和纪轻轻结婚,就能转危为安,现代医学已救不了陆励行,现在纪轻轻是他唯一的希望。

"轻轻,励行的病情你也知道,我明白我这是强人所难,但我还是希望这些天,你能陪在励行身边。"

老先生言辞恳切,带着连自己都不曾察觉的恳求。

纪轻轻心软,不忍心辜负陆老先生的一片慈爱之心。

"老先生,您放心,这段时间我会好好照顾陆先生的。"

陆老先生慈祥地笑道:"好孩子,去吧,去励行房里陪陪他,让我一个人静会儿。"

纪轻轻点头,上到2楼时看向客厅中那沧桑佝偻着的一动不动的背影。

再次推开陆励行房间的门时,她竟看到陆励行坐到了窗边的办公椅上,正拿着平板电脑看着什么。

纪轻轻眉心一皱:身体都这样了,他还在坚持着工作?

她知道陆励行是个工作狂,一天24小时恨不得有20个小时在工作,甚至还有连续工作72小时不睡觉的纪录。

可那是之前身体健康的陆励行,现在的陆励行大限将至,这样的身体状况怎么还能工作?

就是铁打的身子,他也不能这样糟蹋。

纪轻轻深觉这人对自己的身体没有数,疾步走到他跟前,伸手便将他手里的平板电脑夺走。

她将平板电脑放到桌上,知道自己多管闲事,但看到陆励行这么糟蹋自己的身体,透支自己的生命,说话依然理直气壮:"陆先生,我知道我没那个资格管你,但是你刚从医院回来,你的身体状况你也听医生说过了,你现在要做的是好好躺在床上休息,难道工作比你的身体还重要吗?"

被夺走平板电脑的陆励行愣怔片刻,将视线投向纪轻轻。

陆励行挑眉:"管我?"

"你以为我想管你?如果不是……"纪轻轻想说"如果不是你快死了,我才懒得管你"!

可这话到了嘴边她又咽下去了,面对一个快死的人,你和他说死,未免也太过残忍:"如果不是老先生为你的身体担心得睡不着觉,我才懒得管你!"

纪轻轻十分羡慕陆老先生对陆励行的疼爱,这份亲情——爷爷对孙儿的那种慈爱,她从来没有感受过,以至于看到陆励行如此不将陆老先生的担心当回事时,心底升起一股浓烈的愤怒之情。

这个身在福中不知福的浑蛋!

"而且你不是说了吗?我是你陆励行的妻子,难道……我没权利管你吗?"纪轻轻说这话时明显心虚,声音都有些发抖,她为什么成为陆励行的妻子自己心知肚明,因为这,说话都理不直气不壮。

更何况陆励行还不是个好惹的,小说中陆励行若不是早死,陆家哪里还有男主的份儿?

听着纪轻轻的话,陆励行有一丝别样的情绪:"我没工作。"

纪轻轻脸上严肃的表情一顿,她偏头望向桌上的平板电脑,屏幕上网页的内容,全是有关于自己的资料。

昏迷一个月,醒来后便有了妻子的陆励行,认为自己有必要了解一下这位妻子。

网上对他这位妻子的评论如潮,但十之八九是恶评。

纪轻轻气势瞬间弱了下去,脸上的表情瞬间僵硬,半响她才硬挤出一抹力求让自己不太尴尬的笑容:"即使不是在工作……医生也嘱咐了让你好好休息,不能太操劳,你想知道什么,我告诉你就是。"

她知道陆励行这人生性严谨,身边无缘无故地出现了一个素未谋面的妻子,他当然要将这人了解透彻。

陆励行瞟了她一眼:"你被一个叫沈薇薇的人起诉了?要赔2000万元?为什么?"

陆励行无法将面前他还不算太讨厌的妻子,与网友口中所说的嚣张跋扈、爱慕虚荣的女人联系起来。

相比从别人嘴里知道的所谓"真相",陆励行更愿意相信自己亲眼所见,亲自了解到的。

纪轻轻仔细回想了一下新闻,老老实实地交代:"具体情况我也不太记得了,我好像是推了她一下。她摔下了山丘,全身有多处骨折,还毁容了。她愿意与我庭外和解,不过让我赔偿她2000万元,否则就要起诉我,让我坐牢。"

沈薇薇受伤究竟与自己有没有关系纪轻轻不太清楚,但平心而论,"纪轻轻"虽然惹人讨厌,却没有做过什么伤天害理的事,沈薇薇在小说中虽然是女主角,但也不是个省油的灯,这件事真相是怎样,还真不好说。

"你知道天娱娱乐是谁的吗?"

"知道,是……"

"是我的。"

纪轻轻的心停跳了3秒,而后怦怦直跳。

是了,她忘了,后来男主角回到陆家,女主角也因此得到天娱娱乐不遗余力的支持,那是因为天娱娱乐原本就是陆家的产业之一。小说中陆励行过两天就要死了,男主角到时接手陆家理所当然,可现在陆励行还没死,天娱娱乐自然还是陆励行的。

她现在和陆励行结婚了,也就是说,她就是天娱娱乐的老板娘?

纪轻轻适才还一直在担心之后继续待在演艺圈会不会像小说中那样处处受排挤受欺负,没想到瞬间便翻身做主人。

就算不公布自己与陆励行的婚姻关系,陆家也不至于看着自己被人欺辱吧?

或者等陆励行死后,她解决了沈薇薇的事,捞上一笔钱作为自己后半生的开销,及早撤退,不在男女主角之间碍眼就是。

陆励行放下平板电脑,揉了揉眉心,静静地看着她,刻意放冷了语气:"我和你没有任何感情基础,我清楚地知道你和我结婚的原因,也知道演艺圈的人最注重婚姻关系,我们之间的关系要不要公开全在于你。至于沈薇薇的事,你放心,我会调查清楚,解决你的后顾之忧,但是我这里有一个条件。"

"什么条件?"

"你必须随叫随到。"

这是控制欲?

陆励行有着变态般强烈的控制欲,属于他的东西,不允许任何人染指。

纪轻轻暗自嘀咕:过两天我估计就得参加你的葬礼了,现在还能见着几面?我还能随叫随到几次?

"我和你虽然是夫妻关系,但是你放心,我对你没有兴趣,不会碰你。"陆励行起身,绕过书桌给自己倒了杯水,"还有,我会让裴姨另外给你安排房间,以后没有我的允许,不要私自进我的房间。"

纪轻轻白了他一眼。

就算陆励行有那个兴趣,以他这身体状况,恐怕也是有心无力。

更何况,她是看在陆老先生的面子上才来照顾他的,否则她才懒得来。

"我有这个自知之明,陆先生,你放心,我会严格遵照你说的话去做。"纪轻轻绕过书桌往外走。

"死亡警告,5分钟内,请完成与纪轻轻牵手1次的任务。"

陆励行手一顿,差点儿没能握住手中的玻璃杯。

陆励行觉得自己没骂人,真的是他修养好。

眼看着纪轻轻握上了门把手,陆励行沉住气叫住她:"站住。"

走到门边的纪轻轻转过身来,不耐烦地看着他:"陆先生,又有什么事?"

短短一天的相处,纪轻轻觉得陆励行已经将自己的耐心消磨干净,本来还挺可怜他年纪轻轻命不久矣,可现在看他这精气神,哪里像个快死的人?

与其在这儿照顾他受气,她还不如去安慰陆老先生。

不过想想也是,小说里陆励行性情本就阴晴不定,这副模样不过是他的本性而已,还好这陆励行命不久矣,否则她这个做妻子的,总有一天会被气死!

"你过来。"

纪轻轻站在原地没动,不肯过去:"陆先生,有什么事你直说吧,我听得见。"

陆励行真觉得自己是傻子,竭力露出平生最温和的脸色:"帮我拿药。"

"药?"纪轻轻脸一白,瞬间紧张起来。

斗嘴是斗嘴,可身体是大事,她忙不迭地翻箱倒柜地给他去找药:"哪个?是这个白色的瓶子吗?还是蓝色的?"

"白色。"

纪轻轻忙将白色的瓶子送到他眼前："这个吗？"

纪轻轻脸上焦急的神色取悦了他，陆励行嘴角轻勾，她不是不过来吗？

"不是。"

纪轻轻转身就要去找另外一瓶，陆励行却将脚往前伸了十几厘米，纪轻轻心里焦灼，没注意脚下，猝不及防之下直接被陆励行给绊倒，朝前扑去。

然而陆励行早有准备，一手紧紧搂住她的腰，一手牢牢握住她的手心，将纪轻轻死死地扣在怀里。

白色药瓶啪嗒一声，掉在地上。

"任务完成，生命值加2，当前生命值为2小时。"

陆励行从未与哪个女人相距如此近过，低头一瞧，纪轻轻纤细白皙的颈项透出丝丝的体香，侵入陆励行的鼻腔，激起他身为男人与生俱来的本能。

百炼钢化为绕指柔。

陆励行喉结剧烈滚动，自认为不该有的东西，此刻在体内慢慢扩散开来。

心跳渐渐加速。

这种感觉很美好，但理智告诉他，女人是软肋，不能沦陷。

纪轻轻被吓得脸色比陆励行的还白，从他身上起开，紧张地上下打量着陆励行，唯恐他因为自己这一倒而一命呜呼："你没事吧？"

陆励行转移视线，放开握着她的手："你先出去。"

"我帮你叫医生……"

"不用，"陆励行转过身闭眼冷静下来，捡起掉在地上的药瓶，看了两眼，"是我看错了，是这瓶。"

他拿出两粒药服下："我没事，休息一会儿就好。"

纪轻轻还是有些担心他，总觉得刚才陆励行的情绪波动是因为自己气着他了，出门去叫家庭医生给陆励行检查。

待到纪轻轻出门，陆励行这才拿起手机打了个电话。

陆励行刚挂断电话，纪轻轻便带着医生来给他检查身体。

陆家人其实也都心存疑虑，从医院回来到现在，陆励行也不像个要死的人，精神得很。

然而大小仪器的检查结果依旧表明，陆励行的身体已经到了山穷水尽的地步，可以考虑安排后事了。

陆老先生再次失望地离开。

夜幕渐渐降临，陆家别墅灯火通明，用人们依然忙得不可开交，纪轻轻知道，他们这是在忙着准备陆励行的葬礼，或许几天之后她就要作为陆励行的遗孀，穿着黑色礼服，戴着小白花，捧着陆励行的黑白照片，使出她毕生的演技哭得双眼红肿了。

她没想给人家添什么麻烦，在裴姨给她准备的客房里休息片刻后，打算去看看陆老先生。

老先生中年丧子，老年失孙，这偌大的别墅往后少了一人，也不知道会是如何冷清。陆老先生身上有她对于爷爷的一切幻想，她实在不愿看到那么和蔼慈爱的老人家就这么颓废下去。

"少夫人，老先生请您去用晚饭。"

她刚出门，便有用人前来请她去餐厅。老先生已经在主位上坐着了，神情萎靡，食不下咽，见着纪轻轻，亲切地招呼她过来吃饭。

裴姨给她拉开老爷子右边下首的椅子，餐桌上都是些清淡开胃的饭菜。

"轻轻啊，就当是在自己家，想吃什么都可以，刚回来还没来得及说一声，这些都是我平日里吃的，清淡，如果不合你胃口，你和裴姨说，她去做。"

纪轻轻连忙道："不麻烦了老先生，我不挑食。"

陆老爷子点点头。裴姨给他舀了碗汤："老先生，二少爷好不容易回来，您看……"

陆老爷子越发难受，喝了两口汤就不吃了："别提那畜生！在外这么多年，不和家里联系，现在他大哥都快……这才回来！他怎么不等我这个老家伙死了再回来？！"

"老先生，您别生气，二少爷他就是性子倔了些……"

"这件事你不要管。"

老先生起身，对纪轻轻道："轻轻，你慢慢吃，我去看看那个畜生！"

说着他便上楼去书房了。

裴姨看着陆老先生的背影，神色焦急。

"裴姨，怎么了？"

裴姨担忧地看着二楼书房的方向："二少爷回来了，一回来就被老先生揪去了书房，恐怕是动了手了。"

"二少爷"是陆励行的弟弟，也就是小说中的男主角陆励廷。从小父母双亡，被爷爷带大，虽然一起长大，但是在照顾方面，陆老先生难免对弟弟有所疏忽。

陆励行为人稳重，陆励廷却行事叛逆乖张，兄弟俩性情截然相反。陆老先生最为满意的还是他成熟稳重能一力挑起陆氏的大孙子陆励行。

陆励廷因为不满陆老先生对他与陆励行两个人不同的安排，离家出走，想靠自己的双手打拼出一番事业。

陆励廷离家出走后便遇到了纪轻轻，那是他第一次创业失败，第一次体会到了创业的艰辛，正处于人生迷茫与自我唾弃的时期。纪轻轻如一束光，照进了他的心底，驱散了他心中的阴霾。

只可惜纪轻轻是个嫌贫爱富的女人，有个富有的男人垂涎纪轻轻的美色追求她，纪轻轻二话不说便将陆励廷这个穷小子给踹了。

这件事给了陆励廷极大的打击，让他从此性情大变，与之前判若两人，纪轻轻成了他心上那恨之入骨，却又念念不忘的女人。

这陆励廷也挺狠的，小说中有一次在酒会上，纪轻轻正处落魄之际，谁都能踩上一脚，他也落井下石，让纪轻轻给女主角擦干鞋面上的红酒。

现在陆励行病重，陆老先生派人将陆励廷找了回来，哥哥快死了，弟弟也是时候回来接手陆氏了。

砰！

楼上似乎有什么东西砸到门上了，裴姨忙上了楼，刚到书房门口，房门猛地被拉开。走廊光线弱，男人逆光站着，书房里透出来的强光被他挡了大半，他与上楼的裴姨打了个照面。

裴姨含泪看着他："二少爷，你可终于回来了……"

陆励廷和他哥陆励行长得挺像的，五官锋芒毕露，虽然比陆励行要年轻，但身上的戾气与威势不比陆励行少。

许是在书房时顶撞过陆老爷子了，陆励廷气息不稳，深吸几口气："裴姨，我哥呢？"

"大少爷在房里，医生说……可能就是这几天的事了，你去看看他吧。"

陆励廷点头。

兄弟俩并没有太多话要说，虽然是从小一起长大，但关系并不亲密，截然相反的性格让两个人没什么共同爱好，聊了两句，陆励廷待了不到10分钟便离开了陆励行的房间。

陆励廷觉得有些奇怪，老爷子说陆励行病危，裴姨又说可能就是这几天的事，可他看陆励行精神不错，和他聊天时完全不像个垂危的病人。

这到底是怎么回事，陆励廷没这个精力去想，他被陆老先生找回来，风尘仆仆一晚没睡，刚才又在书房跪了那么久，身心俱疲，现在迫切地想洗个澡睡上一觉。

目光落在走廊拐角处，陆励廷揉揉眉心，心底暗笑自己贱，这么久了竟然还想着那个水性杨花的女人！

脚步声响起，一个背影出现在楼梯转角，有几分眼熟，陆励廷眉心微皱，似乎想到了什么，而后又自嘲一笑：这是陆家，他怎么可能会看到那个女人？

就在陆励廷以为自己眼花时，那个身影转过来，望向了陆励廷，眼底如陆励廷般，尽是惊讶之色。

两个人各自静了一秒。

"纪轻轻！"陆励廷眼底的神色狰狞得可怕，他疾步上前，一把将想躲进房的纪轻轻摁在墙上，咬牙切齿，一字一顿地问道，"你怎么在这儿？！"

纪轻轻心脏怦怦直跳。

她真怀疑自己某天就要死于心脏病了，这一天天的，受到他们兄弟俩不少惊吓。

"我为什么不能在这儿？"被堵在墙边的纪轻轻强迫自己冷静下来，抬头直视着他，义正词严地道，"我现在是你大嫂，麻烦你放尊重点儿行吗？"

"大嫂？"陆励廷情绪瞬间变得暴怒，就在纪轻轻脸颊边上的拳头捏得死紧，青筋直冒，"你说什么？"

纪轻轻暗自咽了一口口水，双腿抖如筛糠，强装镇定："我说，我现在是你大嫂，你大哥的妻子。长嫂如母，请你放尊重些！"

"你嫁给了我大哥？！"陆励廷暴怒又难以置信。

"对，今天嫁的！以后见面，希望你能叫我一声大嫂！"纪轻轻仰着头，素面朝天，一双水润的眼眸瞪着他，毫无震慑力。

陆励廷心里恨不得撕碎了这女人脸上的面具，这副纯洁良善的模样他这辈子都不想再见着！

这辈子他也不可能再被这个女人给骗到了！

陆励廷收敛了脸上的怒意，冷笑道："我知道了，你这是嫌弃我没钱，就来勾搭我哥？想等着我哥死后，继承他的遗产，是吗？"

被猜中了小心思的纪轻轻心虚得不行，但语气依然理直气壮："对，我就是为了你哥的钱来的，怎么了？你有意见也憋着，我现在是你大嫂，以后你哥死了我也是你大嫂，别没大没小的！"

陆励廷拳头捏得死紧，最后咬牙讥笑："怎么？那个人抛弃了你，你这么快就另觅新欢了？可是我大哥快死了，你年纪轻轻的守寡，多难过啊。"

陆励廷羞辱她："我看这个寡你也守不住吧！我挺想知道，你到底是怎么勾搭上我大哥的？"

纪轻轻猛地将他推开："这和你没关系！陆励廷，我们早就分手了，我嫁给谁和你有关系吗？"

"什么有关系吗？"陆励行站在书房门口，眉眼低垂，黝黑的眸子平静幽深，漫不经心的模样看上去有些萎靡，也不知道他看这场戏看了多久了。

纪轻轻心里咯噔一下。

虽说她和陆励行成为夫妻不到一天，可她到底是占了人家陆太太的名，当着丈夫的面和小叔子眉来眼去像什么样！陆励行现在还没死，喘着气呢！

兄弟俩面对面地站着，相差无几的身高，势均力敌的气场，将夹在中间的纪轻轻唬得直愣神。

陆励廷冷冷地说道："大哥，这个女人的来历你清楚吗？你就娶她！"

"嗯，清楚。"陆励行不甚在意。

"既然清楚，那大哥你应该知道她从前——"

纪轻轻急忙抢在陆励廷前头解释："你别误会，我和他没什么的！"

陆励行双眼微眯。虽说纪轻轻与陆励廷的对话他没怎么听清楚，但这二人的表情告诉他，这两个人从前应该有一段不可告人的过去。

这种感觉就好像他喜欢的东西被人盯上了，就等着他离开，好一把夺走。

"我们只是从前认识……"

我们？

陆励行冷漠地望着纪轻轻："不用向我解释，我没兴趣知道。"

嘴里虽然这么说，可心里总不得劲，一股说不出来的憋气感让他无端地阴郁起来。

这个不守规矩的女人！

她身为自己的妻子还和自己的小叔子拉拉扯扯，当他是死人？！

"这是在家里，不管你们以前是什么关系，我希望你们俩能安守本分。"

陆励行冷着脸离开。

"死亡警告，请在半小时内了解您的妻子纪轻轻的情感史，并予以适当安慰，否则请当场去世。"

纪轻轻惊呼:"陆先生,你怎么了?医生!医生人呢?!"

一阵慌乱之后,陆励行被纪轻轻与陆励廷扶到房间的床上躺下,并拒绝与人沟通,只想安详等死。

陆励行病情反复,所有人的心都揪了起来。

纪轻轻内心愧疚,瞪了陆励廷一眼。

也是,陆励行那么沉稳骄傲的一个人,和她再怎么没有感情,那也是夫妻!眼睁睁地看着自己的妻子和自己的亲弟弟拉拉扯扯、不清不白,这么没脸的事,他也会被气着,更何况陆励行本就是个回光返照的将死之人,哪里受得住这气?

纪轻轻祈祷着陆励行可千万别被她给活活气死了。

房间门被推开,医生摇着头出来,还是那些话,直白点儿翻译过来就是:陆励行没救了,等死吧。

纪轻轻松了口气。

陆励行是迟早要死的,可病死和被她给气死是两回事。

"我大哥没死,你好像很失望?"冷厉的声音在纪轻轻耳边响起,"就等着他死了是吗?可惜,就算我大哥死了,遗产你一分都得不到!"

纪轻轻乜了陆励廷一眼,反正陆励廷知道"纪轻轻"的本性,她也就不装了。

"既然你都这么说了,那我也就不装了。没错,我就是为了你大哥的亿万遗产来的,我是他的妻子,是他遗产的第一顺序继承人,我得不到难道你这个当弟弟的能得到?"

陆励廷听纪轻轻说这话反而笑了:"我就知道你这女人本性难移,你以为你成了我大哥的妻子,他手上的那些遗产就会由你继承?纪轻轻,这是陆家,我大哥的一切都是陆家的,他死了,陆家由我来继承!"

他还记得这女人和他在一起时天真烂漫的笑,那是他这辈子都无法忘记的笑容,可他也永远都记得她挽着那个男人的手,转身离开时的笑容。

爱情这个东西,说得再动听,在有些人面前,也什么都不是。

纪轻轻冷笑:"陆励廷,你就是吃了没文化的亏。法律条文有写,配偶、父母、子女是第一顺序继承人,接下来才是兄弟姐妹,你作为第二顺序继承人吓我?脸呢?谁给你这么大的脸?"

"你以为老爷子会任由你继承这么大笔的遗产?"

纪轻轻当然知道陆老先生不会真的让自己继承陆励行的所有遗产,可她就是想气一气眼前这态度恶劣的浑蛋!

"其实嫁进陆家,钱不钱的无所谓,主要是我喜欢听你喊我大嫂。"

听了这话,陆励廷愣了片刻。

"我就说那么多人你不挑,偏偏选了陆家,原来是对我念念不忘。"陆励廷双眼微眯,"我大哥死了,你又能守多久的寡?古时候不是有个传统,家中兄长死了,兄长的遗孀就由弟弟接手……"

纪轻轻知道陆励廷这人性格乖戾,为人张狂,却没想到他竟能说出这种话来!

"陆励廷,我告诉你,当初我一脚踹了你是我做的最正确的决定,我不后悔!"

"纪轻轻,你……"

"你就是个人渣!"

纪轻轻一把推开他,朝陆励行的房间走去,留下陆励廷脸色阴沉地站在那儿。

纪轻轻将窗帘拉上,让房间内密不透光,想让陆励行睡得舒服些。

她在陆励行床边坐下,踮起脚没发出一点儿声音,看着陆励行那张沉睡的脸,叹了口气。

原以为她嫁进陆家是解决了原主身上的隐患,却没想到这才是进了狼窝,现在陆励行还活着,陆老先生还在,陆励廷不敢对自己做什么,可若是之后陆励行死了,老爷子也不在了,她这个大嫂只怕就得被扫地出门了。

陆励廷说得也没错,陆老先生又怎么会把陆励行那100亿元的遗产交给自己,那是陆家的产业,始终还是得由陆家人继承,最后还是得落入陆励廷手里。

一想到小说中原主落魄后被人欺凌,酒会上被人往头上倒饮料,与不得不忍辱蹲下替女主角擦干净鞋上的红酒,以及被女主打压,她就觉得头痛。

"你如果不死该有多好……"纪轻轻是个共情能力强的人,想着想着便把自己代入了小说中受委屈的"纪轻轻",如果陆励行活着该有多好,她和陆励行虽然没感情,但只要陆励行在,陆励廷绝不会那么肆无忌惮。

穿书前,她为了那个乱七八糟的家庭奉献了一生,劳碌了半辈子,现在还得替这个作恶多端的恶毒女配角收拾烂摊子,说不定还得替女配角受罪。纪轻轻伤心欲绝,差点儿哭出声来。

"陆励行,我把生命分你一半好不好?你别死。"

陆励行其实没睡,就躺在床上等死。

他这一生其实活着也没多大意思，活了快 30 年，没有一天是完全属于自己的。

年幼时除了繁重的学业，他还需要额外学习喜欢或是不喜欢的"兴趣爱好"。

自己不喜欢的东西，怎么能算得上是兴趣爱好？

长大后他一力担起陆氏，爷爷年迈，父母早亡，弟弟离家出走，能作为依靠的，只有他。

每天忙碌于公司大小事务，没有一天是轻松的，陆励行身心俱疲。

自出车祸以来的这段时间，算得上是他这辈子最悠闲的时光了。

或许他就这样睡过去也挺好的，陆励廷回来了，爷爷和陆氏也不至于没人管。

至于这个在自己耳边哭哭啼啼的妻子，陆励行觉得自己上辈子估计是欠了她的或是和她有仇，她竟然想他继续活下去，还想把命分一半给他！

"你那么希望我活着？"

陆励行睁开眼睛望着床边的女人，她的眼泪垂在睫毛上将落未落。

"你……你醒了？"纪轻轻沉浸在自己悲惨的人生中无法自拔，"我是你妻子，当然希望你能好好活着。"

"我的妻子会和自己的小叔子拉拉扯扯？"

纪轻轻吸吸鼻子，哽咽道："我和你说实话，你别生气。陆励廷是我的初恋男友，可是那时候他太穷了，骑个单车连后座都是坏的，硌得我屁股疼。都说宁愿坐在自行车上笑，也不愿在宝马车里哭，他让我坐自行车还让我哭，我能不和他分手吗？正好当时有个人追我，所以我就和他分手了。

"可是那个人也不是什么好人，他根本就不喜欢我！

"后来我进了演艺圈，又有个男人追我，说爱我却看着别人欺负我，说捧我又不给资源，还说我们不是男女朋友。"

纪轻轻越说越觉得原主傻。

该追求爱情的时候追求金钱，该追求金钱的时候又幻想着爱情，原主活该最后一无所有！

陆励行没有体验过爱情的滋味，只是觉得纪轻轻在他面前一边哭一边控诉，梨花带雨的模样并不让他觉得烦，反而心里某个地方变得异常柔软。

"以后别这么傻了。"

"任务完成，生命值加 2，当前生命值为 2 小时。"

纪轻轻点头："不会有以后了。"

她现在是陆励行的妻子，以后就算陆励行死了，她也还是陆太太。有陆太太这个身份，至少在陆老先生还在时，陆励廷不敢对付自己。

这些年多存些钱，存够了后半生的开销就尽早跑路，到一个谁都找不到她的地方生活，不失为一个好办法。

你既然成了我的丈夫，将来不管怎样都是我的老公。你放心，我会好好照顾老先生的。"

"生命值加1，当前生命值为3小时。"

陆励行暗道：怎么突然加时间？

"你把刚才那句话再说一遍。"

"啊？我说，你放心，我不是那种贪财的人，以后我会好好照顾老先生的。"

"就刚才那句话你重说一遍，不要添油加醋。"

纪轻轻说："你既然成了我的丈夫，将来不管怎样都是我的老公。你放心，我会好好照顾老先生的。"

"生命值加1，当前生命值为4小时。"

"前面那半句话再说一遍。"

"你既然成了我的丈夫——"

"停！"

纪轻轻拧眉，他这是干什么？

"说后面那段。"

"将来不管怎样都是我的丈夫。你放心，我会好好照顾老先生的。"

陆励行嘴角轻勾："你刚才说的不是丈夫。"

在纪轻轻迷茫的眼神中，陆励行说："你刚才说的是老公。"

纪轻轻脸颊一红："我只是顺口……"

"再叫一声老公。"

纪轻轻下巴都快掉到地上了。

他们真是兄弟俩，性子一样恶劣！

他简直没脸没皮！

她起身就走。

陆励行拽住她的手腕，不让她走。

两个人对视着。

"我不是你丈夫吗？叫一声老公怎么了？"

"你这个人……干吗啊，我们很熟吗？"

"我们是夫妻，以后你也是要叫我老公的，现在预先排练不行？"

纪轻轻暗暗咬牙：我去地府叫你老公？你人都快死了还想这些有的没的？

陆励行捂着心脏，紧咬牙关，看上去似乎不太舒服。

"……"纪轻轻真觉得自己是上辈子欠他的，这辈子上天派他向自己讨债来了。

"是不是我喊了就行了？"

"当然。"

纪轻轻闭上眼，犹如就义般喊出那两个字："老公。"

"生命值加1，当前生命值为5小时。"

"再喊一遍。"

"老公！"他简直变态！

"生命值加1，当前生命值为6小时。"

"再喊一遍。"

纪轻轻咬牙切齿："老！公！"

"生命值加1，当前生命值为7小时。"

"再喊20遍。"

"……"

"……"

"陆励行，你有病啊！"

陆励行淡然地看着纪轻轻，大有"你不喊我就不放你走"的意思。

纪轻轻觉得这人不仅身体有病，脑子也有病！

"你刚才还说愿意把命分我一半，怎么？命都愿意给，这点儿小事都做不到？"

小事？

对，这确实是小事。

动动嘴皮子的事，多大点儿事啊，这她都不愿意办？

看着陆励行那理直气壮的模样，纪轻轻都怀疑自己是小心眼儿了。

"老公老公老公老公老公老公老公老公老公老公老公老公老公老公老公老公老公！"

"生命值加17，当前生命值为24小时。"

"行了吧！"

"我很喜欢你这样喊我，希望以后每天都能听到你喊我老公。"陆励行望着她微笑,"每天24遍。"

在门后偷听了全部对话的陆励廷:"……"

他自认为在纪轻轻当着他的面上了别的男人的车,一脚把他踹了之后,这辈子对纪轻轻的感情,除了恨就是恨。他也是富家子弟,那男人对纪轻轻什么心思全写在脸上,所以他当时撂下狠话,让纪轻轻将来别后悔!

这个女人嫌贫爱富,将真心当狗肺,怎么配得到她想要的一切?

她就该一无所有,就该得到应有的教训!

陆励廷无数次地想过,等自己功成名就的那天,纪轻轻那张后悔的脸煞白,对他说自己错了,而他会搂着女友,轻描淡写地说一句:你认错人了。

为此,他可以努力奋斗一生!

可现如今听到纪轻轻喊陆励行老公,他心里有股说不出的难受,就好比他不要了的东西,别人却捡回去视若珍宝,似乎就是在笑他没有眼光。

可就算是他不要了的东西,那也是他的!

陆励廷阴沉着脸离开,询问裴姨有关纪轻轻的事。

裴姨想了片刻,说纪轻轻是少爷回家时,和少爷一起回来的。

"二少爷,怎么了?"

"没事。"陆励廷脸色不怎么好看,"裴姨,你忙你的去吧。"

说完他便走了。

裴姨也没怎么在意,毕竟这些日子整个别墅人人愁眉苦脸,一片愁云惨雾。

这都是因为那重病在床的大少爷……

想到陆励行,裴姨眼眶一红,呜咽了起来。

"当红演员纪轻轻,因故意伤人罪被警方逮捕,今日保释出狱,有消息称,一旦受害者正式起诉,纪轻轻将面临五年的牢狱之灾!"

陆励廷看着手机屏幕上字体硕大的新闻,双眼微眯。

那天的事他听沈薇薇说了,纪轻轻是女二号,沈薇薇是女三号,但因为在同一个经纪人手下,纪轻轻对沈薇薇的存在很有危机感,处处与她作对,这次竟然在剧组公开为难她,将沈薇薇推下了山丘。

陆励廷只要一想到趴在自己怀里流泪的薇薇脸上的那道疤,就揪心般的疼。

他的薇薇单纯善良,如一张白纸,在演艺圈努力上进,就算只是一个只有两句台词的角色,也愿意花一晚上的时间去揣摩,他实在不忍心看着薇薇被埋没，于是悄悄联系了天娱娱乐的高层，将那部剧的女三号换成了沈薇薇。

可没想到，他全心全意地为了薇薇好，却是害了她！

他没想到纪轻轻竟然会这么恶毒，做出这样的事！

工作人员说，如果那个山丘再高一点儿，沈薇薇就会没命！

所以他绝对不允许这样一个恶毒的女人嫁进陆家！

与此同时，天娱娱乐的总监办公室内，周偶看着来兴师问罪的孟寻："你怎么来了？"

孟寻将一大沓资料摔在他的桌上，在他的桌前坐下："周总监，不是说好这几个代言给薇薇吗？我都已经与品牌方谈好了拍摄时间，为什么又告诉我代言取消？"

相比孟寻的气急败坏，周偶沉稳地笑道："孟寻，你也是公司老人了，应该知道，这些代言都是公司谈下来的，公司决定给谁就给谁，只要还没签订合约，什么事都有可能发生。"

孟寻冷笑："那好，你说，这些代言你都给谁了？"

"当初是谁的，现在就还是谁的。"

孟寻微愣，转而眉心紧拧，难以置信地看着他："纪轻轻？"

周偶点了点头。

孟寻沉默半响，而后突然笑了："周总监，薇薇出院了，答应不告纪轻轻了，您是以为公司形象保住了，就可以过河拆桥、卸磨杀驴？纪轻轻犯的是什么事？那是刑事案件！只要沈薇薇控告她，她是要坐牢的！你们现在把这些代言给一个要坐牢的人？疯了吗？"

周偶能成为总监自有他的过人之处，听孟寻这话也不动怒，往后一靠，眼皮一掀，意味深长地笑道："孟寻，都是千年的狐狸就别在我面前演聊斋，那些事我睁一只眼闭一只眼，懒得管而已。沈薇薇到底是自己不小心摔的，还是纪轻轻推的，你比我更清楚，何必这么一副苦主的模样来找我兴师问罪？"

这种话其实不好摊开说的，毕竟谁都要混下去。

可孟寻心里清楚，她必须保下沈薇薇，陆励行出了车祸至今仍在重症病房内，陆家唯一的继承人就是陆励廷。

陆励廷是沈薇薇的男朋友。

孟寻在经纪人的位置上坐了这么多年，早就坐腻了，不往上爬，难道真要当一辈子三流艺人的经纪人不成？

"周总监，你这话我不明白是什么意思，你是说薇薇会诬陷纪轻轻？你也见过薇薇，她不是那种人！"

"行了！"周偁无意和她说太多，"这事不是你我能改变的，你先出去吧。"

孟寻愤愤地离开。

等办公室的门关上，周偁给陆励行打了个电话，汇报这件事的进度。

"陆总，现场的监控录像我拿到手了，当时确实不是纪轻轻推的沈薇薇，是沈薇薇自己不小心踩空摔下去的，这事和纪轻轻没关系。"

电话那头的陆励行淡淡地嗯了一声："知道了。"

这事他也就顺手让人查了查，虽然和纪轻轻相处不过一天，但他看得清楚，纪轻轻不像是网上说的那般不堪。

"您的身体……"

"很好。"陆励行言简意赅地说道，"你先忙，挂了。"

陆励行将电话挂断，坐在桌前打开电脑。

夜深人静，时针已指向12。

半个小时前医生已经做过最后的检查，想来今晚是不会再来了。

他不是个闲得住的人，他忙碌了10年，工作已经成了日常生活的一部分。

自一个月前出车祸以来，公司事务被搁置了一月有余，出事之前他谈妥了关于无人机研发的合作，直到现在，还未敲定具体细节。

无人机的研发是公司未来发展的方向，重大决策都需要他的亲笔签名，他不放心将这个项目交给其他人去办，清醒后心心念念的第一件事便是查看这个项目的进度。

电脑邮箱里全是这个月累积的工作，陆励行坐在书桌前，点开邮箱里一封封需要他亲自回复的邮件。

满屏皆是枯燥而又晦涩难懂的专业词汇，陆励行很清楚，陆氏必须抢占这一市场，才能保证未来不被淘汰。

对于行业未来的趋势，陆励行眼光独到，总比旁人看得长远得多。

屋内没有开灯，只开了一盏书桌上的台灯，顺着邮件内容一行一行地往下看，他眼神专注，心无旁骛，面上无半点儿不耐烦。

分针转过一圈又一圈，天色渐明，晨光透过窗帘的缝隙映得满室亮堂，桌上的台灯显得暗淡许多。

陆励行处理完最后一封邮件，看了一眼时间，六点半。

通宵达旦对他来说是常事，从前他时常工作到早上，然后睡两个小时，8点再去公司。

陆励行关上电脑，揉了揉疲惫的眉心，决定躺在床上眯一会儿。

相比陆励行的昼夜颠倒，纪轻轻作息规律，7点一到准时起床。路过陆励行房间时纪轻轻脚步顿了顿，虽然昨天晚上二十多声"老公"喊得她面红耳赤，几乎是想一口咬死这浑蛋，但对于陆老爷子的嘱咐，她还是记得很清楚的。

7点陆励行需要吃一次药。

她推开门，房间内窗帘紧闭，光线很暗，纪轻轻踮着脚走到床边，这才发现床铺整齐并不凌乱，陆励行规矩地躺在床上睡得很沉。

一看到陆励行，纪轻轻脑海里又回想起昨晚那一幕，耳边4D立体声全方位环绕，全是那两个字——老公。

纪轻轻一双眼睛紧盯着陆励行，倒了一杯水，又拿了几粒药送到他床边。

"喂，该起床吃药了。"

这救命的药可不便宜，吃药的时间也不能错过。

见人没有醒，纪轻轻继续喊他："陆先生，醒醒，先把药吃了。"

陆励行没有反应。

纪轻轻生疑，将水杯和药放在一侧，轻轻推了推他。

"陆先生？"

"陆励行？"

"喂，醒醒？"

陆励行依然没有反应。

纪轻轻慌了，看着陆励行安详的睡容，心跳加速，一个可怕的念头出现在脑海中，她伸出食指朝陆励行的人中探去。

他病情严重……

他大限将至……

就这几天的事了……

纪轻轻的手颤抖个不停。

"少夫人，您……"裴姨出现在房门口，纪轻轻闻声下意识地朝房门口望去，心慌得怦怦直跳。

裴姨见着纪轻轻这副惊慌失措的模样，又见她将手伸到了陆励行面前，脚一软，声音颤抖，带着细微的哭腔："少爷他……少爷他怎么了？"

动作仓促之间被打断，纪轻轻起身，手足无措地站在床边。

"裴姨……我……"纪轻轻不知道该怎么说。

"到底怎……怎么了？少夫人你别吓唬我……"裴姨惊慌地进房来，心中一个猜测被无限放大。

纪轻轻手足无措地站在原地，不安地离开床边。

裴姨迈着沉重的步伐走到床边："不……不可能！少爷不可能……"但下一秒，她如被人扼住了喉咙，看着床上睡得安详的陆励行，身体抖如筛糠，"我……我去叫老先生过来……"

裴姨猛地冲出房间。

房间内独留下纪轻轻一人。

其实自陆励行从医院回来的那一刻起，所有人都做好了心理准备。

可当真正直面死亡时，人又觉得自己那般渺小无力。

小说中对于陆励行的死一笔带过，没有花费太多的笔墨，很多时候，他仅仅活在其他人的回忆里，这样一个神秘又强大的男人，就这样在与她有过一天的相处后，死了？

陆励行真的……死了？

纪轻轻心中五味杂陈。

她没有上前的勇气。昨天看上去好端端的一个人，现在就这么躺在自己面前，再也醒不过来了？

她虽然知道陆励行回光返照，大限将至，但从未想过他就这样安静地在一个谁也没发现的夜晚，孤独地死去。

连亲人的最后一面都不曾见到，他走得该是多么不甘心？

纪轻轻想起昨晚与陆励行最后一次见面，最后一次说话，不由得懊悔起来。

自己昨天不该那么生气的。

陆励行病得都快死了，她还和他计较什么呢？

她为什么还要和他计较呢？

她无比惋惜地看着陆励行，强忍着心底的悔意与悲痛，低声道："你好好地去吧，放心，我会替你照顾好陆老先生的。"

说着，纪轻轻将盖在陆励行身上的被子往上拉，缓缓地，盖在了……他脸上。

第二章
医学奇迹

悲痛与悔意过去之后，纪轻轻感到心情无比沉重。

陆励行死了，这也就代表着，接下来她要独自面对陆励廷的打击报复。

谁让小说中的纪轻轻嫌贫爱富，在陆励廷年少心动的时候，踹了他呢？

小说中的纪轻轻是真的惨，被封杀雪藏，穷困潦倒，走投无路，最后沦落为一个酒会上的伴唱，众目睽睽之下，还被陆励廷要求去给沈薇薇擦鞋子上的红酒。

她现在有陆太太的名头，估计比小说中的纪轻轻下场要好些，但以后陆氏被陆励廷接手，陆励廷只手遮天，她在天娱娱乐的日子怎么过？

纪轻轻忧心忡忡。

她估摸着，就陆励廷对她那恨之入骨的模样，以后不会善罢甘休，她还是趁着陆老先生身体康健，在演艺圈里赚上一笔钱，趁早跑路得了，省得以后受陆励廷和他女朋友沈薇薇的折磨，她自己也清静。

"你怎么就不能争点儿气，怎么能就这么一声不响地走了？你倒是走得干净，可你辛辛苦苦打下来的陆氏就要被陆励廷继承。陆氏集团名下的天娱娱乐也要被他攥在手里，我也不知道他会怎么打击报复我来替他的女朋友报仇。我真的不想再吃苦了，吃了二十多年的苦，我现在就想吃点儿糖……"

想到自己穿书前的经历，纪轻轻眼圈微红。

"小时候吃不饱饭也就算了,长大后我就想着给自己买个房子,积攒了一辈子的钱最后却为了好赌的弟弟还了赌债,你知道吗?我当时连购房合同都摸到了……我没做过伤天害理的事,老天却偏偏要来折磨我……"

纪轻轻一把鼻涕一把泪地说着:"陆励廷如果硬抓着我不放怎么办?他一个陆氏总裁,我怎么弄得过他?他总说我嫌贫爱富,他自己不也欺骗我吗?明明是个有钱人家的少爷,偏偏装穷骗小姑娘!臭不要脸!"

她一想到这世界的男主角光环、女主角光环她就觉得头痛。

小说中陆励廷当甩手掌柜一当就是好些年,这些年里基本没怎么回过陆家。陆励行死后,他一回来就继承了陆励行辛辛苦苦打下的陆氏,从此顺风顺水,不费吹灰之力。

当然,这只是小说中的一个设定,陆励行的存在就是为了壮大陆氏,让陆家成为数一数二的豪门,替陆励廷成功塑造一个总裁形象而已。

纪轻轻都为陆励行感到不值。

"不过你放心,我和你虽然没有真感情,但我好歹也是你名义上的妻子,我会替你守寡的!就算你死了,有我在,别人就休想忘记陆氏是你耗费心血发展起来的,凭什么你吃苦他享福?我的存在,就是提醒所有人,陆氏的发展壮大你功不可没!我决不会让海滨市的人只记得陆励廷那混账东西!

"你放心地走吧,以后每年你的忌日我都会去看望你,还会给你烧香烧纸钱的。"

她说烧香烧纸钱?

被子下的陆励行听到纪轻轻说的这句话,差点儿给气笑了。

他20岁接管陆氏,一路上多少大风大浪都挺过来了。商场如战场,他不知道遇见过多少笑里藏刀的老狐狸、多少忘恩负义的小人,个个欺他年轻,不把他当回事,可即使是再年轻气盛,受到再多的挫折与打击,陆励行都不曾失态过。

他从来没想过,自己有一天,会一而再再而三地栽在一个女人手里。

通宵是常有的事,每次通宵达旦地工作后,陆励行总是会休息两个小时补充睡眠与体力,一晚上的疲惫容易让人陷入深度睡眠,对外界感知很弱,以致纪轻轻进房的动静他没能听到。

今天倒好,他半梦半醒间被人吵醒,自己脸上蒙着被子成了个"死人"?

他如果不醒,她是不是还要直接把他扛出去烧了、埋了?

"都说百年修得同船渡，千年修得共枕眠，陆励行，我们夫妻一场也是缘分，你走好。"本着死者为大的想法，纪轻轻决定原谅他昨晚逼着自己喊二十来声"老公"的事，"昨天的事我就不怪你了，咱们一笔勾销。"

人死如灯灭，人都死了，她还计较什么呢？她有什么可计较的？

纪轻轻叹了口气，正准备离开，被子下的陆励行动了。

纪轻轻以为自己眼花，拧眉看了片刻后，陆励行一把将被子掀开，起身下床，面无表情地看着她。

两个人面面相觑。

纪轻轻听到了自己怦怦地心跳声。

她无比惊讶地想：陆励行醒了？

他没死？

陆励行没死！

陆励行竟然没死！！

那陆励行刚才是在……装死？

她刚才说的话岂不是都被陆励行听见了？

她刚才说了些什么来着？

她说给他烧香烧纸钱？

就在这一瞬间，纪轻轻一种脱身之策都没想到。

"我不争气？"陆励行朝她走了一步。

"……"他果然听见了。

"你要替我守寡？"陆励行似笑非笑，又朝她走了一步。

"……"纪轻轻退了一步。

"你还要给我烧香烧纸钱？"陆励行眉眼一沉，逼得她又后退了一步。

"……"

"我们夫妻一场，你要和我一笔勾销？"陆励行打量她近在咫尺的眸子里的慌乱。

"……"纪轻轻被逼到了墙脚，退无可退。

"我死了？"陆励行俯身问她。

纪轻轻咽了咽口水，脸上露出一个尴尬而不失礼貌的笑容："你……你……你……没死。"

自陆励行出院之后，纪轻轻从不觉得陆励行是一个快死的人，可现在陆励行这脸色阴沉得可怕，纪轻轻唯恐他心肌梗塞一口气提不上来。

她想哭，比刚才一把鼻涕一把泪还要真情实感地哭。

"对……对不起，我喊你……你没醒，我还以为……"纪轻轻知道自己闹了个大乌龙，心虚得很，垂着头，完全不敢抬头看陆励行的眼睛。

可是这能怪她吗？

她都那么大动静了这位爷竟然没听见？他昨天晚上捉鬼去了吧，睡得这么死！

"以为什么？以为我死了？"

在陆励行的犀利视线下，纪轻轻简直无地自容，垂着沉重的脑袋，视死如归地摇了摇头。

她能认吗？

她打死也不能认！

陆励行面无表情地说："不，我死了。"

"不不不，你没死。"

"我没死吗？"陆励行幽幽地说道，"你给我蒙上被子，我一睁开眼，眼前一片黑，还听到你对我说的那些掏心掏肺的话，说得我差点儿都以为我自己死了。"

纪轻轻心一颤，浑身一抖，竭力露出一个让自己看起来不太谄媚的笑："你年轻有为，一定能长命百岁。"

"是吗？你希望我长命百岁？"

"当然！"纪轻轻理直气壮。

陆励行如果能长命百岁，陆励廷是绝对不可能接手陆氏的，她也不必为了躲避男女主角的光环而殚精竭虑。

"是真的，我是真的希望你能健健康康长命百岁，如果可以的话，我愿意把我一半的生命分给你。"

纪轻轻曾被问过一个问题：50年的生命和每天都花不完的钱，以及无限的生命和每天穷困潦倒，你会选哪个？

这还用想？

生命诚可贵，当然是选50年的生命和花不完的钱！

如果生命只剩下了困顿，那么生命将毫无意义。

陆励行死了，她就是后者；陆励行没死她就是前者，她自然是希望陆励行能活下去的。

陆励行眼眸幽深，凝视着纪轻轻，漆黑的瞳眸中只容下了她一个人。

"如果我今天死了，你会怎么样？"

纪轻轻眼珠子在眼眶里转了几圈，识趣地认为此刻自己保持沉默为好。

"说啊。"

"咱们不说这么不吉利的话,咱们说点儿好听的,你身体不好,赶紧回床上躺着……"纪轻轻一弓身一低头,就要从他双臂的包围圈里逃出去。

陆励行侧身挡住她的去路,瓦解她一切的小动作:"你连给我上香烧纸钱的话都说了,还有什么不吉利的话不敢说?"

纪轻轻笑容僵硬,试探着说:"为你穿黑色礼服戴小白花出席葬礼?"

"我会是葬礼上哭得最伤心的那个?"

"捧着你的骨灰盒和黑白照片?"

陆励行:"……"

纪轻轻想了想,认真地说:"我会永远记得你的。"

屋内静了静。

陆励行叹了口气,郑重其事地望着她,同样认真地说:"纪轻轻,你听好了,我不会死,你顾虑的那些,我都会替你解决,我也不会让陆励廷欺负你,听清楚了吗?"

"哦。"

陆励行尾音上扬:"嗯?"

纪轻轻连忙点头:"我听清楚了。"

虽然她不知道陆励行的信心从何而来,但这话语气诚恳,听得她心脏怦怦直跳。

她像是吃了一颗糖。

"你出去吧,我再休息一会儿。"

与此同时,房间外一个颤颤巍巍的声音由远及近。

纪轻轻心里咯噔一下:不好,裴姨……

"励行,爷爷来了,你再睁开眼看看爷爷……你怎么能这么狠心,连爷爷最后一面都不见!"

"少爷,裴姨给你做了你最喜欢吃的酒酿圆子……你再看看裴姨……看裴姨最后一眼!"

"少爷啊……呜呜呜……"

"少爷!"

哭声震天。

房门被推开,一群人站在门口,脸上那悲痛欲绝的表情还在,眼里噙满了泪水,嘴巴张着,但话音在同一时间,戛然而止。

震耳欲聋的哭声刹那间消失。

只见陆励行站在墙脚，将纪轻轻困在自己身前，纪轻轻尴尬到头都不敢抬起来。

倒是陆励行反应过来，若无其事地看向陆老先生："爷爷，怎么了？"

"少爷还活……"这话显然不合适，话刚过脑子，就被咽了下去。

裴姨看见她的少爷好端端地站在那儿，又哭又笑："老先生，少爷没事，少爷没事！"

陆老先生见着戳在床边还活着的陆励行，身子颤颤巍巍，长长地松了口气。

医生急急赶来，给陆励行检查身体。

老先生走到床边，紧紧地握着陆励行的手，眼神透着后怕和惊惧："孩子，没事吧？"

近一个月以来陆老先生为了陆励行殚精竭虑，原本一头还算乌黑的头发如今掺杂了不少银丝。

陆励行反握住陆老先生的手："爷爷，您别担心，我没事。"

"没事就好，没事就好……"

老人家在一个月前就在医生的嘱咐下做好了心理准备，活到他这个岁数，对生老病死也看淡了许多，可刚刚一见着裴姨痛哭流涕的脸，脚一软，依然无法接受这个事实。

幸好，幸好……

众人退到门外，纪轻轻看着陆老先生，不由得心思一动："老先生，也让医生给您检查一下吧。"

老人家经历了大起大落，大悲大喜，她是真的很担心陆老先生的身体。

陆老先生却浑不在意："我不用，我身体好得很。"

"老先生，您就听少夫人一句，让医生给您检查一下，"裴姨也劝道，"少爷身体不好，您可不能也倒下去了。"

"老先生，只是检查一下而已，正好医生都在。"

"您这几天吃不好睡不好的，我们怎么放心得下！"

其他人也纷纷劝说。

"我真的……"

"老先生！"

陆老先生见着纪轻轻与裴姨二人坚持的神色，叹了口气："行！"

约莫半个小时后，医生从老先生房间出来，说老人家身体没什么大碍，就是精神不太好，需要好好休息，不能太过操劳，膳食上得补一补。

纪轻轻听了都记下了，转头看向裴姨："裴姨，陆励廷呢？"

裴姨叹了口气："二少爷今天早上接了个电话就走了。少夫人，您说，这天大的事，难道还有家里的事重要？少爷病重，老先生身体也不好，这紧要关头，他怎么能说走就走？"

能把陆励廷从陆家叫出去的人，纪轻轻猜测，除了沈薇薇，也没别人了。

关于这事，纪轻轻还真猜对了。

当初纪轻轻和沈薇薇发生争执受伤，公司为了安抚沈薇薇，将纪轻轻手上所有的代言和角色全给了沈薇薇。现如今天娱娱乐已经将这事调查清楚，视频一出，沈薇薇既然不是被纪轻轻推下去的，那么那些代言和角色自然也都还给了纪轻轻。

不仅如此，天娱娱乐还将调查结果发到了网上为纪轻轻澄清。

眼看着自己的心血化为乌有，孟寻不甘心，拿着沈薇薇的手机给陆励廷打了个电话。

"少夫人，我先去给老先生熬点儿汤，少爷这边就拜托您多照料了。"

纪轻轻点头："裴姨放心吧。"

"唉……"裴姨叹着气走了。

给陆励行检查身体的医生出来得较晚，纪轻轻问了两句，医生的话还是如从前一样，脸上带着担心与无奈。

纪轻轻隔着门，遥遥看了一眼床上睡着了的陆励行，悄悄离开。

下午6点，纪轻轻蹑手蹑脚地走进陆励行的房间，医生说陆励行身体虚弱，需要睡眠补充精力。纪轻轻也就没叫醒他，只每隔一个小时就进房间来探探陆励行的呼吸。

正准备伸手，她的手机响了起来。

纪轻轻连忙走到门外，半掩了门接听电话。

"是纪轻轻吗？"对面是个男人的声音。

纪轻轻压低了声音："我是。请问你是……"

"我姓秦，叫秦越，天娱娱乐的经纪人，以后也是你的经纪人。"

"我的经纪人？"纪轻轻皱眉不解，"怎么回事？我的经纪人不是孟寻吗？"

秦越在电话中言简意赅："这是公司高层的决定，还有，之前你签约的代言依然是你的，通告我会再通知你。"

"代言？等等，我不是因为沈薇薇那件事——"

"一个月前你在剧组推沈薇薇的事公司已经调查清楚,有视频显示沈薇薇之所以受伤是因为她自己不小心掉下去的,和你没关系。"

秦越的声音很冷淡,公事公办的态度,可以说得上是不客气。

但纪轻轻不在意,她全部的心思放在了秦越刚才说的那番话上:"视频?这么说我现在清白了?我不用赔钱也不用坐牢了?"

"不用,公司微博账号已经发了澄清微博,你去转发一下。"

纪轻轻长长地松了口气,笑了起来:"好的,谢谢秦哥,以后合作愉快!"

"合作愉快。"

秦越说完,挂断电话。

没了债务和坐牢风险的纪轻轻顿时感到浑身轻松。

她抱着手机心情激动,恨不得在原地转几圈。

真相终于查清楚了,现在她是清白的,她终于能理直气壮、昂首挺胸、抬起头来做人了!

纪轻轻猜测这一切都是陆老先生安排的,虽然说这是她和陆老先生之间的协定,但依然不影响她发出老先生真是个慈祥又和蔼的老人的感叹。

对于"纪轻轻"的前经纪人孟寻,她没半分留恋,毕竟孟寻可是一门心思都放在了沈薇薇身上。她就算继续待在孟寻手下,估计也拿不到什么资源,以孟寻对"纪轻轻"的厌恶程度,以后说不定还要打压她。

纪轻轻怀着愉悦的心情走到陆励行床边,例行公事般将食指伸向陆励行的鼻子下,可这次刚探到呼吸,陆励行倏然睁开了眼,两个人四目相对,纪轻轻被吓了一跳。

陆励行这一觉直接睡到了下午6点,睡了足足10个小时。

除了车祸昏迷不醒时,他还从来没有睡过这么长的时间,昨晚熬夜给身体带来的疲惫一扫而光,他睁开眼就看到站在房门外的纪轻轻正压低了声音接电话,正准备闭目养神一会儿,纪轻轻便进来了,把手伸了过来。

"你……你醒了?"

"嗯。"陆励行从鼻腔里发出声音,掀开被子就要起床。

"哎,你干吗?"

陆励行望向窗前的书桌。

"不行!"纪轻轻又把被子给他盖上,"我答应老先生了,要好好照顾你,你现在是病人,什么事都不用干,只需要卧床好好休息。"

"我有事。"

"你有什么事我帮你去干。"纪轻轻十分强势，半步不退让，"老先生都因为你的病情劳累这么久了，你就让他安心一些吧。"

"爷爷没事吧？"

"没事，医生说他就是这段时间累着了，好好休息一段时间就没事了。"

陆励行点了点头，保持沉默，随后坐在床上休养生息，看着纪轻轻嘴角那抑制不住的微笑，问道："什么事这么开心？"

"我之前不是和沈薇薇有个官司吗？"纪轻轻坐在他床边，压低了声音，神秘兮兮的，水盈盈的一双眼睛眯成了月牙，"现在公司已经帮我查清了真相，还帮我发了澄清微博，我不用赔钱也不用坐牢了。"

看着纪轻轻脸上的笑，陆励行眼底藏着自己都不曾发觉的笑意，保持沉默一言不发。

"肯定是老先生帮的我！"说着，纪轻轻迫不及待地打开微博。

果然有天娱娱乐的官方微博对此事发了澄清说明，然而这事酝酿了一个月，网络上的人早将纪轻轻骂得狗血淋头。

舆论酝酿了一个月，眼看着这件事热度就要过去，没几个人关注了，竟然有了个大反转！

纪轻轻看着天娱娱乐官微底下的评论，沈薇薇的转发评论被网友顶成了热门评论。

沈薇薇VV："关于这件事我很抱歉，当时真的误以为是纪小姐推的我，对于这一个月内给纪小姐带来的麻烦与困扰我很内疚，如果纪小姐想追究责任，我愿意承担一切后果。"

因为沈薇薇的这一句评论，微博底下的评论竟然都成了安慰她的。

"虽然不是纪轻轻推的，可我看那个视频，纪轻轻说不定就存了那样的心思，她什么事做不出来啊。"

"我觉得沈薇薇比她漂亮多了，现在经纪公司都这么没眼光的吗？放着沈薇薇不捧，捧个花瓶？"

纪轻轻转发了沈薇薇的那条微博："好的，我会尽快联系律师，追究你的责任。"

种瓜得瓜种豆得豆，沈薇薇既然这么说了，她当然得满足沈薇薇，怎么能让沈薇薇一个人在那儿演？

纪轻轻没管自己这条微博引起的轩然大波，退出微博关了手机。

她朝陆励行露出一个迷人的微笑："陆先生，你觉得我长得漂亮吗？"

陆励行见过不少漂亮的女人，但在他眼里，所有女人都一样。

"一般。"

一般？又是一般？

"你再仔细看看！"

陆励行眼皮一掀："还行。"

还行？纪轻轻泄气，是她眼光太低还是这世界的人眼光太高？

她这么好看的一张脸，怎么能只是"还行"呢？

她这样的美人都只是长得还行，那之后被封为"女神"的沈薇薇长得多漂亮？

"死亡警告，请在10分钟之内夸赞您妻子纪轻轻的美貌5分钟，否则暴毙而亡。"

陆励行眉心紧拧，对着纪轻轻那张脸看了整整1分钟，随后拿起手机，在搜索栏中输入"怎么夸一个女人长得漂亮"。

"已为您找到相关结果约26700000个。"

"你的眼睛仿佛容纳了山川河流，你的红唇拥有神奇的魔力，你的美貌让人茶饭不思，夜夜无法入眠！许多男人见过你，一定在想究竟如何才能得到你！"

…………

"我羡慕昨天与你相见的男人，因为他见到了你昨天的美貌，我嫉妒明天与你相见的男人，因为他见到了你明天的美貌，但我是这世界上最幸运的男人，因为我见到了今天的你！今天的你，现在的你，就是最美的你！"

…………

"你的美貌让我无地自容，求你不要再散发这该死的魅力来诱惑我……"

…………

"啊！女人！你是花丛中的玫瑰，是百合花中的蓓蕾，是夜空中最璀璨的一颗星星，是深海中最美的一条美人鱼，你有天使般纯洁的容颜，是我心中最美的女神！"

陆励行手一顿，差点儿把手机给掰了。

小说中沈薇薇被誉为"零瑕疵女神"。

纪轻轻还记得小说中对沈薇薇的描写，说她是出水的芙蓉，是演艺圈一道清纯亮丽的风景。不少与她合作过的导演、演员纷纷表示，沈薇薇是自己接触过的最让人舒服的女演员，没有比她更干净的人了。

沈薇薇在演艺圈崭露头角后，走的一直也是清纯路线，唯有一次颁奖典礼，沈薇薇一改往日形象，身着一条裸背性感红裙，在该颁奖典礼上，她成了摄影师的宠儿，同时，那次颁奖典礼让她的热度更上一层楼。

那次颁奖典礼之后，众人这才发现，沈薇薇简直是个全能型艺人，纯洁善良与火热妖艳，两种截然相反的形象她都可以轻松驾驭。

此后，沈薇薇在演艺圈邀约不断，没过多久，便成了炙手可热的一线演员。

纪轻轻在微博里搜索着沈薇薇的近期照，那是一张被所谓"路人"抓拍的路透照，照片上沈薇薇穿着一条白色齐胸长裙，妆容精致，即使将照片放大，依然看不到丁点儿脸上的瑕疵，显然是参加某典礼时的照片。

"我和她，你觉得谁比较好看？"

纪轻轻举着沈薇薇那张照片，将屏幕与自己的脸放在一起，让陆励行做选择。

陆励行将目光从自己的手机上移到她的手机上，手机上的女人确实漂亮，让人一眼望过去感觉很舒服。

但纪轻轻用满怀期待的目光望着他，眼里只有他一个人，等待着他的回答，只认可他的回答，仿佛他的回答至关重要。

陆励行心头莫名柔软，脱口而出："你。"

"嘻嘻，我就说嘛！"沈薇薇那个寡淡柔弱的样子，怎么会比纪轻轻的这张脸好看。

论眼光，谁都比不过陆励行。

纪轻轻退出微博，心情愉悦。

她替陆励行披了披被角："你好好休息，我去看看老先生，如果有什么事就叫我。"

"等等，"陆励行叫住她，"你还记得昨天我说过什么吗？"

纪轻轻一头雾水："说过什么？"

"每天叫24声'老公'。"

在夸赞纪轻轻5分钟与让纪轻轻喊自己24声"老公"之间，陆励行斟酌再三，还是选择了后者。

陆励行这一本正经的语气，让人简直看不出来他是不是在开玩笑。

纪轻轻想起昨晚那24声"老公"，脸飞快地由白变红，继而恼羞成怒："昨天要我还不够，今天还要要我？"

"我要你？我为什么要要你？"

"我怎么知道你为什么要要我？可是你现在不是在要我是什么？"纪轻

轻实在是不明白，陆励行这是什么恶劣性子，竟然喜欢听人叫他"老公"，1遍不够还得来24遍？

纪轻轻真是受够他了："一码归一码，你病重是一回事，但不表明我得无底线地去迁就你，我绝对不会再像昨天那样被你耍着玩了！我也绝对不会像昨天那样再叫你老……"

关键时刻纪轻轻及时刹车，把"公"字咽了回去。

"老什么？"

"我不会上当的，说了不喊就不喊。"纪轻轻起身，"你死了这条心吧，别费劲了，好好休息。"

他想那些有的没的干吗？人都快死了还在这儿老婆老公的，真腻歪。

纪轻轻打了个寒战，正准备离开房间，手腕却被陆励行一把握住。

她无奈地望着陆励行："陆先生，又有什么事？"

"死亡警告，最后5分钟。"

陆励行深吸一口气，让自己冷静下来："你有没有听说过一句诗？"

"什么诗？"

"手如柔荑，肤如凝脂，领如蝤蛴，齿如瓠犀，螓首蛾眉，巧笑倩兮，美目盼兮。"

"这不是《诗经》里的诗吗？怎么了？"

"你知道它是什么意思吗？"

"知道啊。"纪轻轻不知道陆励行哪儿来的兴致和自己探讨古诗词，"这是卫人赞美卫庄公夫人庄姜的诗歌，说夫人她手指纤细像嫩荑，肌肤白皙如凝脂一样，颈似蝤蛴丰润白皙又优美，牙齿像瓠瓜子一般齐整，额角丰满眉毛细长，一颦一笑——"

陆励行睁眼打断她："这句诗我觉得同样适合用在你身上。"

纪轻轻微愣："我？"

纪轻轻百思不得其解，这陆励行好奇怪啊，怎么回事？他有什么意图？他干吗突然和她说这个？

她是不是应该让医生进来检查一下陆励行的脑子？

"你有没有注意过你的眼睛？"

纪轻轻眨眼。

陆励行望着那双明亮的眸子："很漂亮。"

纪轻轻脸有些红："是……是吗？谢谢。"

陆励行的目光从她的眼睛上挪开，放在她挺直的鼻梁上，停顿片刻后往下移,如同临摹画卷一般,仔仔细细,一点儿一点儿地在她的脸上扫过,没放过任何一个角落,将纪轻轻的一切都印在脑海中。

沉默5秒后,陆励行再次尝试着开口:"你知道男人喜欢什么样的女人吗?"

纪轻轻想了想:"沈薇薇那样的?"可怜弱小又无助的女人能激起男人的保护欲。

"不,是你这样的。"

纪轻轻震惊。

她这么有魅力吗?

"你怎么了?"纪轻轻见他合上双眼,呼吸陡然加重,一副要升天的模样,紧张地说道,"别说了别说了,好好休息会儿吧。"

"死亡警告,还有最后3分钟。"

陆励行睁开双眼,木然地望着纪轻轻,放弃了抵抗:"你的眼睛仿佛容纳了山川河流,你的红唇拥有神奇的魔力,你的美貌让人茶饭不思,夜夜无法入眠!许多男人见到你,一定在想究竟如何才能得到你。"

纪轻轻打了个寒战,鸡皮疙瘩都起来了。

陆励行这是疯了吗?他怎么突然胡言乱语起来?

"你怎么了?"

她打量着陆励行那张严肃认真的脸,心底蓦然担忧起来。

难道?

难道……他大限将至,所以神志不清以致胡言乱语?

她顺着陆励行的话哄他:"我现在是你的妻子,你放心,我是其他男人永远都得不到的女人!"

陆励行有气无力地说:"你让我说完。"

"哦……你说。"

"你的美貌让女人无地自容,以后你不要再散发这该死……"陆励行沉默,这几个字简直突破了他的底线,"以后你不要再散发这迷人的魅力来诱惑别人……"

纪轻轻支支吾吾:"我没有……"

陆励行莫非在敲打她?

他是不是误会什么了?

纪轻轻自认在陆家挺老实的,就算对陆励廷这个旧情人也视而不见,难道她以后还要蒙面不成?

"你就像是花丛中的玫瑰，百合花中的蓓蕾，夜空中最璀璨的一颗星星，你是深海中最美的一条美人鱼，有天使般纯洁的容颜，是我心中最美的女神！"

"任务成功，生命值加5，当前生命值为5小时。"

"你……说这些干吗？"

陆励行脸不红心不跳，故作淡定："夸你。"

纪轻轻嘴角抽搐，整个人被雷得外焦里嫩。

原来说这些话都是在夸她？

这真是活得时间久了什么都可能见到。

陆励行这夸人的话，还真是相当……别具一格。

特别是配上陆励行那张严肃冷静的表情，他一本正经地看着她，说着这些夸人的话，格外诡异，让她特别想笑。

纪轻轻想笑，可在一个病人面前实在不好笑出声，低头死憋，没忍住，乐出了声，一抬头就看到陆励行双目凝视着自己。

"呃……谢谢你的夸奖，我很……很高兴哈哈哈哈哈哈……哈哈哈……"纪轻轻知道自己在陆励行面前这么肆无忌惮地笑简直可恶，可她实在是控制不住了，弯腰笑得肚子疼，脸都笑酸了。

"很好笑？"

纪轻轻猛地捂住嘴，憋得脸颊通红，猛摇头："不好笑不好笑，一点儿也不好笑，那个什么……你说了这么多，你要不要喝……呵呵呵哈哈哈……喝水啊哈哈哈……"

陆励行一字一顿地说："不喝，谢谢！"

纪轻轻忍得辛苦，浑身都在抖，咬唇克制："那既然你不喝……哈哈那我就先不和你说了，我去看看老先生。"

她看都不敢再看陆励行一眼，唯恐控制不住自己笑出声来让他难堪，一溜烟儿地跑出了房间。

"少夫人……您这是怎么了？"

"啊？我……我……我没事啊，我有什么事吗？"

"是不是这空调的温度开得太高了？还是过敏了？您这脸……怎么这么红？"

"温度，是有……有点儿高，不过没事，待会儿就好了。"

陆励行望着门口的方向，靠在床头，闭上眼，沉重地叹了口气。

生活对他真的好无情。

陆励廷到医院时是上午9点，接到孟寻的电话他便从陆家风风火火地赶来了。

"薇薇呢？"医院走廊里，陆励廷成功地见到了孟寻。

孟寻下巴仰起，朝着最近的一个病房示意："在里面。"

"怎么回事？"

孟寻看着眼前这个俊朗的男人，低声道："今天天娱娱乐发了一条微博，澄清了一个月之前薇薇受伤的事。你知道，当初薇薇因为这件事浑身多处骨折，脸也受了伤，以后在演艺圈的发展可能还会受影响，所以她心情一直不好。

"幸好我前段时间给她争取了几个代言和角色的面试，薇薇为此带病准备了很久，可是公司那条澄清微博一出，将薇薇的代言和角色都给了纪轻轻，刚才纪轻轻的经纪人联系我，说他们要追究薇薇的责任，都怪我一时没瞒住，薇薇知道后一时激动……"

陆励廷脸色阴沉得可怕："我知道了。"

说完，他推门而入。

孟寻站在病房外，透过病房门上的玻璃，看到沈薇薇一下扑进了陆励廷的怀里，嘴角勾起一抹意味深长的笑。

病房内，陆励廷一把将沈薇薇抱在怀里，看着她手腕上的纱布，既心疼又生气："为什么要干傻事？"

沈薇薇将脸埋在陆励廷怀里，哽咽着摇头。

在病房里躺了一个月的沈薇薇如今越发瘦了，下巴尖尖的，脸色苍白，整个人在宽大的病号服里直晃，被陆励廷这么一问，眼眶里落下一滴泪来，更勾起男人的保护欲。

陆励廷不自觉地放软了语气，生不起气，只剩下心疼，扶着她坐在床沿上："别怕，有什么事告诉我。"

沈薇薇这才痛哭出声，捂着自己的右脸，那儿有一道一指长的疤。

她望着陆励廷欲言又止，眼里噙满了泪水，仿佛有满腹的委屈想说，最后却独自将委屈和着眼泪往下咽，倔强地说道："我没事。"

陆励廷叹了口气，薇薇在他面前从来都是这样，无论遇到什么事都藏在心里，独自承担，既不愿给他添麻烦，又不愿向他诉委屈，所有的事都得他自己查了才知道。

"薇薇，我是你的男朋友，我希望你无论有什么委屈都能告诉我，我会保护你的。"

沈薇薇摇头,强颜欢笑,说道:"我没受委屈。"

"你到底还要瞒我多久?"

"我……"

"你的经纪人已经将这件事告诉我了,无论你受伤是不是因为纪轻轻推了你,但都是因为她来找你麻烦你才会滚下山丘的!现在她还要追究你的责任?"

从前是他瞎了眼,以为她只是有女人的小性子,谁知道她实则心肠歹毒,嫉妒心重,为人斤斤计较!

"是我的错,当时情况太混乱了,我误以为是她把我推下山丘的,这一个月以来纪轻轻不仅被在派出所关了几天,还被人骂……她要追究责任也无可厚非,我只是……"

"薇薇……"

沈薇薇嘴角扯出一抹笑,将她右脸脸颊上的疤拉扯得越发明显:"励廷,你别担心我了,经过这次之后我也想通了,大不了,我们回到那个出租屋里,各自找份工作,之后再攒点儿钱,日子也能过得很好的。"

陆励廷心底愧疚更甚。

只要他愿意,他可以让薇薇住别墅,坐豪车,当女一号,接代言,可是薇薇跟了他这么久,除了苦,什么都没有得到过,他眼睁睁地看着她在演艺圈打拼,受委屈受欺负,看着她独自把心酸往肚里咽也不肯和他说。

他叹了口气,搂着沈薇薇瘦弱的肩,郑重承诺道:"薇薇,你放心,我会替你解决的!"

沈薇薇急了:"别,演艺圈的事你不懂,别掺和,我自己能解决,大不了……我向她道歉,赔偿她所有的损失——"

陆励廷却沉声道:"够了!别说了,我是你男朋友,绝不会一次又一次地眼睁睁地看着你被人欺负。你放心,我心里有数,不会乱来的。"

他心疼地看着沈薇薇缠着纱布的手腕:"以后别干傻事了,知道吗?"

沈薇薇眼中含泪,点了点头。

陆励廷不放心她,又在医院陪她到下午,手机上十来个未接电话,实在是不能再待下去了,这才从医院离开。

陆励廷前脚刚走,孟寻后脚就进了沈薇薇的病房,看着坐在床头拿纸巾擦拭眼泪的女人,笑道:"怎么样?"

沈薇薇懒懒地往后一靠,眉梢向上一挑,与刚才在陆励廷怀里可怜兮兮的女人判若两个人,看着自己包扎着纱布的手腕,嘴角勾起一抹迷人的笑:"男人啊,囊中之物。"

陆励廷从医院离开,到家时已经7点多了。

整个别墅灯火通明,陆励廷刚步入客厅,裴姨迎面而来:"我的少爷,给你打了多少个电话,您怎么才回来?!"

"裴姨,怎么了?"

说大事其实也没有,就是早上的时候她误以为陆励行不行了,让人接连给陆励廷打了好几个电话。

"老先生病了,现在在房间里休息,你有时间去陪陪老先生吧。"

陆励廷点了点头。

纪轻轻欢天喜地地从楼上下来,陆励廷见她笑得嘴角都快咧到耳后根了,脚步轻盈,明显心情不错。

"少夫人……您这是怎么了?"

"啊?我……我……我没事啊,我有什么事吗?"

"是不是这空调的温度开得太高了?还是过敏了?您这脸……怎么这么红?"

"温度,是有……有点儿高,不过没事,待会儿就好了。"

"那您先去吃饭吧,老先生和少爷的饭菜待会儿我端去房间,您今天辛苦了,好好休息。"

"谢谢裴姨。"

陆励廷双眼微眯,跟着纪轻轻坐到了餐桌前,指节叩在餐桌上,发出咚咚的声音引人注意。

纪轻轻仿佛这才发现了陆励廷的存在一般,收敛了自己脸上的傻笑:"哇!我们二少爷回来了?"

陆励廷从沈薇薇那儿回来后心里憋着火,一听纪轻轻这阴阳怪气的更是窝火:"纪轻轻,别装模作样,刚进门不过两天就喧宾夺主以为整个陆家都是你的?别以为我不知道你打的什么主意!

"是!你是找了个不错的男人,帮你摆平这么多事,连视频都能给你找出来,你现在心里一定很得意吧?自己的小心思没被人发现。"

纪轻轻慢条斯理地给自己夹菜,实在不想搭理陆励廷这刺头:"既然你自己也说视频都出来了,就应该知道这件事不是我的错。"

"确实不是你的错,可是你为什么要追究薇薇的责任?她因为你受伤,脸上的疤可能这辈子都没办法祛除！"

"又不是我推的她，你朝我吼什么？"纪轻轻冷笑，"你可别诬陷我，她可不是因为我受的伤，事实如何视频里清清楚楚！"

只要有理，纪轻轻向来理直气壮。

"可是如果你不找她麻烦，她又怎么会受伤？"

纪轻轻惊讶地看着他："你又怎么知道是我找她麻烦？有证据吗？"

"纪轻轻，你……"

"你们都说沈薇薇受伤了真可怜，那我呢？"

"你？"陆励廷上下打量着她，"你吃好喝好，受伤的不是你，你有什么事？"

纪轻轻也觉得这事真有意思："明明不是我干的却背着故意伤人的罪名，在拘留所里待了几天，面临坐牢的风险，不仅要赔偿她沈薇薇的损失，还得承受铺天盖地的漫骂，我做错了什么吗？在这件事上我才是无辜的，明明我才是受害者，我为自己鸣不平，追究她的责任有什么错吗？你们凭什么指责我？"

陆励廷后槽牙紧咬："你不就是想要钱吗？你开个价，只要你答应放过薇薇。"

纪轻轻耸肩："我为什么要开价？我现在是陆太太，有花不完的钱。而且我追究她的责任是因为沈薇薇她自己说愿意承担所有的责任，我成全她而已，更何况不出这口气，我心里不舒服。"

"纪轻轻，你……"

纪轻轻欢天喜地地刺激陆励廷，毫无负罪感："你别说我，你以为你自己是好东西？你离开陆家这么多年对陆家不闻不问，陆家是你大哥辛辛苦苦撑起来的，现在你大哥快死了你就回来准备继承陆家，那你好歹也装装样子行吗？我为了陆家的钱，至少还会待在陆家照顾老先生，你呢？一整天不见人。他们是你的亲人，一个病重一个年迈，都需要人照顾！把家产交给一个白眼儿狼，我都替他们感到心凉！"

"纪轻轻！这是我们陆家的家事，和你没关系！"

"她是你大嫂，你说有没有关系？"一个低沉的声音从餐厅门口那边传了过来。

纪轻轻心猛地一跳，回头一瞧，是陆励行。

病得这么重还瞎跑，他这不是作死吗？不要命了？

纪轻轻冷淡嚣张的表情瞬间变得乖顺委屈，小鸟似的扑向了陆励行：

"你怎么下来了？你身体不好得回房躺着。"

陆励行将她这变脸的速度看在眼里："我没事，下来走走。"

陆励廷在一侧看着二人眉来眼去，心里恨得直痒痒："大哥，我也不和你绕弯子，这个女人不安好心，曾经和我在一起过，为了攀上一个有钱人，就把我给踹了！"

陆励行冷冷地望着他，眼底多了几分彻骨的寒意："陆励廷，你给我听好了，我不管你和纪轻轻从前是什么关系，往后她就是你大嫂，在这个家里，只要我还没死，就不允许你欺负她！"

纪轻轻心里像吃了蜜似的甜。

这种被人护着的感觉，是她从未感受过的。

虽然陆励行命不久矣，但在他没死的时候能这么护着她，她已经心满意足了。

陆励廷阴沉着脸看着陆励行："大哥，你才认识她多久就这么信任她？这个女人在外风评很差，你随便去查一查就知道她到底是个什么样的人。谁不知道你身体不好，她趁着这个时机嫁给你是为了什么，明眼人都看得出来！"

"她嫁给你，就是为了钱而已！你还把她当宝？"

陆励行轻描淡写地看了他一眼："我知道她是为了我的钱，我有钱，不行吗？"

"可是陆家……"

"陆家现在的一切和你有关系吗？就算我真的死了，轻轻也是我遗产的继承人之一！"

陆励廷哑口无言。

"行了行了别说了，你身体不好，得上去休息。"纪轻轻知道他们兄弟俩关系不好，却没想到会这么针锋相对，唯恐陆励行被陆励廷那浑蛋给气倒了，强硬地扶着陆励行回房。

陆励行也没打算与陆励廷多说，他对这个离家多年的弟弟没太多的感情，警告一两句也就算了，就着纪轻轻的搀扶上楼。

纪轻轻低声在他身边嘀咕："你这么帮我，我都不知道怎么报答你。"

陆励行若无其事地说道："不需要。"

纪轻轻笑了。

其实，陆励行还挺正人君子的。

夜幕逐渐降临，别墅陷入一片宁静夜色中。

壁上时钟的时针指向 11。

自出车祸以来累积的一个月的文件陆励行已全数看完，对于公司当下几个重要项目的进度做到了心里有数。

唯一让他忧心的是，他该如何说服爷爷让他回公司。

现代医学检查出他现在器官衰竭，危在旦夕。他身体状况如此差劲，陆老先生又怎么会答应让他去公司？

"死亡警告，请于今晚 12 点前与您的妻子纪轻轻同床共枕。"

陆励行双眼微眯："你有什么办法可以让我看起来像个正常人吗？——仪器也无法检测出来的那种。"

"有，完成任务有奖励。"

陆励行沉思良久，起身朝外走。

但刚走到房门口，似乎意识到了什么，他回头看了一眼整齐的床铺，随后走到桌前，拿着杯子倒了杯水，面无表情地走到床前，将一整杯的水倒在了床上。

水瞬间浸透床铺，床单湿了一大块。

陆励行到纪轻轻房门口时，纪轻轻在房间里洗漱完毕，正准备上床睡觉，门外传来了一阵缓慢而沉重的敲门声。

她打开门一瞧，是陆励行。

"陆先生？你怎么来了？"大半夜的，他一个重症病人乱跑，不要命了？

陆励行站在她的门外，一本正经地看着她。

两个人面面相觑。

10 秒后，陆励行说："之前你说你要报答我的，现在还算数吗？"

"当然算数。"

"我们……睡一晚上？"

空气突然安静了下来。

又一个 10 秒后。

砰——

陆励行吃了个闭门羹。

纪轻轻毫不留情地将陆励行给关在了门外。

他们睡一晚上？

他要干吗啊！

孤男寡女的，刚结婚没两天他就想一起睡觉，以后他们岂不是得上床？

纪轻轻气得不行。

但在房间里转悠一圈后，纪轻轻冷静下来。

这两天陆励行的回光返照时间太长，以至于她三番两次地忘了陆励行其实是个病得快死的人。

她将房门拉开一条缝，隔着门缝看徘徊在门外穿着一身宽松家居服的陆励行。

走廊光线很暗，只有她门前的一盏橘黄色小灯的光从天花板上打在陆励行肩上。

她看不清陆励行在微弱灯光下的表情，只看得见他背后的深不见底的黑暗。他孤身一人。

她将门打开，房间里明亮的光线瞬间涌出，驱散了陆励行身后无尽的黑暗。

"你刚才说什么？"

"我们睡一晚上。"

纪轻轻问："怎么睡？"

"你睡左边，我睡右边。"

纪轻轻眨眼："就睡觉？"

陆励行反问："除了睡觉，你想发生点儿什么？"

"……"他气不气人？

"我喝水的时候不小心将床铺弄湿了，太晚了不想麻烦裴姨，你如果觉得不方便……"

纪轻轻将门拉开："进来吧。"

她总不能真的让病人去睡书房或是沙发吧？

纪轻轻住的是裴姨特意收拾出来的一间带洗手间的客房，有一面朝东的落地窗，房间里有大衣柜和化妆桌，虽然和陆励行的主卧不能比，但也很舒适。

陆家已经很久没入住过女人了，纪轻轻的房间和他们男人的房间不同，最大的不同在于，纪轻轻的被子是香的。

那不是昂贵香水的味道，而是一种特殊的，属于女人味的香。

这股香气直接蔓延到房间里的每个角落，踏进纪轻轻房间的瞬间，陆励行就闻到了。

纪轻轻里面穿着一件粉色丝绸小吊带，外面穿着一件长度到大腿的丝绸外套。这种睡衣的特点是轻薄贴身，摸上去的触感和与身体直接接触差不多，平时纪轻轻穿着这身睡衣很舒服，但现在和别人同床共枕……

这睡衣是不能穿了。

想了想，纪轻轻去洗手间换了一套保守的长袖纯棉睡衣，出来就看见陆励行站在床边，若有所思地看着床。

两个人站在床边沉默片刻，都为今天晚上的同床共枕感到头痛。

"你放心，我睡觉很老实的，一米八的床，够咱们俩睡了。我睡这边你睡那边，以枕头为中间线，不许过来，不许碰我，不许占我便宜。"

陆励行看了她一眼："我占你什么便宜？"

"我是个女人，你说的，很有女人味的女人，男人都喜欢我这样的女人！"

"我不会占你便宜。"陆励行对今天赞美纪轻轻，由衷地感到懊悔。

"那睡觉吧。"

两个人上床。

纪轻轻在不掉下床的前提下，竭力往床边靠。

陆励行："……"

他不说是招蜂引蝶，但平日酒会宴会上前来搭讪的女人也不少，有这么恐怖吗？

这也不能怪纪轻轻，从小到大，和她接触过的异性一只手都数得过来，她和男人连手都没牵过，现在倒好，直接从二十多年的单身人士飞跃成了有夫之妇。

她不习惯，特别不习惯。

纪轻轻窝在被子里，束手束脚地缩成一团，能明显感受到身侧的床铺凹陷下去，一股独属于男人的味道慢慢地从被子里的空气中弥漫开来，莫名地让她心跳加速，脸上滚烫，碰都不敢碰。

这还是她第一次和男人在同一个被窝里睡觉。

半响，纪轻轻从被窝里探出头来，看着陆励行憋出一句："要不我睡书房或者沙发吧？"

陆励行眼皮一掀："睡觉。"

"哦。"

他把灯关了。

纪轻轻睁着眼睛，睡不着。

陆励行闭着眼睛，同样睡不着。

纪轻轻眼睛疲惫，困得要命，可脑子里面一团乱麻，还在那儿嗡嗡作响。

陆励行则是精神得很，他之前从来没有在凌晨1点前睡过，现在这个时间，不属于他的睡眠时间。

约莫过了一个小时，纪轻轻小心翼翼地动了动麻痹的手，从差点儿让自己窒息的被窝里探出头来，劫后余生般大口呼吸了几下。

她枕边的陆励行似乎是睡着了，呼吸平稳，面容安详，纪轻轻悄悄地伸出手指靠近他。

还好，他还有气。

她想了想，又摸了摸他的额头，再摸了摸自己的额头，温度没什么变化。

陆励行睁开眼，幽幽地来了一句："放心，我还没死。"

纪轻轻脸上挂着尴尬的笑，缓缓收回停留在半空中的手。

"你没睡呢？我就是担心你……"

陆励行闭着眼嗯了一声："如果你没过来看我死没死，我现在应该已经睡着了。"

"……"

纪轻轻不说话了。

整个房间内安静得能听见对方的呼吸声。

纪轻轻侧躺在枕头上看陆励行的侧脸，鼻梁高挺，眉目英气，白日里看上去很是冷冽不好接近的一个人，现在看却觉得脸部线条异常柔和。

这两天相处下来，如果没有医院一次又一次的诊断报告，她真的难以相信这个男人竟然是个病入膏肓的人。

纪轻轻经历过的生离死别只有一次。

那是她小时候邻居家一个做糖葫芦的老婆婆，卧病在床一个多月，突然有一天能下床了，还很有精神地和她说话，给她做当时她眼馋的糖葫芦。她当时年纪小，以为老婆婆好了，还缠着老婆婆多做了几串，结果第二天老婆婆就去世了。

长大后回忆起来，她才明白这是回光返照。

陆励行也会这样吗？

她胡思乱想着。

他会不会也像老婆婆一样，突然就去世了？

他会不会……

纪轻轻猛地睁大眼睛，看向枕边的男人。

不会的不会的，陆励行白天身体看上去那么好，不可能有什么意外。

仔细想了想，纪轻轻翻身背对着陆励行，拿出手机。

她没学过护理，不过医生嘱咐的时候她在旁边听了两句，记得医生说过，以陆励行现在这身体状况，最好是每小时观察一次，以防万一。

她给手机定了7个闹钟，一小时振动1次，直到明天早上7点，然后将手机塞到自己枕头下，闭上眼睛睡觉。

直到纪轻轻呼吸平缓，陆励行这才睁开眼睛，凝视着纪轻轻。

他的枕边空了近三十年，对酒会上遇到的浓妆艳抹、香水呛鼻的女人没太多的好感，但今天见着披头散发、穿着宽松家居服的纪轻轻，却意外地觉得顺眼。

纪轻轻身上传来的淡淡的香味侵入他的鼻腔，这股淡淡的香味让他紧绷一天的神经慢慢松懈下来，以一种放松的姿态闭上眼睛。

他有了几分睡意。

或许今天他能很快入睡。

下一秒，一条柔软的手臂伸了过来，横在了陆励行胸前。

纪轻轻穿着长袖，可睡着睡着袖子已经被蹭上去了，那手臂滚烫，碰到了陆励行的肌肤，迷迷糊糊间感觉到那里有些凉，很舒服，手又凑了上去，在那上面磨蹭着。

腹部传来一阵滚烫的感觉，陆励行一把捉住那只不安分的手，控制住她的动作，呼吸陡然加重，一股莫名的燥热感从他的小腹蔓延至全身。

他是个男人，有着男人该有的本能。

感觉到有人抓住了自己的手，纪轻轻不安地动了动。

陆励行深吸一口气。

有些女人表面上看上去规规矩矩的，睡着了竟然这么……这么烫？

陆励行无奈地将那条手臂从自己小腹上抓了下来，扔了出去。

纪轻轻在床上翻了个身，带走了陆励行身上大半的被子。

秋天温度有些低，深夜有几分凉意，陆励行伸手去扯纪轻轻的被子，可被子被纪轻轻搂得死死的，他一时间竟然没扯过来。

陆励行看着纪轻轻不规矩的睡姿，无奈地躺下。

5分钟后，一条腿伸了过来。

陆励行面无表情地将那条腿从自己大腿上推了下去，趁机抢了些被子过来。

然而这被子才盖上，一条腿和一只手再次缠了上来，紧紧地将他连同被子齐齐抱住，不仅如此，还霸占了他的枕头。

陆励行就这么被纪轻轻裹在被子里，只露出个头来，动弹不得。

"纪轻轻！"陆励行咬牙切齿，推了推她。

纪轻轻没反应，完全睡死了。

陆励行深吸口气，费劲地将手从被子里伸出来，将她的手和腿从自己身上挪开，把她连同被子一起送到床的另一边，他自己则待在床的这一侧，与纪轻轻保持特别安全的距离。

几乎把一整张床都送给纪轻轻滚了，陆励行想，这下她总不会再过来了吧？

10分钟后，纪轻轻又滚了过来。

陆励行："……"

现在女孩子睡觉怎么都这样？

陆励行想起纪轻轻说的那句"我睡觉很老实"。

这叫老实？

陆励行第一次觉得女人比陆氏要难搞得多。

他头痛，很头痛！还是那种无计可施的头痛！

他累了，通宵工作都没这么累过。

再一次将纪轻轻推开，陆励行索性坐起来。他倒要看看，这女人今天晚上到底要怎么滚！

大不了他不睡了。

反正照纪轻轻这么滚下去，他也没的睡。

凌晨1点整的时候，纪轻轻枕头底下的手机振了一下，纪轻轻猛地惊醒，看着面前凌乱的床铺，蒙了片刻。

她半坐在床头茫然地望向四周，最终视线定在陆励行身上，大脑晕乎乎的，这才反应过来似的，把手指放在陆励行鼻下探了探他的呼吸，捂着额头试了试他的体温，发现一切正常后松了口气，倒头就睡。

不到1分钟，纪轻轻呼吸平稳。

第二次手机振动的时候，纪轻轻眼睛都睁不开了，迷迷糊糊地将手机的闹钟关掉，保持着手握手机的姿势眯上了双眼。

就在陆励行以为她睡着了的时候，纪轻轻伸手强行将自己的眼睛撑开，拍了拍自己的脸让自己清醒过来，随后迷迷糊糊地爬起来，伸出手在陆励行的鼻子下探了探，又摸了摸他的额头，趴在他胸前听了听他的心跳，确定没什么异常之后这才放心睡去。

月光从窗帘洒进屋里,窗前落了一地的银霜。

陆励行睁开双眼,借着屋内微弱的月光看向纪轻轻,随后单手撑起上半身,凝视着她。

他不知道自己心里是什么情绪。

半响,他伸手从纪轻轻面前绕到枕头下,拿出她的手机,将剩下的5个闹钟给关了。

翌日一早,天边露出蒙蒙一层霞光,裴姨准备好早餐后,将早餐端去陆励行的房间,推开门,房间里空无一人。

"少爷?"裴姨推开洗手间的门,仍旧不见人。

裴姨心慌了一下,随后找来几个人,和她一起将别墅上上下下都找遍了,也没见着陆励行。

一个病重的人一大早能去哪儿呢?

裴姨心里焦急,也不敢瞒着,直接将这事告诉了陆老先生。

老先生一听,倒是没裴姨那么急,让裴姨先冷静下来,陆励行不是个不知轻重的人,在这样的身体状况下,不会到处乱跑:"都找过了吗?"

裴姨想了想:"还有二少爷的房间和少夫人的房间没去找。"

"去看看。"

裴姨带着人打开了陆励廷的房间,不只陆励行不在,陆励廷也不在。

"一天到晚往外跑!"看着空荡荡的房间,陆老先生极为不满。

陆励行病成这样,陆励廷还整天往外跑。

裴姨也不敢为陆励廷说话,只是笑笑:"老先生,找到少爷要紧。"

陆老先生转身就走。

来到纪轻轻的房间外,裴姨敲了敲门,见没人开,心里犯起了嘀咕。

有些奇怪,纪轻轻一般是7点起床,现在都快8点了,怎么还一点儿动静都没有?

裴姨又敲了敲门,依然没有回应。

她看了一眼陆老先生,陆老先生避嫌转过身去,裴姨这才将房门打开。

"这……少爷……少夫人……"裴姨瞠目结舌地看着眼前的这一切。

一米八宽的床上,被子被踹到了床头一角,大半拖在地上,纪轻轻整个人如八爪鱼似的攀在陆励行身上,一条腿横跨陆励行的大腿,手抱住他的腰部,头枕在他的肩上,几乎是将人当作抱枕。

而陆励行身上的睡衣衣襟往上掀起，腹部结实的肌肉暴露，上面还缠绕着一条白皙细长的手臂。

两个人睡得很沉，对刚才一系列的动静没有丝毫反应。

听到声音，陆励行最先醒来。

首先映入他眼帘的是一条白净的手臂，乱糟糟却柔软的头发盖住了他大半张脸，将头发从脸上扒拉下去后迷迷糊糊地朝着声音的方向望去，看到了瞠目结舌的裴姨以及一脸欣慰的陆老先生。

"干吗啊……吵死了……"纪轻轻迷迷糊糊地醒来，眉心紧皱，一肚子的起床气，双眼艰难地睁开一条缝隙，一大片裸露的肌肤、强健有力的手臂、宽阔的臂膀以及……陆励行的脸，赫然出现在眼前。

"陆励行！你流氓！"

陆励行："……"

在陆老先生以及裴姨面前，纪轻轻真的好气。

这算什么？

这算什么！

一个女人半夜饥渴难耐，勾引自己快死了的老公？

纪轻轻完全不敢直视陆老先生和裴姨的眼睛，直接滚到了被窝里，把自己裹成了球，并拒绝与外界沟通。

这太丢人了，真的太丢人了！

纪轻轻回顾自己二十多年的人生，从来不觉得有哪天像今天这样丢人过！

今天她简直把自己的脸都丢尽了！

她刚刚醒来是什么样来着？

她的手好像是抱着陆励行的腰？

她的一条腿好像是压在陆励行的大腿上？

那她的头呢？

她的头在哪儿？

纪轻轻仔细回想刚醒来时候的样子，陆励行腹部结实的肌肉在她眼前晃来晃去，晃得她脸颊发烫，心怦怦怦跳得厉害。

难道她的头在陆励行的肩上，还是手臂上？

难道她的头是在他的胸口上？

她不会这么倒霉吧？

纪轻轻莫名想哭。

她睡觉明明挺老实的，怎么和陆励行睡一晚上，就成那个样子，还直接撞在枪口上了？

陆励行如果是她儿子，病得这么重还被女人勾引，她一定要把那女人给撕了！

现在她简直不敢想陆老先生在想些什么，又怎么看待她。

或许老先生打心底里认为她就是个一个劲儿地勾引自己孙子的不检点的女人！

纪轻轻惴惴不安。

陆励行听到纪轻轻悲愤地喊出"流氓"这两个字，又看着被窝里团成一团的人，简直要被纪轻轻给气笑了。

恶人先告状？

他是流氓？

到底谁是流氓？

昨晚他规规矩矩的什么都没干倒成了流氓？

一个女孩子睡觉那么不老实，在一张床上滚来滚去，把人当抱枕还说"抱枕"耍流氓？

真是遗憾这房间里没有摄像头，否则他真要将纪轻轻昨晚的表现调出来让她亲眼看看，看她是怎么对一个"抱枕"耍流氓的！

不过昨晚他也确实难逃干系，原本是想看看纪轻轻到底能滚多久，可看着看着，他自己也不知道在什么时候就睡着了，纪轻轻全程把他当抱枕，他一晚上竟然一次也没醒，一觉睡醒竟然还倍觉精力充沛。

他的警觉性，真是越来越差了。

陆励行叹了口气，对站在门口的陆老先生以及裴姨解释："爷爷、裴姨，你们别误会，昨天晚上我不小心把水洒到床上了，不想麻烦裴姨，所以……"

陆老先生与裴姨见着害羞得躲进被子的纪轻轻，都哭笑不得。

虽然与纪轻轻相处不久，不太了解她，但陆励行是他们看着长大的，他们对他那是再了解不过了。

她想对陆励行霸王硬上弓？只怕还得陆励行自己同意才行。

他不想办的事，又有几个人能勉强得了他？

"我的少爷，这有什么麻烦不麻烦的。"裴姨看了一眼在被窝里团成一团的纪轻轻，笑道，"我现在就给您去把床单换了，医生已经过来了，我让他们去书房，您去书房休息休息。"

陆励行点头，正准备起身离开纪轻轻的房间。

"死亡警告，请在5分钟内给您的妻子纪轻轻1个早安吻，并道1句早安。"

陆励行怒了："同床共枕任务的奖励呢？"

"与纪轻轻同床共枕的任务奖励为8个小时，但从昨晚你睡觉到现在过去了8小时，这8小时也是需要消耗生命值的。"

"你他——"

"请不要对系统说脏话。"

陆励行阴沉着脸："你要我？"

"和纪轻轻睡一觉能获得8小时的生命值，你不吃亏，更何况我还会帮你恢复健康。"

陆励行竭力让自己的呼吸平缓下来，看着被窝里那缩成一团的纪轻轻，直接上前去掀开被子。

纪轻轻鸵鸟似的从被子里出来，整个人憋得脸色通红，大喘了几口气，下一秒却被陆励行强硬地捧住了脸。

纪轻轻："嗯？"

一个吻印在了她的额上。

纪轻轻惊呆了。

陆励行咬牙切齿地说："老婆，早上好。"

"任务成功，生命值加3，当前剩余生命值为3小时。"

这是……早安吻？

纪轻轻僵在那儿，但看陆励行的脸色这又不太像是一个真情实意的早安吻，他那副咬牙切齿的模样让她动都不敢动。

陆老先生与裴姨也都觉得气氛诡异。

"你该说什么？"

纪轻轻蒙了片刻："早上好？"

"还有呢？"

纪轻轻嘴角抽搐："老公，早上好。"

"生命值加1，当前剩余生命值为4小时。"

"重复一遍。"

"老公，早上好。"

"生命值加1，当前剩余生命值为5小时。"

"再重复一遍。"

纪轻轻怒了：陆励行这家伙干吗呢？仗着老先生和裴姨在这儿狐假虎威？

谁不知道他们俩没真感情？这是秀哪门子恩爱？

"咯咯……"陆老先生这个慈祥的老人家看不下去也听不下去了，他和裴姨都在这儿他们还这么熟视无睹，一大早的又亲又搂又抱的，像什么样？

"励行，赵医生该等急了。"

陆励行暂时放过了纪轻轻，下床。

脚步声由近及远，房间里没有其他声音了。

纪轻轻以为人都走了，一回头，竟看到裴姨还站在房间里，笑盈盈地望着她。

"裴姨……"纪轻轻尴尬地叫道。

裴姨笑着俯身替她将从肩膀滑落的睡衣拉上肩头："轻轻，你别害怕，我和老先生心里都明白。"

为陆家服务了半辈子的女人怎么会连纪轻轻是个什么样的人都看不明白？她又怎么会连这点儿事都看不清楚？

裴姨如此，更不用说活了大半辈子的老先生了。

纪轻轻心里那块石头落地了，陆老先生和裴姨不误会她是那种勾引男人的女人就行。

"裴姨，谢谢您。"

裴姨笑笑："不客气，快起床洗漱下楼吃早餐吧。"

说完她便起身离开。

裴姨一走，纪轻轻在刚才陆励行躺过的地方连捶了好几下泄愤，早上应该有的好心情被陆励行这混账毁得干干净净，真是气死她了！

早安吻什么早安吻！

试问有哪个丈夫的早安吻是凶神恶煞似的？！

那是早安吻吗？她看陆励行是恨不得吃了她！

陆励行这混账东西！他明摆着就是想让自己在老先生和裴姨面前丢脸！

纪轻轻愤愤不平，又狠踹陆励行枕过的枕头，悔得肠子都青了。

昨晚她就不该一时心软收留陆励行这混账的！

以后别让他落到自己手里！

而此刻的书房内,赵医生已经在那儿准备对陆励行进行日常检查。

赵医生是陈主任派来的,当初陆励行住院时他全程跟着陈主任救治陆励行,对陆励行的身体状况很是了解。

陆励行身体受伤严重,各器官开始衰竭,医院接连下了三次病危通知书,谁都知道陆励行的生命即将走到尽头。陆励行出院那天他曾估计过,严重点儿,陆励行可能连家都到不了。

可现在他在陆家都住了三天了,陆励行不仅没死,脸色还一天比一天好,虽然整天在休养生息,可看那模样,哪里像个病危的人?

可以说陆励行的精神比这陆家上上下下每一个人都要好。

陆励行从纪轻轻房间出来后进了书房,坐在躺椅上。他的身体虽说已经恢复好了,但在医生眼里他还是个垂危的病人,他没办法向陆老先生解释小A的存在,只能接受赵医生给他安排的例行检查。

陆老先生紧跟着陆励行进来了。

"赵医生,今天就不劳烦你给励行检查了。"

"陆老先生,您这是……"

"我打算带励行再去医院做个全面的检查。"

赵医生微愣,看着陆励行的精神面貌,明白了陆老先生的意思,转而点头道:"好的。"

说完,他收拾好东西便离开了书房。

陆老先生看着精神状态极好的陆励行,沉声问道:"励行,你老实和爷爷说,你现在感觉怎么样?"

陆励行认真地看着陆老先生:"爷爷,我说过了,我感觉很好。"

"什么时候感觉变好的?"

陆励行想了想,直言:"从医院回来那天。"

陆老先生转了一圈手上的佛珠,心里思忖着,从医院回来的那天也就是纪轻轻"嫁给"陆励行的那天。

老先生看着他良久,道:"那我们再去医院检查一次。"

"听您的。"

陆老先生曾经与陈主任谈过,当时在医院,陈主任坦言,陆励行的生命估计也就剩下那么一两天了。陆励行现在这副神采奕奕的模样若是在医院回来的第一天,被误会成回光返照还情有可原,但这都第三天了,他的身体不仅没继续变差,反而越来越好,怎么看也不像个病危的人,这几天他的一系列举动被人看在眼里,怎么不引人怀疑?

陆励行与陆老先生在书房一聊就是许久，纪轻轻洗漱完毕后下楼途经书房门口时，疑惑地问了裴姨陆老先生和陆励行在书房聊什么。

裴姨一边给纪轻轻端上来早餐，一边嘀咕着"少爷的身体怎么受得了"诸如此类的话。

裴姨这话倒是提醒了纪轻轻。

她仔细算算，从医院回来也有三天了，整整三天，这陆励行怎么没死？

这陆励行怎么还没死？

他不仅没死，而且身体看上去一天比一天好，哪里是个快死的人的样子。

纪轻轻琢磨着，也没有回光返照三天的人吧？

还有那早安吻，他捧着她脸的那个力道，哪里像个快死的人？

但小说中陆励行确确实实是死了，而且是两天前就应该死了。

这到底是怎么回事？

纪轻轻百思不得其解，余光瞟见陆励行从楼上下来往她这边走来。

纪轻轻埋头吃饭，不想和他说话。

陆励行看了一眼埋头吃饭不说话的纪轻轻，低声道："待会儿我会去一趟医院，你也一起去。"

纪轻轻还记着他早上那个早安吻："不去。"

陆老爷子紧随陆励行下来，听见纪轻轻这么说也不生气，慈祥地笑着问她："轻轻，待会儿吃完早饭，一起去趟医院怎么样？"

纪轻轻咽下嘴里的牛奶，无法拒绝陆老先生的请求，只得狠狠地瞪了陆励行一眼。

"好的老先生。"

约莫一小时后几个人达到医院，陆老先生提前联系过陈主任，一到医院，陆励行便去做全身检查。

纪轻轻便和陆老先生在陈主任办公室内等结果。

陆老先生手上的佛珠转个不停，一言不发。

"老先生，您别担心，我看这些天陆先生身体挺好的，说不定……会有奇迹。"

陆老先生手上的佛珠一停，用慈祥的目光望向纪轻轻："你真的相信，励行身上会发生奇迹？"

"当然！"好人不长命，祸害遗千年嘛。

陆老先生点头："是的，有你在，励行一定会有奇迹的。"

纪轻轻也没多说，给老人家多一个盼头就是多一个希望，心里也好受些。

大概是一个小时后，陆励行检查完毕，有护士领着两个人去了病房。

病房内，陆励行正将脱下的衬衣穿上，一粒一粒地系着扣子，腹部结实的肌肉隐约可见，纪轻轻心猿意马，又想起早上的手感来。

陈主任在一侧翻阅着陆励行的检查报告，一连串的数据让资历深厚的主任医师连连皱眉，面露惊讶。

陈主任看了一眼陆励行，低声对陆老先生说道："老先生，我看，我们去外面谈谈？"

陆励行却冷声道："就在这儿说。"

陆老爷子看了一眼陆励行，点了点头。

"陆先生一个月前遭遇车祸，被送到医院时伤势严重，特别是心、肺、肾开始衰竭，经过一个月的救治……现在陆先生除了身体还有些虚弱之外，"主任医师咽了一口口水，"已逐步好转。"

这种情形已不是奇迹能说得通的，简直匪夷所思！

陈主任行医这么多年，什么疑难杂症都见过，唯独没见过如此奇怪的情况。

三天前出院时，几次检查都表明陆励行的身体器官开始全面衰竭，几乎是到了穷途末路的地步，可这短短三天的时间，没有经过任何的医学治疗，陆励行的状况竟然奇迹般的开始好转，这若是传出去，将会震惊整个医学界！

陆励行身体状况的一系列变化，直接击溃了他这四十多年来的认知。

医生用颤抖的手推了推鼻梁上的金丝边眼镜，以此来掩盖心底的激动。然而陆老先生握着佛珠，望着纪轻轻神秘地笑了起来："果然有灵！"

纪轻轻听着陈主任的话，愣在原地，如遭雷击。

陆励行活了？

陆励行好了？

他康复了？他死不了了？

所以我不仅不用守寡了，而且还多了个长命百岁的老公？

第三章
刷我的卡

回家的路上，纪轻轻大脑依然一片空白。

虽然对陆励行的身体状况有所怀疑，但也仅仅是怀疑而已，在现代医学的条件下，纪轻轻可不认为海滨市最大的医院会弄一个这么大的乌龙出来，更何况陆励行在小说中早就死了。

那为什么陆励行没死？

难道真是因为自己冲喜让陆励行康复了？

纪轻轻把这个想法从自己的脑海中抹去，冲喜这种说法没有科学依据，是封建迷信，不可信。

"在想什么？"

一道声音冷不防传来。

纪轻轻回过神来，看着一侧的陆励行，陆老先生慈祥的目光随之投了过来。

"没什么，就是觉得这事挺奇怪的，陆先生能恢复得这么快，医院是不是误诊了？"

生命垂危的病人出院三天，三天时间里，没有接受任何的医学治疗，病情竟然逐步好转，到了康复的地步。

这事传出去，这样的病史，一定会震惊整个医学界。

"误诊？怎么？你还觉得我快死了？你不是说过希望我好起来吗？你说，我年轻有为，一定能长命百岁，如果可以，愿意把你一半的生命分给我,这不都是你说过的吗?"

"不不不,我不是这个意思,我当然希望你能好起来,我的意思是三天前你出院的时候,医院是不是误诊了。"

"这不奇怪,医院也没误诊,"陆老先生笑道,"轻轻,是你有灵。"

纪轻轻笑笑,知道陆老先生说的"有灵"是什么意思,也是,这么匪夷所思的事情既然无法用科学来解释,就只能以玄学来充当理由。

不过,既然陆励行现在康复了,那她以后也不用守寡了。

如此一来陆励廷也不能继承陆家了,没有陆励廷做靠山的沈薇薇在演艺圈估计很难出头,自己也不用时刻想着攒钱跑路远离男女主角了。

这真的是……太好了!

她和陆励行虽然没有感情,但是没关系,她不会像小说中的纪轻轻一样那么笨,该追求爱情的时候追求金钱,该追求金钱的时候又在妄想爱情。陆励行有钱,特别有钱,如果陆励行不愿意给她钱也行,她可以自己挣,她比小说中的纪轻轻拎得清,肯定能赚到钱!

想着想着,纪轻轻不由得笑出声来。

没有了男女主角的威胁之后,纪轻轻简直能看到自己前途一片光明。

陆老先生看着纪轻轻的笑,目光更为慈爱。陆励行淡淡地看了她一眼,继而望向车窗外。

很快,陆家到了。

裴姨在客厅里焦灼地等着消息,一听到车辆的声音,连忙迎了出来。

"老先生,检查结果怎么样?"

陆励行去医院检查的这几个小时,裴姨将这几天陆励行回来之后的种种回顾了一遍,都说陆励行是回光返照,可像陆励行这般神采奕奕的回光返照,她从来没听说过。

她越想越觉得陆励行的病情在逐步好转。

老先生一扫这一个月以来的低落情绪,笑道:"医生说,励行的身体在逐步好转,已经没什么大碍了。"

这话听得裴姨一愣一愣的,简直难以置信。

"是真的吗?少爷,这件事是真的吗?"

陆励行点头:"裴姨,让您担心了。"

裴姨双手合十,长长地舒了口气:"我就知道,我就知道!少爷你吉人自有天相,一定没事,这真是老天保佑!"

说完，裴姨似乎想起了什么："对了，我得去准备准备柚子，给少爷您洗洗去去晦气。"

"裴姨，不用了。"

"不用？怎么能不用？你刚从医院回来，身上一股子消毒水的味道，洗一洗，去去晦气！"

面对裴姨的唠叨，陆励行无奈妥协。

有用人从外面进来，说是有一位客人和陆老先生有约。

这些天陆老先生身体不大好，一直在房间里休息，自己约了什么人，自己都不记得了。

来人是个有些胖的中年男人，眯缝着眼，穿着整齐的西装，手上拿着一个崭新的公文包，目光在陆家别墅内部流连，局促地接过裴姨端过来的茶。

"你是……"

来人脸色沉重地看着陆老先生，自我介绍："陆老先生，我姓王，您叫我小王就好了。很难过这种事发生在您的身上，希望您无论如何尽早振作起来。您委托我们公司办的事，我们已经为您办妥了。"

"委托你们公司办的事？"

王先生将几张资料从他的公文包里取出来："您看看，这都是应您的要求去寻找的墓园，都是山清水秀、依山傍水的好地方。盘龙陵，最高最好的那个位置给您留了下来，这个是溪水湾，还有这个，都是一等一的墓园，无论是风景还是风水都特别好，您看看，中意哪个？"

王先生只顾推销自己绝顶的墓园，完全不顾旁人的脸色，此刻他真正的买家正坐在他对面，皮笑肉不笑地望着他。

陆老先生没有说话，但脸上的喜色被这位王先生的话冲散了不少。

三天前刚从医院回来的时候，他是安排了秦邵为陆励行准备后事，可如今陆励行的病情好转，再准备这些，就是晦气。

半晌没有听到回应的王先生终于察觉到了气氛的不对劲，结束了他一个人的卖力推销，看着陆老先生阴沉的脸色，试探着问道："老先生是觉得这几处墓园都不好？没关系，我们公司还有比这更好的墓园，一定会将陆先生的后事安排得明明白白、妥妥当当！"

"扑哧——"纪轻轻实在是忍不住笑出了声。

陆励行眉心一皱，伸手将王先生的资料接了过来，翻了翻："我看盘龙陵这个墓园不错，就选这个吧。"

王先生显然是没见过陆励行："您真是好眼光，这盘龙陵的墓园是这里面最好的一个，这个绝对是最好的选择，就是不知道您是……"

"你给我选墓园，不知道我是谁吗？"

"我给您选墓园？"这位王先生愣了片刻，一时间没反应过来。

"励行，墓园的事以后再说，你刚从医院回来，晦气！"

死过一次的陆励行没什么可忌讳的，坦然地说道："爷爷，您不必这么忌讳，生老病死乃人之常情，人都会有百年的时候，现在为自己准备起来，也不算早。"

一侧的王先生听了这一席话，完全不敢说话。他哪里还有什么不明白的，原本病得快死的陆励行现在病情好转，哪里还用得上墓地？可他正撞在枪口上，热情地给陆励行推荐哪里的墓园好，王先生猜测，再过几分钟，他就该被人打出去了。

"就这个盘龙陵吧。"

王先生连连点头，双手接过陆励行递过来的资料。

"那……那……那行，我现在就回公司，立马帮您办。"

陆励行眼皮一掀，王先生一哆嗦："我慢点儿帮您办？"

纪轻轻在一旁忍得难受，陆励行冷冷地瞥了她一眼："想笑就笑。"

纪轻轻没忍住大笑出声："哈哈哈……"

"也给她在盘龙陵选一个墓地。"

笑声戛然而止。

"这位小姐是……"

陆励行介绍："我太太。"

"原来是陆太太。"王先生笑道，"那这样，我替您和少夫人选一个夫妻双人墓，面朝大海春暖花开的那种，您看怎么样？"

百年后深更半夜她还得和陆励行一起出来看海？

纪轻轻光想想就觉得整个人都不好了。

"那就这个，墓地按章程办，什么时候办好了，什么时候给我送过来。"

王先生连连点头："是是是……"

说完，王先生在陆老先生以及裴姨阴沉的目光下战战兢兢地离开了别墅。

"我的少爷，您现在这么年轻，买什么墓地！那多不吉利啊！"裴姨说道。

陆老先生摆手："好了，既然买了，这件事就到此为止，让人把小楼里的那些东西都烧了。"

小楼是别墅右边那一栋副楼,一般是用人住的地方。三天前陆老先生让人准备葬礼,那里面堆了不少葬礼上用的东西。

他看了一眼陆励行:"励行,你刚从医院回来,去房间里休息休息。"

他又将目光投向纪轻轻:"轻轻,我有些话想和你说,你和我去书房,咱们聊聊,行吗?"

纪轻轻点头,狠狠地瞪了给她买墓地的陆励行一眼,来到陆老先生的书房,老先生让她在书房的沙发上坐下。

老人家和蔼可亲,像是看亲孙女似的看着纪轻轻:"怎么样?这几天在陆家住着还习惯吗?"

纪轻轻大约猜到陆老先生想和她说些什么,点了点头:"挺好的。"

"习惯就好,你需要什么,直接和裴姨说,她会帮你办妥的。"老先生用慈祥的目光笑望着她,"轻轻啊,今天找你,我也就不和你绕弯子了。三天前我找你去医院的原因我想你应该很清楚,励行他是我一手带大的孩子,当初遭受了那么严重的车祸,只要有一线希望我都不会轻易放弃。"

"老先生,我能理解您。"

陆老先生宽慰地笑道:"孩子,谢谢你的理解,也谢谢你当初答应了我,否则,励行今天能不能醒还未可知。"

纪轻轻忙道:"您别这么说,我其实什么都没做。"

陆老先生神秘地笑笑:"你和励行结婚,就是对励行最大的帮助,现在励行醒了,我想问问你,你还愿意继续待在陆家吗?"

纪轻轻微愣。

"你别误会,我只是觉得,你们年轻人追求两情相悦的爱情,我把你和励行强行绑在一起,你心底想必是不愿意的。"

纪轻轻尴尬地笑笑,没有说话。

"其实自古以来,爱情从来就不是婚姻的全部,古来是父母之命媒妁之言,我和励行他奶奶结婚之前,一面都没见过,更别提感情,结婚之后第三天才说了第一句话,即使是这样,仍然不妨碍我后来爱上她。恋爱也好,婚姻也罢,找到一个真正适合自己的人才是真的好。"

陆老先生顿了顿:"现在时代变了,你们年轻人崇尚自由,希望因为爱情而结婚。虽然你和励行之间没有感情,但你愿意尝试一下吗?给励行一个机会。"陆老先生笑笑,"当然,你如果不愿意的话我也不会强求,你和励行结婚了,如果离婚,你该得的那部分,我一定给你。"

她该得的那部分？

纪轻轻的心扑通扑通直跳。

她现在和陆励行是夫妻，如果和陆励行离婚的话，那么法院会分割一部分陆励行的财产给她。

陆励行家财万贯，从指甲缝里抠一点儿出来都足够她安度余生，更何况还是分割一部分的家产。

"其实我挺对不起励行这孩子的，自从他爸去世之后，陆家的担子就被他一力挑了起来，没有任何属于自己的时间，更别说和女人谈恋爱，我希望他能成家，他总拿工作搪塞我。可是你不一样。"

"我？老先生，您别开玩笑了，我哪里不一样了？"

"你当然不一样。轻轻，我和你说实话，我从来没见过励行愿意主动去接近一个女人，你是第一个。"

陆励行主动接近女人？

纪轻轻仔细想了想，老先生说的不会是昨晚陆励行和自己同床共枕，以及今天早上的早安吻吧？

这陆励行也不像陆老先生口中所说的，是个不愿接触女人的男人。

"这件事我希望你能好好想想，励行是个有责任心、有担当的男人，你嫁给他，不会差。"

陆励行这个男人自然不会差，不仅不差，还是最好的一个。

陆励行有钱有颜，怎么看都是她纪轻轻赚了，她没什么好挑剔的，可话从陆老先生这嘴里说出来，反而像是陆励行赚翻了？

"老先生，您帮我解决那件事我一直都很感激您，您放心，我以后会在陆家好好照顾您的。"

这就算是答应了。

陆老先生满意地笑了起来，转而又疑惑地问道："我帮你解决的事？"

"就是我之前在片场，一个叫沈薇薇的女人说被我推下了山丘，要告我，还要我赔偿她2000万元的事。"

"这件事，我暂时还没有派人去办。"

纪轻轻很是疑惑："不是您吗？那会是谁？"

"你想知道，我之后帮你去查。"

"老先生，谢谢您。"

陆老先生慈祥地笑道："既然答应了我，那就和励行一样，喊我'爷爷'，不要总叫我老先生老先生的，见外。"

纪轻轻一直羡慕陆老先生对陆励行无条件的爱，这份亲情是她从未感受过的。

如今如她所愿，她顺势改口："爷爷！"

陆老先生满意地点头，越看纪轻轻越觉得这孩子可爱，连她喊的那声"爷爷"都令他身心舒畅。

他慈祥地问道："婚姻是大事，这件事你和家里人说过了吗？"

纪轻轻摇头。

"那这样，等过两天都有空了，我亲自上门去拜访你父母，谈一谈你和励行婚礼的事，怎么样？你既然嫁进了陆家，那爷爷就一定不会让你受委屈。"

提及"纪轻轻"的父母，纪轻轻笑道："老先生，婚礼的事不急，就算我愿意，陆先生也不一定愿意，至于我父母那边，我会亲自和他们沟通的。"

其实说起来，小说中纪轻轻的家庭和她的家庭，还真有异曲同工之妙，都是重男轻女，都有个不成器的弟弟，都被家庭所拖累。

小说中对纪轻轻的家庭描写较少，她也不知道那个家到底是什么样的。

"行，既然你觉得这样办好，那我就不勉强你，听你的，至于励行……"陆老先生拨通别墅内线，让陆励行来书房一趟。

"爷爷，您干吗？"纪轻轻惊恐地看着他。

"爷爷让你亲耳听听他是怎么答应你的。"

"不不不……"纪轻轻连忙起身。她脸皮薄，这种事当着陆励行的面说，简直是要羞死她。

"别怕，有爷爷在这儿，励行他敢欺负你，我替你收拾他。"

门外传来敲门声，陆励行来了："爷爷。"

"进来。"

陆励行从外面走进来，目光从纪轻轻身上扫过，放在陆老先生身上："您找我？"

陆老先生与纪轻轻坐在一侧的沙发上，支使着陆励行站在沙发对面："当初你病重，我委请轻轻来做你的妻子。当时你还在昏迷中，我也不知道你愿意还是不愿意，现在当着我和轻轻的面，我问你，你愿不愿意娶纪轻轻为妻子，好好照顾她一辈子？"

纪轻轻因为陆老先生的话，脸红到了耳朵尖，恨不得当场挖个坑把自己给埋了。

"我问你话呢！"

陆励行笑道："她愿意吗？"

陆老先生啧了一声："我在问你。"

陆励行的目光在纪轻轻身上游走，微眯着眼，瞳眸漆黑一片，也不知道在想些什么。

"愿意。"

陆老先生满意地点头："既然你们两个都愿意，那这件事就先这么定下来，等改天我和轻轻的父母见过面了，再商量商量其他事。

"好了，今天你们也辛苦了，先回房休息休息，或者四处转转。"

纪轻轻起身："那我先走了。"

陆老先生笑眯眯地点头。

陆励行紧随其后。

两个人经过陆励行的房间门口时，陆励行一把将纪轻轻拉进了房内。

房间内光线明亮，经过刚才陆老先生的那番话，纪轻轻脸上余温未退，脸颊红通通的。

陆励行将她抵在门边的墙上，双手将她困在身前，居高临下地看她慌乱的表情，倏然靠近她逼问道："你愿意嫁给我？"

两个人离得太近，纪轻轻闻到了陆励行衬衫上那股令她怦然心动的味道。

这男人的味道，竟该死地好闻！

纪轻轻力求镇定："当然，你这么有钱，我当然愿意嫁给你。"

陆励行笑了："是，我有钱，所以你为了钱而嫁给我很合理，我也没意见，但是，既然你愿意嫁给我，从今天开始，这称呼是不是应该改一改？"

"什么称呼？"

"老婆。"

"……"她突然觉得陆励行好不要脸啊，他怎么就这么喜欢叫人老婆？

"怎么？我们不是夫妻吗？"

"是。"

"所以你该叫我什么？"

纪轻轻一脸纠结地看着他："陆先生，一定要这么称呼吗？我们认识才三天，不熟。"

"多喊两遍就熟了。"

老公……纪轻轻在心里喊了一遍，越喊越觉得别扭。

"我们能不能慢慢来，我可以先喊你……励行？"

陆励行从鼻腔里发出不悦的声音："嗯？"

纪轻轻内心挣扎片刻后摇头，过不了心底那道坎："不行！"

陆励行神色微沉："我知道你并不喜欢我，但爷爷他很喜欢你，我想你不会忍心去伤一个老人家的心。"

纪轻轻点了点头："爷爷对我很好，我不想让他老人家伤心。"

"爷爷他照顾我长大，为我付出不少心血，唯一的愿望就是看着我娶妻生子家庭美满。你既然对爷爷说愿意嫁给我，那么至少在这个家里，我希望你能配合我，让他老人家高兴高兴，安度晚年。"

说完，陆励行又补充了一句："他老人家身体不好，这段时间又因为我的病情劳碌，我实在不想让他再有任何的意外。"

这话真是说到纪轻轻心坎里去了。

陆老先生对她和蔼可亲、慈眉善目，她实在不愿意让这个慈祥的老人家失望难过。

"怎么配合你？"

陆励行轻笑，一股温热的气息喷在纪轻轻的耳尖上，纪轻轻浑身一颤，急急用手捂住了耳朵。

"配合我夫妻恩爱，先从学会喊'老公'开始。"

"我觉得'励行'也挺好的，挺亲密的。"

"嗯？"

纪轻轻面带难色，支支吾吾地喊："老公。"

两个字喊得纪轻轻心怦怦直跳。

"生命值加1，当前剩余生命值为2小时。"

陆励行露出一抹微笑："多喊两遍适应适应。"

"老公。"

"生命值加1，当前剩余生命值为3小时。"

"嗯，继续。"

"老公。"

"生命值加1，当前剩余生命值为4小时。"

"哎。"

"老公！"

"生命值加1，当前剩余生命值为5小时。"

"老公老公老公老公……"纪轻轻越喊越顺口，笑了一下，"还挺顺口的。"

"生命值加 4，当前剩余生命值为 9 小时。"

"顺口就好，以后见着我就这么喊。"

陆励行如今完全掌握了纪轻轻吃软不吃硬的性格，来硬的她能比你还硬，但和她来软的，给她讲道理，向她诉苦，她会比你还难过。

"少爷、少夫人，吃饭了。"裴姨在外面絮絮叨叨地喊，"一大早就去了医院，什么都没吃，现在都快 12 点了，裴姨给少爷做了你最喜欢吃的菜，快下来吃点儿，你这身体刚好，小心饿出病来。"

陆励行低声道："你先去，我马上来，记住我刚才和你说的话，老婆。"

"你放心，我记住了。"纪轻轻打包票，在陆老先生面前，她绝不会失误！

说完，她推开门下楼。

老先生已经坐在了餐桌前，见纪轻轻一个人下来了，问她："励行呢？"

"在楼上。"

"没吃早饭又没吃午饭，你让他赶紧下来吃饭。"

纪轻轻转身准备去叫陆励行，就看到陆励行从楼梯上下来。

"陆——"纪轻轻下意识地想喊"陆先生"，但触碰到陆励行微沉的目光，改口，"老公，吃饭了。"

"生命值加 1，当前剩余生命值为 10 小时。"

陆老先生听到纪轻轻这声"老公"颇为惊讶，与裴姨相视一眼，纷纷露出难以置信的表情，半晌才回过神来。

裴姨捂嘴笑："哎呀呀，今天一大早咱们院子里飞来了一只喜鹊，我还想着会有什么好事，现在才知道，这是喜事临门，还是双喜临门。"

"是啊，双喜临门。"陆老先生看着纪轻轻，想着纪轻轻既然喊陆励行"老公"，应该也接受了妻子这个身份，再住客房就不合适了，于是笑道，"轻轻啊，你现在和励行是夫妻，睡客房不合适。这样吧，今晚你就搬到励行的房间里去，他的房间比那个客房大多了，住着也舒服。"

纪轻轻想起陆励行的叮嘱，点头："好啊！"

陆励行想起纪轻轻晚上的睡姿，下意识地摇头："不行！"

"哎呀我的少爷，什么不行啊，少夫人是你的妻子，和你同床共枕理所应当，这样，我现在就去把少夫人的东西收拾出来。"

裴姨越想越觉得好，立马上楼收拾东西。

纪轻轻疑惑地看着他，压低了声音问他："不是说好秀恩爱吗？"

陆励行看着纪轻轻疑惑的目光，以及陆老先生欣慰含笑的眼神，眉心紧皱，能夹死苍蝇。

挖个坑把自己埋里面是什么感受？

听着楼上传来的裴姨的声音，陆励行对这种感受深有体会。

"少爷这些衣服都是过去穿的，衣帽间隔出一半来给少夫人放衣服，等等……不行，一半不行，少了，再分一半，对对对，那些衣服都放去别的房间，这个书桌搬走，在这儿给少夫人放个梳妆台……算了算了，少爷这一面墙的模型放在这儿也不合适，都挪去少爷的书房吧，这里改成少夫人的化妆间……"

楼上陆家的用人们哐哐当当地摆弄了好一会儿。

陆老先生对楼上的动静充耳不闻："轻轻，对食物有什么特殊的要求或者是有什么不吃的东西，尽管和裴姨说，把这儿当自己的家，千万别委屈了自己。还有，励行如果欺负你，对你不好，你也来告诉爷爷，记住了吗？"

"谢谢爷爷，我记住了。"

陆老先生这一生活到如今也没什么遗憾了，唯一放心不下的只有他这个孙子，30岁了，连个女人都没碰过。

他并非一定要陆励行结婚，他担心的是陆励行继续这样独来独往下去，晚年会像他一样孤独。

不，陆励行可能比他还要孤独。

不过现在有轻轻在，想来励行也不会再孤独下去。

陆老先生笑盈盈地给纪轻轻夹菜："谢什么，你们俩能幸福美满地过下去，就是对爷爷最大的感激了。"

纪轻轻吃着陆老先生给她夹的菜，用余光暗自瞥了一眼陆老先生鬓角的白发，想起陆励行和自己说过的那番话，真心心疼眼前这个老人家。

小说中陆老先生中年丧妻丧子，老年失孙，在陆励行死后独自一人搬离了别墅，去了一处老宅孤独终老。

现在陆励行没死，她又成了陆励行的妻子，那么老先生对她好，她也应该对老先生好才是。既然老先生的心愿是看到陆励行娶妻生子，家庭美满幸福，那自己作为陆励行的妻子，就应该满足他老人家，让他安度晚年。

生子是不大可能了，家庭美满幸福倒是可以装一装。

陆励行虽然平时没皮没脸，但对自己的爷爷还是挺孝顺的，既然恳求她配合他在老先生面前秀恩爱，那么看在他这么孝顺的分上，她就满足了他吧。

纪轻轻看了一眼身边依然愁眉不展、满腹心事的陆励行，夹了一块排骨给他，低声道："陆……老公，你怎么了？"

"生命值加1，当前剩余生命值为11小时。"

生命时长的增加已无法勾起他情绪的变化，陆励行现在只要一想到纪轻轻的睡姿就觉得头痛。

他为自己之后的睡眠质量感到深深的担忧。

"没事，吃饭吧。"

"我想喝那个汤，你帮我盛一碗好不好？"

陆励行眉心紧拧，以目光指责她：演戏过头了啊。

纪轻轻撇嘴，不盛就不盛呗，这么凶干什么？

"死亡警告，请在5分钟内为您的妻子纪轻轻喂汤至少3勺，失败或放弃任务扣除5点生命值。"

陆励行呆愣半响后反应过来："你——"

"宿主不可以对系统讲脏话！"

"你还能扣除生命值？什么时候的规定？！"

"宿主，你才认识我三天，时间太短，不能在第一时间为您讲解全部的规定我感到很抱歉。"

陆励行阴沉着脸，一言不发。

"但是任务成功是有奖励的，5点生命值。宿主，您还剩下3分钟。"

纪轻轻起身，用汤勺给自己舀了一碗汤，还没坐下，汤半路便被陆励行给截了去。

纪轻轻疑惑地望着一手端碗一手握勺的陆励行：他要干什么？

裴姨从楼上下来："少爷，房间我都帮你安排好了，少夫人，今晚您就可以睡少爷的房间了。"

"谢谢你，裴姨。"

"不用客气。"

陆老先生看着裴姨，笑道："你也过来坐吧，忙了一天也该累了。"

裴姨为陆家服务多年，陆老先生向来将她当自己家人看待。

裴姨应了一声，坐在了陆励行对面。

于是餐桌上的三人以三方合围之势，共同将目光投向了举着勺子的陆励行。

"少爷怎么了？是不是今天裴姨做的饭菜不合胃口？"

陆励行咬牙笑道："没有。"

"最后 2 分钟。"小 A 尽职尽责地报时。

陆励行深吸口气，从汤碗中舀了一勺汤，将勺凑到了纪轻轻嘴边："张嘴。"

纪轻轻惊悚极了，以眼神询问他：要不要这么过分？

陆励行坚持："张嘴。"

纪轻轻忍气吞声，在陆老先生和裴姨两个人惊讶而欣慰的目光中，缓缓张开嘴。

陆励行不太温柔地喂了纪轻轻一勺汤。

纪轻轻刚咽下，陆励行又来了一勺。

他还来？

饭桌上这么多人看着呢！

纪轻轻被陆励行喂得鸡皮疙瘩都起来了，连忙去接陆励行手上的汤碗，笑道："我自己来吧。"

陆励行不松手也不退让，汤勺稳稳当当地放在她嘴边，没洒落一滴汤，等着纪轻轻张嘴。

"我自己来自己来。"

"张嘴。"

纪轻轻在陆老先生与裴姨越来越灼热的目光中缓缓张开嘴，再咽下一勺汤。

她向陆励行眨眼示意：够了够了，再喂我就装不下去了。

然而陆励行无视她的目光，再次将勺子递到她嘴边。

纪轻轻只得张嘴，咽下。

"任务完成，生命值加 5，当前生命值为 16 小时。"

陆励行刚放下汤碗汤勺，纪轻轻低头剧烈地咳嗽起来——被呛到了。

裴姨连忙拿纸巾给纪轻轻，又以目光示意陆励行拍拍纪轻轻的背，无奈之下，陆励行只好抬手轻轻地拍了拍纪轻轻的背："好点儿了吗？"

剧烈咳嗽了好几下，纪轻轻这才平复了呼吸，松了口气："好多了。"

说完她又瞪了陆励行一眼：有他这么秀恩爱的吗？他差点儿没把她给呛死！

"好了好了吃饭。"陆老先生看了陆励行一眼，"毛手毛脚的。"

裴姨欣慰地望着纪轻轻笑，看她坐在陆励行身边，有种莫名的成就感。

"少夫人，少爷的房间我都帮你收拾出来了，我想着女人的衣服应该挺多的，所以衣帽间就给你多留了点儿，等我收拾好了少爷的模型，就给你弄个化妆间出来。"

"谢谢裴姨。"

"不客气。"

"不过我想着2米宽的床太窄了，过两天我让人送张大点儿的床过来，今晚你和少爷将就着睡吧。"说完，裴姨又和陆老先生商量："老先生，您看这家里多了一个人，总感觉有些挤，要不咱们把碧水湾那别墅收拾出来？"

陆老先生想了想："早收拾晚收拾都得收拾，你去办吧。"

"那行，明天我就去办。"

纪轻轻低头看了一眼90斤的自己，挤吗？不挤吧？

用过午饭，纪轻轻回客房收拾自己的私人物品，她其实也没什么私人物品，来陆家来得急，东西都还在她市中心那个房子里，找时间她还是得回去一趟。

她刚收拾完，突然间手机响了。

她拿出手机一看，是秦越打给她的。

纪轻轻走到窗边接通电话："秦哥，找我什么事？"

秦越似乎心情不大好，声音闷闷的，听起来心情挺憋屈的："是这样的，你准备起诉沈薇薇那件事，公司高层希望我转告你，撤诉。"

"公司高层？哪个公司高层？"

"天娱娱乐的高层。"

陆励行推门走进来。

纪轻轻看着陆励行，笑了，什么高层不高层的，天娱娱乐的最高层不是在她这儿吗？

"撤诉？为什么让我撤诉？"

"这件事闹大了对公司也不好，本来就是一场误会，上面让我告诉你，这事算了。"

"算了？"纪轻轻笑了，"当初沈薇薇可没就这么算了。秦哥，你觉得呢？"

"我觉得——"秦越话还没说完，电话那头静了一静，随后一个嚣张跋扈的声音在手机里响起："纪轻轻，我告诉你，如果你愿意放过沈薇薇，这件事就这么算了，但你如果不愿意停止起诉沈薇薇的话，我将会动用自己的一切关系，封杀你！"

"封杀我？您是哪位？"

"辜少虞！"

辜少虞？

这道嚣张跋扈的声音原来就是辜少虞的。

纪轻轻想了想，乐了。她可是对这个小说里的"深情男二号"印象极深。

如果她没记错的话，这位叫辜少虞的人不是别人，正是不久之前"纪轻轻"的"前男友"，在某个场合见着"纪轻轻"张牙舞爪地欺负了沈薇薇之后，内心对沈薇薇生起一股强烈的保护欲，一脚将"纪轻轻"踹了不说，更是对外宣称"纪轻轻"不是他的女朋友，从此为沈薇薇保驾护航，成为小说中那个永远在沈薇薇背后默默保护她，为她奉献一切的深情男二号。

呸！

纪轻轻凑到陆励行面前："老公，有人说要封杀我！"她冲着手机大声说道："我好怕啊！"

"任务完成，生命值加1，当前生命值为17小时。"

陆励行单手将她推开一臂远："好好说话。"

纪轻轻撇嘴。

电话里也静了静。

5秒后——

辜少虞的咆哮声传来："纪轻轻！你这个女人！你和我分手才几天，就找好了下家？！"

"老公，你听见了吗？我的前男友说要封杀我！"

"任务完成，生命值加1，当前生命值为18小时。"

陆励行眼皮一掀："听见了。"

"喂，辜少虞，我老公说他知道了，我不想他对我有误会，以后没什么事你就别联系我了，先挂了。"

"任务完成，生命值加1，当前生命值为19小时。"

"等等！纪轻轻，我不管你现在的靠山是谁，但你也不去打听打听，海滨这块儿，谁听到我辜少虞的大名不退避三舍？我想封杀你，谁都救不了你。我劝你还是老老实实地撤诉，我给你两个代言和1000万元，以后别来欺负薇薇，听清楚了吗？"

人傻钱多就是好。

"1000万元？你打发叫花子呢？当初沈薇薇起诉我，可是向我索赔整整2000万元，辜少你穷得喝西北风了就别在我面前演什么冲冠一怒为红颜的戏码。我最近呢别的没有，就是钱多，你让沈薇薇给我等着，我一定告她！谁都救不了她！"

说完纪轻轻率先把电话给挂了。

有证据在，自己有理的事纪轻轻可一点儿也不怕。

房间里静得落针可闻。

纪轻轻朝正看着自己的陆励行笑笑："你听见了？"

陆励行点头。

纪轻轻用期待的目光看着他："那你能动动嘴巴帮我解决这事吗？"

"可以。"纪轻轻笑还挂在脸上，就听见陆励行意味深长地继续说，"但是，有付出就有回报，我动动嘴巴的事，也需要你动动嘴巴来回报我。"

纪轻轻一愣，转眼间脸色通红，带着士可杀不可辱的悲愤之情怒视着陆励行，眼底的小火苗噌噌地往外冒。

"呸！流氓！"

陆励行只感到莫名其妙。

作为一名单身了30年的男人，陆励行对女人是真的一点儿都不了解。在遇到纪轻轻之前，他遇到的女人都是端庄优雅、知书达理、温柔得体、进退有度的，可遇到纪轻轻之后，他每天都想掰开纪轻轻的脑袋看看那里面装的是什么！

"流氓？"第二次被骂成流氓的陆励行差点儿被气笑了，"我说什么了你就说我流氓？"

"你让我动动嘴巴回报你，不是流氓是什么？"

"我是让你动动嘴巴喊我'老公'！纪轻轻，你羞不羞？脑子里在想什么？"看纪轻轻那理直气壮的模样，他真想知道这纪轻轻脑子里在想些什么乱七八糟的东西！

纪轻轻一愣，看着陆励行那不像有假的表情，尴尬了片刻，耳尖有些红。

原来他只是要她叫"老公"而已。

虽然尴尬，但纪轻轻还是有些庆幸，庆幸陆励行不是让自己……亲他。

一想到自己刚才误会的事，纪轻轻心虚地看着陆励行，面子上过不去，大声嚷嚷："你看，还不就是耍流氓吗？！"

有理不在声高,纪轻轻这话,简直是在虚张声势。

陆励行一看她那死要面子的样子也不戳穿她,不继续在他是不是流氓这件事上进行深入探讨。

"你觉得我是流氓,那这件事你自己解决,别来烦我。"说着他坐在书桌前翻阅文件。

纪轻轻磨牙。

有钱有势的浑蛋。

"你不帮我,我就去找爷爷。"说着她转身就往外走。

"站住!"陆励行眯眼,额角青筋跳得很欢,深吸了几口气,"喊100声'老公',我替你动动嘴皮子解决这事。"

纪轻轻站在原地思考了片刻,越来越觉得陆励行简直就是个变态!

他让她喊"老公"就算了,还妄想她喊100声?

她转过身,看着陆励行,伸出五指,讨价还价:"5声。"

陆励行沉声道:"50声。"

"10声。"

"30声。"

"15声。"

"20声。"

纪轻轻想了想:"不行就算了,我去找爷爷。"

陆励行手里握着的笔划破了文件:"15就15,成交!"

纪轻轻磨磨蹭蹭地走到他的书桌前,看着那张可以说是挑不出一点儿瑕疵的脸,耳尖似乎更红了。

虽然就是动动嘴皮子的事,而且还练习了那么多次,但她一喊"老公",这心里就扑通扑通直跳,比她平时的心跳要快上好几倍。

"老……老公。"

她就很奇怪,陆励行怎么就有这样的癖好,喜欢听人叫他"老公"呢?

"老公。"

"老公。"

"老公。"

心怦怦直跳,纪轻轻耳尖红得发烫,一咬牙一狠心:"老公,老公,老公,老公,老公,老公,老公,老公,老公,老公,老公。"

陆励行自己都没发现,他嘴角的弧度越来越大。

"生命值加 15，当前生命值为 34 小时。"

"行了，赶紧动动嘴巴帮我解决那件事。"

陆励行拿起手机拨通了电话。

很快，电话那头有人接通，陆励行按了免提键。

"喂，书亦，是我，陆励行。"

"励行？"电话那头的人似乎有些难以置信，"你不是……"

"我的病差不多好了，但这件事说来话长，我之后再向你解释，我现在想问你一件事。"

"你说。"

陆励行言简意赅地说道："天娱娱乐纪轻轻与沈薇薇那件事，据说有天娱娱乐高层在插手，是谁？"

电话那头的人似乎也没想到陆励行在康复后给他打的第一个电话，是询问一个娱乐公司艺人的事，脑子里将最近的事过了一遍，隐隐约约记起确实有这么一件事。

"纪轻轻和沈薇薇的事……是有这么一件事，至于谁插手了，我不太清楚，我需要去查一查。"

"查出来是谁后不用给我回电话，这件事纪轻轻想怎么解决就怎么解决，不要干涉她。"

陈书亦是陆励行的发小兼同学，和陆励行是一起长大的好兄弟，可以说是很了解他的一个人，从来没见过他为哪个女人出头，怎么今天特意打电话替一个艺人解决这种小事？

而且他没记错的话，这个艺人除了一张脸，恶评如潮，一无是处。

陈书亦满腹疑问却没有开口，他了解陆励行，陆励行是个不太喜欢被问问题的人。

"行，我来解决。"

挂了电话，陆励行看着纪轻轻说："陈书亦是天娱娱乐的副总，他会帮你解决这件事。"

纪轻轻心里松了口气。

这件事说麻烦其实也不怎么麻烦，说不麻烦还有点儿棘手，主要问题在于天娱娱乐有高层人员出手要保沈薇薇，她一个小小的艺人，无权无势，得罪了天娱娱乐的高层，往后在天娱会过些什么日子可想而知。

身边有大腿，不抱白不抱，她难道要留着那点儿面子以后跪在地上给沈薇薇擦鞋吗？

纪轻轻脸上带笑:"陆先生,谢谢你。"

陆励行低头看文件,头也不抬地说:"你如果真想谢我,晚上睡觉的时候老实点儿。"

"……"

纪轻轻的笑容猛地一下消失了。

这人没意思透了。

陆励行这边刚将电话挂断,陈书亦那边便让助理去调查这事,又让人把纪轻轻的履历拿过来给他瞧瞧。

他不瞧不知道,纪轻轻哪里是一无是处,简直就是个徒有其表的草包。

纪轻轻进演艺圈也有几年了,混来混去还是个三线艺人也就罢了,关键是纪轻轻在这几年里,几乎把整个演艺圈的人给得罪了。

吹捧自己贬低别人、买通稿是基本操作,她在片场也不知道收敛些脾气,和导演吵,和演员不对付,这次和沈薇薇的事如果不是有视频为证,这屎盆子就得结结实实地扣在她脑袋上了。

这么一个女人是怎么搭上陆励行的?

陆励行怎么就对她上心了呢?

难不成出了车祸,人被撞傻了?

"陈总,您让我查的我查到了,纪小姐和沈小姐这件事之前一直是周总监在跟进,但最近周总监出差了,这事目前是黎副总监在办。"

"黎副总监……"

陈书亦沉思片刻后,拨通了公司的内线。

"黎副总监,纪轻轻与沈薇薇那件事是你在跟进?"

陈书亦虽然对陆励行的行为不能理解,但天娱娱乐是陆励行的,他就是个给陆励行打工的,陆励行的话他自然得照办。

"陈副总,这件事确实是我在跟进。"

"这件事你别插手,纪轻轻想怎么办就怎么办。"

黎副总监一愣:"陈副总,这件事怎么能任由纪轻轻去办呢?她把事情闹大后影响的是咱们公司的名誉,这可不是什么普通的两个艺人之间的私人恩怨,她们都在咱们公司,起内讧这不是让别人看笑话吗?"

陈书亦心里也认同黎副总监的说法。

可这公司是陆励行的,他想怎么折腾就怎么折腾,陈书亦估摸着,这往后,陆励行还得捧纪轻轻。

"行了,这件事就这样办,你不要插手。"

说完陈书亦将电话挂了,对站在一侧的助理说道:"你先出去吧。"

那助理应了一声,离开了副总办公室。

这名助理刚到助理办公室,办公室内的几个女职员一脸八卦地将她拉到一边。

"琳琳,怎么回事?陈副总怎么管你要纪轻轻和沈薇薇的资料?"

"对啊,陈副总可从不管底下艺人的这些破事。"

琳琳压低了声音说:"我也觉得奇怪。你们知道吗?之前纪轻轻不是要告沈薇薇吗?但是咱们公司高层好像有人出面让纪轻轻撤诉,陈副总就让我查一下是谁,我一查才发现原来这件事是黎副总监在跟进,陈副总就给黎副总监打电话,让他别插手这事,纪轻轻想怎么办就怎么办。"

"想怎么办就怎么办?难道陈副总是在为纪轻轻出头?"

"不会吧?纪轻轻是怎么攀上陈副总的?而且陈副总有家室,怎么会……"

"行了行了,都别说了,这件事你们可千万别说出去,不然陈副总知道了,是要把我杀人灭口的。"

"放心吧,除了我们,这事没人知道。"

办公室外有人走进来,几个人忙散开,打开电脑继续工作,只是其中一个女职员看了一眼四周,发现没人注意到她,打开了一个知名论坛,继续更新一篇大火的帖子——

"扒一扒我在娱乐公司上班那些年见过的八卦内幕!"

暮色四合,一整天不见人影的陆励廷这才回到陆家,刚进门就闻见了饭菜的味道。

"老先生,二少爷回来了!"裴姨笑着替陆励廷添了副碗筷:"二少爷还没吃饭吧?快过来吃饭。"

陆老先生脸色不好,但也没说什么。

陆励廷喊了声"爷爷"后坐在陆励行对面:"大哥,我听说你身体好了,恭喜。"

陆励行表情冷淡,嗯了一声。

"你这两天到底在干些什么?三天两头地往外跑,电话不接,人也找不见!"

在陆励行下首吃饭的纪轻轻估摸着,陆励廷这几天应该是在忙着安慰沈薇薇，所以没空回来。

"没什么事。"

"没什么事你总往医院跑干什么？你就那么喜欢那个沈薇薇？"

陆励廷皱眉："爷爷，你调查我？"

"我孙子三天两头不回家，我查查他去哪儿了不行吗？"

陆励廷没和陆老先生顶嘴，而是将目光投向了纪轻轻，目光阴郁："沈薇薇是我喜欢的人，也是以后我要娶的人，如果不是纪轻轻，她现在也不会受伤住在医院。"

纪轻轻对上他阴沉的目光，笑着替陆励行夹了块鸡肉："老公，你身体还没恢复，得多补补。"

"生命值加1，当前生命值为35小时。"

纪轻轻现在可不怕他，陆励行没死，陆励廷这男主角以后估计没啥用武之地，没有事业心，只顾着谈恋爱，在小说中三番两次为了沈薇薇差点儿断送了陆氏的基业，难成大器。

陆励行看了一眼献殷勤的纪轻轻，余光注意到陆励廷那张阴沉的脸，不动声色地嚼着纪轻轻夹过来的鸡肉。

两个人的过去他听纪轻轻提起过一次，两个人虽然已经分手，但不管怎么说从前都有过一段感情，前男女朋友的关系最是尴尬，现在又在同一屋檐下住着，每天抬头不见低头见的，万一旧情复燃，保不齐发生点儿什么。

一想到这儿，陆励行有些不爽。

陆励廷将手上的筷子捏得死紧，听着纪轻轻这声温柔的"老公"，恨不得将纪轻轻脸上这层面具给撕下来。

他这才出去一天，两个人的关系就这么亲密了？纪轻轻连"老公"都喊出来了？

纪轻轻脸上的微笑让陆励廷觉得无比刺眼。

他之前怎么就没发现这女人这么会装呢？

"什么叫如果不是轻轻就不会住院？"陆老先生愠怒，"那件事我听人说了，不是有视频出来了吗？不是轻轻推的她，你怎么就把这责任全往轻轻头上推？而且我告诉你，轻轻她是你大嫂，以后别这么没规没矩的！"

"爷爷，既然大家都在这儿，那我就把话挑明了和您说，纪轻轻她就是个嫌贫爱富的女人。我离家之后和她交往了整整一年，后来她劈腿一个有钱人，而且她在外早有风评，您随便去查一查就知道她到底是个什么样的人,她嫁给我大哥是为了什么,明眼人都看得出来!"

纪轻轻淡定地埋头吃饭,她胃不好,吃饭得细嚼慢咽,懒得搭理陆励廷这刺头。

陆老先生警告他:"陆励廷!"

"她嫁给我大哥,就是为了钱而已!您和大哥还把这样一个女人当宝呢?"

"陆励廷!"陆老先生怒视着陆励廷,"我告诉你,轻轻之所以嫁给你大哥,那是因为——"说了两句,陆老先生突然停了下来,沉沉地喘了口气。

"爷爷,您没事吧?"陆励行担心地问。

陆老先生摆摆手:"没事,就是被这混账东西给气着了。"

陆励行看着陆励廷,沉声道:"纪轻轻是我的妻子,我当然当宝,你说她嫌贫爱富,我倒想问问你,这世界上有几个人是不爱钱的?"

"薇薇就不在乎钱,她只在乎我。"

陆励行冷笑:"是吗?"

陆励廷斩钉截铁地说道:"是!她根本就不知道我有钱!"

陆励行抬眼看着他,慢条斯理地说:"你本来就没钱。"

陆励廷还真是个没钱的。

陆老先生在将陆氏交给陆励行之前,分别问过他们兄弟俩,愿不愿意挑起陆氏的重担,陆励行愿意,但陆励廷觉得陆老先生这是要掌控他未来的人生,于是拒绝了。

是陆励行这些年牺牲自己所有的时间,将陆氏一点儿一点儿壮大的,陆氏集团和陆励廷没半点儿关系。

不过等陆老先生百年之后,陆励廷或许能分得一些遗产。

但就现在而言,陆励行不松口,他陆励廷就拿不到陆家一分钱。

"你想和沈薇薇患难见真情,以后就不要打着陆家的旗号给沈薇薇行方便。"

这件事陆励廷也没办法,他不能眼睁睁地看着沈薇薇在演艺圈受人欺负。

陆励行冷冷地望着他:"别以为你做的那些事我不知道,你如果真认为沈薇薇是个不爱钱的,那我们拭目以待,不过以后我不允许你再拿天娱的资源去捧她,如果真想捧她,就拿自己的资源去捧。"

陆励廷沉默片刻。

"以后我不会再拿陆氏的资源去捧她,但是,就薇薇受伤这件事,如果不是纪轻轻找她麻烦,她也不会失误滚下山丘,这件事纪轻轻也有责任,为什么还要告她？"

陆励行放下筷子："沈薇薇不知道轻轻有没有推她也就算了，一个十八线艺人，找轻轻赔偿2000万元，谁给她的胆量让她狮子大开口的？"

"她只是——"

"她只是有人撑腰还是爱财如命？"

"大哥，你没有见过薇薇，你没有和薇薇接触过，你不了解她，她不是这样的人！"

"你不是说她不爱钱？张口2000万元，我可不认为她不爱钱。"陆励行放下筷子，"这件事我已经交代下去，天娱娱乐那边不会有人再插手。你如果想替她解决问题，那就替她请律师，陆家的钱和资源，你不许动。"

"可是……"

"没什么好可是的，如果她真是你口中所说的'好女人'，就该知道，因为误会伤害了别人，一句轻飘飘的'对不起'是解决不了问题的。"

陆励廷试图为沈薇薇辩解，但话到嘴边，似乎被点醒了一般想到了什么，安静下来。

"爷爷，我吃饱了，您慢慢吃。"

陆老先生点了点头。

陆励行起身离开。

陆励廷知道，陆励行这番话陆老先生定是听进去了，他再次试图替沈薇薇辩解："爷爷，薇薇是个好女孩！"

陆老先生沉声道："好女孩就该为自己做过的事和说过的话承担责任！"

老先生虽然年迈，但心思透亮得很，见多识广阅人无数，纪轻轻与沈薇薇的事，第一天调查清楚后，他就已经心里有数。

陆励廷沉默，将目光投向纪轻轻。

纪轻轻看了他一眼，笑了笑，也放下筷子："我也吃饱了，爷爷您慢慢吃。"

陆励廷坐在她对面，她哪里还吃得下饭。

陆老先生摆摆手："刚吃完饭去外边散散步，走走，别积食了。"

"好。"

陆励廷看着纪轻轻的背影，脸色阴沉："爷爷，我也……"

陆老先生敲敲碗沿："你给我坐下，吃饭。"

"爷爷！"

"坐下！"

陆励廷忍气吞声地坐下，端起碗继续吃饭。

陆家别墅后面是一个人工湖泊，平时陆老先生没事时就喜欢在这儿钓鱼打发时间，如今暮色四合，纪轻轻站在湖边，湖面的风一吹，散落在后背的头发凌乱地飞起。昏暗的光线里，只看得见一个纤瘦的背影。

她这心里总有些不安，无论如何，纪轻轻和陆励廷有过一年的男女朋友关系，这是事实，如今还在同一个屋檐下生活，陆励行就不担心一个根本不爱他的妻子哪天会和自己的弟弟旧情复燃吗？

自己的弟弟和自己的妻子曾经有过一段这样的关系，不管现在他们之间有没有感情，男人心里都会有些硌硬吧？

更何况陆励行这样一个有身份、占有欲强的男人。

这样的男人可不好哄。

万一他真误会，心存芥蒂，她以后的日子，估计就不好过了。

不过……陆励行喜欢听她叫他"老公"，那她以后就勉为其难地多喊几声"老公"哄哄他吧。

就在纪轻轻思考怎么哄男人的时候，余光看见一个人影从别墅方向正朝自己走来。

她定睛一看，是陆励廷。

纪轻轻眉心紧拧：这陆励廷来这儿干吗？

她不想和他有过多的纠缠，万一被人看见，添油加醋，她可就有几张嘴都说不清了。

纪轻轻转身就想走。

"纪轻轻，你站住。"

纪轻轻非但不站住，反而走得更快了。

"纪轻轻！"陆励廷极为恼火，快步上前拽住她的胳膊。

天色太暗，她看不太清陆励廷的脸色："干什么？"

"你要怎么样才肯放过薇薇？"

纪轻轻挣脱他拽住自己的手，很不耐烦："陆励廷，你讲点儿道理好不好？你让我放过她，她当初怎么就不放过我呢？她让我赔2000万元，我把所有的家当都给卖了也才1000万元，我如果赔不起她2000万元你知道我会有什么后果吗？"

陆励廷振振有词："她只是误会了你而已，她现在受伤住在医院，脸上的疤说不定还会影响她以后的前途，前两天还因为愧疚而割腕自杀，你就不能大度一些放过她吗？"

"误会？"纪轻轻朝他翻白眼，"是她自己说的，愿意承担一切责任，她自己都没来找我,你和辜少虞替她出什么风头?"

"辜少虞?"

陆励廷语气诧异表情茫然,显然不知道这件事。

"是啊是啊,辜少虞不是对她一见钟情吗?沈薇薇遇到这么大的事,他当然得为她出头了,别说这事你不知道,少装。"

沈薇薇既然那么清高不看重钱,为什么小说中和好几个男人纠缠不清?这不是嘴上说着不要,身体却很诚实的喜欢装纯洁吗?

"更何况她割腕自杀和我有什么关系?我只能说真的很可惜,但你没必要拿这事来劝我大度,当初我被沈薇薇逼到差点儿去卖身,你会可怜我吗?"

陆励廷目光沉沉地望着她,仿佛不认识她了一般上下打量她。

许久,他嘴里才冒出一句:"纪轻轻,你真的变了。"

哈?

"你以前不是这样的一个人,你以前虽然爱钱,但很善良、宽容,不会这么心胸狭窄,演艺圈真的让你——"

"对不起我没变,一直以来我都是这样的人。"纪轻轻打断他的幻想,"我爱钱,你大哥有钱,所以我为了钱嫁给你大哥;你心爱的沈薇薇不爱钱,你没钱,所以她要和你在一起。你们这么高贵纯洁的爱情真是令人羡慕,你们简直天生一对,我真心地祝愿你和沈薇薇白头偕老!"

她祝他们千万别分手后去祸害别人。

陆励廷阴沉着脸看着她:"纪轻轻!你后悔了是不是?你羡慕她了是不是?所以你就找她的麻烦不愿意放过她对不对!"

纪轻轻大惊失色地看着陆励廷:"陆励廷,你在胡思乱想些什么,我后悔?我疯了吗?你大哥比你帅,你大哥比你有钱,我瞎了眼,脑壳进了水才会后悔。"

陆励廷咬牙切齿地道:"是,我大哥是比我帅,比我有钱,可是你以为你还能待在我大哥身边多久?他喜欢你吗?没有感情的婚姻你又能坚持多久?"

"不喜欢我没关系,他死了,我就为他守寡,他要离婚我就占个前妻的名份,还能分一笔财产。他可以给我提供优渥的生活,和他这个人没关系!不然你以为我为什么嫁给他?"

陆励廷被纪轻轻这番厚颜无耻的话惊到无话可说,半晌才憋出一句狠话:"好,纪轻轻,你记住你今天说的话!你别后悔!"

"我记得记得,记得一辈子!谁后悔谁是孙子!"

陆励廷气得直抖，狠狠瞪了纪轻轻一眼，愤然离开。

纪轻轻觉得这陆励廷真是有病，得了自大的病。

他除了姓陆一无是处，还总看不起她喜欢钱。

钱怎么了？钱多好啊！

他真是饱汉不知饿汉饥。

没钱多苦啊，上辈子她就是吃了没钱的亏，没钱的滋味她这辈子都不想再尝试了。

她这辈子就要尝一尝当有钱人的滋味。

在湖边走了一会儿，纪轻轻觉得自己清醒多了，被风一吹打了一个哆嗦，似乎感知到了什么，回头，3楼的房间灯火通明，落地窗帘被风吹得飘起，但那后面什么都没有。

纪轻轻上楼回房，见着陆励行正坐在书桌前好整以暇地看着她。

纪轻轻看着房间里那扇落地窗以及被风吹得扬起的窗帘，无端就有些心虚。

"聊得好吗？"

纪轻轻心里咯噔一下：完了，他真看见了。

纪轻轻表面淡定，实则心里慌得要命。

虽然她和陆励行没有感情基础，是被强行凑成的一对，但就刚才她和陆励廷在湖边那一段对话，陆励行听见了还好，顶多说她爱慕虚荣，若是没听见，那不就是大半夜的，自己的妻子和小叔子半夜幽会吗？

纪轻轻猛地摇头："不好，他非让我放过沈薇薇。"

陆励行扬眉："然后呢？"

"然后我骂了他两句，就回来了。"

陆励行眯着眼，打量着纪轻轻："那我怎么听见你说想要和我离婚，分一笔财产？你想要我的钱？"

纪轻轻一愣，暗自心焦：这祖宗怎么就听到了这一句？他还只听了一半？

陆励行看她犹犹豫豫的不说话，冷声道："我告诉你，我的钱和你没一点儿关系，你如果和我离婚，一分钱都得不到！"

纪轻轻撇嘴：有什么大不了的，她也有钱的好吗？

她不仅接手了原主一堆的烂摊子，还有近1000万元的家当，现在她可是千万富翁，如果真的离婚的话，还在乎陆励行那点儿钱？

"死亡警告，请送一张无限额度的信用卡给您的妻子纪轻轻使用，并在24小时之内用这张卡刷完50万元！任务失败则扣除10点生命值。"

陆励行咬牙切齿:"你下次发布任务的时候,能不能稍微快一点儿,就快那么一点点就够了!"

系统跟死了似的。

得不到系统回应的陆励行起身,沉着脸从钱包里取出一张信用卡,递到纪轻轻面前。

纪轻轻看着陆励行递过来的那张卡:"干吗?"

"拿着。"

纪轻轻接过来,端详着那张信用卡。

"这张卡不限额度,你想刷多少都可以。"

纪轻轻一听,垮了脸,将卡扔到他怀里:"不要,你刚才不是说你的钱是你的,和我没关系吗?再者说,我自己有钱,也能挣钱,我不要。"

纪轻轻整理了一遍原主的资产,能卖的全部变卖成现金,加上市中心那套还没卖出去的房子,总共大约1000万元。

不用赔偿沈薇薇那2000万元巨款,她现在阔绰得很。

"你放心,过两天我会出去工作,我手上有代言,虽然不是什么一线品牌,但代言费也不少,之后有机会还可以接两部剧。陆先生,我有钱,我自己可以生活得很好。"

纪轻轻觉得自己这话说得特别大气,倍儿骄傲,倍儿有面子。

那句话怎么说的来着,劳动最光荣!

"我自己赚钱自己花,完全不用你来养我,所以陆先生,你的卡自己收着吧。"

陆励行听着纪轻轻这一番牙尖嘴利的话,看着她那得意扬扬的表情,真是哭笑不得。

"自作多情。"

纪轻轻不解地看着他。

陆励行摩挲着手里的信用卡,沉思了片刻,刻意摆出一副漫不经心的表情:"我给爷爷订了串佛珠,但是明天公司事情多,没时间去,你现在是爷爷的孙媳妇,给他老人家取串佛珠麻烦吗?"

他让她去取佛珠?

"可是你刚才说这张卡不限额度,我想刷多少都可以。"

"我订那串佛珠的时候只付了定金,尾款具体是多少我忘了,所以我才说,你想刷多少都可以。"陆励行竭力给自己找理由,还试图滴水不漏。

纪轻轻一愣:"那你怎么不提前说?"

"我怎么会知道你竟然误会了。"

纪轻轻脸红到了耳朵尖，想起刚才自己大义凛然的一番话，想起自己口口声声说不用花他的钱，自己能赚钱，恨不得把自己的舌头给吃下去。

她在想些什么？

她怎么会认为陆励行是把那张卡送给她花？她真是自作多情。

陆励行学着纪轻轻将那张卡扔给他的模样给她扔了过去："拿着。"

纪轻轻手忙脚乱地接过，红着脸问："去……去哪儿取佛珠？"

"待会儿我会发给你一个地址，报我的名字就行。"

"哦。"她将卡收好，越想越心虚，越想越难堪，"我先去洗澡。"

陆励行眼皮一耷拉，嗯了一声。

理不直气不壮的纪轻轻连忙溜进了浴室。

浴室门一关，陆励行立马拿起手机拨通了一个电话。

"半小时之内给我订一串佛珠，价格不能低于50万元，订完之后将地址发给我，我明天派人去取。"

电话那头的人听得一愣一愣的。

"陆……陆总？"

陆励行一字一顿地说道："马上去办！"

"哦哦哦，我现在就去办，马上！"

陆励行阴沉着脸将电话挂了，同时心里也松了口气。

卡给了，明天50万元也花了，这任务简直小菜一碟。

陆励行愉悦地想。

浴室里，纪轻轻泡在浴缸内，看着满浴缸的泡沫，耳边环绕的全是她刚才自以为是的那番话，耳根不知道是泡澡泡红的还是臊红的，叹了口气，哗啦一声将头埋进水里。

她丢死人了，憋死她算了。

不过这能怪她吗？谁让陆励行自己说话不说清楚，害得她误会。

他是故意的吧？他故意让她丢脸！否则他怎么会说那样的话来误导她？这陆励行估计就是想整她，想看她的笑话！

但提及佛珠，纪轻轻认真地想了想，在这件事上她决不能让陆励行给看轻了。

爷爷对她不错，她作为孙媳妇，从进门到现在连个礼物都没送，没礼数，不应该。

而且她和陆励行是夫妻，他付定金自己付尾款，共同给老先生送一份礼物也挺合适的。

老先生年纪大了，求神拜佛只为求个心安，佛珠很合适。

嗯，就这么办！

纪轻轻打定主意，明天付尾款时不用陆励行的卡，就算是几百万元，她也是付得起的！

泡了有半个小时的澡，有些困了，纪轻轻这才磨磨蹭蹭地从浴室出来。

"地址我发给你了，明天去取，晚饭前回来。"

"行。"

两个人面对面，大眼瞪小眼。

夜深了，是时候睡觉了。

墙上的时钟显示10点，整个房间只听得见时钟指针走动发出的沙沙沙的声音。

气氛逐渐尴尬，两个人不约而同地将目光投向2米宽的床上。

纪轻轻满脑子都是今早醒来时自己手脚缠在陆励行身上的样子。

陆励行满脑子都是纪轻轻一晚上在床上打滚的样子。

两个人的对峙最终在纪轻轻的哈欠声中结束。

"老规矩，男左女右，不能越过中间枕头那条线。"

陆励行以一种难以言喻的眼神看着她："你觉得那条线对你有用？"

"你放心，我睡觉一向很老实，昨晚是意外。"说着她便上了床，看着继续戳在原地的陆励行，拍了拍身边的枕头，"上来啊。"

陆励行叹了口气，认命，上床睡觉。

两个人一个在左，一个在右，中间隔了一个纪轻轻和一个陆励行的距离。

可渐渐地，这距离越来越短。

时针已指向12，陆励行躺在床上睁着眼，双目无神地看着天花板。

果然不出他所料，他的枕边人躺下不到5分钟就睡死了，10分钟后就开始滚来滚去，20分钟后就紧紧抱住了他。

陆励行冷漠地将人推开，内心无比懊恼地想，他有这放空的时间，去干点儿什么不好？他非得来睡觉浪费时光？

陆励行的太阳穴突突直跳，趁着纪轻轻还没滚过来，闭上眼睛，尽量忽略她的存在。

一条腿跨了上来。

"……"

陆励行在心里骂了句脏话，很脏的脏话。

翌日一早，阳光从窗外照进来，透过杏色的窗帘将整个房间映照得无比明亮。

纪轻轻神清气爽地睁开眼，枕边已经没人了。

她抬头看了一眼时间，8点整。

衣帽间里传来声响。

纪轻轻下床，走到衣帽间门口，看到陆励行正在穿衬衫，下摆的纽扣还没扣上，隐约露出几块结实的小腹肌肉。

如果她能摸一摸就好了，手感一定很好。

陆励行听到脚步声，转过身来，看了一眼纪轻轻，没理她，挑了一条灰色的领带系在脖子上。

纪轻轻欣赏着陆励行仰着头，站在穿衣镜前半合着眼的模样，还有那被结实的肌肉撑起的衬衫……

这男人真帅！

陆励行选了一件西装外套穿上。

纪轻轻瞥了一眼衣橱，左边挂满了裴姨给他熨烫好的衬衫西装，右边则是裴姨给她准备的当季的新款衣物。

其中裴姨给纪轻轻准备的衣服太多，有几件还挂到了左边。

男装女装挂在一起，纪轻轻有种奇怪的感觉。

她的衣柜里，竟然出现了男人的衣服，她突然有种就此落地生根的归属感。

"我觉得那条深蓝的领带更适合你这件西装。"

陆励行下意识地想反驳纪轻轻的话，但在话脱口而出的瞬间忍住了。

思量片刻后他望向纪轻轻，然后将自己脖子上系好的灰色领带解开，向纪轻轻问道："会系领带吗？"

"会。"

"过来。"

纪轻轻走过去。

陆励行将那条深蓝色领带从衣橱中取出，递给她："帮我。"

纪轻轻拿着那条领带，犹如拿着烫手的山芋："你不是会吗？"

"你是我的妻子，不愿意帮自己的丈夫系领带？"

纪轻轻想了想："那你低头。"

陆励行低头，纪轻轻踮起脚，将领带从他脖子后绕了过去。

两个人离得极近，在纪轻轻踮起脚、陆励行低头的瞬间，她的鼻子险些撞到陆励行的脸。

这男人平时穿着家居服还好，穿上西装后简直变了个人一样，气势威严，只看那么一眼，就能令她没出息地心跳加速、脸色通红。

陆励行垂目看着她生疏地系着领带，目光从那白嫩修长的手指挪到她下垂的眼睑上。

"今天记得去取佛珠，晚上早点儿回来。"

"我知道了。"

"刷我的卡。"陆励行补了一句，"如果看上什么喜欢的，也可以刷我的卡。"

纪轻轻没回他这句话，帮他将领带系好："好了。"

陆励行看了一眼镜子，自己整理了一遍，取出手表、袖扣等物品戴上，下楼吃早餐。

陆老先生习惯早起，正在餐桌前吃早餐，见陆励行穿着正装，眉心一拧："你这病刚好，怎么不在家多休息几天？"

陆励行坐下："爷爷，我身体差不多好了，没什么大碍，公司事情多，我放心不下。"

陆老先生叹了口气，知道自己无法左右陆励行的决定："你自己办事自己心里要有数，我就不多说了，不过晚上你得早点儿回来，现在你可不是孤家寡人，家里还有个妻子你可别忘了。"

"我知道。"

吃过早餐，陆励行坐车去了公司。

纪轻轻从楼上下来，随便吃了两口。

陆老先生一看她也是精心打扮，和蔼地问："轻轻这是要出门？"

"是啊，"纪轻轻打算给陆老先生一个惊喜，隐瞒了今天的出行计划，"我得去公司一趟。"

"那我让司机送你。"

"谢谢爷爷。"

一个小时后，纪轻轻按照陆励行发给自己的地址来到一家古玩店，报了陆励行的名字后被服务生带去了包间。

那服务生认识纪轻轻，遂多看了她几眼，笑道："纪小姐请您稍等，我们经理马上就来。"

"好的。"

没过多久，包间里来了一个穿着西装制服的人，他将一个精致的檀香木盒子送到纪轻轻面前："纪小姐，您好，我是这儿的经理，您叫我小陈就行，这是陆总昨天订下的佛珠，请您过目。"

纪轻轻还在端详那檀香木盒上的精美花纹，听见经理说的话，怀了一丝疑虑。

"昨天？"

经理笑道："是啊，昨天陆先生订的，怎么了？有什么问题吗？"

纪轻轻想了想，陆励行不是说之前订的？怎么现在又成了昨晚订的？

男人的嘴骗人的鬼。

这陆励行怎么一套又一套的？

她打开檀香木盒子，里面是一串49颗佛珠的手串。

她虽然对佛珠研究较少，既看不出材质，又看不出价格，但光从这佛珠的色泽看，就知道它价格不菲。

"经理，请问这串佛珠多少钱？"

"纪小姐，是这样的，这串佛珠一共有49颗，是很难得的凤眼菩提子……"

于是纪轻轻听经理介绍了将近10分钟的佛珠，脸上的笑容实在是挂不住了，她打断他问道："经理，这串佛珠一共多少钱？"

经理微笑道："您需要再付67万元。"

纪轻轻将钱包拿出来，碰到陆励行给她的那张卡时，手一顿，拿起了另外一张自己的储蓄卡，递给经理。

"刷卡，谢谢。"

第四章
撑　腰

　　陆励行回公司上班实属突然，除了几个股东高层，公司上下没几个人知道他今天会来公司。

　　毕竟他一个月前出了车祸，伤势严重，据说被送上救护车的时候，血染红了担架。

　　公司里谣言满天飞，说什么陆总人其实已经死了，只是秘不发丧封锁了消息，以免公司人心不稳。还有传言说什么陆总在那场车祸中残废了，后半生只能在轮椅上或者床上度过。

　　诸如此类的流言说得煞有介事，有鼻子有眼，仿佛传播者亲眼所见。

　　陆励行到公司时，正是上班高峰期，公司大厦门口急着上班打卡的员工步履匆忙。

　　宾利停在公司大厦门前时，没几个人注意，但当陆励行从车上下来后，四周匆忙的人行动速度显然降了下来，不约而同地将惊讶或惊悚的目光放在陆励行身上，一个个表情如同见了鬼似的。

　　"陆……陆总？！"

　　"陆总？别逗了，陆总不是死了吗？"

　　"别胡说八道，陆总只是瘫了而已。"

　　"真是陆总！你们看啊！"

　　"天哪……陆总好！"

　　"陆总早上好！"

....
　　陆励行沉着冷静，对四周探究和惊讶的目光视而不见，一双黑亮的眼睛目光似箭，直视前方，对周遭退让到一侧并打招呼的员工点头示意。

　　秦邵在前台等他，一见到人就迎了上去："陆总，您让我准备的资料已经放在您办公桌上，另外已经通知了各部门负责人开会，会议10点准时进行。"

　　秦邵从小被陆老先生培养，受老先生器重，这些年不仅给陆老先生办事，也为陆励行办事，很让人放心。

　　陆励行点头。

　　电梯下来，电梯门前的所有员工避让到一侧，等陆励行先上。陆励行跨进电梯，电梯门关上，秦邵按了22楼的按钮，和他说今天一天的安排。

　　陆励行是个工作狂，工作向来高强度，每一分钟的安排都得计算在内，对于工作以外的事，他都认为是在浪费自己的时间。

　　叮咚一声，电梯门开了，陆励行走出电梯，喝水的、修容的员工一个个没反应过来，死一般寂静，眼睁睁地看着他就这么走过去。

　　等陆励行走远，员工们这才炸开了窝，三三两两地聚在一起窃窃私语。

　　"没死！陆总真的没死！"

　　"我早就说了陆总没死，你们非不信。"

　　"你是说陆总没死，可你说陆总瘫了，他这个样子，哪里像是瘫了？"

　　"你们都输了，给钱！"

　　............

　　陆励行推开自己办公室的门，他的办公室可以说是这栋楼最宽敞最明亮的，22楼虽然不是最高层，但站在窗边，也能俯瞰这座城市的风景。

　　陆励行轻车熟路地走到办公桌前，打开电脑输入密码，大堆的文件就摆在他手边，他翻了两页对秦邵说道："没什么事你先出去。"

　　"好的。"

　　秦邵离开办公室，将门关上。

　　陆励行则埋头于一堆文件中，开始处理他这一个月积攒下来的工作。

　　文件处理到9点50分，助理前来敲门，告诉他各部门负责人已经在会议室等候了，陆励行将手中的文件看完，5分钟后才离开办公室前往会议室，10点整，准时推开会议室的大门。

　　这场会议持续到中午12点，中途助理来敲门，暂时散会，半个小时的用餐时间后各部门负责人继续回到会议室开会，一个月以来积攒下来的项目在会议上走了过场，直到下午5点，会议才顺利结束。

开了一天的会，陆励行回到办公室，神色有些疲倦。

手边的电话响起，陆励行顺手接起。

"励行，今天早上你答应爷爷的，早点儿回来吃饭。"

陆励行看了一眼时间，5点20分，离下班时间还有一个小时，但他堆积在桌上的文件还有大半没看完，他下意识地就要推托。

"爷爷，我……"陆励行突然顿住了。

他工作的时候一般全身心投入，很难分心去做其他事或是思考其他事，现在暂时空闲下来，紧绷的神经松懈，脑子里突然冒出一件事来——

系统没有提醒他任务成功，生命值也没有增加。

纪轻轻没有花钱？

陆励行瞬间精神了。

"爷爷，轻轻回家了吗？"

"没呢，我刚给她打电话，她现在应该在路上。"

"我知道了，我今晚会早点儿回去，没事我先挂了。"

说完，陆励行将电话挂断，顺手拨通了纪轻轻的电话。

就在陆励行给纪轻轻打电话的时候，她正在商场购物。

纪轻轻从古玩店出来，想来想去，只给陆老先生一个人买礼物似乎不妥，裴姨这些天对她也是照顾有加，虽然不是陆家人，但在陆家多年，陆老先生早就将她当成陆家人看待，所以给裴姨买份礼物也是应该的。

于是买下佛珠之后，纪轻轻让司机送她去最近的一个商场，在商场里挑来挑去，最后挑中了一条项链，和裴姨挺搭的。

女人一购物就停不下来，眼瞅着时间还早，纪轻轻又去逛了几个地方，想着既然都给老先生和裴姨买了礼物，索性给陆励行也买一个，只是逛了许久也不知道买些什么，随便逛逛时间一晃就到了5点，最后决定给陆励行买条皮带。

刚从店里出来，纪轻轻就接到了陆励行的电话。

"佛珠取了吗？"

陆励行张口就问，而且语气听起来还不太好。

纪轻轻那点儿给他买礼物的开心劲儿又降了下去。

"取了，怎么了？"

陆励行一字一顿地发问："你真的取了？"

"当然取了，我骗你干什么？"

"用的谁的卡？"

纪轻轻想了想，决定先将这件事瞒下来，等回家之后再告诉陆励行，这是她付的尾款，佛珠是他们一起送给爷爷的礼物，爷爷肯定很高兴。

"你的啊。"

"撒谎！"

纪轻轻心里咯噔一下，陆励行是怎么知道的？

"你怎么知道的？"

陆励行克制了又克制，才让自己心平气和地问："为什么不用我的卡？"

纪轻轻理直气壮地说："爷爷这段时间对我挺照顾的，我也想给他老人家买份礼物，那佛珠不是你付的定金吗？我付尾款，就是咱们夫妻俩共同买，你不是要秀恩爱让爷爷高兴吗？爷爷知道了这事一定很高兴，有什么问题吗？"

"死亡警告，请在一小时内让您的妻子纪轻轻用您的信用卡消费 50 万元，否则任务失败，您将猝死在办公室。"

陆励行微愣："我记得我昨天累积了 35 个小时。"

系统小 A 给他算了一笔账。

"是这样的，昨天下午 6 点统计你的生命值为 35 小时，现在已经过去了 24 个小时，如果任务未完成则扣除 10 个生命值，当生命值小于等于 0 的时候，你的生命将走到尽头，所以你现在只剩下一个小时的时间来完成这项任务。"

陆励行握着手机的手陡然收紧："纪轻轻，现在你就拿我的卡去买一件超过 50 万元的礼物，我要送给裴姨。"

纪轻轻得意地说道："不用了，我已经给裴姨买了一条项链，我觉得很合适。"

陆励行深吸了一口气："那你叫我 10 声老公。"

纪轻轻："……"

"啪——"

电话被挂断了。

陆励行看着黑屏的手机愣怔了 3 秒，霍然起身，拿起外套往外走。

助理拿着文件过来想让他签字，陆励行直接说："我下班了。"

"可是陆总，这份文件很重要。"而且现在也没到下班时间。

当然，后面那句话助理是不敢说的。

陆励行拿着手机快步往外走,眼睛仿佛能冒出火来:"明天再说!"

说完,他继续拨纪轻轻的电话,好半晌才接通。

纪轻轻不耐烦,完全不想接电话,这浑蛋动不动就让她喊"老公"就算了,可是现在是在外面好吗?

"陆先生,又有什么事?"

"你在哪儿?"

"干什么?"

陆励行磨牙:"有点儿事!"

"这么凶干吗?"纪轻轻嘀咕着,将商场的名字报给他。

"等着,我马上过来。"

陆励行一出办公室的门,迎面走来几名员工:"陆总,财务部总监让我来问您,明天安排的……"

"明天的事明天再说。"

"陆总,这份合约……"

"先放着。"

陆励行头也不回地进了电梯,留下一群人面面相觑。

这是怎么回事?

工作狂竟然也有早退的一天?

陆励行下楼,开车前往纪轻轻所在的商场。

但现在正是下班的高峰期,路上堵得水泄不通,陆励行改了几次道,停停走走,好不容易到了纪轻轻所在的商场,已经是40分钟之后。

一下车陆励行便给纪轻轻打电话:"在哪儿?"

"等你好久太无聊,我在商场里试衣服。"纪轻轻报了个品牌店的名字。

陆励行后槽牙紧咬,克制再克制,朝那个品牌店急奔过去。

这是个国际一线品牌店,店里上了不少的新款服饰,这个时间点店内并没几个顾客。纪轻轻从前没舍得进来,今天也没准备买,就随便逛逛,面对4位数5位数甚至是6位数的价格,即使她现在怀揣着千万巨款,也望而却步。

等陆励行赶到时,纪轻轻正站在一条裙子前打量。

店里的店员见有人进来,忙上前去招待。

陆励行摆手,快步走到纪轻轻面前。

"时间还剩下10分钟。"

纪轻轻一转身就发现了他,笑道:"你来了?找我什么事?"

陆励行深吸一口气："喜欢这条裙子？"

纪轻轻看了一下价格，6位数！

她猛摇头："不喜欢。"

陆励行僵硬的嘴角硬扯出一抹温和的笑："喜欢就买，我送给你，就当作……我们的新婚礼物。"

纪轻轻用怀疑的目光看着他："新婚礼物？送给我？"

陆励行大气地说道："这里的衣服你随便挑！"

想到自己也给陆励行挑了条皮带，礼尚往来，那么她收陆励行一件衣服应该也没什么。

不过眼前这条裙子好看是好看，就是太贵了，她买的皮带也没这么贵，价钱不对等，她不能拿。

于是她在店里挑挑拣拣，这儿挑挑那儿选选，陆励行跟在她身后看着。

他从来没陪女人逛过街，身上所有的衣物都是由裴姨准备的，此时看着纪轻轻，简直难以置信：女人逛街怎么可以这么磨蹭？

纪轻轻挑一件衣服要看领口，看袖口，看内里，看长短，看颜色，看款式，看了一阵后，摇了摇头，然后……把衣服挂了回去。

紧接着，陆励行就这么眼睁睁地看着她从一堆6位数价格的衣裙中走到了丝巾区。

"……"

她不买？她不买还看那么久？

陆励行觉得自己的头在隐隐作痛。

"你喜欢丝巾？"

纪轻轻在丝巾区挑选了好一会儿，才满意地拿出一条这个品牌的经典图案的丝巾："对啊，我喜欢。就这条吧。"

陆励行就这么看着她选了一条价格为4位数的丝巾："别的没有喜欢的了吗？再拿几件，多拿几件。"

纪轻轻又挑选了一会儿，在陆励行鼓励并坚持的目光中，取出一条不是新款的裙子，两件外套以及一个旧款包包。

她也不拿太贵的，就挑一些价格合适的拿，免得最后付款时一连串的数字让她尴尬。

"最后5分钟。"

陆励行看着那几件服饰，脑海中飞快地计算了一下这些衣服的总价格："不买了？"

"够了，不要了。"纪轻轻都有些不好意思了，这些东西加起来都得几十万元了，她给陆励行买的皮带也不过几万块。她怎么好意思让陆励行花这么多钱？

陆励行深吸口气，指着一侧微笑的店员："除了她拿出来的，店里其他的全给我包起来。"

陆励行话一说完，店内店员纷纷面露喜色。

"好的，先生，我们马上——"

"等等！"纪轻轻以一种"你疯了吗"的眼神看着他。

陆励行无视纪轻轻的眼神，指挥着店员："不用等了，马上给我包起来。"

店员开始动手。

纪轻轻高声对那几个准备动手的店员说道："等一下！"

随后她又低声对陆励行说："你买这么多干什么？我又穿不完！"

陆励行从牙缝里挤出几个字："你穿好看！"

纪轻轻眉心一皱："再好看我也不要！我选的那些挺好的。"

这儿这么多衣服，全包起来得多少钱？

纪轻轻用责备的眼神看了他一眼，真是饱汉不知饿汉饥，再大的家业也经不住陆励行这样花啊！

"你选的那些都是过季打折的旧款，"陆励行沉着一张脸，"不适合你。"

他简直有毛病。

纪轻轻不想理他，转身就往外走。

陆励行一把攥住她的手腕，深吸一口气，向纪轻轻妥协："好，听你的，不全买，但是我帮你挑几件，行吗？"

纪轻轻真觉得今天陆励行特别奇怪，上赶着给她买衣服。

"你今天……"

"给爷爷买了礼物，我总得给你买点儿礼物吧？不然爷爷说不定会说我对你不上心。"

纪轻轻想了想，好像有那么一点儿道理。

"行吧。"

陆励行紧紧地攥着她的手腕，目光在衣架上快速扫过，手疾眼快地拿最贵的最新款，4条裙子5件外套2个包包1双鞋，外加1副墨镜。

他挑衣服雷厉风行，让一侧的店员自愧不如。

"这些都包起来！"

店员笑着将他挑出来的东西送去打包。

"等等,给我算算一共多少钱,先买单!"陆励行坚定地说道,"1分钟内给我算好,否则我就不要了!"

陆励行很少这么难为人。

店员也是见过大场面的,有钱人的要求往往让人意想不到。

"好的先生。"

"最后2分钟。"

店员在柜台前紧张并忙碌地计算金额。

纪轻轻感觉自己被陆励行攥住的手腕处全是汗,奇怪地看着他:"陆先生,你怎么了?"

结算金额时扫码器的嘀嘀声不断响起。

"最后1分钟。"

陆励行淡定自若:"没事。"

"先生,"店员笑道,"一共是495300元。"

陆励行:"……"

纪轻轻将自己挑选的那条丝巾拿出来:"陆先生,我可以顺便买下这条丝巾吗?"

"可以!"陆励行将丝巾递给店员。

"好的……先生,一共是501380元,您是刷卡还是——"

"刷卡!"陆励行看向纪轻轻。

"卡在我这里,"纪轻轻从包里拿出钱包来,将钱包里陆励行给她的那张信用卡递给店员,"刷卡,谢谢。"

"好的。"

"最后10秒。"

店员熟练地将信用卡放到POS机上进行刷卡操作。

"5、4、3、2——"

"好了先生,已经付款成功,这是您的卡,请您收好。"

"任务成功,生命值加10,当前生命值为10小时。"

陆励行差点儿停止跳动的心平稳下来。

陆励行接过卡,顺手将卡递给了纪轻轻,语气强硬:"拿着!"

在外边纪轻轻没有落他的面子拒绝他,收下了这张信用卡。

"请两位去VIP(重要客户)休息室稍等片刻,我们会马上将东西打包整理好。"

说完，有店员领着二人前去 VIP 休息室。

休息室内沙发小桌应有尽有，陆励行一坐下便扯松了脖颈处整齐的领带，这才觉得呼吸顺畅了，问店员："有酒吗？"

很多国际一线大品牌店内都有酒。

"有的，请您稍等。"

纪轻轻眉心越皱越紧："陆先生，你没事吧？"

"没事。"

"没事你喝什么酒？"

陆励行幽幽地看了她一眼："借酒浇愁。"

"这张卡……"纪轻轻将钱包拿出来。

"拿着。"陆励行说。

纪轻轻思量片刻后，将钱包放进包里，算是收下了那张卡。

"谢谢你今天给我买的那些衣服。"纪轻轻心里其实还是有些不安，毕竟这一次就花了陆励行五十多万元，她那条皮带才几万块，对比之下显得自己抠抠搜搜的，礼物都拿不出手。

"不用谢，如果你一开始就愿意刷我的卡，我会更开心。"

他说的是那串佛珠的钱。

"我这还不是为了让爷爷高兴？如果爷爷知道那佛珠是我和你一起买的，他老人家该多高兴。"

陆励行皮笑肉不笑地说："是，是挺高兴。"

纪轻轻不说话了。

陆励行脸上的笑怎么看怎么不对劲。

店员将两杯红酒端了上来。

陆励行接过酒杯，一饮而尽。

酒精暂时平复了他的心跳，他闭上眼，渐渐冷静下来。

陆励行这么反常，纪轻轻虽然不明白是为什么，但隐隐也感觉到或许是自己的原因。

"抱歉，"纪轻轻脸上带着歉意，低声道，"这一次是我自作主张，我猜……我可能给你带来了不小的麻烦，但是你放心，这是最后一次，绝对不会再有下一次了。"

陆励行睁开眼看着纪轻轻，很想骂她一顿出口恶气，可一看到她脸上诚恳真挚的表情，又叹了口气："算了，这事也不能怪你。"

纪轻轻都做好了被骂一顿的准备，没想到陆励行就用"算了"两个字揭过,她眯眼笑笑:"谢谢你老公。"

"生命值加 1,当前生命值为 11 小时。"

没事她就喊"陆先生",有事就喊"老公"。

呵,女人。

购买的衣服很快被店员包好,两个人离开商场,一齐回家,后备厢里塞满了今天的购物成果。

一回到家,纪轻轻便将那个装有佛珠的檀香木盒子送到了陆老先生面前:"爷爷,您看,这是我们送给您的礼物。"

陆老先生看着那檀香木的盒子,愣了片刻,看了一眼纪轻轻,又看了一眼陆励行:"你们买的?"

"是啊,我们买的。"

陆老先生的目光在两个人身上流连,眼底带着笑意:"好!你们夫妻俩有这孝心爷爷很开心,那爷爷就收下了。"

老先生将檀香木盒子接过来,打开一看,里面是一串 49 颗佛珠的手串。

陆老先生更满意了。

"裴姨,"纪轻轻将精致的首饰盒递到裴姨面前,"这是我给您挑的一条项链,希望您能喜欢。"

裴姨受宠若惊:"少夫人,您这……怎么还给我买礼物了?这多破费!"

"这段时间谢谢您的照顾,您就收下吧。"纪轻轻坚持将那装有项链的盒子往她怀里送。

裴姨无奈,只好收下。

"谢谢。"

陆老先生赏玩了一会儿佛珠,目光又落到用人提进来的大包小包上:"这是……"

陆励行解释道:"是我买给轻轻的衣服。"

陆老先生与裴姨相视一眼,都是一副恍然大悟的表情。

这孩子,学会疼人了。

用过晚饭,纪轻轻跟着陆励行上楼,悄悄拿出那条给陆励行买的皮带藏在身后。

陆励行皱眉看着她:"你跟着我干什么?"

纪轻轻将那条皮带拿出来:"我给你买的。"

"你什么时候给我买的?我怎么没注意?"

"在你去找我之前。"纪轻轻想了想，认真地说，"虽然你送我那么多衣服，我只送你一条皮带显得寒酸了些，不过以后我会补给你的。"

陆励行目光停留在她送过来的那条皮带上，意味深长地看着她："你知道送人皮带有什么含义吗？"

送皮带就送皮带，还有什么其他的意思吗？单身25年的纪轻轻不懂。

看着纪轻轻迷茫的表情，陆励行无奈地摇头，将纪轻轻手中的皮带接了过来："我收下了，谢谢。"

他将皮带握在手里，皮带上似乎还残留着纪轻轻手心的温度。

纪轻轻忐忑地打量着陆励行脸上的表情，唯恐他不满意。

"你如果不喜欢的话……"

"没有，我只是在想，"陆励行打趣道，"你说之后会补给我的……不用了，你如果真想补偿我的话，不如叫10声'老公'来听听。"

纪轻轻一愣，没有说话。

陆励行也不强求，转身就走。

纪轻轻却笑着抬脚跟了上来，越过陆励行走在他前头，转身看着他，倒退着走。

"你那么喜欢听？"

陆励行没有回答。

纪轻轻有点儿脸红。

虽然这两个字说了无数次了，但每次一说，她都觉得心跳加速，血液都在沸腾，羞得很。

"老公？"

"生命值加1，当前生命值为7小时。"

"老公。

"老公……老公，老公，老公，老公，老公，老公，老公，老公，老公，老公！"

"生命值加13，当前生命值为20小时。"

陆励行眼底弥漫着自己都不曾察觉的笑意。

"老公，你为什么喜欢我叫你'老公'？"

"生命值加2，当前生命值为22小时。"

陆励行停下脚步："如果我说没有原因，纯粹就是喜欢听呢？"

真相果然和她猜的一样，这估计是他某种不为人知的癖好。

纪轻轻想了想，说："那我以后在没人的时候，多让你听听？"

113

陆励行看着她的眼睛，审视她良久："你认真的？"

纪轻轻点头："当然！"

不就是喊几声"老公"，有什么难的？

陆励行嘴角勾起一抹笑："好，一言为定。"

"一言为定！"纪轻轻觉得这事完全是小菜一碟，动动嘴皮子的事，简直不是事，"我先去洗澡休息了，陆先生你也早点儿休息。"

陆励行嗯了一声，听着纪轻轻哼着的小调，看着她迈着轻快的步子，漆黑的瞳眸闪烁不定，不知道在想些什么。戳在原地半晌后，他去了书房处理今天遗留下来的文件。

夜深人静，月亮高高地悬挂在半空中。

纪轻轻泡了个热水澡，趴在床上看了会儿书，昏昏欲睡。

她看了一眼墙上的时钟，目光频频往门口飘。

都这个点儿了，陆励行还在书房工作。

陆老先生曾经和她说过陆励行的习惯，当天的工作不管到多晚，必须得当天完成，然而陆氏工作繁重，陆励行时间根本不够用，每天上床睡觉都在凌晨。

这个人简直就是个工作狂，工作起来根本没有时间概念。

纪轻轻担忧地想，这样的一个人，就算没死在车祸中，这往后猝死的概率那也是很大的。

改天她要让陆励行看看因工作熬夜猝死的新闻。

正准备躺下睡觉，纪轻轻被手机上一则娱乐新闻的推送吸引了目光。

"有目击者爆料称，女艺人纪轻轻陪同某富商在某国际品牌店内大肆购物，10分钟购物超50万元。本博主无责任猜测，该富商可能是海滨新起的暴发户！"

暴发户？

纪轻轻脑海中将陆励行那身笔挺的西装换成花衬衫，脖子上挂着大金链子，手腕上戴着24K纯金的手表，腋下夹着鼓鼓囊囊的公文包，一手搂着小娇妻，态度嚣张傲慢，从包里掏出一大摞的人民币甩在柜台上，冲着店员指指点点："这些，这些，还有这些，我全要了！"

纪轻轻差点儿笑出声。

这是哪家娱乐小报，明明有几张模糊的正面图和背影图，虽然看不清面貌，但陆励行的穿着和身材应该是看得清的，怎么就把陆励行塑造成了一个暴发户？

这记者真是太有才了。

不过事后想想，陆励行今天在商场一掷千金给她买衣服，可不就是暴发户的行径？

"除了她拿出来的，店里其他的全给我包起来。"

"这些全部都包起来。"

"1分钟内给我算好，否则我就不要了！"

从没被人这么照顾过的纪轻轻想起今天陆励行说的那些话，脸不自觉地红了。

陆励行这人虽然性情阴晴不定，但瑕不掩瑜，总体而言，是个非常优秀的男人，也是个容易让女人心动的男人。

房门咯吱一声被推开，陆励行从门外走进来。

纪轻轻看到陆励行的瞬间，脑海中再次出现自己想象的暴发户陆励行，没忍住。

"暴发户，哈哈陆先生，你看，你成暴发户了哈哈哈……"纪轻轻将手机上的那则新闻递给他看。

陆励行看了一眼笑得乱颤的纪轻轻，将目光放在手机上，一眼扫视下来，了解了大概内容，瞥她："被暴发户养着的你很开心？"

纪轻轻脸上的笑容逐渐消失。

陆励行脱下外套，语气平淡，听不出有丝毫的不满："现在某些娱乐报社为夺人眼球捕风捉影，将事实夸大，或者直接杜撰，越写越夸张，这样毫无证据胡乱臆测的新闻也敢报道出来，不想活了。"

纪轻轻深觉陆励行说得有道理，点头道："是啊，太可恶了。所以，老公，为了你的名誉，动手吧！"

"生命值加1，当前生命值为20小时。"

纪轻轻知道陆励行家大业大，不知道哪个旮旯儿里冒出来的娱乐小报为博眼球胡诌，撞上了陆励行，这点儿绯闻于他而言，不过是动动手指头的事。

更何况，这原本就是陆励行弄出来的风波，由他收拾烂摊子，理所应当。

不过由这条新闻所延伸出来的流言蜚语很有意思。

纪轻轻是个有"前科"的人，在演艺圈一直不受待见。

现在这新闻出来，网友深信不疑，还纷纷猜测这个给纪轻轻当靠山的冤大头是谁。

哪个暴发户扶贫扶到了纪轻轻头上？

陆励行没花费太多时间和精力去关注那娱乐报社，翌日一早到了公司，直接让法务部的人去处理这事。

法务部的人也很蒙，一大早陆励行叫他到办公室，给了他一则娱乐新闻，指名要让这个报社删除虚假信息并道歉。

法务部的这位部长看完了这则娱乐新闻，想了想，清楚地记得新闻中处于风口浪尖的纪轻轻可是天娱旗下的签约艺人。

他们这个部门，日常除了处理公司事务上的各种经济利益纠纷，也负责有关大老板的名誉官司，可递过来的这则新闻中，纪轻轻和暴发户，这和公司有什么关系？

"陆总，纪轻轻的事不是应该由天娱那边处理吗？"

他们部门很忙的，处理的都是些上千万元上亿元的案子，怎么一个三流艺人和一个暴发户逛街的新闻都往他们这儿扔？

陆励行在一堆文件中抬头，看着他这位颇受器重的法务部部长，问道："你觉得我像暴发户？"

法务部部长脑子立马就转过弯来，不详细过问大老板的私事，表情严肃并义正词严："陆总，您放心，我马上去处理这件事，这种子虚乌有的事情……"

"也不算是子虚乌有，"陆励行咳嗽一声，强行绷着脸，"照片里的人确实是我和纪轻轻，购物金额也是事实……"

简而言之，除了那个"暴发户"，其他都是真的。

陆励行沉默。

他暂时还丢不起这个人。

"你先回去吧，这件事不用你们处理了。"

"好的。"法务部的人离开办公室。

陆励行打了个电话："估算一下橙飞娱乐报社的收购风险，收购金额在7位数以内不用再来告诉我，草拟收购案，尽快收购。"

说完，他将电话挂断，继续埋头于一大堆的文件中。

办公室的人络绎不绝，昨天没加班的后果就是昨天的事全堆到了今天，陆励行忙忙碌碌，眨眼就到了快下班的时间。

"死亡警告，请在2小时内带上99朵玫瑰花，接您的妻子纪轻轻下班。"

陆励行签文件的笔一顿，他抬头看了一眼时间，五点半。

他半眯着眼，疲惫地揉着眉心。

也不知道是不是他的错觉，自车祸之后，他的身体状况似乎不如从前，工作起来也没有之前那么能扛。

从前通宵是常事，现在工作时间稍稍长一些，他就感到有些疲乏。

陆励行休息片刻后给纪轻轻打了个电话，问她在哪儿。

电话接通后陆励行没第一时间听到纪轻轻的声音，电话那头传来走动的声音，过了一会儿纪轻轻才说话。

她压低了声音说："我在天娱娱乐，有事吗？"

"什么时候回去？"

纪轻轻声音似乎有些迟疑："不清楚，可能晚一点儿吧？"

"那你等我，晚上我去天娱接你。"

电话那头似乎又传来了吵闹的杂音，纪轻轻连忙敷衍了两句："好好好，没事我先挂了。"

陆励行看着被挂断的电话，又打了公司内线电话："陈婧，给我订一束玫瑰花，99朵，下班之前送到我办公室来。"

陈婧作为他的生活助理，处理陆励行日常生活中的大小事务，听到陆励行的要求，心里惊讶得很。

她在陆励行身边当助理也有四五年了，这些年陆励行身上可从来没发生过任何绯闻，也没有任何女人出现在他身边。

现在他竟然主动要订99朵玫瑰？

这是要送给哪个女人？

按捺住满腹的疑问与激动，陈婧表现出自己作为一名助理该有的精明能干。

"好的陆总。"

陈婧一挂断电话，立马下楼去花店订购玫瑰花。

20分钟后，她捧着99朵玫瑰花来到22楼，进了陆励行的办公室。

"陆总，这是您要的玫瑰花。"

"嗯，放下吧。"陆励行头也没抬地说。

陈婧见他没什么事吩咐，便离开了办公室。

那99朵玫瑰花实在是……太过惹眼，她刚进助理办公室，立马就有人凑了过来，好奇地问："陈婧，那玫瑰花是怎么回事？"

"陆总要的。"

"陆总？！"

"快看！陆总下班了！"

众人朝办公室透明的玻璃墙望去。

陆励行正面无表情地捧着那99朵玫瑰花离开。

"陆总有女朋友了？"

"不知道。"

"天哪，肯定是有了！不知道是哪个女人这么好运，竟然能俘获陆总的心！"

"难怪陆总回公司之后就不加班了，原来是有了女朋友！就是不知道是谁。"

"陆总高调送花，这女人肯定藏不了多久。你们等着吧，过两天这女人就得浮出水面！"

于是陆励行当着全公司员工的面，捧着99朵玫瑰花高调地离开公司，收获了不少人见了鬼一样的目光。

很快，陆总捧着99朵玫瑰花去见女朋友的事传得沸沸扬扬，整栋大厦里尽人皆知。

就在陆励行前往天娱娱乐的路上，纪轻轻在天娱娱乐会议室内差点儿和人打起来。

她下午接到秦越的电话，让她今天来公司一趟，说是公司今天决定让她和沈薇薇见个面，协商一下那件事。

那件事，还能是哪件事？

纪轻轻琢磨着，估计是公司还是不愿意让这件事闹大，所以瞒着上头，让她和沈薇薇见个面，见了面，什么事都好谈。

刚到天娱娱乐，纪轻轻便被秦越带去了会议室。

会议室里人也不多，2个男人1个女人，加上她和秦越，一共5个人，属于秘密会议。

不用说，会议室里那个红了眼眶的女人就是沈薇薇了，至于另外2个男人……

纪轻轻装模作样地坐在沈薇薇对面，秦越作为她的经纪人，坐在她身侧。

"今天找我来有什么事就说吧。"

坐在会议室首位上的男人看着纪轻轻，表情严肃："是这样的，薇薇受伤那件事，到现在也没个结果，我是想让你过来和薇薇见个面，两个人商量商量这事怎么解决。"

"不是已经有解决办法了吗？沈小姐自己都说愿意承担一切责任，还谈什么?"

首位上坐着的男人没有说话,倒是坐在沈薇薇身边的男人说话了:"纪轻轻,你什么意思?当初在剧组,如果不是你找薇薇的麻烦,你不和她发生争执,她会掉下去吗?"

纪轻轻惊讶地看着他。她认得他的声音,这是辜少虞没错了。

"辜先生,你哪只眼睛看到我和她发生了争执?你又是哪只眼睛看见我找她的麻烦了?"

"你做了还不承认?视频里清清楚楚!薇薇受了那么重的伤,你还要倒打一耙!"辜少虞看着纪轻轻,那目光,恨不得将她给生吞活剥了,手拍在桌上啪啪作响。

沈薇薇连忙拉着辜少虞:"少虞,你别这样,这件事是我的错,当初如果不是我误会了纪小姐,这一个月以来她也不会遭受这么多的网络暴力,无论纪小姐想要我怎么负责,我都愿意。"

纪轻轻白了她一眼。

沈薇薇嘴里说得好听,既然愿意承担,还抓个辜少虞来给她撑腰干吗?

秦越作为纪轻轻的经纪人,虽然刚上任几天,但纪轻轻好歹也是他手下的人,他自然要维护她:"沈小姐,既然您答应承担一切责任,那我们这边——"

辜少虞嗤笑:"责任?什么责任?依我看,这件事薇薇根本就不用负责!"

他看向首位上坐着的男人:"黎副总监,这件事谁是谁非我想你们应该很清楚才对!"

"好了!"黎副总监叹了口气,眉心紧皱地看向纪轻轻,"纪轻轻,你们这件事影响恶劣,继续闹大对公司影响不好!陈副总虽然说让你自己去办,可是你作为公司的艺人,也要为公司着想!再这么闹下去,演艺圈全在看咱们公司的笑话!"

纪轻轻嗤笑。

一口一个"薇薇",一口一个"纪轻轻",这黎副总监屁股本来就是歪的。

他这个时候把自己叫过来,欺负自己没后台呢!

"那照黎副总监的意思,这件事怎么解决才好?"

"你看你的那些代言和角色也都回来了,没什么损失,你和薇薇又是一家公司的艺人,以后抬头不见低头见的,大事化小小事化了。这样,薇薇向你道个歉,这事就算完了,行吗?"

纪轻轻冷眼看着黎副总监,半晌没说话,仿佛在认真思考似的。

最终她说出的话却不中听。

"黎副总监,您这话我可不认同,什么叫大事化小小事化了?我遭受了一个月的网络暴力,一句轻飘飘的'对不起',这件事就这么算了?"

"不然呢?你还想怎么样?"辜少虞冷笑,"什么叫网络暴力,网上说你的那些话都是假的吗?我们才分手几天,你就攀上了一个暴发户,水性杨花!"

"水性杨花?"

辜少虞鄙夷地看着她:"10分钟刷了50万元,纪轻轻,你还真和从前被我养的时候一样,一点儿没变,逮着人就让他给你花钱。那个冤大头是谁啊?不知道你名声在外?"

"被你养?"纪轻轻仿佛听了个天大的笑话。

当初纪轻轻和辜少虞在一起,可是冲着爱情去的,没想过要辜少虞的钱,和辜少虞在一起,那是规规矩矩地做一个女朋友。

"辜先生,别开玩笑了,就你那腰带还是我给你买的呢,照你这说法,你岂不是被我养的?"

"纪轻轻!你——"

纪轻轻放在桌上的手机响起,打断了辜少虞的话。

她拿过手机一看,是陆励行的电话。

沈薇薇趁机劝辜少虞:"少虞,你别这样,冷静点儿。"

被沈薇薇一劝,辜少虞瞬间冷静下来:"怎么?你那个暴发户给你打电话了?"

纪轻轻懒得理他,起身走到窗边,压低了声音说:"喂……我在天娱娱乐,有事吗?"

陆励行在电话里问她:"什么时候回去?"

纪轻轻看着辜少虞那胡搅蛮缠的劲儿:"不清楚,可能晚一点儿吧?"

陆励行说:"那你等我,晚上我去天娱接你。"

辜少虞听到了纪轻轻的话:"我告诉你纪轻轻,今天这事不解决,你就别想走!"

沈薇薇颤声说:"少虞,别这样,是我的错,你别这么凶。"

"好了别吵了,大家都各自冷静一会儿,咱们是来解决问题的不是来制造问题的!"黎副总监头痛地说。

纪轻轻对那对男女翻了个白眼,敷衍着陆励行:"好好好,没事我先挂了。"

挂断电话,纪轻轻捋起袖子。

她不发飙,这两个人真把她当软柿子捏?

她现在可是有陆励行这座大靠山的好吗!

纪轻轻不喜欢女主角沈薇薇,看小说时就不喜欢。

小说中女主角沈薇薇是一个坚韧不拔的清纯女孩形象,她单纯善良,有着让人一见钟情的女主角光环,因为喜欢演戏且长得漂亮被星探挖掘进了演艺圈,可她既没有背景又没有后台,在圈内举步维艰。

如果真的是一步步往上爬也就罢了,可偏偏沈薇薇在演艺圈内左右逢源,与不少男艺人产生交集并有了暧昧关系,沈薇薇的那些麻烦与资源,都是小说中的那些男配角帮忙解决的。

其中最积极主动的就是辜少虞。

辜少虞浑身上下除了钱什么都没有,包括脑子。

他和男主角陆励廷一样,是个爱情至上的浑蛋,为了沈薇薇,能干出任何事来。

现在他不是还跟个脑残一样维护着沈薇薇吗?

两方各自冷静并僵持了大半个小时后,辜少虞再次坐不住了。

"薇薇,你别这么善良,那个纪轻轻就是知道你软,所以才这么有恃无恐!你别害怕,今天有我在,这件事我一定替你摆平!"

纪轻轻嗤笑:"哟,辜少爷,英雄救美呢?"

辜少虞回过头来看着纪轻轻,突然意味深长地笑了一声:"纪轻轻,你嫉妒了是不是?"

嫉妒?

纪轻轻反复将这两个字嚼来嚼去,才反应过来辜少虞说这话是什么意思。

他是说她在嫉妒沈薇薇,所以才三番两次地和沈薇薇过不去?

纪轻轻差点儿笑出声来。

这辜少虞和陆励廷的思维方式怎么就这么一致呢?他们怎么都觉得她这是因为嫉妒沈薇薇,所以才抓着沈薇薇不放?

"你不就是因为我抛弃了你选择了薇薇,所以一直怀恨在心吗?在剧组里你针对她,处处为难她,不就是因为我吗?!纪轻轻,你死心吧!我喜欢的人是薇薇，这辈子都不可能喜欢你！无论你怎样死缠烂打，都改变不了我爱薇薇的心！"

辜少虞振振有词，说得纪轻轻都惊呆了。

一个人竟然可以自恋到这种地步！

他的脸呢？

谁给他脸说这话？

"我是因为嫉妒你选择了她，所以才不愿意放过她？辜少虞，要不要我给你面镜子让你好好照一照？"

辜少虞冷笑："纪轻轻，你就不要掩饰了，如果还想和我见面的话，以后就不要为难薇薇，否则你别怪我不客气！"

"不客气？"

"你不就是找上一个暴发户吗？我告诉你，那暴发户就算再有钱也没有用！你如果还想在演艺圈混，就给我老老实实地夹紧尾巴，别再欺负薇薇！"

沈薇薇神色焦急地扯着他的衣袖："少虞，我都说了让你别说话。轻轻，对不起，那天的事是我误会了，我掉下去的时候真的以为是你推的我，幸好后来有视频证明了你的清白，否则——"

"薇薇！"辜少虞打断沈薇薇的话，"你给她道歉干什么？就算不是她推的你，那也是她的错！你没错，你是受害者，哪儿有受害者道歉的道理？"

"可是轻轻因为我这一个月都被人骂……"

"她只是被人骂两句而已，你可是在床上躺了那么久！你别再委屈自己了好不好？"

纪轻轻嘴角直抽搐。

行吧，小说中的纪轻轻是个嚣张跋扈的角色，干了不少坏事她认了，辜少虞如此鄙夷她也是正常的，接手了原主的身体自然也要替她收拾这些烂摊子。她的烂摊子她认了，但不是她的烂摊子，她可不认。

纪轻轻敲了敲桌子，将两个人的目光吸引了过来。

"辜少爷，你说是我的错，是我在剧组找沈薇薇的麻烦所以才让她掉下山丘，我倒想问问你，我怎么找她的麻烦了？怎么找的，你给我说说。"

"怎么找的你自己心里清楚！"

"我不清楚！"纪轻轻敛了笑容，雪亮如刀的目光如箭一般射向他，"你这么信誓旦旦地说我找她麻烦，那你肯定是有证据或者是听到了？说说看，我想听听。"

辜少虞眉心紧拧，被纪轻轻这底气十足的话说得突然没了底气。

"当时又没人在，我怎么——"

"那就是说你不知道，你只是瞎猜的。"她转头望向沈薇薇："沈小姐，你说说看，当时我在和你说什么？"

沈薇薇眼底有片刻的慌乱，但瞬间便镇定自若，眸中隐了一抹不易察觉的狠戾，垂下头去，颤声道："我不记得了。"

纪轻轻嗤笑："喏，当事人都不记得了，辜先生，你瞎猜个什么劲儿呢？"

黎副总监看沈薇薇垂头独自忍耐委屈的模样，心底不由得也生起几分怜悯来，看向纪轻轻，语气夹着几分不耐烦："纪轻轻，今天是来商量怎么办的，不是来吵架的。"

"黎副总监，你以为我想吵？屎盆子往我脑袋上扣，我怎么能吃这么大一个亏？别急啊，等我捋清了这件事，我会好好说说的。"纪轻轻转头看向辜少虞："辜先生你刚才说，我是因为你抛弃了我所以嫉妒她，不好意思，真的没有，你或许在别人眼里是块宝，可在我眼里，就是坨狗屎，我走个狗屎运都不愿踩你！"

"纪轻轻，你！"

"至于你之前说我是被你养的。"纪轻轻笑道，"不好意思，我和你在一起，可没贪图你的钱，除了一些男女朋友交往时花的钱，我似乎没有收过你任何礼物，倒是你，"她指了指辜少虞腰间的皮带，"那条皮带好像是我送给你的，价值足有几万块，照你的理念，我应该才算是养你的人，辜先生觉得呢？"

辜少虞简直要被纪轻轻这番话给气死了。

他是记得有条皮带是纪轻轻送的，但也没当回事，他家里皮带那么多，随手就拿了，用就用了，哪里还记得哪条是纪轻轻送的。

"不就是皮带吗？现在我就把钱还给你！"

"我不要钱，我只要那条皮带，"纪轻轻的目光在他腰上扫过，"解下来，还给我！"

"你……你不要太过分了！"

"过分吗？我怎么不觉得我过分了。"纪轻轻直直地看着他，眼底没有任何温度，语气陡然加重，"现在！解下来！还给我！"

黎副总监插嘴："纪轻轻，你不要——"

纪轻轻看向他:"黎副总监是觉得我在无理取闹?可是这是我的私事,我要回自己送给前男友的东西,不可以吗?黎副总监要干涉我的私事?"

"好了,不要再说了!"沈薇薇抬头,眼中带泪看着纪轻轻,"轻轻对不起,这件事是我的错,无论你想让我怎么样都可以!"

"你的事先放放,一件一件地来。"她看向辜少虞:"辜先生不会连前女友送的一条皮带都不肯还吧?还是说,辜先生念旧情?"

"别胡说八道!"辜少虞气得呼吸加重,一次又一次地被纪轻轻挑衅,脑子嗡的一声,失去了理智,动手将腰上的皮带解了下来,扔给纪轻轻,咬牙切齿地说道,"还给你!"

纪轻轻没接,躲到一侧,那皮带就掉到了地上。

纪轻轻拿脚拨了拨它:"垃圾。"

"好了,沈小姐,我和我前男友的事已经解决了,现在该谈谈我们的事了。"

沈薇薇低声哽咽道:"我愿意——"

"不,你不愿意,"纪轻轻打断她的话,"你如果真愿意,今天就不会这么仗势欺人。"

"我没有!"沈薇薇解释道,"我只是……只是不想因为我们俩的事而让公司受到影响,我真的可以承担一切后果的。"

纪轻轻看向黎副总监:"总监,你觉得这事怎么办才好?"

黎副总监眉心紧锁,哪里预料到平日里看起来胸大无脑的纪轻轻今天竟然口舌如簧:"这个……就让薇薇道个歉……"

"那好,就照黎副总监说的,你在微博向我道歉,并置顶一个月,解释这件事的来龙去脉,态度诚恳,不要给我阴阳怪气。另外,将你曾经找我索赔2000万元否则就让我坐牢的事也写上,还有,我们那天并没有发生冲突,视频还在,我会去找会读唇语的人还原当时的谈话。"

她找沈薇薇赔钱没什么意思,沈薇薇爱慕者那么多,多少钱都赔得起的。

她要的是真相,既然接手了纪轻轻的烂摊子,自然要慢慢收拾。

首先从人品开始。

希望纪轻轻的前途还有救。

沈薇薇心里明白纪轻轻让她做这个是什么意思,如果真照纪轻轻说的这么做了,那么自己在这件事里,完全占不到便宜。

"你不答应我就继续告你!"

沈薇薇无比痛恨自己的势单力薄，咬牙忍住心底的怒火，哽咽得几乎快哭出来："好，我答应你。"

辜少虞怒斥："纪轻轻你太过分了！"

"我这就过分了？沈薇薇当初要告我，要我赔 2000 万元的时候你怎么不觉得她过分？"

"那是因为薇薇全身骨折，脸上也……你毁了她的前途！"

纪轻轻给他一个白眼，毫不留情地说："一个十八线艺人哪儿来的前途？"

沈薇薇紧咬着下唇，低着头，半晌没有说话。

手心攥得死紧，她要竭力控制自己才能不让自己情绪失控。她会永远记住这天，永远记得！

纪轻轻说了个痛快，浑身轻松，笑着望向黎副总监："黎副总监，解决了。"

黎副总监狠狠地瞪了纪轻轻一眼。

辜少虞放狠话："纪轻轻，我一定……我一定不会放过你！"

纪轻轻看着他的腰："辜先生，先把你的裤子提起来再和我提放过我的事。"

辜少虞被气得直喘，被纪轻轻这么一说，误以为自己裤子掉了，下意识地去提裤子，但一低头，发现虽然没了皮带，可裤子哪里那么容易掉，这才意识到自己被纪轻轻耍了。

"纪轻轻！"

辜少虞脑子里那根名为理智的弦骤然绷断，什么风度也顾不上了，绕过桌子就往纪轻轻这边来。

"少虞，你别这样！别冲动少虞！"沈薇薇要去拦，没拦住。

一直坐在纪轻轻身侧没有说话的秦越起身，将纪轻轻护在身后。

正在此时，会议室的门开了。

"我刚才听见，你要不放过谁？"

陆励行站在门外，微眯着双眼看着会议室中的几个人，眼底神色晦暗不明。

无比突兀的是，他左手还拿着 99 朵玫瑰花，像是前来给喜欢的人送个浪漫的惊喜的。

"老公！"纪轻轻悲愤欲绝，一头撞进陆励行的怀里，含泪控诉，"他们欺负我！"

不就是装吗？

大家都是演员，谁怕谁啊！

"生命值加1，当前生命值为一个半小时。"

一个小时前，纪轻轻是悄悄来的天娱娱乐，从地下停车场的电梯一路往上到18楼，随后径直去了会议室，没几个人看见。

所以当陆励行捧着一束玫瑰花来到天娱娱乐询问时，前台小姑娘一抬头目光全放在那束玫瑰花上，以为这又是哪个粉丝来送花送礼物，随口回了句："不知道。"

将目光从玫瑰花上挪开，她看向陆励行。

这一看不打紧，前台小姑娘对陆励行的第一反应是：这男人好帅啊！第二反应是：天哪，这不是陆总吗？

小姑娘张皇失措地起身，带倒了手边的水杯也无暇去扶，结结巴巴地说："陆……陆……陆总好！"

"纪轻轻不在？"

"不在，没见着。"

天娱娱乐虽然隶属于陆氏，但陆励行只来参加股东大会以及公司年会，一则是他本公司事务太忙，二则他对于演艺圈的业务不熟，而公司被陈书亦打理得井井有条，完全用不着他来操心。

于是，陆励行去了陈书亦的办公室。

娱乐公司不缺八卦，陆励行一走，几个小姑娘凑到前台。

"刚才那个是陆总？"

"没错就是他！"

"他不是死了吗？"

"什么死了？别胡说八道，听说只是瘫了而已，前两天就站起来了。我听陆氏的人说，陆总昨天就去上班了。"

"那他来天娱……"

"抱着玫瑰花，肯定不是来参加股东大会的。"

"离咱们公司年会还有四个月，肯定也不是来参加年会的。"

"是来找陈副总的？"

"两个大男人见面需要玫瑰花？"

"陈副总结婚了好吧，你们的脑子在想些什么？"

"那他来干吗？"

"陆总他……他刚才问我纪轻轻在哪儿。"

"……"

"纪轻轻？"

"纪轻轻！"

"是我想的那个纪轻轻吗？"

"我觉得……应该就是你想的那个纪轻轻，咱们公司的那个签约艺人纪轻轻。"

"不会吧？纪轻轻竟然和陆总扯上了关系？这怎么可能！纪轻轻她长得……"

"挺漂亮的。"

"……"

"那陆总手上那玫瑰花……"

"送给纪轻轻？"

"等等，我需要冷静一下。"

"我……我也需要。"

"……"

陈书亦的办公室在23楼，陆励行一路畅通无阻地到了陈书亦办公室。

陈书亦还在处理一些琐事，见着陆励行来了，愣了片刻，上下打量着这个不久之前被医生下了病危通知书的男人，笑了："你还真是幸运，一个星期前我去看你，医生说你时日无多怕是救不过来了，这才一个星期，你就活蹦乱跳了。"

陆励行手上的玫瑰花其实比他还扎眼："你这玫瑰花……"

"这不是给你的。"

陈书亦眼底带着玩味："那是给谁的？"

"纪轻轻。"

"就是你上次交代我的纪轻轻？怎么，喜欢人家？"

陆励行漫不经心地说道："她是我妻子。"

陈书亦正喝水，听到他说这话，一口水差点儿喷出来，但也憋得满脸通红，伏在桌上差点儿咳断了气。

"什……什么？！你妻子？什么时候的事？我怎么不知道？"

陆励行眼皮一掀："前几天的事。"

"结婚了？"

"结了。"

"你……"陈书亦无言以对。

陆励行是什么人他清楚，他们是一起长大的老同学了，他就没见陆励行和什么女人走得近过。这才几天，陆励行连老婆都有了？

"你喜欢她？"

陆励行没回答这个问题："我来接她下班，人呢？"

"你给她打电话啊，找我干什么？"

"打了，不接。你问问在哪儿。"

陈书亦无奈，连打了几个电话，这才问到了纪轻轻在18楼会议室开会。

"她开什么会？"

"不清楚。"

陆励行起身就走。

陈书亦看着陆励行的背影，思索片刻，放下手头上的工作，跟着陆励行往18楼去了。

"不好意思，我和你在一起，可没贪图你的钱，除了一些男女朋友交往时花的钱，我似乎没有收过你任何礼物，倒是你，那条皮带好像是我送给你的……"

"我不要钱，我只要那条皮带，解下来，还给我！"

"你不答应我就继续告你！"

"一个十八线艺人哪儿来的前途？"

"辜先生，先把你的裤子提起来再和我提封杀的事。"

陆励行与陈书亦刚走到会议室门外，虚掩着的门内传来纪轻轻嘹亮而又理直气壮的声音，光听这声音就能联想到说话的人是何等……凶悍。

"少虞，你别这样！别冲动少虞！"

听这动静，里面似乎还动上手了。

陆励行脸色一沉，将门推开，就看到一片混乱的场面。

辜少虞不顾沈薇薇的劝阻，眼睛里仿佛迸出了火星，霍然起身，纪轻轻则被一个男人护在身后，可那脸上表情嚣张，完全不惧面前那个气得面色狰狞就要动手的辜少虞。

"纪轻轻，我告诉你，无论你攀上哪个暴发户，都救不了你！"

"我刚才听见，你要不放过谁？"陆励行声音不大，却很低沉，很有威势。

四下寂静，所有人齐刷刷地向门口望去。

纪轻轻回头，看见了站在门口的陆励行。

瞬间,纪轻轻含泪,一头撞进陆励行的怀里:"老公!他们欺负我!"

陈书亦围观了整个过程,看着上一秒还叉腰撸袖子一脸嚣张的纪轻轻,下一秒就小鸟依人般躲进陆励行怀里瑟瑟发抖求庇护。

他先是难以置信,转而以一种恍然大悟的目光看着陆励行,眼底透露着"兄弟,原来你喜欢这样的女人"的信息。

不仅是陈书亦惊呆了,会议室内的沈薇薇、辜少虞、黎副总监以及秦越也都惊呆了。

"陆……陆总?纪纪纪……纪轻轻她……"

纪轻轻心里咯噔一下——她刚才好像把"老公"两个字喊出来了?

完蛋了,之前在医院,她好像和陆励行说过,绝对不会在外暴露他们俩的关系的。

刚才她太过投入,演得太过了。

纪轻轻一咬牙抬头,眼底泪水盈盈:"亲爱的,他们欺负我!"

陆励行任由她双手环住自己的腰躲在自己怀里,一手拿着玫瑰花,一手摸了摸她的头发,以只有两个人能听得到的声音说:"好好说话。"

纪轻轻清清嗓子,低声道:"他们欺负我。"

二人低声说话的样子,在外人眼里是他们关系无比亲密的证据。

辜少虞站不住了,怒气滔天地看着陆励行,义正词严地说:"行哥,你不要被这个女人给蒙蔽了,她就是个水性杨花的女人!之前她找我当靠山,后来被我抛弃之后,又和一个暴发户有关系,你知道吗?就在昨天,她和那个暴发户在商场里10分钟就刷了50万元!"

辜家和陆家有点儿关系,在天娱娱乐也有些股份,否则他辜少虞也不会动不动就放出封杀纪轻轻的话。

陆励行眼皮一抬,冷冷地望着辜少虞:"暴发户?"

"对,暴发户!都被人给拍下来了!行哥,你可千万不能被这女人的外表给骗了!我从前不知道她是个不择手段的女人,还和她在一起那么久,是我没能看清楚她的真面目,嚣张跋扈、自私、虚伪、贪婪!这样的女人……啊……"

就在辜少虞说话时,陆励行将手上的玫瑰花递到纪轻轻怀里,微眯着双眼,一步步朝他走近,走到他面前,单手给了他一拳。

这一拳打得辜少虞措手不及,闷哼一声向一侧倒下,脸上赫然一片瘀青。

沈薇薇忙去扶他,低头的瞬间脸色复杂。

纪轻轻怎么会和陆励行扯上关系？

看着被打倒在地的辜少虞，纪轻轻暗暗欢呼，恨不得给陆励行当场鼓个掌。

打得好！我老公好帅！

陆励行扯了扯领带，居高临下，脸色阴沉："辜少虞，你是个男人，在外人面前，作为前男友，就这样去评价、贬低你的前女友？"

"行哥，纪轻轻她就是这样一个人！我没说错！"辜少虞梗着脖子不服。

"不管轻轻以前做过什么，你对一个女人动手，还算是个男人吗？"陆励行神色一沉，从容不迫地说道，"从今以后，我不希望再从你的嘴里听到任何有关轻轻的坏话。你听明白了吗？"

辜少虞憋着气，没有说话。

"听明白了吗？！"

辜少虞咬牙坚持："我不承认她是我的女朋友！"

陆励行戏谑地踢了踢地上的皮带："你如果觉得是纪轻轻养的你，我也没意见。"

辜少虞脸色一沉，似乎受了极大的侮辱："我只收了她一条皮带！"

"你送她什么了吗？"

辜少虞说不出口。

"那就是没送。她在你身上花了几万块，你那话的意思不就是说，谁给她花钱，谁就是养她的人？她给你花钱，她不就是养你的人？"

辜少虞紧咬着牙关："我明白了。"

陆励行紧跟着问："你明白什么了？"

辜少虞一字一顿地说道："纪轻轻和我是男女朋友关系。"

陆励行转身望向一侧惶惶不安的黎副总监："轻轻的话我都听见了，沈薇薇和轻轻的事我之前交代过陈副总，不让你们插手，黎副总监是把我的话当耳旁风？"

"不不不……不是这样的陆总，我也是从公司的利益出发，毕竟这件事闹大了对公司影响不好。"

陆励行冷笑："天娱没让黎副总监管，真是屈才了。"

"您这话折煞我了。"

"我想刚才轻轻说得很具体了。第一，沈薇薇不是她推的，所以沈薇薇身上的伤与她无关；第二，没有证据表明当时轻轻是去找沈薇薇的麻烦，所以这一个月以来轻轻受到的一切精神损失，很大一部分沈小姐必须赔偿，除了刚才轻轻说的微博道歉的事宜，其他的赔偿，我会让律师和沈小姐谈。"

陆励行看着楚楚可怜的沈薇薇："沈小姐有意见吗？"

辜少虞忍不住为沈薇薇说话："行哥，你别这么和薇薇说话，你不了解她，她——"

"闭嘴！"陆励行厉声道，"你不学无术也就算了，整天跟在一个女人后面，是想败光辜家的家产吗？"

辜少虞心虚地说道："我没有……"

"辜少虞我告诉你，别以为辜家在天娱有一部分股份你就能肆意妄为。没有辜家，你这个不学无术的浑蛋还能拿出一分钱来？没有辜家，你能在这儿耀武扬威？没有辜家，你什么都不是！辜家还能让你挥霍多久！"

辜少虞被骂得抬不起头来。

"我不指望你多有出息，能一力挑起你爷爷留给你的产业，但以后我如果再看见你这样嚣张跋扈，别怪我对你不客气！"

沈薇薇双手无措地抓着辜少虞的手臂，点了点头："少虞你别说了。"她看向陆励行，咬唇低声道："这件事确实是我的错，无论纪小姐要怎么追究我的责任，我都没意见。"

陆励行望着沈薇薇，眼中没什么情绪："既然沈小姐没意见，那么这件事就这么办，沈小姐尽快在微博发道歉声明，至于相关赔偿，后续我会让律师联系你，你也可以联系律师，一起商量。另外……"

陆励行环顾四周，目光在众人身上一一扫过，眼底带着不容抗拒的冷冽："以后我希望，类似这样的会议不要再发生。"他厉声怒斥，"公司没有规矩吗？需要你们开这种私人会议来解决问题？"

没有人说话。

他转身看向陈书亦："书亦，你明白我的意思吗？"

站在门口的陈书亦清了清嗓子："懂，明白。"

陆励行抬眼看着秦越："你是轻轻的经纪人？"

秦越听了一圈，以为自己置身事外，此时被点名心里也是一慌，但很快便镇定下来："是的陆总，我是纪小姐的经纪人，我叫秦越。"

陆励行点了点头："这件事就这样，我不希望之后在外还听到一些风言风语，希望在场的各位好自为之。"

这话算是在威胁了。

会议室内静谧无声。

陆励行没有再说其他的，也没再看在场众人一眼，转身走到门口，语气温柔，一改刚才的严厉，直接对上纪轻轻那双眯成月牙的眼睛："我接你回家。"

纪轻轻捧着一大束玫瑰花，鼻间全是玫瑰花的香味，眼角眉梢全是笑意，心里比吃了蜜还要甜。

"嗯！"

"任务成功，生命值加10，当前生命值为11小时。"

六点半，正是下班时间。

电梯外的人看着电梯内的陆励行，以及陆励行身边捧着99朵玫瑰花的纪轻轻，仿若见了鬼一般，倒吸了口凉气，没人敢上去。

"陆总好！"

电梯里的纪轻轻听到了些窃窃私语。

"那是陆总和纪轻轻？"

"纪轻轻手上的玫瑰花是谁送的？"

"我刚才听前台说，陆总捧着一束玫瑰花来天娱找纪轻轻！"

"所以……纪轻轻和陆总……"

"不会吧……"

陆励行对此置若罔闻，两个人泰然自若，纪轻轻琢磨着，这件事估计明天就得尽人皆知。

一路下到地下车库，纪轻轻坐上了陆励行车的副驾驶座，99朵玫瑰花摆在后座，嫣红绚烂。

刚才在天娱娱乐，陆励行那番话太帅了，帅到纪轻轻都忘了陆励行送她玫瑰花以及来公司接她下班这回事。

现在她坐上车，冷静下来后，刚才发生的一切，陆励行的每一句话、每一个动作、每一个表情都在她脑海中走马灯似的一一浮现。

纪轻轻偷偷地看了他一眼，嘴角是藏不住的笑意："陆先生，刚才谢谢你为我说话。"

"陆先生？"陆励行单手扶方向盘，看了一眼后视镜，徐徐将车驶离车位，意味深长地看了她一眼，不置一词。

纪轻轻明白他这眼神里的意思，立马改口："老公，谢谢你为我说话，如果不是你，我今天就要被他们欺负了。"

"生命值加 1，当前生命值 12 小时。"

"他们欺负你？"

纪轻轻猛点头。

陆励行想起她躲在秦越身后还冲着辜少虞张牙舞爪的样子，笑了："他们能欺负得了你？"

"当然了，你是没看见……"

"我看见了，"陆励行补充了一句，"全程我都看见了。"

纪轻轻："……"

纪轻轻的话哽在喉间，吐又吐不出，咽又咽不下，敢情这陆励行在会议室门外观看了整个过程？

她说的那些话还有那仗势欺人的势头，他都听见看见了？

那她还在这儿费劲演什么呢？

她浮夸的演技，将落未落的眼泪，以及刚才委屈巴巴地说的话，就像一个个巴掌往她脸上扇。

真疼！

纪轻轻恨不得挖个坑把自己给埋了。

"这件事你没做错。"陆励行轻描淡写地说道，"你势单力薄，如果我当时不在的话，你估计得吃亏。再者说，我是你丈夫，帮你是应该的。"

纪轻轻怵怵的："那如果我从前真的像辜少虞说的那样，是个很坏的人呢？"

"你以为我是个好人？"

纪轻轻看着他。

"过去的事别提了，谁没有过去？没人能保证自己一辈子都不冲动不做错事。"

纪轻轻点头，深觉这话有道理。

"不过以后，我不希望你再和以前的人有任何牵扯。你记住，你是我陆励行的妻子，别让我抓到你的小辫子。"

纪轻轻心里嘀咕，她安分守己得不得了，哪有什么小辫子可以让人抓。

车内玫瑰花香浓郁，纪轻轻深吸一口气，突然看向陆励行，他送自己 99 朵玫瑰，而且还特意在百忙之中接自己下班？

难道……

"谢谢你今天的玫瑰花，很漂亮，不过……为什么要送我玫瑰，而且还来接我下班？"

陆励行想都没想就将烂熟于心的借口脱口说出:"爷爷今天让我早些回家,我想和你一起回去,他老人家见了,应该会很高兴。"

"哦。"纪轻轻低着头不说话。

这句话仿佛又一巴掌扇在她脸上。

刚才她差点儿又自作多情地想歪了,幸好没说出口,否则又要闹个大笑话出来。

车转了个弯,驶出停车场,车内光线由暗转明。

陆励行微眯双眼,似乎想起了什么,若无其事地问她:"你很喜欢送人皮带?"

他的语气听不出喜怒。

纪轻轻一愣,眼珠子一转,脑海里浮现那条被她从辜少虞身上扒拉下来,当成垃圾踩了两脚的原主送给辜少虞的皮带。

好端端的他问这个干吗?他不是都说了过去的事别提了吗?

"也不是,就是当初想不到送他什么了,就随便买了条皮带送给他,"这话刚说出口,纪轻轻觉得不太对,一看陆励行脸色,想起之前她送给陆励行的那条皮带,飞快地笑道,"但是老公,我给你买的可是我精挑细选的。"

说完,她又觉得这话太单薄,没有说服力,郑重地加了一句:"比他的贵!"

"生命值加1,当前生命值13小时。"

"贵?贵多少?"

"你的比他的贵二百……"纪轻轻眉心紧锁,察觉到一丝凝重与危险,严肃认真地说道,"这不是贵不贵的问题,一条皮带能值几个钱?重要的是你那条皮带里有我的一颗真心!"

陆励行看了她一眼:"你的真心?你不是喜欢辜少虞吗?"

这怎么说呢?

原主纪轻轻对辜少虞当初还真有几分真心,是奔着爱情和婚姻去的,哪里料到辜少虞就是个游戏花丛的公子哥,从不肯给人一分真心就算了,还爱糟践人。

"曾经喜欢过吧,"她看着陆励行那张逐渐阴沉的脸,改口,"但自从我看清了辜少虞的真面目之后,我对他所有的幻想都破灭了,那条皮带也是之前少不更事被他欺骗才送给他的,早知道他是那样一个纨绔子弟,打死我也不会和他在一起。"

陆励行脸色一沉，音量拔高："你还对他抱有幻想？"

纪轻轻苦了脸，这陆励行怎么和其他男人一样，对女人的情史这么好奇？

"你不是说过去的事就别提了吗？"

陆励行觑她："我不能问？"

"能！从前年轻，不太懂事，总有些不切实际的幻想。"纪轻轻强扯出一抹笑，解释道，"爱情和婚姻，是很多女孩子的向往。"

陆励行目视前方，保持着沉默，专心致志地开车，听了纪轻轻的话，半晌后才嗯了一声。

回家的路上有点儿堵车，即将经过一个路口时，车辆减速，停在了斑马线前。

车右边，一个男人骑着电动车，后座上坐着一个女人，女人时不时地在男人耳边说着什么，男人也不时回过头去和女人说两句，两个人有说有笑，看上去十分亲昵恩爱。

纪轻轻透过车窗看着那两个人。

陆励行也看见了："羡慕？"

纪轻轻摇头，望着不远处："交警来了，他们要被抓了，这种电动车不允许载人的。"

果不其然，交警来抓人了。

陆励行："……"

她真是个不解风情的女人

"我不羡慕他们。"纪轻轻回过头来，望着陆励行笑着说，"其实我觉得爷爷说得很对，恋爱也好，婚姻也好，找到一个真正适合自己的人才是最重要的。陆先生，我知道，我能嫁给你，是我的幸运，你放心，哪怕没有爱情，我也会永远忠于我们俩的婚姻。"

纪轻轻没有谈过恋爱，不清楚恋爱的滋味，对于婚姻与生活要求不高，只要安安稳稳，不再吃苦就行。

正副驾驶座离得很近，纪轻轻看着他，陆励行也看着她。

红灯过去，转为绿灯。

路口堵塞的车辆开始往前行驶。

陆励行对上那双剔透明亮的眼睛，突然意识到，今天是他这辈子下班最早的一天，车辆蜗牛般挪动，下班的路上原来可以这么堵。

这并不让他觉得心情焦躁烦闷，丢开繁重的工作后，他反而觉得很悠闲自在。

　　车窗外的一抹赤红的云霞是他很久没欣赏过的美景，就连纪轻轻脸上那愉悦开怀的笑容，都亮得让人移不开眼。

　　人生在世，哪有可能事事如意？

　　他能娶到她，已经极为幸运了。

　　"叫老公。"

　　"老公！"

　　"生命值加1，当前生命值14小时。"

　　半个小时后车辆才驶入陆家车库，两个人刚进门，裴姨便被纪轻轻怀里的那束玫瑰花吸引了目光。

　　"这花真漂亮，少夫人，您买的？"

　　"不是，这是陆先生送我的。"

　　"少爷送你的？"裴姨用暧昧的眼神看着纪轻轻和陆励行，"来来来，把花给裴姨，裴姨将这花插到花瓶里送到你们房间去。你们快去洗手，准备吃饭了。"

　　纪轻轻将花交给裴姨，去了洗手间。

　　裴姨将花抱到客厅，陆老先生在那儿看书，看着这99朵玫瑰花，问道："这是谁送来的？"

　　"这是少爷送给少夫人的。"

　　"励行送给轻轻的？"

　　"可不是！"

　　老先生听闻此语笑容满面："我说什么来着，这感情啊，都是一步一步培养出来的。只要两个人合适，就算没有感情，迟早也能撞出火花来。当初我和励行他奶奶就是这样，"提及已故的陆老夫人，老先生眉梢都是笑意，"结婚前没见过一面，结婚后三天没说话，后来一个月不到，她就离不开我了。"

　　"是啊是啊，现在这些年轻人可浪漫了，您啊也不用再担心少爷了。"裴姨摆弄着玫瑰花，"老先生，您房间里放两朵吗？"

　　"我房间里放什么？你全送去他们俩的房间，多拿几个花瓶。"

　　"行，我现在就去。"

　　于是乎，纪轻轻吃完晚饭回房后，闻到了满屋的玫瑰花的味道。

　　99朵玫瑰被裴姨分了几个花瓶，放在房间中触手可及的地方，散发着诱人的玫瑰花香。

纪轻轻在床上打了个滚，愉悦地闻着玫瑰花香，这是她第一次收到玫瑰花！房门猝不及防地被推开。

满屋子弥漫的玫瑰花香差点儿让陆励行误以为自己走错了房间。

陆励行走进房，站在床尾，看着床上对他的到来浑然不觉依然乱滚的纪轻轻眉心紧拧，不由得一阵头痛。

还没睡觉就开始滚，她这是在进行睡着之后的演习？

"喀喀……"陆励行咳嗽两声。纪轻轻滚到了床尾，一睁开眼睛，恰好与陆励行的目光撞个正着，立马坐好，用一副若无其事的样子看着他："有事？"

陆励行将一个平板电脑递给她："都解决了，自己看看吧。"

纪轻轻接过平板电脑往下划拉一看，原来是沈薇薇在微博上发的一则道歉声明。

声明中对一个月前沈薇薇在剧组掉下山丘的事进行了详细的解释，表示当时纪轻轻找自己不过是对台词，两个人没有发生任何争执与身体上的接触，是她自己在对台词的过程中太过投入，掉下山丘了受伤，并对纪轻轻这一个月以来遭受的误解感到抱歉。

道歉声明诚恳，且被沈薇薇置顶。

"辜少虞在微博自己都承认了，自己去看。"

纪轻轻看到这评论一愣，点开了辜少虞的微博主页。

最新一条微博就是辜少虞为她澄清的微博。

@辜少虞："纪轻轻是我前女友，瞎吵什么吵。"

最热门评论："辜少自打脸，脸可还好？"

纪轻轻看了一眼微博就没看了。

陆励行正在脱外套，纪轻轻上前接过他的西装，小心地替他挂好，真心实意地感谢他："老公，谢谢你。"

"生命值加1，当前生命值13小时。"

陆励行站在穿衣镜前解领带，神情愉悦："举手之劳，不用谢。"

"一定要谢的，如果不是你，现在我还是那个被辜少虞抛弃的小情人，还有沈薇薇那事，怎么可能这么容易就解决了。"

陆励行一边解纽扣一边偏头看她："那你要怎么感谢我？"

纪轻轻想了想，仰头望着他："救命之恩无以为报……"

"以身相许就算了。"

纪轻轻脸上笑容一垮，这人真是自作多情。

她以身相许？

他想什么呢？

放在卧室的手机响起，纪轻轻撇下陆励行颠颠地跑过去一看，是秦越打来的，说是明天有一场拍摄，让她早上10点务必到公司。

纪轻轻立马应了下来："行，秦哥你放心，明天我一定准时到公司！"

电话被挂断。

纪轻轻兴奋得每一个细胞都在欢呼：终于可以工作了！

"老公！我明天要去工作了！"

"生命值加1，当前生命值14小时。"

陆励行换了一身睡衣出来，看着纪轻轻脸上藏不住的笑容，不由得失笑摇头。

枯燥的工作在纪轻轻这儿仿佛还格外新鲜，她看起来充满斗志。

就是不知道这新鲜感和斗志，能保持多久。

这一晚陆励行睡得格外好，纪轻轻破天荒地没有手脚并用地抱着他，他一觉睡到日上三竿才醒。

他睁开眼一看，纪轻轻蜷缩着身体背对着他睡在自己那一方，很规矩。

今天周六，是休息日，但显然陆励行没准备给自己放假，起床准备去公司。

纪轻轻听到声响，眼睛勉强睁开一条缝，看着眼前的陆励行，迷糊地问道："几点了？"

陆励行看了一眼时间："9点。"

随后他进了洗手间洗漱，出来后发现纪轻轻还在床上躺着。

陆励行不由得多看了她两眼，平日里精力充沛一大早必然笑容满面的人现在竟然像霜打了的茄子，半张脸埋在被子里，露出一双无神的眼睛，眼睛下挂着两个黑眼圈，显然昨晚是没睡好。

"现在几点了……"纪轻轻嘀咕一声，捂着肚子，语气虚浮无力，提不起劲儿似的，病恹恹的。

"九点半。"

纪轻轻叹了口气，将被子往上一拉，盖过脸。

这人就不能太得意，否则容易乐极生悲。

这不，昨晚神经太过兴奋，第二天月经就造访，她感觉肚子里有刀片在搅动一般疼。

可她今天还有拍摄任务不能耽误！她绝对不能耽误！

"不行，我得起来。"说好的 10 点就 10 点，不能缺席。

纪轻轻坚强地掀开被子下床，弓着身，脚刚一触地，坚强分崩离析，捂着肚子蹲了下去。

陆励行看她这样以为她是病了，走到她身边摸了摸她的额头，关切地问了句："病了？"

纪轻轻抬头，可怜巴巴地望着他："肚子痛。"

"着凉了？吃坏肚子了？"

纪轻轻摇头，叹了口气："例假来了。"

陆励行一怔，他是个男人，没办法体会做女人的痛苦。

但女性的生理卫生知识他也大概了解，女孩子每月那几天都不太舒服，严重的会剧痛难忍，不适的程度和每个人的体质、生活习惯有关，多喝热水对疼痛会有所缓解，如果实在疼得厉害，可以服药。

陆励行认为自己一个大男人在这儿也没什么帮得上忙的："那你上床再躺会儿，多喝热水，有什么事叫裴姨，我先去公司了。"

又是多喝热水，纪轻轻看他一眼，现在的男人啊，翻来覆去就会这么一句安慰人的话。

"不行！"纪轻轻扶着床，慢慢地站了起来，咬牙坚强地说道，"我今天早上还有拍摄任务，答应了秦哥 10 点到公司的，决不能缺席！"

陆励行看她脸色苍白，一步一步地挪，以怀疑的目光看着她："有那么疼吗？"

纪轻轻哀怨的目光射向他。

"那你还去公司？"

纪轻轻自问爱岗敬业，向来不轻易放人鸽子，当下咬牙切齿地说："不就是痛经吗？怎么不能去了？！"

"那我让人送你去公司。"

说着，陆励行给司机打了个电话，让他在别墅外待命。

"死亡警告，请与您的妻子纪轻轻一同渡过此次难关，拒绝任务或任务失败则扣除 10 点生命值。"

刚打完电话的陆励行手一顿，将心里想对系统说的那句话忍了又忍，再次咽了下去。

看着纪轻轻朝洗手间走去，他再次不确定地问她："你确定你能去公司工作？"

"我可以的，待会儿我吃两粒止痛药，半小时就行了。"

纪轻轻捂着肚子，扶着墙，慷慨就义一般。陆励行实在是看不下去，上前一把将人拦腰抱起。

纪轻轻惊呼一声，心跳加速，双手下意识地紧紧抱住他的脖子，惊讶地望着他："你干什么？！"

陆励行一言不发地将她抱到床上，盖上被子："在这儿等着。"

说完，他转身下楼。

女人那些事他不懂，也不知道如何才能缓解她的痛苦，不过纪轻轻既然说吃两粒止痛药可以缓解，那么这药，裴姨那儿肯定有。

陆励行在别墅里找了一圈裴姨没见着人，问了其他用人才知道裴姨在花房照顾陆老夫人生前种的那些花花草草。

"裴姨，您这边有止痛药吗？"

"止痛药？"裴姨放下喷壶，"少爷，您哪里不舒服？"

"不是我，是轻轻，她……"陆励行顿了顿，摸了摸肚子。

裴姨瞬间明白了，笑道："有的，我去找找，您稍等。"

陆励行点头，跟着裴姨去拿止痛药。

然而纪轻轻等陆励行一离开房间就忍痛下床进了洗手间洗漱。

陆励行让她等，她可没时间等，现在都九点半了，再不去公司，她可就迟到了！

昨晚她信誓旦旦地答应了秦哥，总不能因为一个痛经就放他鸽子吧？

她妆也没化，换了身衣服就下楼，司机已经在别墅门外等着了，纪轻轻仿佛抓住了救命稻草一般，心急如焚地让他开车送自己去公司，还不忘嘱咐用人一句："待会儿如果陆先生问起，就说我去公司了。"

那人应了。

纪轻轻这边刚走，那边陆励行就拿着裴姨的止痛药上楼，哪里料到，就这么一会儿的工夫，纪轻轻人就不见了。

陆励行看着凌乱的床，蒙了片刻，转身下楼找人。

他找了一圈没瞧见纪轻轻，问了一个用人："少夫人人呢？"

"少夫人刚才交代我说，如果您问起，就让我告诉您一声，她去公司了。"

陆励行将手上止痛药的瓶子捏得变了形，拿出手机拨打了纪轻轻的号码。

"你去哪儿了？"

纪轻轻窝在车后座，感觉魂都快出窍了，有气无力地说道："去公司。"

陆励行眉心皱得能夹死苍蝇："你不是身体不舒服吗？"

"我路上买两粒止痛药就好了，每个月一次的事不是什么大事。快迟到了不和你说了，先挂了。"纪轻轻又疼又难受，还得时时刻刻注意着时间，心力交瘁，多说两句感觉整个人都快升天了。

陆励行看着黑屏的手机，沉着脸对用人说："给我安排车！马上！"

在纪轻轻的催促之下，司机终于在9点50分将车停在了天娱娱乐的地下停车场里，10分钟后纪轻轻踩点儿进了休息室，成功与秦越会合。

她小脸煞白，一进休息室就窝在沙发上，半天愣是没缓过来。

纪轻轻进来时，秦越还在和广告代理商沟通拍摄事宜。

"脸色这么难看，怎么了？"

纪轻轻摆手："没什么大事，休息一会儿就行了。"

"真没事？"

"真没事。今天什么任务？"

秦越递给她一份广告剧本："11点咱们得到摄影棚拍摄广告。"

纪轻轻翻了翻剧本，不长，也就几句台词，还是合作拍摄。

她看了一眼时间："那赶紧走吧，免得迟到又有人说我耍大牌。"

于是刚坐下没几分钟的纪轻轻又跟着秦越一路奔波，去了离公司半小时车程的摄影棚。

纪轻轻前脚刚走，陆励行后脚跟着就来了，车刚停下，就被告知纪轻轻去了摄影棚拍摄广告。

陆励行手上那瓶止痛药被捏得变了形，又让司机马不停蹄地开车去摄影棚。

司机小张从后视镜中看陆励行的脸色，不由得感叹先生和少夫人感情真好，笑道："先生您别急，马上就到。"

陆励行嗯了一声。

纪轻轻到摄影棚时，摄影棚刚布置好。

导演正在和场务交代一些注意事项，场务眼尖，一眼就看见了进来的纪轻轻几个人，给导演提了个醒。

导演看了他们一眼，见是一个三线艺人，没亲自出马，喊了个副导演去和纪轻轻沟通。

化妆间里，纪轻轻刚坐下，副导演就来和她沟通。

这是个巧克力的广告拍摄工作，代言人有两个，一个是她，另外一个是当红艺人路遥，广告商要求这个广告要拍出甜甜蜜蜜的感觉。

纪轻轻将台词背得滚瓜烂熟，可这甜甜蜜蜜的感觉要怎么演？

"轻轻姐，你要的止痛药和热水。"

纪轻轻接过助理温柔送过来的止痛药，感觉得到了救命稻草，吞了一颗。

"谢谢。"

她话音刚落，化妆间的门打开，一个身材高挑犹如T台男模的人走进来，身边跟着助理和保镖，目不斜视地坐到纪轻轻身边的位置，两个化妆师围在他左右，开始替他化妆。

五官精致，皮肤白皙，这是上等的皮囊，就是姿态高，看上去挺不好接近的。

不用猜，这男人就是纪轻轻待会儿合作的路遥。

"你好，我是纪轻轻，待会儿合作请多指教。"

路遥瞥了她一眼，又将目光转过去。

瞧他这死样儿。

纪轻轻也懒得理他，自己抱着热水杯继续喝热水。

导演亲自过来，拿着剧本和路遥讲解今天的拍摄内容，路遥爱搭不理地应他两句。

从眉眼间的神色便能看出，路遥的经纪人是个很强势的女人，对导演说话，半点儿不客气："现在11点，12点前必须得收工。另外，拍摄现场所有人不允许用手机拍摄，拍摄内容和花絮也严禁外传。"

导演连连笑道："这个当然。"

经纪人嗯了一声，又将目光转向一侧抱着热水杯静静喝水的纪轻轻，眉头直皱。

纪轻轻风评不好，她也有所耳闻。

"路先生、纪小姐，导演让我来问问，你们这边还要多久？"

纪轻轻将一杯热水喝得见底后感觉好多了，至少没了之前刀子在肚子里搅动的感觉，笑道："我随时可以。"

路遥那边也化好了妆，冷淡的表情像面具似的牢牢粘在脸上，对场务点了点头。

两个人来到拍摄现场，各拿着剧本面无表情地对台词。

路遥绷着一张脸念："甜吗？"

"甜！"

"没有你甜。"

其实台词也就不到 10 句，重要的是动作和眼神，其中还有路遥喂纪轻轻吃巧克力的一个场景。

路遥举着一块巧克力，送到她嘴边。纪轻轻含蓄地咬了一口，甜腻的味道瞬间充斥口腔。

这巧克力太甜了。

在一侧指导两个人的导演原本是没指望纪轻轻的，可看他俩这么排练下来，没指望的反而是路遥。

"路遥，你眼神温柔一点儿，笑一笑，喂轻轻巧克力的时候你们来点儿眼神的互动……"

可导演苦口婆心好说歹说，甚至亲身上阵，也没能让路遥演出那种甜甜蜜蜜的感觉，他就绷着一张"老子天下第一帅"的脸，一个表情都没有。

纪轻轻一度怀疑他是个面瘫。

这人说 12 点就要走，眼看着十一点半了，再不抓紧，估计还得用一天来拍摄。

纪轻轻从工作人员那儿拿了一块巧克力递到路遥嘴边，说出了路遥的台词。

"甜吗？"

凑到嘴边的巧克力让路遥一愣，猝不及防之下头一偏，下意识地避了避。

"张嘴！"

路遥对着纪轻轻递到嘴边的巧克力咬了一口。

"甜吗？"

路遥迟疑片刻后说："甜。"

纪轻轻毫不在意地在路遥咬过的巧克力的另一边咬了一口，眼睛笑成了月牙："没有你甜。"

"好好好，就这么演！"导演激动起来，"路遥，你和轻轻的台词换一换，咱们马上开拍！"

路遥嘴里还残留着纪轻轻刚才递过来的又甜又腻的巧克力，朝导演点了点头。

纪轻轻也很满意：就路遥这面瘫脸，待会儿还不知道要 NG（Not Good，不好）多少次，让路遥吃巧克力总比自己吃要好——巧克力有多少卡路里，吃多了容易长胖。

"来，灯光摄影都准备好，我们开始拍了，争取一次过！"

"别绷着，笑一笑。"纪轻轻笑眯眯地看着路遥。

路遥看她眼底的笑，舌尖在牙龈上舔舐，感受到残留的巧克力留下的甜腻味道，低低地嗯了一声。

"3，2，1，开始！"

纪轻轻踮着脚悄悄地从背后蒙住路遥的眼睛，路遥反手握住她的手腕将人拉扯进怀里，低头看着她。

纪轻轻看着他的眼睛，觉得差了些甜蜜的感觉。

灯光从前面打下，在两个人身后投下一块阴影。

她将一块藏好的巧克力递到路遥嘴边，路遥咬了一小口。

"甜吗？"

"甜。"

"不如你甜。"

"卡！灯光怎么回事啊，怎么摄影机里看起来这么暗？赶紧调一下！"

路遥的经纪人在休息区看着两个人的互动，眉心就没舒展过。

"晏姐，拍完这个广告，路遥哥估计又得被纪轻轻缠上了，咱们是不是得提前做好准备应对一下？"

"别急，待会儿回公司再说。"

"哎，这位先生，这里是拍摄现场请您离开行吗？"有工作人员发现一个男人站在休息区，没戴工作牌也不是眼熟的人，上前就要来赶人。

路遥的经纪人这才发现自己身边站了个男人，穿着西装，身材高挑，五官更是无可挑剔，以她多年的眼光来看，这人若是想走这条路肯定能红。

不过这人似乎有点儿眼熟。

工作人员这一声吸引了不少人的目光，秦越正在一侧与广告商沟通，下意识地顺着声音望过去，这一看，顿时大惊失色。

秦越大步朝男人走去："陆总，您怎么来了？"

陆励行自纪轻轻将那块巧克力塞到路遥嘴里时就到了，站在这儿看了全过程，包括纪轻轻被路遥抱在怀里，一次又一次地NG，喂路遥吃了一次又一次的巧克力，还一次次地说"没有你甜"。

陆励行手里止痛药的瓶子再次被他捏得变形。

"随便看看。"

秦越笑笑，没有说话，昨天陆励行送花之后，他可没把陆励行与纪轻轻的关系定义得太过简单。

"去倒杯温水来。"

秦越微愣，转身去倒温水。

一侧路遥的经纪人听到秦越对陆励行的称呼，同样大惊失色：她就说怎么觉得这人眼熟，原来是陆励行！

不过他来这儿干什么？

"陆先生，您好，我叫晏舒，是——"

"我没兴趣知道。"陆励行瞥了她一眼，淡淡地说了一句，丝毫不给人面子。

"甜吗？"

"甜。"

"没有你甜。"

"卡！过！"导演从摄影机后走出，"两位辛苦了，特别是轻轻，太感谢你了！"

他原本就没对纪轻轻抱希望，没想到纪轻轻倒是给他解决了一个大难题。

"没事导演，拍完就好。"

纪轻轻这么一副和善的模样，倒让在场不少人对先前关于她的流言有了一丝怀疑。

这纪轻轻怎么看也不像那种嚣张跋扈的人，脑子灵活转得快，也挺有礼貌，挺有潜质的一个姑娘，怎么就被传成那个样子了？

纪轻轻松了口气，揉了揉肚子，勉强笑了笑。

这路遥还真是害人不浅，NG了不知道多少次，她肚子疼得腿都快打战了。

慢慢悠悠地从拍摄区下来，纪轻轻捂着肚子，准备再让助理给自己拿两粒止痛药，眼前一亮："陆先生，你怎么来了？"

他不是说去公司工作？他怎么到她这儿来了？

陆励行打量着她，她化了妆，看不出真实脸色，他问了句："还痛吗？"

纪轻轻感受着小腹隐约的胀痛感，瞬间又苦着脸说："还好，只有一点点痛了。"

"吃过药了？"

"吃了一粒。"

秦越的温水端来了，陆励行从被自己捏得变了形的药瓶里倒出一粒止痛药。

纪轻轻接过，将药和着温水服下。

"工作结束了？"

纪轻轻点头："结束了。"

"下午还有安排吗？"陆励行看向秦越。

秦越想了想："没有，今天的工作只有拍摄这个广告，广告拍完就没有其他工作了。"

陆励行点了点头。

路遥也从拍摄区下来，心里大约对自己刚才的表现有点儿数，知道自己全靠纪轻轻带着才将这个广告顺利拍完，正准备和纪轻轻说两句表示感谢的话时，就瞧见陆励行在众目睽睽之下一把将纪轻轻拦腰抱起，丝毫不给他说话的机会。

全场静了静，随后众人倒吸了一口凉气。

纪轻轻惊呼一声，抱着陆励行的脖子，心脏不受控制地怦怦怦直跳，又捶了他的胸口两下："干吗呀？你放我下来！"

"你身体不舒服，别动。"说着，陆励行目光从路遥身上扫过，落在秦越身上："去和导演说一声，就说我们先走了。"

饶是秦越见多识广，也被陆励行这举动惊着了。

陆总昨天送花，今天来拍摄现场，这是什么意思？

按捺住惊讶的情绪，秦越淡定地点头："好的陆总。"

"陆励行，你放我下来！"感受到全场人的目光全放在她一人身上，纪轻轻红了脸，低声急促地说道，"你干吗呀，我吃过药了，就一点点痛，我自己能走！"

"听话。"

纪轻轻真觉得自己要被陆励行给羞死了，咬咬牙，趴在他怀里装死。

她就不抬头！

临走时陆励行双眼微眯，警告性地看了路遥的经纪人一眼，眼底的冷漠显而易见："放心，以后她都不会有绯闻传出来。"

纪轻轻从没被人公主抱过，就这么在众目睽睽之下被陆励行抱着离开，既害怕又激动。

那双放在她的腰上与膝弯处的手掌宽厚有力，紧紧地抱着她，纪轻轻听到了自己胸口那不受控制的心跳声。

有一股说不出的感觉直冲脑门儿,她像是喝醉了一般,脑子里晕乎乎的,心里比她刚才吃的巧克力还要甜。

中午12点,阳光正好。

刺目的阳光在陆励行长而密的睫毛下投下一片阴影,纪轻轻双眼微眯,看着陆励行无可挑剔的侧脸轮廓,感受着他胸膛的起伏,听到了他均匀的呼吸声。

"你……你放我下来。"

陆励行没理她。

纪轻轻一张脸涨得通红,小腹隐隐传来胀痛感,又逢刚才聚精会神地在摄影棚内拍摄,神经紧绷之后一松懈下来,只觉得好累。

她将头靠在陆励行肩膀上,整个人直接窝在陆励行怀里,放弃了抵抗,没力气闹了。

车停在门外,司机小张看见陆励行抱着纪轻轻出来,笑着拉开了车门。

纪轻轻捶了捶陆励行的胸膛:"现在可以放我下来了吧?"

陆励行低眸看她一眼,她的脸化了妆还依稀能看出涨红的样子,她眼神飘忽不定,完全不敢与他对视。

陆励行扬眉,将人放下。

身后秦越与几个助理赶了出来,纪轻轻连忙钻进车内。

"陆总,这是纪小姐的包。"

陆励行接过,随口问道:"明天她还有工作安排吗?"

秦越想了想:"明天没有,不过后天有一个活动需要她出席。"

"七天内不要给她安排任何工作,如果有人问,就说是我说的。"

秦越一愣,但也仅仅是一瞬而已,立马应了下来:"好的。"

陆励行上车,纪轻轻看着站在车窗外的几个人,问道:"你刚才和他们在说什么?"

"没什么。"他瞥了一眼纪轻轻,"肚子还疼吗?"

纪轻轻闻言捂着小腹点了点头:"还有点儿,不过还好,不是特别疼,可能止痛药还没起作用。"

路面老旧,车子有些颠簸,陆励行看她靠在后座上,头随着车辆的晃动而晃动,两只手还捂在自己的小腹上,眉头紧拧,显然不太好受。

他吩咐司机开慢点儿,随后对纪轻轻说:"你过来。"

纪轻轻偏头以疑惑的目光看着他。

"我听说,暖暖小腹可能会舒服一点儿。"

纪轻轻闭目养神，喃喃自语："可是这儿也没有热水袋……"

陆励行将自己让司机小张去买的热水袋拿出来，一手揽在纪轻轻肩头，让她的头靠在自己肩膀上，另一只手则将热水袋放在她的小腹上。

纪轻轻双手还捂在小腹上，手背感受到热水袋传来的温度，不由得睁开眼："你什么时候准备的？"

"刚才。"

深秋时节温度渐渐下降，晚上不足10摄氏度，纪轻轻不管白天晚上，手脚经常冰凉。

现在冰凉的双手被这热水袋一焐，瞬间回温，真是太舒服了。

"巧克力好吃吗？"

他不说还好，一说纪轻轻开始回味刚才巧克力的味道，舌尖在牙龈上稍稍舔舐，余味犹在，好甜。

"甜。"

陆励行双眼微眯，漆黑的瞳眸里映出纪轻轻那张神情愉悦的脸。

"你和路遥……以前合作过？"

纪轻轻在脑海里搜索了所有和原主合作过的艺人，这个路遥她还是头一次合作，于是摇头："没有，这是第一次。"

陆励行想起适才在摄影棚中纪轻轻熟练并毫无芥蒂地将巧克力递给路遥的画面，眼前又闪过她从背后蒙路遥眼睛却被路遥一把拽住手腕拉到怀里的场景，眉心不由得皱起。

他们配合得这么好，动作行云流水毫无凝滞，其实是第一次合作？

"我给你请了七天假，这七天你就在家里好好休息。"

纪轻轻一惊："七天？为什么要请七天？"

"你不是身体不适吗？"

纪轻轻向他解释："一般只有第一天会严重些，之后几天不碰凉水都没关系。你的好意我心领了，可我是艺人啊，一个月请七天假我还要不要工作了？别人会有意见的。"

"他们有什么意见可以来找我，更何况就算你没有工作，陆家也养得起你。"

纪轻轻疑惑地看着他："你不会想让我当全职太太吧？"她紧接着说，"我可不干的！"

陆励行似笑非笑："你？全职太太？你能做什么？"

"我会打扫卫生洗衣服……"

"家里有用人。"

"我还会做饭。"

"家里有裴姨。"

"……"纪轻轻嘴角一抽。

那好像确实没有需要她做的事。

可是不行啊,她如果真成了全职太太,丢了工作成了米虫,以后陆励行万一不需要她了,赶她出门,她可就完了。

车辆一个急刹车,二人齐齐往前倾,放在纪轻轻小腹上的热水袋也就势要滑落在地,陆励行手疾眼快,一手扶着纪轻轻,一手去抓那热水袋。

但同样是在刹车的瞬间,纪轻轻虚虚放在热水袋上的手一滞,感受到热水袋往下滑,顺手就去捞。

然而她没抓到热水袋,手却被一只手攥住了。

那是陆励行的手。

不同于女人纤细修长的手,陆励行的手手指修长,骨节分明,手掌宽厚有力,将她那只细长的手完全覆盖还绰绰有余。

也是奇怪,明明焐了那么久的热水袋,手上温度早已回升,她却莫名觉得陆励行的手心宽厚滚烫,盖在她的手背上,烫得她一惊,下意识地将双手从他手心里抽回。

两个人的手接触的瞬间纪轻轻心跳加速,脸颊温度逐渐上升。

陆励行那只手没抓到热水袋,也没能抓住纪轻轻的手,扑了个空,往下一压,覆在了纪轻轻的小腹上。

透过一层薄薄的衣物,陆励行手心的温度传到了纪轻轻的小腹上。

纪轻轻的心猛地一跳,双手条件反射性地去捂肚子,这一捂,直接按住了陆励行的手背,陆励行的手掌越发贴近小腹。

"……"

这是什么情况?

纪轻轻的手放在陆励行的手背上,陆励行的手心则捂在她的小腹上。

纪轻轻脑子里嗡的一声,心跳猛地加速,浑身血液齐齐汇聚冲向大脑,在这一刹那,她连呼吸都给忘了。

她抬头,愣愣地望着陆励行,心里想的是:他干什么?!

陆励行低头,眼睛一眨不眨地望着她,想的是:好软。

女孩子的肚子,怎么可以这么软?

纪轻轻觉得自己脸颊直发烫:"你松开。"

"你先把手松开。"

纪轻轻一低头,就看到自己的双手交叠,正压在陆励行的手背上。

纪轻轻尴尬得无以复加,连忙将手松开。

陆励行弓身捡起热水袋,放在她的小腹上。

纪轻轻这下学乖了,和陆励行保持相对安全的距离,抱着热水袋从陆励行身侧坐到了车窗边,心跳如擂鼓,藏起自己红得发烫的脸,装作闭目养神。

可一闭上眼睛,她就想起了刚才陆励行双手捂在自己小腹上的感觉,竟恍惚觉得那手心比她抱着的热水袋还要烫,也比热水袋还要让她舒服。

她双眼偷偷睁开一条缝,透过车窗的反射看陆励行,只见他同样看向车窗外,看不见面上的表情。

刚才应该只是误会吧?

纪轻轻捂着陆励行给她准备的热水袋,舌尖在口腔内横扫一圈,尝到了比刚才在摄影棚时吃的巧克力还要甜的味道,甜到她连小腹的钝痛都感受不到了。

等等,她刚才收腹了吗?

纪轻轻大脑回想起刚才的一切,仔细回忆起了所有细枝末节。

她好像没有……

她深吸口气,小腹向内凹陷,摸上去一点儿赘肉也没有。

下一秒她又沉沉呼出一口气,小肚子鼓起,手悄悄地在自己肚子上摸了摸,又捏了捏,捏到了一层软软的肉。

她穿的衣服不多,就一层,很容易就摸到了那层软软的肉,所以刚才陆励行一定是摸到了!

纪轻轻捏着自己小腹上的肉,羞愤得恨不得一头撞死在车门上。

她见过陆励行小腹上的六块肌肉,结实有力,特别性感,而她肚子上,只有一圈软乎乎的肥肉。

她为什么刚才不收腹呢?

纪轻轻连在车窗上看陆励行一眼的勇气都没有了,闭上眼,强迫自己冷静下来。

明天她就开始减肥!

车辆缓缓朝前开,陆励行透过车窗看着歪头睡觉的纪轻轻,伸手将快滑下去的热水袋捡起放回到她的腹部,看着纪轻轻安静的睡容,嘴角勾勒出一抹微笑的弧度。

"任务成功,生命值加 20,当前生命值为 34 小时。"

在陆励行交代的慢点儿开的吩咐下,司机终于在一小时后抵达陆家别墅。

车缓缓停下。

陆励行看了一眼歪头在车窗边上已经睡着了的纪轻轻,没叫醒她,而是推开车门下车,绕到车的另一侧,将纪轻轻那一侧的车门拉开,弓身朝内,双手将她小心翼翼地从车内抱了出来。

"先生……"

"嘘,她睡着了。"

第五章
订 婚

陆励行抱纪轻轻进屋时，吓了陆老先生和裴姨一跳，误以为发生了什么，听了陆励行的解释之后才放下心来。

将人抱去房间后，陆励行便被陆老先生叫去了书房。

"励行，爷爷今天找你，是想和你谈谈轻轻的事。"

"您说。"

爷孙俩在沙发上坐下。

老先生手上拿着纪轻轻与陆励行一同给他买的49颗佛珠，沉思片刻后说道："自从你醒过来，爷爷一直没找你聊聊，今天好不容易你有了空，爷爷想问问你，你觉得轻轻这个女孩子怎么样？"

"爷爷，您……"

"你不要和我顾左右而言他，你只需要老老实实地告诉我，你觉得轻轻怎么样。"

陆励行沉默片刻。

陆老先生看着他沉默的样子，叹了口气："那天你从医院回来，我也当着轻轻的面问了你愿不愿意娶她并照顾她一辈子，你当时和我说的是你愿意。"

"是，我是愿意。"

"那这几天相处下来，你能和我说说轻轻这女孩子到底怎么样吗？"

陆励行想了想说："她挺好的，有点儿小聪明，虽然偶尔会不着调，但总而言之，活泼、善良，是个好女孩。"

"你不排斥她？"

"我不讨厌她。"

陆老先生点点头："那你打心底愿意接纳她吗？"

陆励行眼睛低垂，长而密的睫毛遮盖了瞳眸里的些许温柔："她很好。"

虽然平时有些吵，但对比他从前接触过的女人，陆励行承认，她是最让人舒服的一个。

他和她相处起来毫无压力，甚至还隐隐觉得有几分愉悦与轻松。

"我给了你时间了解她，我相信通过这两天，轻轻对你也有了个大概的了解。轻轻是你的妻子，是将来要和你共度一生的人，你心底但凡有一点儿讨厌她，不愿意接纳她，那么你和她的未来就不会幸福，她留在你身边也是白白受苦，爷爷也不会强迫她留在陆家，待在你身边。

"爷爷是过来人了，"说到这儿，陆老先生眉飞色舞地笑道，"当初你奶奶也是这样，我和她结婚虽然没有感情基础，可她和我接触不到一个月，就离不开我了，若是当年她心里有那么一点点排斥我、讨厌我，那我和她也是不能够在一起的。"

陆励行知道陆老先生人老了，念旧，有事没事就喜欢将当年的事翻出来说说。

"但你如果真心愿意接纳她，那么提亲的事，也该准备起来了。"

"提亲？"

"当然，你难道要轻轻就这么一辈子名不正言不顺地住在陆家？当初我和你奶奶是怎么教你的？女孩子的清白多重要？她现在没名没分地和你住一间房，你还没想过结婚的事？"

"我不是那个意思爷爷，就是觉得……有些突然。"

"不突然，有些事情该着手办了，轻轻虽然和你住在一起了，但还没向外公开，她也是有父母有家庭的，你们两个成婚，那可不仅仅是你们两个人的事，也是两个家庭的组合。她是你的妻子，她父母当然也是你的父母，早点儿把这婚事定下来，外面那些闲言碎语也少一点儿。"

纪轻轻的家庭……

陆励行微愣，也有些好奇纪轻轻从小生活在一个怎样的家庭里。

"我查过了，轻轻是个孝顺孩子，这些年接济了家里不少，你和轻轻商量商量，看看什么时候上门拜访合适。"

陆励行嘴巴一动，想要说话，立马就被陆老先生堵住了后路。

"你的工作就先给我放到一边去,公司养了那么多人是吃干饭的吗?事事都得你来拿主意?从前你一个人也就算了,现在成家了,不能不顾家里,下班时间就回来,周末就在家休息,别像以前一样,凌晨才到家,早出晚归,十天半个月也见不着人。"

见陆励行没有回话,陆老先生皱眉,又说了句:"钱是挣不完的,那么大一个公司,你一个月不在也没垮,用不着你事事操心。"

被陆老先生训了一通,陆励行无奈地叹气:"爷爷您放心,这件事我会和轻轻商量的。"

"嗯,那这件事就先这么定下来。"陆老先生捻着佛珠,"具体的你们自己去商量吧,都是成年人了,这点儿事也不用我来帮你们办了。"

陆励行起身:"那没什么事我先出去了。"

陆老先生摆摆手,脸上漾着一抹满意的笑。

陆励行从书房出来,刚开门就撞上了裴姨。

"裴姨,您这是……"

裴姨看了一眼书房里面,冲着陆励行神秘地笑笑,将书房的门关上,压低了声音问道:"老先生是不是和你提起了去少夫人家提亲的事?"

陆励行点头。

裴姨见他点头,脸上笑容更甚:"我呀,早就料到了,所以呢,提前帮您把见家长的礼物都准备好了,裴姨办事您放心,准备的上门礼物不会出错,您哪天要去,直接提着礼物去就行了,很方便。"

裴姨照顾陆励行多年,这么多年也没结婚生子,早就把他当亲儿子看待,唯一的心愿就是看到他成家立业,这次陆励行好不容易娶了个妻子,裴姨为了婚事忙前忙后,总觉得陆励行一个男人,做事不能面面俱到。

陆励行也知道裴姨的好意,无奈地笑道:"真是麻烦您了。"

"和裴姨说什么麻烦不麻烦的,少爷你这婚事能尽早定下来,也算是给老先生一个交代,给少夫人一个交代。你和少夫人说得再多,承诺得再多,做得再多,那也比不得给少夫人一个婚礼来得要紧。"

"您放心,我知道该怎么做。"

裴姨心满意足地离开。

陆励行回到自己的书房,将从天娱娱乐调出来的纪轻轻履历翻出来又看了一眼。

纪轻轻父母健在,有弟弟和妹妹,家境一般。

见家长……

嘴里将这三个字来回咀嚼，看着资料上一家五口的照片，陆励行陷入良久的沉默。

下午3点，纪轻轻迷迷糊糊地醒来。

昨晚太过兴奋，导致睡眠不够，早上又来例假一整天都不得劲儿，再加上一大早赶去公司和摄影棚，坐上陆励行的车不久，她眼皮就撑不住了。

纪轻轻翻身又睡了个回笼觉，再睁开眼已经是下午4点，窗外阳光略显暗淡。

手机上有陆励行发过来的一条微信："起床了吗？"

纪轻轻顺手回了过去："起了。"

回完她就把手机扔到一侧进了洗手间，出来后刚准备看一眼手机，陆励行从外面推门而入。

"好些了吗？"

纪轻轻想起在车上自己和陆励行之间的亲密互动，脸一红："好多了。"

"那好，有件事，我想和你商量一下。"

陆励行脱了西装外套，穿着一件白色衬衫，领带扎在喉结下，笔挺的西裤穿在腿上更显腿长，就那么闲闲地站在那儿，就帅得让人移不开眼。

"什么事？"

"爷爷让我和你商量，什么时候上门见见你的父母。"陆励行顿了顿，"我知道你们演艺圈的人不太喜欢公布自己的婚姻状况，如果你不愿意对外公开你已婚，那我们的婚事可以之后再办。"

"见父母？婚事？这么快吗？"

陆励行眸色微深，沉沉地望着她："你不愿意？"

"嗯！"

她当然不愿意好吗？

她刚到这儿，连原主家里是个什么状况都没弄清楚就带着陆励行上门见家长？

没做好准备就冒冒失失地带陆励行见家长，她可没那勇气。

关于纪轻轻的家庭，小说中并没有过多描述，也就一笔带过，她只依稀记得是个普通家庭，好像还有个窟窿，需要纪轻轻一个劲儿地将自己从演艺圈赚的钱往里填，还一时半会儿填不上。

陆励行眼底期待的情绪一扫而光，脸部肌肉紧绷，语气不由自主地冷了下来："为什么不愿意？"

纪轻轻只觉得原主这家庭挺让人头痛的，一时半会儿和陆励行也说不清楚："我家里的情况有点儿复杂，这样吧，我改天回家一趟，我……我和我父母聊一聊。"她看着陆励行，"我单身这么多年，总不能突然就把你带回去吧，一点儿也不郑重！"

陆励行微微一愣："郑重？"

"总不能只咱们做准备吧，我好歹也得回去和我爸妈知会一声，让他们也做做准备。"

陆励行扬眉："行，这件事你来安排。"

纪轻轻漫不经心地点了点头。

她拿出手机，手指在那个备注为"妈妈"的号码上犹豫了许久，始终没打过去。

这个世界的家庭对她来说极为陌生，她暂时还没有做好面对一个陌生家庭的准备。

可陆励行说得不错，他们始终是得见家长的。

思索再三，纪轻轻鼓起勇气，正准备拨过去时，电话响了。

来电显示：妈妈。

纪轻轻下意识地就接听了电话。

"喂，轻轻啊，是妈。"

"妈，您打过来有什么事吗？"

"有事，当然有事！"纪妈妈在电话那头没听出纪轻轻语气中的局促，笑盈盈地说道，"你看，你都多久没打钱回家了？你弟弟和妹妹上大学要钱，你爸爸老毛病又犯了，还有啊，家里客厅那一面墙都漏水，我找那装修公司，嚯！你不知道，那家伙，漫天要价！唉……都怪妈和你爸没本事。"

"行，我待会儿把钱给您打过去。"

纪妈妈笑声更欢畅了："那好，那妈妈等你把钱打过来。对了，还有件事，明天你有时间吗？你都好久没回来过了，明天你中午回来吃个饭，一家人聚聚。"

"明天中午……有空有空。"

"那好，明天中午妈妈在家等你，你早点儿过来，啊。"

"好的，我一定早点儿过去。"

"行，那你忙吧，先挂了。"

纪轻轻将电话挂断，看了一眼手机里的转账记录，基本每月就有一笔，30万元左右。

想了想，纪轻轻没把钱打过去，既然明天要回去一趟，回去看看情况再给也是一样的。

翌日一早，纪轻轻独自一人坐车回家，拒绝了陆老先生让陆励行同行的提议，带上了裴姨特意给她准备的几样礼品。

一路上，纪轻轻都在思索着原主的家庭，从昨天纪妈妈打的那通电话来看，纪家人估计不是省油的灯，上辈子她就是吃了当断不断的亏，这辈子长教训，不能再这样了。

大约一个小时后，纪轻轻终于到了纪家。

原主家庭挺普通的，在原主进入演艺圈之前，一家五口挤在一个不足60平方米的老房子里，原主赚了点儿钱后，给家里在市中心买了个大房子。

电梯上了23楼，纪轻轻站在屋门外深吸了口气，抬手敲响了房门。

屋内一阵脚步声响起，咔嗒一声，门开了。

一个约莫50岁的中年妇女喜笑颜开地开了门，见是纪轻轻，朝屋内喊道："她爸，轻轻回来了！"

说着她去接纪轻轻手里提着的礼品。

"快进来快进来，就等你了！"

纪轻轻被纪妈妈催促着推进了门。

她对这里陌生得很，但极力让自己表现得像回自己家一样自在。

但显然这次吃饭并不像昨天纪妈妈在电话里说的那样是一家人聚聚，客厅的沙发上还坐着一个年轻人，正似笑非笑地看着她。

"愣着干什么，坐啊！"纪妈妈拉着纪轻轻的手坐在沙发上，指着沙发上坐着的年轻男人说，"还记得他吗？"

纪轻轻脸上挂着尴尬的笑。

"你忘了，这是虞洋，你当初交往过的！"

纪轻轻恍然大悟。

虞洋。

她想起来了。

这虞洋不就是当初原主嫌贫爱富一脚踹了陆励廷之后攀上的那个有钱的前男友吗？

纪轻轻微眯双眼："有点儿印象。"

"有点儿印象就对了，既然你们都是熟人，就在这儿好好聊聊，妈妈去厨房看看你爸饭做得怎么样了。"

说完，纪妈妈暧昧的目光在两个人身上扫过，给了虞洋一个鼓励的眼神，笑着起身走了。

客厅里只剩纪轻轻和虞洋两个人。

纪轻轻不动声色地打量着她的这位前男友，身材不错，五官端正，手上戴着奢华的腕表，身上的西装材质看上去也挺贵的，眉眼间挺放肆的，是标准的纨绔子弟。

她如果没记错的话，当初这位前男友可是在把原主追到手后没几天就没了新鲜感，一脚就把原主给踹了。

这样的男人，回过头来找前女友？

一时间，纪轻轻没有说话。

半响后，还是这位前男友打了招呼，目光放肆地在纪轻轻身上扫过："好久不见，轻轻，你越来越漂亮了。"

"你来我家有事？"

"没什么事就不能来看看你？"

纪轻轻嗤笑："我说虞洋，你就别绕圈子了，分手这么多年，我们俩很熟？"

"瞧你这话说的，相识一场，就算分手，也还能做朋友不是？"

纪轻轻懒得理他。

虞洋笑笑，靠近她低声道："我听说你最近混得不太好，咱们好歹相识一场，我还有些人脉，你们天娱娱乐我也认识几个人，有什么地方需要我帮忙，尽管说。"

纪轻轻被逗乐了，顺着他的话说下去："哦？你在天娱还有认识的人？"

"当然，都是高层，手上有大把的资源，以后我介绍给你认识。"

这口气还挺大。

"你会这么好心？"

"当然，你把我想成什么人了？我就是想帮帮你。"

"天上可没有掉馅饼的事，"纪轻轻瞥他一眼，"有什么要求直说吧。"

"我能有什么要求？我现在就是回想起当初挺后悔的，没能好好对待咱们的感情。"这话说得暧昧，其中的意思简直不言而喻。

纪轻轻挑眉："所以呢？"

虞洋顿了顿，低声道："你再给我一个追求你的机会，行吗？"

纪轻轻白了他一眼。别看他说话一本正经貌似深情，其实这肚子里的坏水多着呢，打心底就看不上她们这些艺人。

"对不起，一个坑我是不会掉两次的，如果没什么事的话，你还是早点儿回去吧，就不留你吃饭了。"

纪轻轻这话刚说完，在一侧听墙脚的纪妈妈急忙走了过来。

"轻轻，你这孩子说些什么呢！虞洋，你别听她的，在阿姨这儿吃饭，吃了饭再走。"

"可是我看轻轻似乎不太欢迎我，我还是下次再来吧。"

"什么下次不下次的，这饭都做好了！这是阿姨的家，阿姨做主，你先去洗手，马上就吃饭了。"

虞洋被纪妈妈催促着去洗手间，人一走，纪妈妈拽住纪轻轻的手低声道："你这孩子，你干什么？"

"我还想问您干什么呢，他什么时候来的？"

"你管他什么时候来的！我告诉你，你对虞洋态度好点儿，别绷着你那张脸，多笑笑。"纪妈妈看了一眼洗手间方向，笑道，"我看啊，他对你有点儿心思，肯定是想追你。"

"可我对他没心思。"

纪妈妈啧了一声："虞洋他家什么条件你知不知道？他现在追求你你就答应他，你说你还能上哪儿找比虞洋条件还要好的人？"

纪轻轻没说话。

"你不要以为自己进了演艺圈条件就好了，虞洋他家是开公司的，身家足足有20亿元你知道吗？你要是嫁过去，这后半生可就吃穿不愁了！"

"我现在也吃穿不愁。"

纪妈妈瞪着她："什么叫你现在吃穿不愁？我是你妈，什么不为了你着想，难道我还会害了你不成？"

纪轻轻敷衍地笑了一声，没有说话。

区区20亿元就让纪妈妈兴奋成这样，纪妈妈如果知道了陆励行的100亿元，岂不是要高兴得上天？

"我跟你说，你可一定得把虞洋把握好，牢牢地把他抓住了，只要你能嫁给他，以后就不用在演艺圈里奔波劳碌，就能过上真正的好日子。"

纪妈妈越说越没意思。

她知道，母亲都想让自己的女儿嫁得好，后半生衣食无忧，可也不能一个劲儿地把她往有钱人家里塞吧？

"行了妈，他有钱是他的事，和我没关系，更何况我对他也没意思，这件事就别再说了。"

纪妈妈见她表情坚定,笑容一下子就消失了,压低了声音严厉地说道:"纪轻轻,我告诉你,这件事你答应就算了,不答应,你这辈子都别认我这个妈!"

纪轻轻笑了,现在的父母怎么都动不动就喜欢拿断绝关系来要挟人?

"妈,您说我都这么大了,您说这话要挟我,合适吗?"

她作势就要走。

"阿姨,这是怎么了?"虞洋从洗手间出来,笑得人模狗样的。

"没事没事,轻轻她就是有些不舒服。"纪妈妈拽着纪轻轻的胳膊,连拖带拽地把纪轻轻摁坐在餐桌边上。她压低了声音:"你今天给我坐下来好好吃一顿饭,别闹脾气!"

"红烧肉来了!"纪爸爸端着一碗热乎乎的红烧肉从厨房出来。

纪轻轻刚想说话,手机就响了。

电话是陆励行打过来的。

"到了吗?"

纪轻轻看了一眼虎视眈眈的纪妈妈:"到了,现在准备回去。"

"回什么回!"纪妈妈高声道,"待会儿吃完了饭和虞洋一起去逛逛街!"

电话里的陆励行显然是听见了纪妈妈的声音:"虞洋?谁啊?"

"没谁,我先不和你说了,待会儿再给你回电话过去。"说着纪轻轻就想把电话挂了。

纪妈妈听出了纪轻轻这语气中的端倪,一把将她的手机抢了过来:"喂,我是轻轻的妈妈,我告诉你,我家轻轻是有男朋友的,正鑫国际老板的儿子!以后少打我家轻轻的主意,也少和她联系!听明白了吗?"

陆励行挑眉,看着手机屏幕一时间没有说话。

"你干什么?!"纪轻轻一把将手机从纪妈妈手里抢了回来。

"什么干什么?虞洋这么好的一个小伙子在这儿你不看,非得看外边那些乱七八糟的东西。你说说,你这些年看上的人,哪一个比得上虞洋?"

虞洋在一侧笑道:"阿姨,您别这么说,轻轻眼光不错,想必她看上的人也不会差到哪儿去。"

"什么不会差到哪儿去?我还不了解她?找的都是些什么歪瓜裂枣?没一个像样的!"

纪轻轻瞪了虞洋一眼,转过身去对陆励行说道:"不好意思,刚才是——"

"我知道了。"陆励行的声音竟然还带了笑,听得纪轻轻直发毛,"有个叫虞洋的男人在你家?你父母很中意他?"

"我根本就没想——"

"别急,半小时后我就到,等我。"

纪轻轻还没来得及说些什么,电话便被挂断。

纪妈妈恨铁不成钢地看着她,纪爸爸同样用责备的目光看着她。

纪轻轻觉得这一家人没劲透了。

一个人过得好不好,是用她嫁没嫁给有钱人来衡量的吗?

"行了,好马不吃回头草,你们自己慢慢吃吧,我先走了。"

"走什么走!"纪妈妈眼一瞪,直接拦住了纪轻轻,"轻轻,你这孩子怎么越来越不懂规矩了,客人还在,你这个主人怎么说走就走?"

纪轻轻看了她一眼:"您不是说这是您家吗?您做主,还要我在这儿干吗?"

"轻轻!"纪爸爸喊了纪轻轻一声,用眼神示意她坐下。

"行了,你们也别在这儿和我绕圈子了,不就是觉得他虞洋有钱吗?那你们问问他,他是真心想追我还是只想追我玩玩?"

"你这孩子怎么说话呢?虞洋他如果不喜欢你,能上门来?"纪爸爸说。

"怎么不能啊?"纪轻轻看着虞洋冷笑,"之前他追求我的时候不也围追堵截,可到头来呢?追上了之后不也一脚就把我踹了?他就是江山易改本性难移,就是享受征服的快感,一到手,马上弃之如敝屣,你们就别推着你们的女儿往他那儿钻了,没用的。"

虞洋眼底有些许意外的神色。

他原以为这纪轻轻还像从前一样是个容易追到手的花瓶,没想到在演艺圈里待了几天,不仅变得伶牙俐齿,而且也变聪明了。

纪爸爸厉声道:"轻轻!不许胡说八道!虞洋怎么会是这样一个人。"

"知人知面不知心,被金钱蒙蔽了双眼的人就是你们这样的。"纪轻轻耸肩,"行了你们吃饭吧,别送我了。"

看着这三个人,纪轻轻更觉得他们才像一家人。

这让纪轻轻不由得感叹,陆励行虽然从小父母双亡,但有陆老先生在,有和蔼可亲的爷爷从小照顾,没遇见过一点儿糟心的事。

哪像她,回家吃个饭都能这么糟心。

"轻轻，你误会了。"虞洋起身，人畜无害地笑道，"我来阿姨这儿只是路过，想起以前的事也觉得自己浑蛋，所以就想过来看看阿姨，你别多想，你如果不愿意，我也不会勉强你。"

纪轻轻冷笑。

男人的嘴，骗人的鬼。

这男人靠得住，母猪也能上树。

这虞洋好话倒是一套一套的。

纪妈妈连声道："对对，就是吃个饭，妈妈不逼你，行吧？你看看你，之前发生了那么大的事，我和你爸真的是每晚都睡不好，好不容易没事了，你也不回来看看。你就当陪爸妈吃个安心饭好不好？"

说着纪妈妈又把纪轻轻摁在餐桌边上坐着。

纪妈妈给她夹了个基围虾："你爸大清早的给你去菜市场买了最新鲜的虾，多吃点儿。"

纪轻轻剥着虾，漫不经心地说道："妈，我记得我每个月都给你打30万元过来，您不会一个月就把30万元全用完了吧？"

难怪原主没能留下多少钱来，每个月给她妈打30万元，这谁扛得住？

"之前这不是你爸的病、买房子装修什么的要花钱吗？不然你以为我这30万元扔哪儿了？"

"30万元也不多，"虞洋笑笑，"我家别墅保养，再加上家里请的阿姨、司机的薪酬，一个月30万元还不够。"

纪妈妈笑容更亲切了："是啊，这30万元哪里够呢！"

纪轻轻剥了虾壳，拿着虾肉蘸了酱料，笑眯眯地望着纪妈妈："买房子装修可是我额外出的钱，爸爸的病也是我去医院交的医药费，可没让您出一分钱哪。"

纪妈妈神色尴尬。

"普通人家30万元够吃好些年了，我看咱们家也就是个普通人家，一个月也用不到30万元，想必您手里还有些余钱。我最近也有些困难，助理、经纪人这一大帮人都得靠我养活，再加上之前那件事对我影响确实不小，不瞒您说，我这还欠着别人钱呢，"她看着纪妈妈，真情实感地说道，"您这生活费还是先断几个月，之前给您打过不少的30万元，您和爸先用着之前的，省着点儿用。"

"省着点儿用？"纪妈妈扬声道，"怎么省？"

纪轻轻和她心平气和地讲道理："平时家里就您和爸在，一天吃饭就算大鱼大肉，100块菜钱顶天了，我估计您手里还有几十万元在，几十万难道不够您日常家用？"

"谁和你说还有几十万的？我不买衣服的？我不买珠宝金器的？还有你爸，这……这……这怎么够？！"

"那我也没办法呀，我现在生活也困难，拿不出那么多钱来，您逼我，我也没办法。您知道吗？这演艺圈里上下要打点的人可多了，我手里实在没闲钱。"

"不行！"

纪轻轻无奈地说道："那我也没办法了，您就等我哪天再红起来吧，不过我看短时间内我是没办法负担您的开销了。"

"你！"纪妈妈用恨恨的目光看着她，咬牙切齿，"你这是要逼死我和你爸啊？你弟弟妹妹怎么办，你想过吗？"

"想过！当然想过，我这个当姐姐的怎么着也不能让弟弟妹妹没学上不是？学费是吗？我会替他们交的，还有每个月我也会给他们2000块的生活费，您别担心。"

一侧看好戏的虞洋觉得这场戏可真是越看越有趣，就差站起来鼓掌喝彩了。

五年前的纪轻轻还不是这样的，整个人单纯得跟张白纸似的，处处为家里人考虑，就因为她爸那点儿医药费答应和自己在一起，当时她可把家里人看得比什么都重，现在竟然这么不把家人当回事。

纪轻轻剥了几个虾，看着纪妈妈那敢怒不敢言的表情，心情稍稍好了些。

"好了，我吃饱了。妈，没什么事我就先走了，你们慢慢吃。"

说着她便起身了。

虞洋也跟着纪轻轻起身："阿姨，我也吃好了，时间也不早了，我还有些事，就先走了，你们慢慢吃。"

纪妈妈被纪轻轻气得饭都吃不下，看了纪轻轻一眼，又看了一眼虞洋，对纪轻轻说道："你等等，送送虞洋。"

纪妈妈拉着纪轻轻送人，强行给两个人制造独处的机会。

纪轻轻懒得理虞洋，开门就想走，正好见着一人从电梯里出来。

那是陆励行。

纪轻轻忙上前，一把挽上陆励行的手。

"轻轻，你等等！那是谁啊？！"纪妈妈在后面喊。

纪轻轻拽着陆励行的手把他往电梯里拖："快走快走！别让他们看见了，否则你肯定要被拔得一根毛都没了！"

跨进电梯，纪轻轻猛按电梯关门按钮，就在电梯门将要合拢的瞬间，一只手从电梯门中间插入。

即将关闭的电梯门再次打开。

虞洋站在电梯前，气喘吁吁地看着电梯里的两个人，目光触及被纪轻轻半拖着的陆励行时，目光瑟缩，倒吸了一口凉气。

他刚才在门口见到了一个模糊的人影，觉得有些眼熟，一时间没能立刻想起这是谁，然而就在弯腰穿鞋的时候，脑海中猛地浮现出一个人的身影。

虽然虞洋潜意识中认为这种可能性几乎为0，但显然身体比大脑行动更快，他下意识地冲了上去，挡住了电梯门。

"陆……"虞洋上前一步就要进电梯。

陆励行眼皮一掀："出去。"

虞洋脚下一顿，踏进电梯的右脚往后撤。

"等等！"一道尖厉刺耳的声音传了过来，电梯门再次被人按开。

纪妈妈站在电梯外，一脚踏在电梯门轨道中间，看着被纪轻轻搂着胳膊的陆励行，目光不断地扫着。

陆励行目光幽深，同样也在打量纪妈妈。

没人说话。

直到电梯的警报声响起，纪妈妈这才收回目光，用散漫的语气问纪轻轻："轻轻啊，这是谁啊？"

纪轻轻迟疑，在朋友、同事和男朋友以及老公这几个称谓之间犹豫不决。

陆励行开口："伯母你好，我是轻轻的男朋友。"

"男朋友？"纪妈妈冷笑着看了陆励行一眼，"既然是男朋友，那就进来一起吃个午饭吧。"

这语气，实在不能说客气，甚至还有几分嘲弄。

"却之不恭。"

纪妈妈目光转移到虞洋身上："哎呀，虞洋，你看你这大老远地过来，饭还没吃完怎么就走呢？轻轻她爸专门给你蒸了大闸蟹，你一个都没吃怎么能走？再进去吃两个。"说着她推着虞洋进门。虞洋回身，目光一直放在陆励行身上。

"轻轻从小被我和她爸给惯坏了，任性得要命，"纪妈妈继续低声对虞洋喋喋不休，没有注意到虞洋脸上那震惊过度的表情，"但是你可别误会，我家轻轻就是单纯，喜欢交些不入流的朋友，我见过好几个，电梯里那个我看也差不多，怎么看都比不上你。"

虞洋回过神来，听到纪妈妈这么说，没什么表情地说道："您言重了。"

没一个比得上他……

虞洋想起总被家里长辈拿来做榜样，以此来数落他的陆励行，无奈地失笑。

同辈人中，没一个比得上陆励行倒是真的。

电梯内，纪轻轻撒开抱着陆励行手臂的手。

"你还是别去了，待会儿让两个老人家看见，估计要把你的毛都给拔光。"仰头，纪轻轻对上陆励行疑惑的目光，叹了口气，"两个老人家年轻的时候穷怕了，现在就喜欢钱，你又这么有钱，老人家见着了，肯定抓住你不放，你还是少蹚这趟浑水。"

陆励行却笑道："来都来了，怎么能不进去？"

说着，他跨出电梯。

"那待会儿他们说什么你可别放在心上！"纪轻轻忙跟了上来，认为有必要提前和陆励行解释清楚，"他们就是觉得那个叫虞洋的家里有钱，就想把我和他硬凑到一起，可是虞洋那浑蛋当初可是把我给甩了的，追求我的时候围追堵截，各种花招都用上，可追上了就一脚把我给踹了，现在又回头来找我，我可不信他这是浪子回头想起我以前的好了。"

陆励行听了这话眉心微皱："你和虞洋……"

"都是过去的事了，年轻的时候，谁没眼瞎过？看上个渣男算我自己倒霉。"

陆励行低声嗯了一声。

两人进门，纪妈妈没管他们，一个劲儿地招呼虞洋，将几个大闸蟹全放在他面前。

陆励行在虞洋对面落座，冷冷地望着他。

虞洋低眉心虚地笑，在陆励行面前，他比刚才要谦逊不少。

"虞洋，你刚才说你家里是干什么的来着？我常听人说正鑫国际，太有名了，就是我们啊见识少，不知道正鑫国际是干什么的。"

虞洋看了一眼陆励行，笑道："就是普通的互联网公司。"

"互联网？现在互联网行业多赚钱啊！你这么年轻身价就足足20亿元，

简直就是同龄人的翘楚，哪个比得上你啊！"纪妈妈说这话时看了一眼陆励行，笑道："你是轻轻的男朋友，是吧？"

陆励行点头："是的。"

"那你是干什么的？"

"在一家科技公司任职，平时就处理一些文件。"

正喝水的纪轻轻一口水差点儿没喷出来。

陆励行这描述还真恰当，日理万机的人，可不就是处理一些文件吗？

"处理文件？"纪妈妈眼底多了些鄙夷，"小文员？一个月能赚多少钱？养得起我家轻轻吗？"

"我会努力的。"

纪妈妈嗤笑："努力有什么用？你这辈子难道还能和虞洋一样优秀不成？你知道虞洋家里是什么情况吗？住大别墅，请阿姨，那家里的维修和请阿姨的费用都是30万元，这30万元，你几年才能挣得来？"

虞洋在一侧打断她："阿姨，这其实是我父母——"

"你父母的也是你的，这种东西，有些人努力一辈子都努力不来的。"

虞洋看着陆励行，坐立难安。

"好了好了，别说这么多。"纪爸爸看虞洋表情不对，笑道，"这么高兴的日子，该喝点儿酒才是，正好前段时间轻轻送了我几瓶好酒，我没舍得喝，今天啊，咱们喝一个？"

虞洋坐在陆励行对面，只觉芒刺在背，笑着点头："那行，喝一个。"

纪爸爸拿出来一瓶红酒，纪妈妈则取了几个红酒杯，在递酒杯给陆励行时特意说道："这可是轻轻买回来的几万块的好酒，你也尝尝吧。"

陆励行面色如常，风轻云淡地点头："那我今天可得好好尝尝。"

纪爸爸小心翼翼地给杯子里倒上酒。

纪轻轻抿了一小口酒。不同于她平时喝过的那些又烈又辣的白酒、啤酒，这红酒味道香醇、浓郁，酸甜苦咸在口腔里炸开，还挺好喝的！

纪妈妈笑着询问虞洋："怎么样？这酒还行吧？"

虞洋点了点头，勉强笑道："这酒很好。"

"不用这么恭维我，这酒肯定比不上你平时喝的，你就随便喝喝。"说着纪妈妈又看了一眼陆励行："喝过这种酒吗？"

陆励行放下酒杯，诚实地摇头。

他还真没有喝过几万块的酒。

"那你今天是有口福了，这酒好喝你就多喝点儿，出了这门，以后可就喝不着了。"

纪轻轻白了纪妈妈一眼："这酒太便宜，人家平时不喝的。"

纪妈妈深觉纪轻轻是在强撑面子，完全不以为意。

"来来来，虞洋，再喝点儿再喝点儿。"

"谢谢阿姨，我自己来。"

"客气什么，就把阿姨这儿当成是自己家！"

纪家父母一个劲儿地对虞洋嘘寒问暖，一侧的陆励行则静静地坐在那儿，没人搭理也不以为意，慢条斯理地吃着饭，也不觉得难堪。

纪轻轻是个嘴馋的，连着喝了不下三杯酒还停不下来，看起来酒量挺差劲的，脸颊通红，眼神迷离，有了些醉意。

"少喝点儿，这酒后劲儿很大。"

纪轻轻迷糊地笑了笑，完全不以为意："你放心，才三杯，我不会喝醉的。"

说着，她又往杯子里倒了一杯酒。

陆励行看着她一杯接一杯地喝，没有阻止。

人总需要有个发泄口来发泄，有些事憋在心里久了，迟早憋出病来。

纪轻轻记不清楚自己喝了多少杯，只觉得这酒越喝越甜，仿佛身心都舒畅了，勾得她一杯又一杯地继续喝，喝得脑子晕乎乎的，直到眼前的景物看不太清，双眼发直，眼皮似有千斤重，这才收敛了些。

餐前饮酒是助兴，但纪轻轻这么喝，简直是买醉来了。

"轻轻啊，你也别顾着自己喝，和虞洋喝一杯，他等了你这么多年，你也该表示表示。"纪妈妈当着陆励行的面说道。

纪轻轻脑子还有几分理智，闻言嗤笑了一声："这些年他不知道在哪儿逍遥快活呢，还等我这么多年，恶不恶心。"

"你这孩子怎么说话的呢！"

纪轻轻懒得搭理他们，自顾自地又喝了杯酒。

"虞洋，别介意，这孩子喝醉了。"

虞洋看着陆励行的脸色，深觉自己今天倒了大霉，尴尬地笑道："感情的事，顺其自然。"

纪妈妈恨铁不成钢地看了纪轻轻一眼，又笑着给虞洋夹了个大闸蟹。

一顿饭吃完，纪轻轻几乎连站都站不起来了。

"这孩子，怎么喝这么多？！"

纪轻轻被陆励行搀扶着，脚下摇摇晃晃，打了个嗝，不承认自己醉酒的事实:"我没喝多!"

陆励行低声道:"轻轻喝多了,我送她回去。"

虞洋也待不下去了,跟着告辞:"阿姨,我也还有些事,谢谢您今天的款待,我先走了。"

纪妈妈脸色一变,热情地说道:"好好好,下次再来,提前给阿姨打电话。"

虞洋哪里还敢来,只在嘴上应承着:"行。"

电梯里,虞洋看着扶着纪轻轻的陆励行,张口想要解释:"陆先生,我……"

陆励行冷冷地瞥他一眼:"这次我不怪你,毕竟你不知道纪轻轻是我女朋友,但是我希望没有下次。"

虞洋连声道:"我明白。"

他如果知道纪轻轻有陆励行这一个大靠山,打死也不会再回过头找纪轻轻。

电梯门打开,陆励行扶着纪轻轻走出电梯,车在外面等着,陆励行将她扶上车。

纪轻轻喝酒时还不觉得,此时酒的后劲儿上来,浑身燥热难耐,迷迷糊糊地就把外套给脱了。

可她还是不舒服。

陆励行将她的两只手拽住,阻止了她继续脱衣服的不雅动作。

纪轻轻特别不爽,睁着眼迷迷糊糊地望着他,眼角耷拉着,眼尾处微红,眼眶中噙着一汪清泉。

她的眼睛一眨,又一眨,又长又密的睫毛像小扇子似的,扑扇扑扇。

陆励行喉结滚动,眼睛也跟着一眨又一眨。

这一眨一眨的,眨得他心痒难耐。

就在四目相对时,纪轻轻倏然就痴痴地笑了,将手搭在了陆励行的脖子上,用力往自己的方向一拉,陆励行身体前倾,猝不及防地贴近了她。

两个人离得极近,陆励行几乎能看得清纪轻轻脸上细小的绒毛。

"你喝醉了,我们回家。"

纪轻轻拧眉,刚才还不觉得,现在身体在车上晃晃悠悠,纪轻轻只觉得胃里火烧火燎的,实在难受,很不耐烦,在陆励行肩头蹭了蹭:"难受。"

陆励行有点儿洁癖,倒也不严重,但纪轻轻浑身酒气,他唯恐她吐自己一身，想将她从自己身上推开，可纪轻轻力气大得很，他半天也没能把人给推开。

纪轻轻一脸难受的表情。

"你要是敢吐，我就把你扔出去！"

陆励行这话刚说完，纪轻轻倏然难受地捂住嘴，眉心一皱，哇的一声，直接吐在了他身上。

"……"陆励行脸都绿了。

纪轻轻在陆励行身上吐干净后高兴了，闻着那股味，格外嫌弃地推开了他。

"臭。"

司机惊悚地回头："先生……"

"开你的车！"陆励行黑着脸将被纪轻轻弄脏的外套脱了，扯着领带对司机说道。

司机连忙将前后挡板升起，将车窗全打开，风从外面涌入，吹散了车厢内的异味。

纪轻轻浑身不舒服，扒着车窗想将头伸出车窗外吹风，陆励行连忙将人拉了过来。

"纪轻轻，你给我消停点儿！"

纪轻轻浑身一点儿力气也使不出来，柔若无骨地趴在陆励行怀里，大脑一片混沌，被这风一吹，倒也清醒了几分。

"我跟你说，如果咱俩以后结婚，办了婚礼，他们知道了来找你，你千万别理他们！"

陆励行知道纪轻轻说的"他们"是谁，沉着脸说："我知道了。"

纪轻轻歪头看着他，盯着他的眼睛问道："你会不会觉得我很不孝顺？"

陆励行沉默地看着她。

"如果是爷爷，我会很愿意照顾他、孝顺他一辈子，可是他们……我每个月都给他们钱，每个月都把我赚回去的钱都打给他们，他们还是觉得不够，那时候我就知道，这贪婪，是你无论用多少钱都填不满的，你有100亿元又怎样，就算1000亿元，他们也不满足！所以啊，你别当这个冤大头，知道吗？"

"你这是在为我省钱？"

"那当然了，你的钱就算捐出去，那也比给他们强！"

"他们对你不好？"

纪轻轻觉得头有些疼，想起之前的事，笑了两声："供我读书，抚养我长大，从不缺我的少我的，不让我饿不让我冷，这算好还是不好呢？"

陆励行默然。

"算了不提了，没什么意思……陆励行，我好羡慕你，有个那么好那么好的爷爷……"纪轻轻恶声恶气地看着他，理直气壮地羡慕嫉妒恨，"为什么我就没有个这么好这么好的爷爷？"

"你现在已经有了。"

纪轻轻笑了起来："是哦，我也有了，可我从前怎么就没有呢？我只有向我要钱的父母，我辛辛苦苦攒的钱，那是我准备用来买房的……我从前赚的钱给他们也就算了，我就当是报答他们生我养我的恩情，可是那是我买房的钱啊，他们却让我给他们的儿子还赌债！"

陆励行安抚她颤抖脊背的手一顿。

"你知道吗？那些追债的人，拿着刀，就放在我弟弟的手上，他们让他跪在我面前，不还钱就当场砍他一只手……"

纪轻轻咬牙切齿，恶狠狠地说："那时候我就发誓，那是最后一次，我把我欠他们的都还清了，以后他们休想再从我这儿拿走一毛钱！"

陆励行沉默地听着她的喃喃呓语，没有说话。

"不过我现在终于摆脱他们了，终于摆脱了！我真的好高兴，真的好高兴……"像是终于摆脱了什么，纪轻轻轻快地说道，"我努力了那么多年，就是为了摆脱他们，现在，我再也不用为他们的事烦心了，也不会再见到他们，我终于可以随心所欲地做自己想做的事了！"

她的声音逐渐降了下去，嘴角带着一抹餍足的微笑，疲惫地闭上眼睛："开心。"

车辆的速度渐渐慢了下来。

"先生，到了。"

陆励行回过神，嗯了一声。

一下车，陆励行就将纪轻轻交给裴姨，让裴姨给她清洗一下换件衣服。裴姨用埋怨的目光看着陆励行，又不能直说，只一边叹气一边把人扶去浴室洗漱。

陆励行也去浴室冲洗，他身上被纪轻轻吐了不少东西，洗了好一阵才出来。

裴姨已经将纪轻轻清洗干净，扶她到房间里睡下。

"少爷，少夫人喝这么多您怎么不劝着点儿？这醒了得多难受。"

陆励行叹了口气："她心情不好喝两杯发泄发泄，总比什么都闷在心里强。"

裴姨也叹了口气："那您好好照顾她，让她把这碗解酒的汤喝了，有什么事再叫我。"

陆励行点头，进了房间。

房间里，纪轻轻躺在床上，似乎已经睡着了。

"酒鬼，醒醒！"

纪轻轻迷迷糊糊地睁开眼。

"先把这个喝了。"

纪轻轻没理他，翻了个身又睡了过去。

陆励行无奈，只好一手搂着她的脖子，将人从床上带起来半坐着，将碗凑到她嘴边。

纪轻轻顺从地张开嘴，将那碗甜甜的东西喝了下去。

"什么东西？是酒吗？好喝！"

"糖水。"

纪轻轻哦了一声，突然间似乎想到了什么："啊！糟了！"

陆励行回头，就见着纪轻轻掀开被子要下床，他一个箭步上前将人扶好，却低估了一个醉酒后的女人的力道，直接被纪轻轻扑倒在床上。

陆励行在下她在上，她跨坐在陆励行腰上。

纪轻轻双手抵在陆励行胸前，俯身低头，眯着眼凑到跟前去瞧他，醉眼蒙眬地望着他。

那灼热的气息喷在陆励行的脸上，伴随着一股香甚的气息，周遭空气好似无端地沸腾起来。

"起来。"

纪轻轻双眼无神直发愣，大脑生锈了一般思考艰难，半响才惊讶地问道："吴彦祖，你怎么在我床上？"

一个陌生的名字让陆励行不由得拧眉："吴彦祖是谁？"

纪轻轻仔细端详着陆励行，上看下看左看右看，戳了戳陆励行高挺的鼻梁，扑哧一声笑出来："看错了，你不是吴彦祖，你是陆励行！你是我老公！"

"生命值加1，当前生命值为19小时。"

"是，我是你老公，再叫一声。"

纪轻轻迷迷糊糊地就要睡，陆励行晃了晃她的肩膀："叫完'老公'再睡。"

"老公。"

"生命值加1，当前生命值为20小时。"

"再叫。"

"老公。"

"生命值加1，当前生命值为21小时。"

"再叫一遍。"

纪轻轻皱眉，不耐烦了："老公老公老公老公老公老公老公老公老公，行了吧！"

"生命值加10，当前生命值为31小时。"

她凝视着陆励行那双含笑的眸子，突然傻笑起来："我好想……好想……"

"想什么？"

她捧着陆励行的脸，俯身低头，喃喃地道："把你吃掉！"

说完，她朝着陆励行下唇狠狠地咬了上去。

"哒——"

灼热的气息伴随着一股香甜的气息喷在脸上，下唇靠近嘴角的地方被纪轻轻毫不留情地咬住，柔软的触感传来，陆励行心脏猛地一跳，愣了片刻，但也仅仅是片刻而已，便被唇上传来的疼痛感惊醒，眉心紧锁。

陆励行双手搭着纪轻轻的肩膀想将她推开，可醉酒后的纪轻轻就像条贪婪的恶龙，守着自己洞穴里的宝贝般，紧咬住他的下唇不放，更可恶的是，她两齿叼着他的下唇，来回磨了磨。

她牙齿用了劲儿，陆励行一推，疼的还是他。

陆励行今天可算是体会了什么是真正的牙尖嘴利。

"纪轻轻！醒醒！"

醉酒后的纪轻轻一点儿也不清醒，牙齿来回研磨后大概是觉得没能咬断，松开了牙齿，俯身看着陆励行："你怎么回事啊，怎么咬不断呢？"

陆励行手上用力，将坐在他腰间的纪轻轻摁在床上，抬手摸了摸嘴角，指尖上依稀可见血迹，仔细一摸，还有牙印的痕迹。

纪轻轻躺在床上只觉得天旋地转，脑子一点儿也不清醒，怔怔地看着洁白的天花板良久，一个转身见着一个宽阔的后背，想也没想，伸手圈在了陆励行腰间，脸颊还在上面蹭了蹭。

陆励行正准备去洗手间看一下嘴角的情况，猝不及防就被纪轻轻双手抱住，刚准备将纪轻轻的双手推开，一个声音在他脑海中响起。

"死亡警告，请抱着您的妻子纪轻轻睡眠一小时，任务失败或放弃任务扣除10点生命值。"

抱着他腰的手紧了紧，陆励行能感受到纪轻轻往他这边挪了挪。

"一小时10点生命值？我记得你曾经说过，我和她同床共枕是不需要花费生命值的。"

"那是晚上，现在是白天，任务是抱着她睡，不一样。更何况任务成功，还会奖励你10点生命值，你晚上睡觉可是不奖励生命值的。"小A解释道。

感受到灼热的温度从后腰传来，陆励行低头看了一眼紧紧抱在自己腰间的两只手，叹了口气，和衣躺下。

纪轻轻舒服地在他身上蹭了蹭，侧身面对着他，手脚并用地缠了上来。她的睡相还是一样不规矩。

"注意，不是纪轻轻抱着你，而是你抱着纪轻轻！"

陆励行眉心紧锁，一只手搭在了纪轻轻的腰上。

咔嗒一声门开了。

裴姨端着一杯饮料从门外走进来："少爷，您再给少夫人……"

话还在嘴边，裴姨一抬头就瞧见陆励行与纪轻轻两个人在床上面对面地相拥而眠。

裴姨脸色登时大惊，脚下刹住，捂着嘴，唯恐吵醒了床上的两个人，踮着脚一步一步地往后退，直到退到门口，目光也没从陆励行与纪轻轻两个人身上挪开，眼中噙着满满的欣慰与激动，缓缓将房门关上。

"老先生！老先生！好消息！天大的好消息！"

陆励行睁开眼，依稀能听到裴姨刻意压低的声音逐渐远去。

"……"

他叹了口气，低头看了一眼怀里熟睡的纪轻轻，无比头痛。

以裴姨这传播消息的速度，这件事想来待会儿就得尽人皆知，这倒也没什么，他和纪轻轻是夫妻，一起睡觉理所应当。

可待会儿等纪轻轻醒了，他怎么解释？

纪轻轻平缓的呼吸声传来，抱着他的手脚渐渐松了力道，只虚虚地搭在腰间，陆励行抱着她的手紧了紧，脑海里将纪轻轻酒后说的那些话在脑子里过了一遍。

每个月30万元，弟弟有赌瘾，家里全靠她撑着。

正如她所说的，这样对家庭已经仁至义尽，没什么亏欠的，如果纪轻轻决定和自己的家庭从此一刀两断，倒也没什么过错。

陆励行对于父母亲情的感受很少，父母离开后，他一直由陆老先生抚养长大，什么都不缺，无法感受纪轻轻的无奈。

他闭上眼睛想了许久，想起纪轻轻喝酒买醉时的难受和那咬牙切齿的表情。

所以，吴彦祖是谁？

夜深人静，纪轻轻睁开双眼，理智回归的刹那，立刻便感受到了贪杯的后果——头痛欲裂。

睁眼恍惚了好久也没能将这不适感从脑海里赶走，纪轻轻勉强坐在床头，翻出手机看了一眼时间，九点半。

空荡的房间里只亮着两盏床头灯，光线微弱，一眼望去昏暗一片。

纪轻轻拍了拍脑门儿。

她一觉竟然睡了这么久，可见，酒真不是个好东西。

她跟跟跄跄地下床，打开灯，头昏脑涨，刺目的亮光让她下意识地闭上了眼，扶着墙腿都是软的，走起路来摇摇晃晃，还有一股恶心反胃的感觉，在洗手间洗了把脸，这才清醒了些。

陆励行进房，看了一眼在洗手间的纪轻轻，静静地等着她出来。

"还记得你醉酒的时候干了些什么吗？"

刚准备从洗手间出来的纪轻轻脚下一顿，听出了陆励行这语气中的不对劲，下意识地往回退。

"出来。"

纪轻轻尴尬地笑笑，从洗手间里出来。

"老……"一抬头，纪轻轻目光瞬间被他嘴角处明显的牙印吸引了。

这牙印简直触目惊心。

纪轻轻心底一惊，顿时惴惴不安起来。

看这嘴角牙印的形状，还挺新鲜的，都还没结痂，估计才咬上去不久。

陆家没养猫也没养狗，那么能在陆励行嘴上留下牙印的人是谁？

而且中午她见着他的时候还没有牙印，这才过了几个小时……

纪轻轻在脑海中竭力回想自己醉酒后的所作所为，可想了又想，记忆到了自己觉得那酒醇香多喝了几杯后，便断片了。

之后呢？

之后她干了什么？

纪轻轻对此完全没有印象。

陆励行那阴沉的目光落在她身上，她只觉芒刺在背。

喝醉酒耍酒疯的人她不是没见过，什么事都做得出来，她这是第一次醉酒，也没经验，陆励行嘴角那牙印，难道是她咬的？

这不能吧？

她这小胳膊小腿的，怎么能在陆励行身上为所欲为？

在排除了一系列人选之后，纪轻轻心底咯噔一下，突然眉心紧拧，双手揉着太阳穴，表情痛苦，眼神却不住地往他身上飘，试探道："抱歉，之前我喝醉了，我有没有说过些什么或者……做过些什么？"

"不记得了？"

纪轻轻尴尬地一笑："不太记得了。"

她哪里记得，都喝断片了。

陆励行指着自己的嘴角："知道这是怎么来的吗？"

纪轻轻完全不敢抬头看："难道……是我……"

"对，是你。"

"……"

她想哭。

"要不，你咬回来吧？"

"我咬回来？"陆励行逼近她，"你咬我一口，我咬你一口？"

纪轻轻嘴角抽搐，垂着头没说话。

陆励行哪里会和一个酒鬼计较："这件事就算了，下次你不准再喝酒了！"

纪轻轻连连点头，抬头看着他："再也不喝了！"

就在她抬头看他的那一瞬间，他熟悉的眉眼和眼神与脑海中某个片段重合，她耳边突然响起这么一句话。

"吴彦祖，你怎么在我床上？"

声音还伴随着她当时说话的模糊场景。

纪轻轻大脑嗡的一声，轰然炸开。

她似乎……把陆励行压在身下了。

纪轻轻觉得自己的心跳在那一瞬间猛地停了半秒。

她模模糊糊地想起，自己不仅把"吴彦祖"说出了口，还把陆励行推倒了。

"吴彦祖"这三个字像那空谷里的回音似的，在她脑子里，在她耳边不断回荡。

除了"吴彦祖"，她还说了些什么？

纪轻轻绞尽脑汁，奈何脑子里除了这个场景一片空白，之前之后的事情都想不起来了。

她在陆励行的床上喊别的男人，陆励行会不会觉得自己水性杨花？

她倒吸一口凉气，心凉了半截，颇觉吾命休矣。

纪轻轻磕磕巴巴地说道："那个……有件事我可以向你解释，就是昨晚那个吴彦祖……"

陆励行眼皮一掀，语气冷淡，似乎完全不以为意："你不用解释，我没兴趣知道你的私事。"

纪轻轻松了口气。

他不在意就好，幸好不在意，不然她怎么编？

"死亡警告，请向您的妻子纪轻轻询问并了解吴彦祖的身份，放弃或任务失败则扣除 5 点生命值。"

陆励行眉心一皱，在要不要 5 点生命值之间来回犹豫。

纪轻轻抬脚准备离开。

"站住。"陆励行揪住她的后衣领，语气中带着一丝危险，"吴彦祖是谁？"

纪轻轻心底咯噔一下：这陆励行怎么出尔反尔？

这故事她怎么编？

"在想怎么敷衍我？"

"没有的事！"纪轻轻突然眉心紧拧，双手揉着太阳穴，痛苦地说道，"我就是……头好痛，胃好难受，不行不行，我得上床再躺会儿……"

陆励行双眼微眯："装，再装。"

"我哪儿装了？我头真的很痛……"说着纪轻轻就要往床边走。

陆励行低声怒喝不放人："纪轻轻！"

纪轻轻觉得头越发疼了："你不是不想知道吗？"

"我现在想知道了。你把我当成吴彦祖，还说他怎么在你床上。"陆励行眼眸颜色渐深，"怎么，吴彦祖曾经在你床上过？"

纪轻轻咽了一口口水，强装镇定："吴彦祖怎么可能在我床上……"

触及陆励行冰冷的目光，纪轻轻脑子转了几个弯，强自将一团乱麻的思绪理清，低声道："既然你想听，那我就坦白和你说吧，这件事确实挺难以启齿的……"

"说。"

纪轻轻思索片刻，沉吟道："前两天我看了个小说。"

"小说？"

纪轻轻点头，叹道："小说里的女主角又傻又可怜，父母重男轻女，小时候溺爱儿子，把儿子给养废了，家里经济来源全靠女儿。女主角特别争气，在贴补家用的同时还挣钱买房，好不容易挣出了一套房的钱，弟弟欠了赌债，追债的人说如果不还钱，就砍她弟弟一只手，无奈之下，女主角把钱替弟弟还了。"

"然后呢？"

纪轻轻抑扬顿挫、声情并茂地瞎掰："然后女主角就一夜返贫，没有钱也没有得到一直渴望的亲情，从此幡然醒悟，和家里断绝了关系。可她身无分文，就在她走投无路的时候，一个叫吴彦祖的男人出现在了她的生命里！"

陆励行眉心紧锁，就差把"什么玩意儿"这几个字写在脸上了。

"他有钱有势，疯狂地爱上了女主角，奈何家里不同意这门不当户不对的婚姻，非要拆散他们，但二人情比金坚，无论什么误会与挫折都不能将他们分开，后来他们历经种种磨难，终于过上了幸福美满的生活！"

"就这样？"

"对！小说剧情就是这样。"纪轻轻力求让自己看上去真诚无比，"我不是演员吗？看到小说剧本什么的，就喜欢代入自身情绪去揣摩主角的情绪，这个小说太好看了，简直让我难以自拔，所以醉酒的时候没能分清楚虚幻和现实，那都是我胡言乱语的，你不要把这件事放在心上，吴彦祖就是个虚构的人，不存在的。"

陆励行怀疑的目光在她脸上扫视。

"你要是不信，我可以告诉你小说的名字，就叫《霸道总裁九十九日情之宠翻我的天价宝贝小逃妻》，你可以去看看，剧情特别好，引人入胜，那吴彦祖才帅了，只爱女主角一个人，对女主角呵护备至，愿意放弃自己手上的一切只为和女主角在一起。"

"我挺喜欢的。"

陆励行放开了她，意味深长地说道："看得出你挺喜欢的。"

"任务失败，扣除5点生命值，您当前生命值为30小时。"

陆励行惊呆了：什么情况？

他用难以置信的目光望着纪轻轻，整个人都木了。

我把你当老婆，纪轻轻你却这么对我？！

任务失败，也就是说，吴彦祖是一部小说的男主角的事是假的？

纪轻轻在骗他？

陆励行真的觉得纪轻轻就是上天派来收拾他的。

否则他怎么会一而再、再而三地栽到她手里？

陆励行深深地吸了一口气，看着纪轻轻，一字一顿地说道："你再说一遍，吴彦祖是谁？"

纪轻轻没听出他这语气中的不对劲："我说了，是一个小说中的男主角。"

"我再给你一次机会，告诉我，吴彦祖是谁！"

纪轻轻听出了一丝威胁的味道，把那句差点儿脱口而出的不耐烦的回答咽了下去。

"他……"纪轻轻心里不停地思忖：难道陆励行知道自己瞎编的？可是这怎么可能呢？她刚才编得不是挺好的吗？而且这世界上又没有吴彦祖这个人，陆励行怎么就笃定自己说谎了？

"你还在想怎么敷衍我？"

"没有！我刚才说的都是真的！"

陆励行眼睛都快冒火了，厉声道："撒谎！"

纪轻轻被吓得心一颤："你吓死我了！"

"不要再敷衍我，更不要再说这吴彦祖是什么霸道九十九日情之……"陆励行眉心紧蹙，"什么小说来着？"

纪轻轻同样迟疑。

她刚才说的什么什么什么小逃妻来着？

陆励行吸了口气："你老实告诉我，这个吴彦祖到底是谁？"

纪轻轻真是服了他了，她就喝醉的时候不小心提了一下吴彦祖，陆励行这么刨根问底、不依不饶？至于吗？

"你干吗非得揪着一个吴彦祖不放？"

陆励行沉着一张脸，双眼微眯，自上而下地打量着纪轻轻慌乱的表情，心底将"吴彦祖"这三个字来来回回念了好几遍。

"这个吴彦祖，你很在意吧？"

干吗啊？！陆励行你好歹也是堂堂大集团的大老板，度量这么小？你就容不下一个吴彦祖？

"这个人对你来说，很重要吧？"

吴彦祖可不存在于这个世界，对她来说当然重要。

"说吧，是谁？"

她向陆励行解释吴彦祖的存在，岂不是要把自己暴露出去？

可是陆励行为什么这么想知道吴彦祖是谁？她就提了一次而已。

难道……

纪轻轻以怀疑的目光看着陆励行，难道他这是在……吃醋？

不对，陆励行又不喜欢自己，吃什么醋？

纪轻轻想起小说中的陆励行，占有欲强，自己的东西决不能让他人染指。

陆励行对她虽然没有感情，但两个人是夫妻关系，他心里估计把她当成了自己的私有物品，不允许她心里有别的男人。

"他……是个很完美的男人，长得很帅，温柔体贴，很有涵养和学识，是很多女孩子的梦中情人，而且他还是……"看着陆励行越来越难看的脸色，纪轻轻心底琢磨着还该不该继续说下去，"而且他还很有钱，很……"

"他这么好？"

"当然！"

"那我怎么没听说过这个人？"

"呃……"她要怎么解释？

"你还在撒谎！"陆励行一副"我早已看透你的把戏"的表情，冷冷地望着她，"我现在没兴趣再听你的谎话，你也不用再告诉我这个吴彦祖是谁，你已经骗了我一次，我不想再被骗第二次。"

这人怎么回事？

她明明没有骗他好吗？

"我没有骗你，他本来就是个——"

"我不想再听你的谎话！"陆励行打断她，"你对我撒谎，是要付出代价的！"

纪轻轻心底咯噔一下，戒备地看着陆励行，不住地往后退。

她退一步，陆励行往前一步，直到她退无可退，陆励行这才阴沉着脸逼近她。

"你想干什么？"

"我说了，你要为自己的谎言付出代价！"陆励行将她困在自己胸前，以双臂挡住她的去路。

纪轻轻看他的脸色实在是阴沉得可怕，唯恐这男人在情绪激动的情况下有过激反应，万一怒上心头妒火中烧，把自己给……

她心慌得很，硬着头皮解释："你冷静一点儿，别激动，我不是故意骗你的，真的，我只是不知道怎么和你说而已……"

"现在，叫我20声老公！"

"……"

"……"

"啊？"纪轻轻觉得自己幻听了，"什么？"

"叫我20声'老公'！"

纪轻轻眉心皱得能夹死苍蝇。

她估计陆励行这爱听"老公"的癖好是深入骨髓的，没救了。

"要不我还是和你解释一下吴彦祖这个人吧，他其实是一个演员……"

"演员？我怎么从来没听说过这号人？如果你不能编一个滴水不漏的谎话出来就不要再说，我不想再听你漏洞百出的话。"

纪轻轻真想看看陆励行这脑子里装的都是什么！

"我没骗你，我刚才说的都是真的。"

陆励行坚持："20声'老公'。"

这个浑蛋！

纪轻轻闭着眼，告诉自己别生气，气坏身体不值得。

再者说，确实是她骗人在前，是她自己做错了事，撒了谎，这20声"老公"算是补偿他的。

她不生气，不生气。

"20声是吧？好，你听好了。"她视死如归，掰着手指头数，"老公！"

"生命值加20，当前生命值50小时。"

纪轻轻口干舌燥。

得到20点生命值，陆励行因被系统扣走5点生命值而来的怒火稍稍平息了些。

看了一眼"罪魁祸首"，陆励行一言不发地离开房间。

纪轻轻则有些蒙。

今天这陆励行脾气有些大啊，平时不管什么事，她喊两句"老公"就差不多了，今天怎么还绷着一张脸？

　　他这张脸一绷，直接绷了一晚上，对她根本就没个好脸色。

　　翌日一早，纪轻轻起床后，陆励行已经不在陆家了，说是去公司上班了。

　　纪轻轻无奈地摇头，这男人火气真大，一晚上气也没消，至于吗？

　　吃过午饭，纪轻轻陪着陆老先生在别墅后的湖边钓鱼，接到了秦越的电话，秦越和她谈之前那个电视剧拍摄的问题。

　　这部电视剧的剧组也就是一个月前，沈薇薇与纪轻轻一同在的那个剧组。

　　沈薇薇事件发生后，纪轻轻的戏份一直停着，她是女二号，戏份多，拍了所有戏份的五分之三时发生了这事，但天娱一直和剧组沟通，希望能暂时保留两位女演员的戏份。

　　通过交涉，导演暂时将二人的拍摄任务停了。

　　如今沈薇薇伤势好转，纪轻轻也没了嫌疑，也是时候回剧组继续把戏给拍完了。

　　纪轻轻和秦越确定了去剧组的时间，挂了电话，对陆老先生说道："爷爷，对不起，过两天我可能就不能每天都陪着您了。"

　　湖面上风平浪静，陆老先生好耐力，稳坐如山。

　　"怎么了？"

　　"我得去剧组工作了。"

　　陆老先生笑得慈爱："去吧去吧，你们年轻人总不能一天到晚都陪在我身边，你们工作之余多回来看看我，我就心满意足了。"

　　"您放心，一有时间我就回来看您！"

　　"不过你这一去，得多久？"

　　"还不确定，得看剧组的进度，但是我估计至少也得一个月。"

　　陆老先生沉思："一个月……在外面，好好照顾自己。"

　　纪轻轻点头。

　　晚上吃饭时纪轻轻将过两天要去剧组的事和裴姨说了一声，裴姨唉声叹气，觉得这夫妻俩可真是忙，一个早出晚归，一个还经常不着家，她就像个普通婆婆一样，担心着纪轻轻的肚子什么时候才能有动静。

　　裴姨认为自己得去敲打敲打陆励行才行。

晚上陆励行回来，她端了夜宵去书房，旁敲侧击地问了两句。

"少爷，最近公司是不是特忙？"

陆励行埋头于一堆文件中，抬头看了裴姨一眼："还好。"

"这工作再忙还是得多注意身体。"

"裴姨您放心，我有分寸。"陆励行工作这么多年，工作强度向来都是这么大，底下的人也经常跟着忙得团团转，习惯了之后倒也不觉得累，就是自己的时间少了些而已。

"您最近和少夫人，是不是……"

陆励行签字的笔一顿："裴姨，今天家里是不是发生什么了？"

"没有，我只是觉得，你和少夫人新婚宴尔，可你最近又早出晚归的，少夫人一个人在家也无聊。"

"我没那么多时间陪她。"

裴姨叹了口气："晚上吃饭的时候，我听少夫人说，她过两天也得去工作了。"

陆励行不以为意："我没要求她时时刻刻待在家里，她有自己的工作，我不干涉她。"

"行行行，你们都是大忙人。那少爷你先忙吧，有什么事再叫裴姨。"

"嗯。"

裴姨的目光在陆励行身上流连片刻，欲言又止。

当墙上时钟的指针指向10点时，陆励行将最后一份文件签完，回到房间，纪轻轻还没睡，坐在床头看书，似乎正在等他。

陆励行一言不发地走去浴室。

"你等等。"

陆励行回头看她："有事？"

"有件事我得和你说一声。"

"说。"

"你之前说给我请了七天假，但是我明天就得走了。"

"走？"

"我去工作，再不工作，角色就要被人给替了。"

显然，纪轻轻这种不知名艺人的行程没资格放在他陆大总裁的书桌上。所以纪轻轻说的话他没放在心上，权当是普通工作而已，更没仔细过问，他看纪轻轻这活蹦乱跳的劲头，身体估计也好得差不多了。

"你想去就去，不用再问我。"

"真的？那我明天就去了！"

陆励行嗯了一声，进了浴室。

翌日一早，陆励行早起洗漱去公司。他前脚刚走，纪轻轻后脚提着行李箱和陆老先生还有裴姨告别。

"轻轻，在外好好照顾自己，千万别累着了。"

"爷爷您也是，保重身体，我最多三个月就回来了。还有裴姨，您也是，保重好身体，爷爷就拜托您照顾了。"

"放心吧。"

司机将纪轻轻的行李箱放上车，随即载着纪轻轻去天娱娱乐与秦越会合。

因为有上头的嘱咐，同时也见到了陆励行对纪轻轻的态度，秦越如今在纪轻轻的事情上格外小心，亲自送她去剧组。

飞机十二点半起飞，下午四点半落地，纪轻轻一行到酒店时将近五点半，进组的计划也就推迟到了第二天。

而此时的陆总还在办公桌前工作，直到接到陈书亦的电话。

"励行，明天公司有个酒会，下午6点，你看看有没有时间过来。"

陆励行看了一眼自己的行程表，自己的助理显然是知道酒会这事的，特意将明天下午6点的时间留了出来。

"需要带女伴吗？"

陈书亦笑了起来："没想到竟然有一天从你嘴里听到'女伴'这两个字。你准备带谁来？"

"纪轻轻。"

陈书亦一愣："她不是去剧组了吗？来回七八个小时，你真舍得折腾你老婆。"

"剧组？"陆励行也是一愣，"她去剧组了？"

"你不知道？今天中午的飞机。"

陆励行还真不知道这事。

昨晚纪轻轻确实说了工作的事，可他当时以为纪轻轻说的工作只是像那天在摄影棚拍摄广告一样而已。

"这种事为什么不提前告知我？！"

"陆总，不是吧？你这也管得太宽了吧？更何况你没交代过我，我怎么知道。"

陆励行眉心渐渐皱起："她要去多久？"

"好像是一个月还是两个月的样子。"陈书亦半开着玩笑，"等不及？等不及你可以去剧组找她。你们新婚宴尔，分开这么久不利于家庭和谐，更何况工作这么多年，你就没想过给自己放个假？"

一两个月……陆励行眉心紧锁，但下一秒心情平复。

"你想多了，她有她的工作，我也有我的工作，难道我还得时时刻刻陪着她不成？行了，先挂了。"

说完他将电话挂断，转手给纪轻轻打了个电话。

电话很快被接通。

"你去剧组了？"

"对啊！"纪轻轻听起来心情不错，"我昨天和你说过的。"

陆励行沉声道："那边环境怎么样？"

"还行，酒店还不错。"

陆励行沉默片刻，叮嘱道："好好照顾自己。"

"放心，我会的。没什么事我先不和你说了，我还得看剧本。老公再见！"

说完她便把电话挂了。

陆励行握着已经黑屏的手机，坐在椅子上。

他一直在等一句话，可快要等成雕塑，也没能等来系统那句增加生命值的话。

"这边建议宿主让您的妻子面对面喊'老公'，这样才能增加生命值哦。"

刺啦——

陆励行握着的笔在文件上划出一道长长的口子。

"你不早说！"

对此，系统的回复也很无辜。

"你又没问我。"

文件报废，陆励行面不改色地拨通助理室的电话，很快，助理将一份新的文件送到了陆励行的办公桌上。

"最近有没有去 Y 市的考察计划？"

陈婧扶了扶鼻梁上的眼镜，低头划拉着平板电脑："陆总，暂时没有。"

虽说集团总部有发展分公司的想法，但 Y 市经济状况并不太好，在会议上，也是陆励行自己否决的。

"什么项目都没有？"

"公司暂时没有对 Y 市的投资项目。"

陆励行眉心紧蹙："查一下我的调休时间。"

"好的。"陈婧作为自陆励行进公司后便一直跟在他身边的助理，此刻充分体现出一名助理该有的精明能干的职业素养，在平板电脑上计算过后，笑道，"您工作六年，基本无休，这六年以来的节假日以及周末累积为 703 天，但公司规定只能保留员工 1 年的调休时间，所以去年您累积的调休时间再加上您今年享有的带薪休假时长，一共有 120 天。"

120 天，约等于 0.3 年。

计算出这个惊人的数字，陈婧也差点儿没绷住。

知道自己老板是个工作狂，但六年无休，说出去谁信哪？

"陆总，您要休几天？"

陆励行回忆了一下最近的工作事宜，公司最为重要的项目已经签了合约，接下来的细枝末节可以交给底下的人，完全不用他亲自把关，而且公司最近也没什么重大项目非他不可。

"先调休一星期，从明天开始。"

"好的。"陈婧做好备忘录。

"还有，帮我订明天早上最早飞 Y 市的机票。"

"死亡警告，请在 2 小时内和您的妻子纪轻轻共进晚餐，放弃任务或任务失败扣除 10 点生命值。"

刺啦——

新的文件再次被陆励行划出一道长长的口子。

文件再次报废。

"再去弄一份新的文件过来，另外，帮我订今晚飞 Y 市的机票，越快越好。"

陈婧不知道陆励行为什么突然改口要今晚的机票，但想来时间一改又改，估计是特别重要的事。

"好的，我马上就去。"

陆励行努力保持着冷静。

这个任务是不可能完成的，他现在还剩 22 点的生命值，10 点生命值扣定了，也就是说，他接下来只有 12 点的生命值，不和纪轻轻同床共枕，晚上睡觉也是需要浪费生命值的，所以他必须今晚就到 Y 市。

否则，他性命堪忧。

陈婧走后，陆励行开始给公司副总发邮件，告知自己的休假事宜。

邮件发送成功后，陆励行穿上外套，雷厉风行地起身朝外走，门口陈婧正准备进来，见他出来转身跟在他身后。

"陆总，这是文件。"她将新打印好的文件递给陆励行。陆励行接过笔和文件，边走边在最后几页唰唰地签上自己的名字。

"机票呢？"

"我给您订了七点半的机票，同时也帮您订好了酒店，到 Y 市之后会有人来接您，您的休假申请已经提交。"

陆励行顿了顿："酒店帮我订天御酒店。"

陈婧微愣，随即反应过来："好的。"

陆励行颔首，走进电梯。

"陈婧，我刚才没听错吧？陆总要休假？"

"好像是有什么急事去 Y 市。"

"天哪，我来公司三年了，这三年里除了过年那几天，我就没见过陆总休一天的假，什么事这么重要？"

"别说你三年没见过了，我来公司六年了，六年也没见过陆总给自己放一天假。"

"知道什么事吗？"

"谁知道呢。"

"……"

在去机场的路上，陆励行给陆老先生打了个电话，交代自己去 Y 市的事情。陆老先生对他向来放心，也没多问，只嘱咐了几句在外好好照顾自己。

七点半，飞机起飞，历经近四个小时的飞行时间后，陆励行在 11 点下飞机，坐上了去酒店的车。

陆励行摆弄着手机，接收了陈书亦给他发过来的纪轻轻的行程表，将近 12 点，到达天御酒店。

他不太清楚纪轻轻这个时间点是不是睡了，给她的经纪人秦越打了个电话。

秦越正忙着和副导演沟通接下来纪轻轻进组的事宜，一个陌生的电话打进来也没留意，随手就给挂了。

陆励行转而给纪轻轻打电话，倒是接通了，但接的人不是纪轻轻，而是她的一个助理。

"不好意思，轻轻姐现在不方便接电话。"

"我是陆励行。"

助理温柔先是一愣，又是一惊，脑子停顿 3 秒后惊醒，倒吸了一口凉气:"陆总!"

陆励行拿着房卡,在电梯间等电梯。

"纪轻轻在干什么?"

"在洗澡。"

"她房间号是多少?"

"2109。"

电梯来了,陆励行嗯了一声便将电话挂断,直上21楼。

在2109号房间的门外,陆励行敲门。

温柔将门打开,看到门口站着的陆励行心脏都差点儿停跳了。

在替纪轻轻接到陆励行的电话时,她就大概猜到了纪轻轻和陆励行有什么关系,但没想过陆励行今晚竟然会出现在酒店里,还是在2109号房的门前!

她们可是今晚才到酒店,陆总现在出现在这儿,说明了什么?

说明了她们前脚来,陆总后脚也跟来了。

"陆总……您……您……您这是……"

陆励行往前一步走进房内,温柔侧身给他让了个道。

"我来度假。"陆励行面不改色,在房间内扫视一圈,"还在洗澡?"

温柔点了点头。

"这么晚?"

温柔笑道:"轻轻姐明天就要进组了,所以一晚上都在看剧本、和我对台词,晚了点儿。"

"你先回去休息吧。"

温柔看了一眼陆励行,又看了一眼浴室,内心惴惴不安,不知道是走好还是不走好。

陆励行看她戳在这儿,问了句:"有事?"

"没,陆总,我先走了。"说完温柔就溜了。

陆励行打量着房间,面积还算大,一米八的床边放有一个梳妆台,窗户边上放了张单人沙发,并带着一个独立的小阳台。

房间内温度适宜,陆励行将外套脱了,一路舟车劳顿,停下来后紧绷的神经松懈,坐下歇了口气。

他怎么觉得今天这一天下来,比他连续工作四五天还要累?

疲惫地揉着眉心,陆励行坐下正准备休息,就听到浴室内水声停了。

纪轻轻高声道:"温柔,帮我拿一下我的润肤乳,就在化妆台上。"

陆励行将目光投向那放着一堆护肤品的化妆台，皱着眉，在大大小小的瓶瓶罐罐中勉强挑出一瓶润肤乳。

浴室内的纪轻轻半晌没听到房间里的动静，以为温柔走了，就拿浴巾在身上随意地裹了一下，打开浴室门，赤脚走出了浴室。

陆励行则正好拿着润肤乳起身，两个人在床前打了个照面。

纪轻轻估计自己眼花了，否则怎么会在这个地点，这个时间，见到陆励行？

她抬手狠狠地揉了揉眼睛，再次睁开眼时，陆励行已经走到她面前，居高临下，目光跟着从她头发上落下的一颗水珠往下，从她光洁裸露的脖颈到胸前，直到那水珠没入裹在胸前的浴巾中。

空气诡异地安静了几秒。

纪轻轻彻底反应过来，仿佛见了鬼似的，紧抓着自己胸前的浴巾，转身钻进浴室，猛地将门关上。

陆励行？

房间里那个人是陆励行？！她没眼花吧？！

纪轻轻心脏怦怦怦地直跳。

纪轻轻用难以置信的目光透过浴室的毛玻璃勉强往外看。

她没看错，那确实是陆励行。

可是陆励行为什么过来了？

这个时间点儿他过来干什么？

他怎么事先连个电话都没有打？

但这些都不重要，重要的是，她刚才是穿成什么样出现在陆励行面前的？

纪轻轻低头看了一眼随意地裹了浴巾、里面什么都没穿、或许刚才还有哪里露出来了的身体，忙将浴巾换成睡衣，仔仔细细地扣好，又在镜子里仔仔细细地照了照，确定没什么不妥的地方后，这才从浴室里出来。

陆励行正坐在沙发上闭目养神。

纪轻轻眉心紧蹙："这么晚，你……你怎么来了？"

陆励行言简意赅地说道："度假。"

度假？他大晚上的跑来这里度假？

他是嫌国内风景名胜区太美还是嫌五星级酒店太过豪华，要来这种偏僻的地方体验生活？

纪轻轻会信他这张嘴？

"你来这儿度假？这么偏的地方你来度什么假？"

饶是淡定如陆励行，面对纪轻轻疑惑的目光，此刻也低低地咳嗽一声，没正面回答她这个问题，反问道："你见到我似乎不太高兴？"

纪轻轻皮笑肉不笑地说："您大晚上的出现在我房里，还不事先给我个音信，我能高兴？我差点儿被你吓死好吗？"

陆励行沉默片刻，带着一丝歉意说道："抱歉，来得太过突然忘记和你说一声了。"

这事确实是他太过唐突。

纪轻轻无奈，他来都来了，自己还能怎么办呢？

"算了算了，都这么晚了你肯定也累了，快去休息吧。"

纪轻轻可不认为陆励行没订房间，她这房间小，面积最多是他们房间的三分之一，转个身都能撞到人，哪儿是陆励行这少爷能屈尊的？

陆励行起身脱了西装外套，随手扔在沙发上。

"你要睡我这儿？"

陆励行理直气壮地反问："我们是夫妻，我不睡这儿，你让我睡哪儿？"

"你没开房？"

"你不是开了吗？"

"……"她还真是没办法反驳，没想到陆励行还是这么节俭的一个人。

不过他要睡就睡，要挤就挤，反正她这床够大，两个人也睡得下。

纪轻轻从衣柜里拿出一套酒店准备的睡衣扔给他："先洗澡。"

陆励行走进浴室。

门铃响了。

纪轻轻转身透过猫眼往外看，门外站着个陌生男人。

她隔着门问："谁啊？"

"是我，林岳。"

林岳是谁？

"林导！"

林导？

纪轻轻看了浴室一眼，将门打开。

"林导，这么晚了，有事吗？"纪轻轻堵在门口，笑望着这位林导，没让他进屋。

林导姓林叫林岳，是剧组副导演，长相一般，经常在外面日晒雨淋的，皮肤黝黑，身高在一米七八左右，身材健硕，看起来挺有劲的。

他在剧组里的职责主要是接洽演员，一部影视剧在演员人选上导演不可能面面俱到，所以这位林导有一点儿实权。

林岳看了一眼走廊两侧："回来怎么不提前和我说，想过河拆桥？"

纪轻轻一脸蒙地望着他。

林岳推开她就往房间里走，顺手还将房门给关上了。

"哎……你干吗？"

林岳满脸不悦，很不耐烦地盯着纪轻轻，就差把她生吞活剥了。

"你说干什么？如果不是我，你这个女二号那么好拿下吗？"

纪轻轻算是听明白了，敢情这女二号的角色是林岳走后门给纪轻轻的。

"行了，都别装了，你之前不是说得挺清楚的吗？公平交易，今晚你可别妄想敷衍我。"

所以这林岳今天是来找纪轻轻履行昔日合约的？

浴室里哗哗的水声传来。

林岳一惊："你这房间里还有人？"

纪轻轻笑了。

没人她敢就这么放他进来？

但这笑还挂在嘴边，下一秒就僵硬了，她仔细琢磨了一下，心底咯噔一下，不好！

这若是让陆励行抓个正着，她有几张嘴都说不清楚。

"走走走！你赶紧走！"

房门刚打开，她身后的浴室门便被拉开。

陆励行衬衫衣袖挽起，神色森然，眼瞳漆黑慑人，戳在那儿看着林岳，声音极凉："什么公平交易？"

房间内安静到了极致。

纪轻轻无端地打了个哆嗦，脑子里只有两个字：完了。

第六章
秀恩爱

看到陆励行的第一眼,这位林副导演眼睛都快冒出火花了。

"纪轻轻,他是谁?!"

他不认识陆励行。

这其实不奇怪,陆励行不仅是个优秀的企业家,还是个工作狂,为人一向低调,鲜少露面,和林副导演八竿子打不着,林副导演没人引见,不认识陆励行也正常。

林副导演今晚其实本来没想来的,晚上剧组拍夜戏的时候听工作人员说,纪轻轻的经纪人找他。

他记得纪轻轻的经纪人是孟寻,一看找他的人是秦越,还在疑惑纪轻轻什么时候换经纪人了,秦越找他商量明天纪轻轻进组的事宜,他这才晓得纪轻轻进组了。

纪轻轻出事前,林岳可是一直记着当初和纪轻轻的交易,可纪轻轻敷衍拖延了两个多月,一副要赖账的样子,让他不止一次后悔当初看错了人,觉得自己这一番替纪轻轻走后门的工夫怕是要白费了,要给纪轻轻好看。

他没想到纪轻轻隔天就出事了。

更让他没想到的是,这纪轻轻时隔一个月,舆论都发酵完了,还能洗白没事。

知道人没事后,他就等着纪轻轻进组,一听说她进组的消息,大半夜的不睡觉,急急忙忙就赶来了。

他今天倒要看看，纪轻轻又怎么敷衍自己！

他哪里能料到，这房间里除了她，还有一个男人。

"他……"纪轻轻迟疑地说道，"是我男朋友。"

"男朋友？"林副导演的目光在陆励行身上打量，突然就明白了什么，怒火中烧，"纪轻轻，你这还真是准备过河拆桥？带个男朋友来剧组为你保驾护航？"

"林导，时间太晚了，有什么话咱们明天去片场说。"纪轻轻给他使眼色，一个劲儿地把人往外推。

听这林副导演的话，她估摸着之前的纪轻轻和林副导演肯定有不可告人的交易，这大半夜的林副导演来敲门，什么意思不言而喻，如果陆励行不在这儿，她大可打死不认直接将人轰出去，可陆励行在这儿，她就唯恐这位林副导演把那些事和盘托出。

纪轻轻叹了口气，原主留下来的烂摊子，真是够大的！

可被纪轻轻骗了几次的林副导演不愿意轻易放过她："纪轻轻，你少给我装，一次又一次地敷衍我，你以为我不知道你心里在想些什么？你是觉得现在角色拿到手了，剧组也开机这么长时间了，不会换人了，所以有恃无恐，准备一脚把我给踹了，是吧？"

纪轻轻听他这么说，越听越心凉，咬牙切齿地频频使眼色："你胡说八道些什么？！没有的事！"

"没有的事？你是不想你男朋友知道你的真面目对吗？可如果不想你男朋友知道，你带他过来干什么？"林副导演看着陆励行："你知道你女朋友这个女二号的角色是怎么来的吗？"

陆励行站在那儿，眼眸微眯，甚至还友好地建议："不如坐下来慢慢说？"

"喂，你干什么？你相信他的话不相信我的？"纪轻轻转头看向陆励行。

这浑蛋真要打破砂锅问到底让自己难堪？

陆励行没理她。

"行啊。"林岳冷笑着望着纪轻轻，与陆励行一齐坐在了沙发上。

"你刚才说，我女朋友纪轻轻这个女二号是怎么来的？"

林岳冷笑道："当初如果不是我，你以为她能拿到这个角色？"

说到这儿，林岳往沙发上一靠，跷起二郎腿，跩得跟二五八万似的，嗤笑道："当初孟寻来找我，说好了，事成后给我50万元加纪轻轻做我女朋友，你女朋友这个角色就是这么来的，知道了吗？"

纪轻轻估摸着这林岳说的或许是真的，但与纪轻轻没多大关系。

毕竟原主在拿到这部剧的角色之前，正和辜少虞在一起，她那时认真地对待两个人的关系，把辜少虞当男朋友，都决心不在演艺圈作妖了，又怎么会为了一个女二号的角色，答应和林岳在一起？

纪轻轻深觉其中有内幕。

不过这大半夜的，她被人找上门来，本意是让她履行昔日合约，陆励行他觉不觉得自己头上帽子有点儿绿？

"过来。"陆励行回头看向她。

纪轻轻一时心虚，后知后觉自己太过怂包，这件事真相到底如何还不一定呢，林岳一张嘴叭叭叭的，难道她就没嘴？

纪轻轻理直气壮地走到陆励行跟前，居高临下地看着林副导演："我说林导，您可真不愧是导演，一张嘴叭叭叭的，剧情构思挺不错啊。"

"你什么意思？"

纪轻轻坐在陆励行身边，义正词严地说道："我什么意思您不知道？您在我男朋友面前说的这些有证据吗？"

林副导演拍桌而起，怒道："你这意思是要过河拆桥不认账？"

纪轻轻缩缩脖子，转头使出自己毕生的演技，可怜兮兮地望着陆励行："老公，你不要相信他的胡言乱语，你和我相处这么久了，难道看不出我是什么人吗？我怎么会是他嘴里的那种女人呢？"

"生命值加1，当前生命值为7小时。"

陆励行眉心紧蹙："好好说话。"

纪轻轻低咳一声："我没有做过。"

这林副导演也挺耿直的，演艺圈内潜规则不都是先潜再办事吗？人没睡上他就把事给办了？

"没有做过？当初孟寻给我的银行卡还在那儿，你别想狡辩！"

陆励行抬眼看他："所以呢？"

林岳冷笑一声："纪轻轻，我就直说了，我也懒得再和你纠缠，你不愿意也就算了，这事算我倒霉。我现在对你没什么兴趣，如果想继续在剧组里混下去，再拿出100万元，否则明天你就得滚出剧组！"

纪轻轻翻给他一个白眼。

一个副导演也敢这么大放厥词，真当她老公是吃素的？

她清了清嗓子："林导，我觉得这件事大家可能有点儿误会，你说是我前经纪人孟寻找的你，可是我没有跟她说用 50 万元和跟你在一起的条件换这个角色。"

"误会？那你当初拿到这个角色的时候怎么不说误会？你以为就凭你自己的实力就能拿到这个角色？你男朋友也在这儿，我也不多拿你们的，100 万元，少一个子儿都不行。"他看着陆励行，态度嚣张，戏谑又轻浮。"

"100 万元？林副导演，您信不信我可以告您敲诈？"纪轻轻冷哼一声，"您好歹也是个副导演，在影视圈混了这么多年，虽然到现在也没混出个头来，但总有几分脸面，您为了这 100 万元，连脸面都不要了？"

"告我敲诈？纪小姐，我和你不同，我只是个副导演，而你是个艺人，你说这件事要是传出去，会不会毁了你以后的前途？"

他话音刚落，纪轻轻手机响了，她拿起一看，是秦越的电话。

秦越也是从助理温柔那儿听说了陆励行来这里的消息，当下连忙赶了过来。

"还没睡。"说着，纪轻轻起身去开门。

秦越从外面走进来，呼吸粗重，气息有些不稳，径直走到陆励行面前，看到林副导演在这儿也没觉得意外，以为他是在和陆励行谈事情。

"陆总，不好意思，您给我打电话的时候我正在忙。您看，我这边再给您换个房间？"

"陆总？"林副导演茫然地望着秦越，"他是……"

秦越也很疑惑："您不知道？我向您介绍一下，这是我们集团的陆总。"

所有人都知道天娱娱乐隶属于陆氏集团，而陆氏的陆总，真正算起来也就一个——陆励行。

谁不知道陆励行？陆励行身价不菲，这放在平时，林副导演见一面都是不可能的。

想起刚才自己说的那些话，林副导演莫名心跳加速，倒吸了一口凉气，整个人呆愣了几秒，随后猛地从沙发上站起，惊声道："陆总？您……您就是陆总？！"

陆励行眼皮一掀，眸中发寒："林导，你话还没说完，坐下继续说。"

林副导演心虚得很，看了纪轻轻一眼，下意识地咽了一口口水。

纪轻轻哪儿来的这么大能耐能傍上陆励行？而且，她一个十八线艺人哪儿来的门路？

林副导演越想越心惊。

"不是，陆总，您听我解释，刚才我说的那些……"林副导演想说刚才说的那些都是假的，但转念一想，他说的明明都是真的，为什么要打自己的脸？而且纪轻轻在外早有风评，陆励行对她应该有所了解，知道了这些事，哪里还会真正把她放在心上？

可刚才纪轻轻自称是陆励行的女朋友，还喊了声"老公"，陆励行也都没否认，这是不是也就表明，两个人并不是他想象中的那种关系？

想来想去，林副导演斟酌着说道："陆总，我刚才说的那些都是孟寻一手办的，条件也都是她开的，"

"所以，这场交易你一直在和孟寻交涉，并没有和纪轻轻有过直接的接触？"

林副导演一改刚才的强横态度，硬着头皮说道："对。"

秦越虽然没听到事情的全部经过，但从这只言片语中截获了些关键信息：孟寻、交易与条件。

陆励行面不改色，垂着眼继续问道："如果今天晚上我不在这儿，你打算怎么办？"

"这……"林副导演磕磕巴巴地说道，"您误会了，真的误会了，我就……我就是……"

他就是怎样？

他刚才清清楚楚、明明白白地把话说了，自己是来找纪轻轻履行交易的！

"陆总，您别误会，我就是……就是胡说八道的，我哪儿能真的那么做，是吧？"

纪轻轻得势不饶人："你刚才明明就说是来找我要钱的，100万元！"

林副导演笑道："陆总，我真的……您相信我，我好歹也是个副导演，知道轻重，哪儿能真有那个心思，我就吓吓她而已……"

"所以，你确实和我公司的经纪人孟寻有过利益交涉，是吗？"

"是，没错。"

陆励行点头："行，这件事我知道了，时候不早了，我就不留林导在这儿歇着了。"

林岳心虚地笑笑，哪里敢说话，两条腿像踩在棉花上似的，一脚深一脚浅地离开了纪轻轻的房间。

陆励行这才拿出手机，将刚才录下的音频转发给了陈书亦，并给他留言，让他查一查这事。

林岳不是他的员工，不归他管，而孟寻是天娱的经纪人，这件事发生在他眼皮底下，他就要管！

做完这一切，陆励行才将目光放在秦越身上："刚才林导说，纪轻轻女二号的角色是孟寻用钱和人交易来的，这种事在公司你听说过吗？"

陆励行不太管演艺圈这边的事，不太清楚。

而秦越混迹演艺圈，自然见过。

但在陆励行面前，他还是含蓄地说："略有耳闻。"

陆励行思索片刻："行，我知道了，没什么事你就先回去休息吧。"

秦越点头，转身离开。

房门关上，霎时间整个房间内安静下来。

陆励行坐在沙发上，偏头看了一眼坐在自己身侧不知道什么时候已经睡着了的纪轻轻："醒醒。"

纪轻轻半躺在沙发上，一动不动，仿佛真的睡死了过去。

陆励行从沙发上起身，俯身靠近她，一大片阴影笼罩在纪轻轻身上。他注视着纪轻轻因在自己注目下而轻颤的睫毛："装睡？"

纪轻轻翻了个身，将脸压在沙发下。

陆励行揪了揪她的耳尖，又捏了捏她脸颊上的嫩肉，纪轻轻毫无反应。

他简直要被纪轻轻给气笑了，任由她做鸵鸟睡在这儿，自己去了浴室洗澡。

哗啦啦的水声从浴室里传出来，纪轻轻压在沙发上的脸悄悄动了动，睁开一只眼，朝浴室看了看，随后起身，拿着自己的手机踮着脚往门口的方向走。

刚才那个林副导演揭她老底的时候吓死她了！

虽然她和陆励行没有感情，可深更半夜的，一个陌生男人来敲自己妻子的酒店房门说要做那种事，哪个男人会不瞎想？

纪轻轻估摸着自己今晚落在陆励行手里，怕是得英年早逝了。

她得去温柔那儿避一避。

她一手提着鞋子一手拿着手机，赤着脚，悄悄地朝大门口走去，眼观六路，耳听八方，注意着浴室里陆励行的动静，尽量不让自己发出一丁点儿的声音。

在经过浴室门口时，纪轻轻连呼吸都放缓了，手握在房门的把手上，一点儿一点儿地往下压。

咯吱——

纪轻轻屏住呼吸。

咯吱——

这破酒店！

纪轻轻一狠心，将门把手往下狠狠一压，门开了。

纪轻轻松了口气，脸上露出一抹微笑。

咯吱——

浴室门开了。

一道阴影当头罩下，纪轻轻僵在原地。

陆励行穿着睡袍倚在门边，背对着光，看不清脸上的表情，只听得见语气平静："去哪儿？"

纪轻轻笑容僵在脸上，看着面前开了条缝的房门，暗自估算着自己夺门而出的胜算有多大。

陆励行伸手就将门给关上，断了她的后路，提着纪轻轻的后衣领直接将人拽了回来。

惨了惨了，这儿有地缝可以让她钻进去吗？

没有地缝她可以挖个地缝钻进去吗？

陆励行坐在沙发上，纪轻轻就赤脚站在沙发前的地毯上，脑子飞速运转，想着能够敷衍陆励行的话。

"想去哪儿？"

"我……就是觉得，房间太小，太委屈你了，所以我准备和温柔挤一挤，而且明天我还得早起，容易吵着你。"

"多谢你的好意，我不觉得这房间小，也不会觉得吵。"

纪轻轻以笑声掩饰自己的尴尬。

"说说吧，到底是怎么回事？"

纪轻轻刚想将提着的鞋放下，陆励行深深地看了她一眼："提着。"

于是纪轻轻提着鞋，委屈地说道："老公，我说我是清白的你信吗？"

"生命值加1，当前生命值为8小时。"

"我真的是清白的！"纪轻轻觉得自己不太理直气壮，遂又拔高了音量，让自己看上去可信度更高一些，"这事和我一点儿关系都没有，我真的特别冤枉！老公，你相信我。"

"生命值加1，当前生命值为9小时。"

陆励行意味深长地望着她："没事就叫'陆先生'，有事就喊'老公'，纪轻轻，你这算盘打得挺好。"

"老公不就是用来挡枪的吗……"纪轻轻小声嘀咕着。

"生命值加1,当前生命值为10小时。"

陆励行声音拔高:"你说什么?"

纪轻轻不甚自然地眨眨眼:"你不喜欢我喊?那我以后都不喊了。"

"……"陆励行被反将一军,话一顿,"我不是这个意思。"

"那你是什么意思?"

陆励行沉默片刻,泄气。

"行,抱歉,我收回那句话。现在你给我说说,刚才那个导演说的事情的经过,事无巨细,我都要知道。"

"事无巨细……"

想来想去,纪轻轻觉着这事还是老实交代的好。

"这件事我是真的不清楚。你想想,我当时正和辜少虞谈恋爱,又怎么会……"纪轻轻突然意识到这个时候提辜少虞似乎并不合适,"我的意思是说,嗯……当时那种情况下,我绝对不会去做这种交易……"

纪轻轻觉得这就是个送命题。

经纪人做的事艺人会不知道?全是经纪人一个人做的?搁她她也不信,这明摆着就是她在甩锅。

所以,原主为什么要留下这么大一个烂摊子给她!

"这件事我是真的不知情,我估计就是孟寻当时自作主张去找林导做的交易吧,如果我知道她当时找了林导,肯定是不愿意接这个角色的!"

她抬起眼睛,注视着陆励行:"你信吗?我真的不是那种为了钱和角色而出卖自己身体的女人。"

陆励行没有说话,只是静静地凝视着她。

纪轻轻看着陆励行脸上怀疑的表情,想起那天晚上她向陆励行解释吴彦祖时,陆励行一副"我不听不听你就是在骗我"的表情,顿时颓然。

她一脸落寞:"算了,反正我说的你都不信,说了你也不听,你觉得是什么样就是什么样吧。"

原主纪轻轻就是那样一个人,她现在顶替了纪轻轻,可不就是要全盘接手纪轻轻的一切包括这些烂摊子吗?

"我信。"

铿锵有力的话语传入纪轻轻的耳中。

纪轻轻的心猛地一跳,黯淡的眼神瞬间明亮,哑然失笑。

她就知道,陆励行不是那种是非不分的人!

"毕竟你和我在一起这么久,也没出卖自己的身体。"

纪轻轻:"……"

这话听起来怎么像暗示?

纪轻轻双手抱在胸前,用警惕的目光看着陆励行。

他该不会真有那个意思吧?

这么一个血气方刚的男人,身边的妻子如花似玉他却每天只能看着……

纪轻轻越想越觉得有这个可能。

"我还是去和温柔挤一挤吧。"

陆励行将她拦腰抱上床,盖上被子。

"睡觉!"

陆励行醒来的时候,窗外的阳光透过窗帘洒入,天已经全亮了。

他低头一看,就如往常的每个早晨一样,一只手臂搭在自己腰上,纪轻轻整个人八爪鱼似的攀在他身上。

陆励行将抱在自己腰间的手放下去,起身下床伸了个懒腰,看了一眼时间,7点。

最近这段时间应该是他睡眠最充足的日子,从前加班到凌晨是常事,早上6点起床也早已成了习惯,一晚上睡七八个小时是从未有过的。

今天更是他睡醒之后,唯一没有一大堆的工作等着自己处理的一天。

暂时将工作放在一边,不得不说,这是他从未经历过的闲适日子。

门外响起敲门声。

纪轻轻的助理温柔以及化妆师在门口等了好一会儿了,那化妆师其实是有点儿意见的,毕竟现在都7点了,纪轻轻再不化妆就耽误进组时间了。

可温柔左推右挡,就是不敲门。

猝不及防间房门被拉开,一个身材高大的男人站在门口,身上穿着酒店的睡袍,头发凌乱,脸上还带着刚睡醒的疲乏。

两个化妆师当时就傻了,相视一眼,均看到了对方眼底的震惊。

温柔一看她们的目光就知道她们误会了,当即清了清嗓子,问道:"陆总,轻轻姐她还在里面睡觉吗?"

"嗯。"陆励行低低地应了一声,转身去洗手间洗漱。

温柔率先走进房间,到纪轻轻床边提供叫醒服务。

两个化妆师则将大包小包的化妆用品放到梳妆台上,看了一眼水声哗哗的洗手间,低声在那儿窃窃私语。

"陆总是谁？"一个化妆师问。

"不清楚，应该是……"

纪轻轻起床气不重，温柔喊了两声后便迷迷糊糊地睁开眼，把被子往头上一蒙，瓮声瓮气地问道："几点了？"

"轻轻姐，7点了，该起床化妆去剧组了。"

"剧组……"纪轻轻呢喃两声，没了动静，但下一秒仿佛意识到了什么，猛地睁开眼睛，瞬间清醒，"7点了？"

她掀开被子就起床，一把抓过床头的头绳，低着头随意地扎了个马尾辫就急急地往洗手间走去。

"我晚了晚了，你让我先洗。"

洗手间内传来噼里啪啦的动静。

"纪轻轻，那是我的毛巾……那是我的漱口杯，你都给我放下！"

"哎呀你先出去，别站在这儿挡道耽误我事，我快迟到了！"

"谁让你不早起的？"

下一秒，温柔以及两个化妆师便眼睁睁地看着纪轻轻将陆励行赶出了洗手间。

陆励行嘴边还有泡沫，温柔笑着递上纸巾，深觉这种场面自己不该在的。

她硬着头皮说道："那个……陆总，要不我们先去走廊等着，等轻轻姐洗漱完了再进来？"

陆励行擦拭嘴角，沉着脸说："不用！"

说完他坐到沙发上，拿出平板电脑翻看邮件与信息。

他度假调休之后，邮箱里关于工作的邮件很少，就两份今天早上发送的昨天需要确认的文件，以及副总知晓他调休后的回复邮件。

倒是陈书亦今天凌晨3点发过来一条信息，表示收到了他昨晚发过去的林副导演的音频，会将这件事查清楚。

房间内除了洗手间哗哗的水声外，再无其他动静。

10分钟后，纪轻轻从洗手间内出来，坐在化妆桌前。

两个化妆师忙上前给她化妆。

剧组拍摄现场条件简陋，根本无法为演员提供化妆间，所有演员都是在酒店内化好妆再乘车去拍摄现场，这两个化妆师也不是纪轻轻自己的，是剧组派过来的。

纪轻轻皮肤白皙透亮，脸上毛孔都瞧不见，瑕疵更是没有，化妆师最喜欢的就是这类皮肤，上妆容易，也不容易脱妆。

门外再次传来敲门声，温柔忙去开门。

门外是秦越与酒店的服务生，他们送来了早餐。

陆励行坐在沙发上划拉着平板电脑，秦越看了一眼在化妆桌前化妆的纪轻轻，逼仄的房间内容纳了四五个人就显得格外拥挤。

"陆总，今晚我给您和纪小姐再换个房间吧？"

"不用了。"陆励行回复完最后一封邮件，"我另开了一间房。"

纪轻轻通过镜子眯眼瞧他："你开了房？"

那他昨晚为什么非得和自己挤一间这么小的房子？

陆励行挑眉，若无其事地放下平板电脑，对纪轻轻的话置若罔闻："待会儿将我的东西和她的东西送去2507号房。"

"我不去！"纪轻轻白了他一眼，"我早上得早起，晚上估计还得拍夜戏，就不和你一起住打扰你了。"

"我订的套房，不会打扰到我。"

纪轻轻："……"他真的好黏人。

"纪小姐，妆化好了。"

纪轻轻参演的这部剧是部古装剧，饰演的角色是个刁蛮任性的大小姐，妆容与服饰力求奢华富贵，两个化妆师花了大半个小时，才将纪轻轻的妆容搞定。

纪轻轻的妆容是桃花妆，两颊微红，眉心一枚粉色桃花状的花钿，颇有几分富贵大家小姐不知人间疾苦的天真与娇俏。

纪轻轻看着镜子里古装造型的自己，笑了笑，第一次做古装造型，还挺有趣的。

就是她身上这套衣服，不知道是不是她的错觉，让她有些痒。

她起身走到陆励行面前："好看吗？"

陆励行的目光漫不经心地在她脸上扫过，在触及纪轻轻眉间的桃花时，目光停滞，漆黑的瞳眸里散开一抹惊艳的神色。

见陆励行迟迟没有给出回答，纪轻轻皱眉催促道："好看吗？"

陆励行收回目光，低低地嗯了一声。

"'嗯'是什么意思？好看还是一般？"纪轻轻固执地非要在陆励行这里得到一个答案。

"还行。"

得到一个敷衍的答案，纪轻轻眯着眼，眼底颇有几分埋怨。

这男人真没意思！

一大早的，他说两句好话哄哄她让她开心不行吗？

温柔在一旁本是不敢打断这两个人秀恩爱的，只是时间不等人，眼看着就8点了，只得硬着头皮说："轻轻姐，我们该走了。"

"行，那咱们走吧。"

纪轻轻白了陆励行一眼，跟着几个人离开酒店去往拍摄现场。

拍摄现场离酒店不过十来分钟的路程，当初剧组选酒店时，也充分考虑到了远近的因素。大清早的，片场外蹲守了不少娱乐报社的记者。

纪轻轻的保姆车一出现，立马引起轰动。众人看车牌眼生，也不管是哪个演员来了，上前对着车窗胡乱拍了一通。

剧组工作人员出来维持秩序，车辆缓缓驶入拍摄现场。

纪轻轻将剧本合上，下车。

剧组里的演员来得差不多了，拍摄现场时不时还能听见笑声。纪轻轻循着人声走过去一看，剧中几个演员围在一起，拿着剧本，正在那儿说说笑笑。

其中一个就是沈薇薇。

沈薇薇在这部剧中扮演的角色虽然不重要，但也是贯穿全剧的人物，受伤前戏份拍摄一半没过，现在伤好了，和她一样，继续回来拍戏。

这么看起来，沈薇薇还挺有人缘的，至少剧组里除了男女主演，其他人都和她打成了一片。

有人眼尖看到纪轻轻了，低声说了两句，一道道目光望了过来，笑声戛然而止。

纪轻轻也不在意，笑了笑，毕竟原主风评在前，在剧组也不知道得罪了多少人，也怨不得别人这么对她。

"轻轻啊，你过来一下。"

纪轻轻回头，一个四五十岁的中年男人穿着随意，戴着顶宽檐帽子，鼻梁上架着眼镜，手上拿着剧本朝她招手。

这是剧组的总导演，姓周。

"周导，您找我。"

周导扶了扶鼻梁上的眼镜，上下打量了她一眼，点了点头，严肃认真地说道："话我就不和你多说了，尽快跟上剧组进度，知道了吗？"

纪轻轻点头："您放心，我会的。"

"嗯，晚上有一场你的戏，挺重要的，找个机会和蒋溯多对对戏，争取少 NG 几条。"

纪轻轻被剧组的人私下里封为"NG 大王"。一场戏下来，她少则 NG 十多次，多则二三十次。周导一拍她的戏就头痛，如果不是看她水灵，外形符合女二号的设定，估计早把她给赶出去了。

温柔给她搬来椅子，纪轻轻也没想着去和剧组的配角打招呼，她从那些人眼中或多或少地看见了敌意。

今天白天有七场戏要拍，都是男女主角的对手戏，她晚上那场可以说是女二号这个角色的重头戏，在雨中向男主角表白，是一场哭戏，台词有四五百个字，情绪饱满，很难演。

一上来就演这么难的场景，纪轻轻叹了口气。

纪轻轻正专心揣摩台词，一个阴影当头压下。她抬头一看，是沈薇薇。

沈薇薇端着一杯咖啡站在她面前，面上带着惴惴不安的表情，低声道："纪小姐，那天在公司的事，很抱歉。"

纪轻轻看着她手中的那杯热咖啡，下意识地起身，离她半米远。

万一沈薇薇把咖啡泼她身上了怎么办？

电视剧里都是这么演的。

纪轻轻的举动让沈薇薇极为尴尬地站在那儿："纪小姐，你不用这样，我是真心实意地来向你道歉的。"

四周忙碌的工作人员和三三两两的演员，或多或少地把注意力转向了这边。

"你已经道过歉了，那件事就不用再提了。"

沈薇薇用真挚的目光看着她，笑道："谢谢你纪小姐，这杯咖啡我请你。"

纪轻轻伸手去接，接触到杯底时发现这咖啡滚烫滚烫的，猛地抽手后退。沈薇薇没拿稳杯子，作势就要直接往自己身上倒。纪轻轻手疾眼快，一把握上咖啡杯的把手，将那滚烫的杯底交到沈薇薇手里。

杯底太烫，沈薇薇碰到杯底的瞬间下意识地松了手，众目睽睽之下，这杯咖啡就被她这么给泼了。

纪轻轻不等她说话，高声道："没烫着你吧？"

沈薇薇眉心紧蹙，倒是没被烫着，就是身上的衣服被弄脏了。

"没事没事。"

"温柔，赶紧拿毛巾来给她擦擦。"说着，纪轻轻带着歉意说道："刚才都怪我，我没想到这咖啡这么烫，让你放桌上你非要递到我手里。"

温柔拿毛巾给沈薇薇擦身上的咖啡渍。

沈薇薇看着自己这一身的咖啡渍，脸色也不太好看，但还是勉强笑道："我再给你拿一杯。"

说着，她又端了杯咖啡给纪轻轻。

纪轻轻指着椅子边上的小桌子说："你放那儿就好，谢谢。"

沈薇薇笑容勉强，将咖啡放在桌上便离开了。

纪轻轻懒得去猜沈薇薇这是真情还是假意，浓浓的苦咖啡味道传来，稍稍闻一闻，纪轻轻都觉得苦得很，任由那杯咖啡放在手边，不去动它。

一上午的时间，纪轻轻将那几百字的台词背得滚瓜烂熟，也将角色心理揣摩了个透彻，可周导那边似乎出了点儿事，拍摄进度慢了下来。一上午的时间，一场戏都没过，就听到他在那儿骂人了。

"静云，你怎么回事？今天怎么一天都不在状态？昨天不是好好的吗？怎么今天不是忘词就是走神？还有你蒋溯，怎么回事，你可是拿过'最佳男主角'的人，怎么连个纠结悲痛的心情都演不出来呢？"

周导气得直摔剧本。

直到中午，周导还是没能拍出想要的感觉，无奈之下只好暂停拍摄，让男女主演二人再对对戏，多磨合磨合。

周导自己则出来抽根烟透透气，突然被角落里的一个演员吸引了目光。

那演员正对着墙壁练习台词，看不见是谁，但那台词正是刚才戚静云NG12次也没能过关的台词。

周导熄了烟头，走过去听了听，情绪饱满，哭戏很能感染观众，台词很有功底，简直演出了他想要的所有感觉！

"你是……"

那人听到声音，张皇失措地转过身来，脸上还挂着隐约可见的泪痕。

"周导，我……"

"是你啊薇薇，你刚才说的那段台词……"

沈薇薇像是做错了什么，张皇失措地说道："抱歉周导，是我自己想试试，演得不好……"

"好！怎么不好！这样，你跟我来。"

沈薇薇谨慎地跟在他身后。

随后纪轻轻便看到周导带着沈薇薇进了拍摄现场，当着全剧组人的面，让沈薇薇将戚静云 NG 的那一段戏当众表演了出来。

纪轻轻看得牙酸。

周导这人还真是实诚,当着戚静云的面让沈薇薇表演属于她的戏,还让她好好学学?

这不是打戚静云的脸吗?

拍摄现场,沈薇薇演过之后,戚静云笑着夸赞她的演技,还感谢她给了自己灵感,随后开机,这场戏一次性过了。

周导很是满意,和戚静云与蒋溯交代了两句后便宣布午休吃饭。

纪轻轻叹为观止。

这可真是一出好戏啊!就是不知道这出戏沈薇薇要怎么收场呢?

剧组收工,盒饭从外面由工作人员推了进来。

剧组的人吃的都是盒饭,再大的腕儿在这儿也没什么不同,顶多就是多两个菜。

剧组拍摄场地外,一辆黑色卡宴徐徐驶入剧组大门。陆励行从车上下来,身后跟着秦越。

周导正和几个主演边吃饭边说今天的拍摄进度,听到工作人员和他说陆励行来了,愣了片刻,立马就把饭给放下往外走。

凑在一起吃饭的几个主演面面相觑:"怎么了?"

"听说是陆励行来了。"

"陆励行?是陆氏的那个陆励行?"

"对!就是他!"

"他怎么来了?"

"不太清楚。"

说话间,陆励行已经进了拍摄现场。

周导曾经和陆励行有过一面之缘,虽然不知道陆励行来这里的目的,但还是笑着朝陆励行走去。

"陆先生,久仰大名,不知道今天您怎么到这儿来了?"周导伸出手与陆励行相握。

他这部剧的投资商有好几个,天娱也是其中一个,算起来,陆励行也是他的投资人之一。

陆励行看向他身后,目光锁定纪轻轻,言简意赅地说道:"周导客气了,我今天是来探班的。"

"探班?"周导往后看了看,疑惑地问道,"您这是探谁的班?"

"纪轻轻。"

周导一愣,下意识地问了句:"纪轻轻?"

不等他反应过来，陆励行朝着纪轻轻走去。

纪轻轻和温柔两个人在小桌边吃盒饭吃得正欢，阴影当头罩下，纪轻轻抬头，目光由茫然转为震惊："你怎么来了？"

陆励行说："给你送饭。"

他身后的秦越端上来丰盛的饭菜，一看就知道是精心烹饪的，和剧组的盒饭完全不一样。

四周人的目光朝这边汇聚过来，窃窃私语声不断。

纪轻轻不大相信："特地来给我送饭？"

陆励行颔首。

纪轻轻展颜一笑："谢谢。"

周导站在陆励行身侧，疑惑的目光游走在陆励行与纪轻轻身上，欲言又止。

"周导，要一起吃吗？"纪轻轻见他戳在那儿不走，还那样一副表情，忙给他递筷子。

周导连连摆手："不用不用，你自己慢慢吃。"

他哪儿敢吃。

陆励行低声道："周导，您有事就去忙吧。"

"行，陆先生，您自便，自便。"

纪轻轻看着笑着进屋的周导，缓缓坐下。

陆励行坐在她身侧，看了一眼四周环境，若无其事地问道："工作第一天，什么感受？"

纪轻轻把盒饭放到一边，笑道："感受挺好的，偷偷告诉你，我还看了一出好戏！"

陆励行挑眉："好戏？什么好戏？"

她神秘地说道："你想知道，我晚上再告诉你。"

"我晚上再告诉你"这句话让前来打招呼的蒋溯与戚静云停下了脚步，脸上笑容僵硬，对视一眼，均看到了对方眼底的难以置信。

纪轻轻什么时候和陆励行有了联系？

"什么时候收工？"

"还早呢。一上午我一场戏都没有，我估计晚上那场戏也得延后。"纪轻轻给他递筷子，"老公，你吃了吗？吃没吃都吃点儿，我一个人也吃不完。"

老公？

这一声"老公"让还没走远的周导倒吸了口凉气。

周遭竖着耳朵吃着饭的工作人员差点儿没被饭给噎死。

"生命值加1，当前生命值为6小时。"

陆励行接过筷子，微眯双眼，正斟酌着怎么让她多喊两声"老公"时，脑海中一个声音炸响。

"考虑到公平公正的问题，特地向您发布日常任务。请从以下昵称中挑选一个称呼您的妻子纪轻轻：宝宝、宝贝儿、亲爱的、心肝儿。喊一声并获得回应可增加1点生命值，1天最少需要完成3次，否则扣除3点生命值。"

陆励行浑身一僵，手里的筷子咔嚓一声，被他生生折变了形。

"这叫公平公正？！"

系统保持沉默不说话。

"没有其他的？"

"有的。大宝贝、小宝贝、心肝儿宝贝、轻轻小宝贝……"

陆励行觉得胸口有些疼。

纪轻轻是怎么把那声"老公"喊出口的？

陆励行在心里将系统列出的几个称呼通通默念了一遍：宝宝、宝贝儿、亲爱的、心肝儿……

他脸色阴沉，咔嚓一声，被他生生折变了形的筷子"光荣牺牲"。

刚走到陆励行面前准备打招呼的蒋溯与戚静云脚步再次一顿，默契地保持沉默。

纪轻轻抬头看着他俩，礼貌地招呼道："蒋溯哥、静云姐，一起吃吧。"

蒋溯与戚静云连连笑道："那我们就不客气了。"

说着他们便在纪轻轻的小桌边坐了下来。

一侧的秦越面不改色地给陆励行递了双新筷子。

纪轻轻看着秦越。

秦越是她的经纪人，可陆励行一来，倒成了陆励行的个人助理。

"陆先生，您好，我是蒋溯，久仰大名。"

"陆先生您好，我叫戚静云，很高兴今天有机会能和您一起吃饭。"

陆励行表情冷淡，面对蒋溯与戚静云的特意示好，只微微颔首，没有过多表示。

纪轻轻扒着饭，听着他们几个闲聊。

蒋溯三十有二，可演艺圈的人，不管是男是女，无一不是保养得当，完全看不出真实年纪。

"陆总，很荣幸这次有机会和贵公司合作拍摄这部电视剧，希望还有下次合作的机会。"

"天娱的事一直都是书亦在管，影视投资我没有太多涉足，如果下次还有机会的话，公司方面会与你商谈。"

戚静云是演艺圈内有名的冷美人，笑起来却美得让人移不开眼。

"陆总，之前贵公司总监曾联系过我，问我明年是否有意与天娱签约，今天有幸见着陆总，我想我不用考虑了。"

"娱乐公司对艺人而言至关重要，我认为你应该仔细考虑清楚。"

纪轻轻端着碗差点儿笑出声。

这陆励行还真不给别人一点儿面子，明明是寒暄的话，却被他三言两语聊得尴尬至极。

为了不让场面继续尴尬下去，纪轻轻端着一碗粉丝状的东西问道："这是粉丝吗？还挺好吃的。"

戚静云看着纪轻轻碗里的"粉丝"笑道："陆先生送来的饭菜，那粉丝肯定不仅仅是粉丝这么简单，如果我没猜错的话，那应该是鱼翅吧？"

"鱼翅？"纪轻轻以目光询问陆励行。

陆励行点了点头。

戚静云不动声色地打量二人："陆先生对纪小姐真好，真让人羡慕。"

纪轻轻听了这话，皱眉。

这两天的陆励行确实特别奇怪。

他先是一个招呼都不打连夜过来"度假"，接着突然来探班给她送午饭，花样百出，也不知道在想些什么。

戚静云问："我听导演说起，纪小姐应该是昨天到的吧？"

纪轻轻回："嗯，昨天下午6点到酒店，时间上赶不及所以没来剧组打扰周导。"

蒋溯也问："陆先生也是昨天和你一起来的吗？我可听说陆先生是个十足的工作狂，竟然舍得放下手头的工作？"

纪轻轻夹了一块鲜嫩的苏眉鱼肉，随口答道："他是来度假的。"

"度假？"

戚静云与蒋溯为之一愣。

陆励行来这么个偏僻的影视城，连五星级酒店都没有的地方度假？

来这地方度假，他们还真是第一次听说。

"你怎么不吃啊？"纪轻轻见陆励行脸色凝重，往他碗里夹了块鱼肉。

戚静云在演艺圈混了这么多年，看人很有经验，看着纪轻轻那往陆励行碗里夹菜的娴熟动作，估摸着这也不是一次两次就能自然地做出来的。

她暗自揣测，难道这两个人在一起很久了？

"对了，爷爷早上给我打电话了，问我怎么打不通你的电话，我把秦哥的手机号给他了，你接到电话了吗？"

"嗯。"

"没什么事吧？"

"没事。"

坐在二人对面的戚静云与蒋溯越发惊讶：他们这是连家长都见过了？可纪轻轻一个多月前不还和辜少虞打得火热吗？

"爷爷他老人家身体不好，一到阴雨天就膝盖疼，我听说当地有个什么酒，对关节骨痛很有效。"

"爷爷那是宿疾，一般的药没什么用。"

"我知道，到时候我带回去一点儿给他老人家试试嘛，万一有效呢。"

"随你。"

对面的蒋溯与戚静云饭都快吃不下了，随便吃了两口便讪讪地将碗筷放下。

戚静云说："纪小姐、陆先生，谢谢你们的午餐，我吃好了，下次得给我个机会，让我把这顿饭请回来。"

纪轻轻笑道："没事。"反正这么多菜，她和陆励行两个人也吃不完。

说着她看着戚静云不盈一握的腰肢，想起自己之前被陆励行摸过的小肚子，也放下碗筷："我也吃好了。"

"与您的妻子纪轻轻共进午餐失败，扣除5点生命值，您当前生命值为0.5小时。"

"咔嚓——"

陆励行手上的筷子再次被折断。

"我不是和她共进午餐完成任务了吗？"

"因为有外人在场，所以任务失败。"

陆励行："……"

陆励行不太友善的目光落在正准备起身的蒋溯与戚静云身上，一股凉风吹过，吹得二人鸡皮疙瘩都起来了。

"蒋溯哥，晚上我和你有一场戏，你什么时候有时间，我可以和你提前对对戏吗？"

一上午的时间蒋溯和戚静云就拍了一场戏，还被周导当众来来回回地骂了无数遍，纪轻轻觉得不提前和蒋溯对戏，晚上真开拍了，周导估计得骂得她狗血淋头。

她要是当众被骂，太丢人了。

"没问题。"

蒋溯答应得很爽快，态度也很是随和，到底是混了这么多年的人，在什么人面前说什么话，有自知之明。

说完他就让助理将椅子从屋内搬了出来，坐在纪轻轻身侧："剧本台词上你有什么不懂的，都可以问我。"

纪轻轻点头。

蒋溯入行 11 年，演戏 9 年，拿过最佳男主角的奖项，在演技方面，是被不少圈内人赞扬并肯定过的。

温柔把桌上的残羹剩饭都收拾干净，纪轻轻也不和蒋溯客气，认真地与他讨论起剧本来。

陆励行的目光落在蒋溯身上，晦暗不明。

周导与戚静云从屋内出来，走到纪轻轻面前，一扫上午的阴郁脸色，笑呵呵地说道："轻轻，你们仨对对今天下午和晚上的戏。"说着他又看向陆励行："陆总，我带你去拍摄现场四处转转？"

生命值只剩 0.5 个小时的陆励行面无表情地硬挤出三个字："不用了。"

说完他又说了句："周导忙自己的去吧，我在这儿见识见识你们是怎么演戏的。"

周导笑笑："那行，那我就在这儿和他们讲一讲戏，您在一边随便看看。"

"死亡警告，您当前生命值只剩最后 15 分钟，建议自救。"

自救？

"宝……"宝贝？宝宝？

陆励行喉咙都是涩的，眉心皱得能夹死苍蝇。

宝宝、宝贝儿、亲爱的、心肝儿……哪一个是他说得出口的？

纪轻轻和几个人讨论剧本讨论得热火朝天，特意回头看了他一眼："陆先生，你什么时候回酒店？"

陆先生？

陆励行双眼微眯，对这称呼很不满意。

"待会儿就走。"

纪轻轻哦了一声，回头继续讨论剧本。

看着这几个人一时半会儿也没停下来的意思，陆励行倏然起身，四个人三道目光齐刷刷地落在他的身上。

纪轻轻后知后觉地抬头看他。

陆励行看着她："你过来，我有话和你说。"

纪轻轻茫然地放下手上的剧本，跟着陆励行到了3米开外的地方。

"什么事这么神秘？"

陆励行低声道："刚才的饭菜合口味吗？"

"挺好吃的。"

"然后呢？"

纪轻轻怔愣片刻，脑子突然转过了弯："老公，谢谢你，今天中午的饭菜特别好吃！"

"生命值加1，当前生命值为1小时。"

"再喊一遍。"

纪轻轻看了一眼四周来来往往的工作人员："这是在剧组，等晚上回去酒店了再说行吗？"

"咯咯咯……"一侧仰头喝水的工作人员被呛得满脸通红，闹出动静后完全不敢抬头看陆励行与纪轻轻两个人，忙不迭地走开了。

纪轻轻尴尬得快要爆炸："我先去忙了，有事咱们晚上再说。"

"等等！"陆励行一把握住她的手腕，"亲……"亲爱的？

纪轻轻的脸颊刷的一下红了。

这陆励行大庭广众之下怎么这么放得开？他还想让自己亲他？

"到底有什么事你赶紧说，我晚上那场戏很重要，还有好多地方不明白，得问问导演。"

陆励行深吸了口气，凑到她面前，以只有两个人听得见的声音说道："我大老远的给你送饭，一声'老公'就行了？"

纪轻轻真是服了他了，改天她还是去咨询一下医生，陆励行这喜欢听别人喊他"老公"的病还有没有的治。

"老公。"

"生命值加1，当前生命值为2小时。"

陆励行身心愉悦。

系统扣生命值又怎样？只要纪轻轻"老公"喊得多，还怕每天扣3点生命值？

"老公……"平时没别人的时候也就算了，现在这么多人在，纪轻轻实在是拉不下脸喊"老公"，喊了两次也就不愿意喊了，"你赶紧回酒店休息，晚上你想怎样就怎样，行了吧？"

"生命值加 1，当前生命值为 3 小时。"

纪轻轻说完扭头就走。

周导三人像雕塑似的坐在那儿，瞠目结舌。

是他们听错了还是这世界错了？

纪轻轻和陆励行这两个人怎么回事？关系已经亲密到大庭广众之下都可以这么浓情蜜意的地步了？

怎么没听见一点儿风声？

纪轻轻一回头就看到周导三人意味深长的目光，下意识地回避，深觉他们是听到了自己和陆励行的对话——这才隔着 3 米的距离，他们又怎么会听不到？

纪轻轻从脖子红到了耳朵尖："周导，我们刚才说到哪儿了？"

周导回过神来，笑笑："说到老公……哦不是，说到你表白的那一段。"

而这边陆励行一时没注意，被纪轻轻挣脱了手腕，心里琢磨着：就凭自己精心准备的午饭，纪轻轻喊他 20 声"老公"也不为过吧？这就喊了三声"老公"，是想让系统刚好扣完？

陆励行看着纪轻轻的背影，眉眼间阴郁之色聚集。

沉迷剧本的纪轻轻对此毫无察觉。

陆励行立在她身后，居高临下地俯视着她。

经过一番天人交战后，陆励行深吸了一口气，将那让他喉咙发涩的两个字说出口："宝宝……"

三个人齐齐回头。

饶是见惯了大场面的陆励行此刻也尴尬得一句话说不出来。

一只雪白的小狗摇着尾巴，缓缓走到陆励行脚边。

陆励行顺势将这只小狗抱起，强自镇定地说道："这只狗和裴姨养的那只叫'宝宝'的狗长得挺像的。"

裴姨养的狗？

纪轻轻抬头，看向陆励行怀里的那只小狗。

陆励行抱着的是一只浑身雪白的小萨摩耶，很小，只有陆励行小臂那么长，性格很乖很温驯，正张开嘴吐出舌头。

"哇！好可爱的小狗！"纪轻轻放下剧本起身，目光全放在那只小狗身上，激动得两眼放光，半蹲在陆励行身侧，抚摸那小狗的头。

小萨摩耶也不认生，抬头冲着纪轻轻吐舌头摇尾巴，还乖乖地去蹭她的手心。

纪轻轻逗了逗小萨摩耶，转头望着陆励行，问道："裴姨什么时候养的狗？我怎么没见过，也没听她说起过？"

陆励行神色自若："你刚来不久所以不知道，宝宝……是裴姨从前养的，后来跑丢了。"

他随即顿了顿，问系统："为什么没有增加生命值？"

"宿主，您还需要获得您的妻子纪轻轻的回应，才能算完成1次任务，增加生命值。"

小萨摩耶浑身一僵，小脑袋左顾右盼，嗅到了一股令狗竖起尾巴的危险气息。

"那裴姨不是很伤心？"纪轻轻想了想，说，"回去之后我送只萨摩耶给裴姨吧。"

陆励行抱着小萨摩耶的手一紧。小萨摩耶吃痛仰头嗷嗷叫，在他怀里扑腾着四肢。

"斯斯乖，不许闹。"戚静云起身将陆励行怀里的小萨摩耶抱了过来。小萨摩耶依偎在戚静云怀里，目光幽怨地看了一眼陆励行，委屈地呜咽了两声，蹭了蹭戚静云的手臂。

"这只萨摩耶是我来剧组后在路边捡的，叫斯斯。我看它挺可爱的，就一直养着它。怎么？陆先生家里有人也养过一只一模一样的萨摩耶吗？"

"是家里的一个阿姨，"纪轻轻笑着说，"之前养过一只萨摩耶，不过后来跑丢了。"

戚静云挑眉。

家里的一个阿姨？所以两个人这是同居了？

"和这只一模一样？"

纪轻轻看了一眼陆励行："应该是一模一样吧？"否则陆励行也不会认错。

"既然一模一样，那这就是缘分，这只狗不如就让陆总带回去。"

纪轻轻连忙婉拒："这怎么好意思？我回去挑一只萨摩耶带回去就行了。"

"没关系，我常年在外拍戏，斯斯带回去也是放在宠物店里喂养，我不可能时时刻刻带着它。你们带回去，还能给它一个更好的生活环境，斯斯也会很愿意的。对不对斯斯？"

斯斯冲着陆励行汪汪叫了两声。

"你看，斯斯在和陆先生说愿意。"

"斯斯，你愿意和我回家吗？"纪轻轻问。

陆励行阴沉着脸，目光不善地盯着斯斯。

一人一狗对视了3秒。

斯斯冲着陆励行汪汪汪叫了起来。

"汪汪汪！"我不愿意！

"你看，斯斯一听你们要带它回家，高兴得不得了！"戚静云将斯斯送到纪轻轻怀里，"以后斯斯就拜托你照顾了，我可是会定期回访的。"

斯斯在纪轻轻怀里死命扑腾，两只前爪一个劲儿地往戚静云怀里扒拉。

"汪汪汪嗷嗷嗷！"放开我我不去！

"斯斯，我也舍不得你，不过你放心，我以后会常去看望你的。"

"静云姐你就放心吧，我会好好照顾斯斯的。"纪轻轻费劲地抱着斯斯，无情地镇压它的反抗，"斯斯不闹了，乖。"

陆励行一把捏住斯斯的后颈皮，将它从纪轻轻怀里提了起来。还在扑腾的斯斯落到陆励行怀里，瞬间安静下来。

"陆先生，看来斯斯喜欢你。"

纪轻轻看着窝在陆励行怀里的乖得不得了的斯斯，双眼满满都是期待："带回去好不好？"

陆励行深深地望她一眼："带回去？"

"对啊！带回去裴姨肯定会很高兴！"

"那你该怎么说？"陆励行话里有话，这话里的意思在纪轻轻耳朵里简直不言而喻。

她低低咳了一声，心里埋怨陆励行胆子太大，众目睽睽之下，从脖子红到了耳朵尖，看了戚静云一眼。

戚静云登时明白了这二人之间无端而来的诡异又暧昧的气氛，笑笑后坐到了周导身侧，继续与周导和蒋溯装模作样地讨论起台词来。

"你不是说裴姨之前走丢了一只狗吗？你看裴姨平时对我那么好，我送她一只狗狗让她开心开心不行吗？而且她照顾你那么多年了，别这么小气嘛。"

"我小气？"

"不是,你不小气,你特别大方,好不好,就满足我这一次呗,我也挺喜欢它的。你看斯斯多乖多可爱,带回家还能陪陪爷爷。"

陆励行打量着这只萨摩耶,没有回答。

纪轻轻看着陆励行这样子,真想直接把萨摩耶抢过来带回去。

可她毕竟住进陆家不久,带宠物回去什么的,还是陆励行去办才不那么唐突。

"你看斯斯多可爱啊!"纪轻轻攀着陆励行的手臂,"老公,好不好?"

"生命值加1,当前生命值为4小时。"

陆励行扬眉,望着她。

"老公你就答应我一次,就一次,好不好?老公老公老公老公……老公行不行啊?"

"生命值加6,当前生命值为10小时。"

在一侧装模作样地讨论剧本的周导讲解剧情岔了口气,低头猛地咳嗽起来,可偏偏又不敢咳嗽出声,唯恐打扰了纪轻轻与陆励行二人的打情骂俏,憋得脸颊通红,差点儿背过气去。

戚静云看着剧本上的台词,也是奇怪,明明都是她背得滚瓜烂熟的台词,可映在眼睛里,全是"老公"两个字。

蒋溯算是反应最正常的一个人,与陆励行一样,随着纪轻轻喊的那几声"老公",嘴角逐渐上扬。

见陆励行还是没回应,纪轻轻住了嘴,以一种"你够了啊"的目光看着陆励行。

她嘴巴都喊干了,再这么喊下去,她的脸就真的丢光了。

陆励行估摸着时间,终于松口:"行,带回去。"

"汪汪汪汪汪!"谁来救救狗!

"谢谢老公!"

"生命值加1,当前生命值为11小时。"

得到了足够生命值的陆励行心满意足地走了,临走前找了根拴狗绳,将不情不愿的斯斯带上车,回了酒店。

得到了狗狗的纪轻轻同样心满意足地坐下,继续和周导几个人探讨剧情。

几个人沉默地看着她。

纪轻轻翻开剧本,一抬头就对上了三双直勾勾的眼睛。

刚才说的话,她估摸着,他们都听见了。

纪轻轻强装镇定:"静云姐,谢谢你送斯斯给我,这样吧,我请大家喝下午茶!"

"那谢谢纪小姐了。"戚静云客气地说道。

"不用这么客气,叫我轻轻就好。"

周导干笑了两声:"轻轻,你和陆先生关系挺好?"

"还行。"

"什么时候的事?刚进组的时候还没苗头吧?"

纪轻轻心虚地笑了两声。

刚进组的时候原主正和辜少虞打得火热,哪里有这个苗头。

戚静云也笑道:"陆先生看起来还挺喜欢你的。"

喜欢啥呀,他就是有个喜欢听人喊他"老公"的癖好而已。

蒋溯倒是没说什么,只说了句:"把握好。"

"对,把握好。"

"是啊,得把握好啊!"

三个人都是历经风雨的人精,明白但凡陆励行对纪轻轻没有一点儿意思,也不会任由她在自己面前放肆。

纪轻轻觉得他们应该是误会了什么,但最终也没解释,只是点头笑笑,以表礼貌。

一下午的时间,纪轻轻就坐在那里看剧本,背台词,偶尔在周导身边观摩一下他给戚静云以及蒋溯讲的戏,一下午就这么飞快地过去了。临近傍晚,因为上午戚静云与蒋溯两个人NG太多次导致拍摄任务延迟,她晚上那场戏自然而然地就推迟到了明天。

纪轻轻早早收工,今天没有拍戏倒是让她松了口气,毕竟自己这半吊子,多点儿时间准备也好。

半小时后纪轻轻到达酒店,回到2109号房,才想起陆励行已经将房间换成了2507,房间里的东西也都被收拾干净。

她转身去25楼。

2507号房是天御酒店的套房,有主卧有客厅,有厨房有书房,比她那2109的单人房不知道宽敞多少倍,住下两个人绰绰有余。

温柔将纪轻轻的东西放下后利索地离开房间,不敢打扰二人。

纪轻轻卸妆后在房间内转了一圈,在书房找到了坐在书桌前敲击键盘的陆励行。

"斯斯呢?"

陆励行敲击键盘的手一停，抬头说道："我让人送去宠物医院了，明天去接。"

纪轻轻点了点头，接着才问了一句："7点了，你吃饭了吗？"

"没有。"

"那我叫餐上来。对了，下次不要再给我点鱼翅了，保护野生动物，人人有责！"

陆励行笑了笑，嗯了一声，算是应了。

纪轻轻打电话叫了餐，饭后，她捧着剧本继续在房间内背台词，陆励行则继续在书房处理公务，两个人倒是互相不干扰。

今天第一天上班，纪轻轻心里也挺忐忑的，尤其是周导骂人时的样子简直让人不寒而栗，为了明天晚上不丢脸不被骂，纪轻轻将背得滚瓜烂熟的台词又翻出来琢磨了一遍，一个人在房间内酝酿情绪，对着空气表演。

她深情款款地看着空气，开始演起剧本里的情节来。

"你为什么不爱我，我到底哪里比不过她？你知不知道……"

"我知道。"

"你知道？所以一直以来，你都是在利用我？"

"是。"

"你告诉我真相难道我不会帮你吗？你为什么要骗我利用我！"

"对不起。"

"陆西臣……"纪轻轻拧眉，叹了口气，又看了一眼剧本，感觉不对。

陆西臣在剧本里是个冷血且为了权势不择手段的人，利用一个毫无感情的女配角没有丝毫的犹豫，这样一个人物，纪轻轻脑海中瞬间将陆励行那张脸套了进去。

他为了满足一己私欲，大庭广众之下逼她喊"老公"！

"陆西臣……不，陆励行，当初如果不是我爹冒死收留你，你早就被人杀了！这么多年，我以为石头也被我焐热了，可我没想到，你忘恩负义、狼心狗肺、卑鄙无耻！陆励行！你到底有没有良心？！"

纪轻轻感情投入，声嘶力竭，拳头紧握，极力去感受剧中人物知道最爱的人一直在和自己虚与委蛇并利用自己时那悲愤欲绝的心情。

他真不是个东西！

"陆励行，你到底爱不爱我？"

"你为什么不爱我？你到底要我怎样才能喜欢我？我可以给你一切，包括我的命！我这么爱你……"

纪轻轻神色激动，高声道："可是……虽然你狼心狗肺、忘恩负义、卑鄙无耻，可我……可我……"

她转身朝着门口的方向，表情悲愤欲绝。

她一转身，陆励行赫然出现在她面前，就站在房门口，饶有兴致地望着她。

纪轻轻想住嘴，然而情绪高涨，已是来不及了。

"我还是这么爱你啊陆励行！"

房间内刹那间安静下来。

"啪嗒——"

纪轻轻手上的剧本掉在脚边。

看着戳在门口的陆励行，纪轻轻脸颊涨红，一股莫名的火焰滚烫，从脖子一直烧到耳朵尖。

她刚才说了什么？

纪轻轻脑子里回忆起剧本里的台词。

也是奇怪，明明是背得滚瓜烂熟的台词，现在她竟然一个字都想不起来。

"我还是这么爱你啊陆励行！"

"虽然你狼心狗肺、忘恩负义、卑鄙无耻……"

"陆励行，你到底有没有良心？"

这几句台词犹如 3D 立体音般环绕在她四周，纪轻轻心凉了半截，恨不得地上有条地缝，好让自己钻进去。

之前她明明测试过的，酒店隔音效果挺好的，为什么陆励行会在这个时候恰好过来？他不是一向工作到十一二点吗？现在才几点？

如果她解释自己只是在排练，陆励行会信吗？

他会信才怪！

这剧本里哪里有"陆励行"三个字？

陆励行是傻子她估计还能敷衍两下，可陆励行是吗？

她刚才说的可是"我还是这么爱你啊陆励行"，而且还是直接冲着他喊"爱你"！

纪轻轻觉得上天就是在玩她，让陆励行一次又一次地看她出丑。

她垂着头，无声哽咽，弓身捡起脚边的剧本来遮脸，完全不敢看倚在门口的陆励行，有一种想从 25 楼跳下去冷静一下的强烈冲动。

就在纪轻轻打量着落地窗时，陆励行同样心情复杂。

5分钟前他查看完公司几个副总的邮件后，来房间找人。

刚推开门，就听到纪轻轻正慷慨激昂地说着些什么，秉着不打扰她的想法，他就站在门口，认认真真地听了一会儿。

可他哪里能料到，最后一句是冲着他来的。

陆励行挑眉，倚在门口，看纪轻轻通红的耳尖，看她自欺欺人地拿剧本挡住的脸，嘴角不自觉地翘起，心情愉悦。

"检测到您的妻子纪轻轻向您表露爱意，5分钟内，请回应'我也爱你'四个字，回应成功增加1点生命值，不回应则扣除1点生命值。"

陆励行："……"

"'我也爱你'四个字与'宝宝'更配哦。"

陆励行愉悦的心情荡然无存，乐极生悲，眉心紧拧地看着纪轻轻，眼底晦暗不明。

"那个……我忘了我还有东西落在温柔那儿了，我先去……去找她。"纪轻轻慌得话都说不好了。

尴尬！这太尴尬了！

现在她完全不想面对陆励行，本着能避一时是一时的自暴自弃的想法，放下剧本就往外走。

"等等！"

在纪轻轻经过陆励行身侧时，陆励行伸手将她拦下。

"怎……怎么了？我有急事找温柔，有什么话咱们待会儿再说。"她今天是不打算回来了。

陆励行深深地看了她一眼，为防人从房间里跑出去，直接将纪轻轻逼到墙边，双手抵在墙上，将人圈在自己胸前。

两个人大眼瞪小眼。

陆励行这一臂的距离让二人离得极近。纪轻轻似乎还能感受到陆励行的呼吸。随着心跳加速，纪轻轻只觉得浑身每一处肌肉都在颤抖地紧绷着，拿着剧本挡在自己胸前，两只眼睛不安地四处扫视，惴惴不安地看着他。

心中有愧大抵就是她这副模样。

"最后1分钟。"

陆励行居高临下，看着纪轻轻那忐忑不安的眼神，以及让人很想咬上一口的已经红透了的耳朵尖，眸色渐深，喉结上下滚动。

"我……我刚刚其实是……"

他俯身凑到纪轻轻耳边，低声道："宝宝，我也爱你。"

啪嗒——

厚厚的剧本从纪轻轻手里滑落,砸到了陆励行的脚背上。

"啊?"纪轻轻觉得自己幻听了,疑问的话脱口而出。

"回应成功,生命值加1,当前生命值为4小时。"

"日常任务进度1/3,生命值加1,当前生命值为5小时。"

下一秒,纪轻轻反应过来。

"我也爱你"?陆励行该不会是误认为自己喜欢他吧?

纪轻轻脸上霎时间再染上一层绯红,羞得拖鞋里的脚趾都无助地蜷缩起来。

"不不不……不是你想象的那样,你……你听我说,我刚才是在背……背台词,不信我给你看!"

她猛地低头弓身,就要去捡掉在地上的剧本,将那一段台词给陆励行看,然而心情太过急切,额头直接磕在了陆励行的下颌上。

"嘶——"

纪轻轻听到这呼痛声,又猛地抬头,头顶再次磕在了陆励行的下巴上。

"嗯——"

纪轻轻看着陆励行单手捂着下巴,眉心紧皱的模样,连声道:"对不起对不起,你没事吧?"

陆励行沉声说:"没事。"

他将手放下,下颌处明显红了。

"我给你拿点儿药油过来?"

"我真的没事。"陆励行目光放在她手上的剧本上,"你刚才说什么?"

纪轻轻连忙将那页台词翻出来给他看:"我刚才是在练台词,不是……不是说……喜欢你,你别误会。"

"剧本里有陆励行这个人?"

"没有,我就是一时激动,脑子里就把你代入了角色。"

陆励行看着剧本上的"你狼心狗肺、忘恩负义、卑鄙无耻"以及"陆西臣你到底有没有良心"这两句话,微眯了眼:"我是这种人?"

纪轻轻愣了片刻,转而反应过来,猛地摇头:"不是!"

陆励行知道她这是在练台词,也不太为难她。

纪轻轻一把揪住了他的衣袖,仍是不好意思直视他,虚虚地垂着眼帘,低声问道:"你没误会吧?"

"没有。"

纪轻轻松了口气。

他没误会就好。

"练习台词？"陆励行取走纪轻轻手上的剧本，饶有兴趣地翻了翻，"需要我帮忙吗？"

纪轻轻连连摇头。

开什么玩笑，刚才出了那么大的丑，她怎么还能让陆励行来帮忙？

"我去找温柔。"

"我在这儿你不找我去找她？"他走到床边沙发上坐下，"来吧，就从'为什么不爱我，我到底哪里比不过她'这句开始。"

纪轻轻没有说话。

陆励行抬眼看她："今天周导骂人我也听说了，你难道想明天在大庭广众之下被他骂得颜面尽失？"

这句话直接踩到了纪轻轻的痛处。

如果不是为了明天的这场戏，她也不会在陆励行面前出丑。

"不过你会演戏吗？"

"没吃过猪肉也见过猪跑，你演出来什么感觉，我还是能感受到的。"

"行，那就开始吧。"有个人配合，总比她自己对着空气演要好。

她吐了口气，竭力撇去脑海里那挥之不去的尴尬的感觉，想着台词。

"你为什么不爱我，我到底哪里比不过她？你知不知道……"

陆励行点头："我知道。"

"你知道？所以一直以来，你都是在利用我？"

"是。"

"你告诉我真相难道我不会帮你吗？你为什么要骗我利用我！陆西臣——"

"停，"陆励行喊了停，"不是陆西臣，是陆励行。"

纪轻轻嘟囔道："主角是陆西臣又不是你。"

陆励行从沙发上起身，卷起衬衫袖口，理直气壮地说道："我也是需要入戏的。"

"行吧行吧。"纪轻轻吸了口气，从头再来。

"陆励行，当初如果不是我爹冒死收留你，你早就被人杀了！这么多年，我以为石头也被我焐热了，可我没想到，你忘恩负义、狼心狗肺、卑鄙无耻！陆励行！你到底有没有良心？！"

陆励行看着她激愤的模样，皱了皱眉。

纪轻轻闭着眼，将自己沉入角色的感情世界中，体会那种被背叛之后难以置信以及悲愤欲绝的心情。

"陆励行，你到底爱不爱我？"

陆励行目光幽深，眼睛一眨不眨地望着她，纪轻轻那双水亮剔透的眸子里，仅仅映出他一人。

"你为什么不爱我？你到底要我怎样才能喜欢我？我可以给你一切，包括我的命！我这么爱你……"

纪轻轻自嘲地笑了起来："可是……虽然你狼心狗肺、忘恩负义、卑鄙无耻，可我……可我……

"我还是这么爱你啊陆励行！"

"宝宝，我也爱你。"

"嗯？"

"日常任务进度2/3，生命值加1，当前生命值为6小时。"

"获得爱的回应，生命值加1，当前生命值为7小时。"

陆励行这句话直接让纪轻轻从情绪中抽离。

他说第一次是口误也就算了，第二遍是什么意思？

"剧本里有这句吗？"

陆励行装模作样地看了一眼台词，坦诚地说道："没有。抱歉，看你演得太入迷了，被你带进去了。"

这句话勉强算是在夸奖她的演技？

"那你刚才为什么要叫我……"纪轻轻想起那两个字，只觉得耳朵烧得慌，羞得难以启齿，"那样叫我？你以前经常对裴姨的狗说爱它吗？"

她突然想起陆励行说过的，裴姨之前养的那条狗不就叫宝宝吗？

她想象了一下陆励行抱着一只通体雪白的小狗说"爱你"的模样，打了个寒战。

陆励行不自然地低低咳了一声，但还是强自镇定："想知道？"

纪轻轻点头。

"你应一声我就告诉你。"

纪轻轻疑惑地看着他。

"宝宝。"

纪轻轻蒙了。

陆励行皱眉："回我。"

纪轻轻下意识地应道："啊？"

她反应过来后，一股热流从脚底升腾而起，直冲她头顶，纪轻轻有种浑身都在烧的错觉。

"日常任务进度3/3，任务完成，生命值加1，当前生命值为8小时。"

"我们是夫妻。"

"所以呢？"

"你能喊我'老公'，我不能喊你……吗？"

纪轻轻吃了个瘪。

"还有，以后我会继续这么叫你，也只会这么叫你。"

纪轻轻："……"所以，陆励行既得了喜欢听人喊他"老公"的病又得了喜欢喊别人"宝宝"的病？

纪轻轻摇头。

"你不愿意？"

"当然！"

陆励行镇定自若地说："老实说，爷爷已经怀疑我俩的关系了。"

纪轻轻一惊："什么时候？！"

"前两天，不然你以为我为什么会大老远的跑来找你？"陆励行意味深长地看着她，一本正经地瞎掰，"你不会忘了我们的约定吧？让爷爷高兴，安度晚年。"

"记得，但是你有必要叫我……"

陆励行绞尽脑汁地撒谎，圆自己的话，还得力求滴水不漏，不让纪轻轻听出破绽来。

"当然有，而且明天秦邵会过来，就是为了替爷爷打探我们俩的虚实，我这是预先和你排练。他是爷爷一手教出来的，你可别在他面前露馅了。"

纪轻轻觉得陆励行这话有些不对，但具体是哪里不对，她又说不上来，抓不到漏洞。

"可是爷爷为什么要怀疑？"

"他老人家认为，如果我不能好好待你，就尽早分开，免得耽误了你，可是你知道，爷爷他喜欢你，如果你走了，他会很伤心的。"

纪轻轻沉默片刻。

陆励行顿了顿："好了，不说这事了，咱们再来一次。"

纪轻轻擦了擦眼泪，打起精神："行，再来！你认真一点儿！"

"行。"

陆励行认真和她对戏。

其实以陆励行的角度来看，纪轻轻的这场戏可以说感染力很强，情绪把握得恰到好处，眼泪将落未落，全在眼眶中，那副强装坚强却又痛恨不已的模样让人在不知不觉中，心就揪了起来。

陆励行的心也揪了起来。

眼泪是女人的武器，从前陆励行从不觉得，可如今他沉沉地望着泪眼婆娑的纪轻轻，明知道眼泪不是为他流的，心底却依然有股莫名的情绪，那股情绪上升，让他毫无缘由地烦闷起来。

纪轻轻望着陆励行哽咽失声，本应高涨的情绪此刻却陷入低谷，只哀哀地望着他，眼底充满了落寞与不甘。她双拳紧握，牙关紧咬，丢开了自己所有的骄傲与尊严，卑微地说道："我还是这么爱你啊陆励行……"

在她崩溃而又痛苦的表情中，陆励行脱口而出："我也爱你。"

"获得爱的回应，生命值加1，当前生命值为9小时。"

隔着泪水，她看着陆励行，磕磕巴巴地说道："在排练呢……你就不能认真点儿吗？"

陆励行眉心紧拧，沉默片刻后，抽了一张纸巾递给她："不用再排练了，你演得很好。"

"真的吗？"

"我骗你干什么？"

"骗我就不用和我排练了。"

"我是真心认为你演得很好。"

纪轻轻接过纸巾，擦了擦眼泪，还未从情绪中抽离，哽咽道："那我勉强相信你一次。"

陆励行将剧本放下，看着纪轻轻那双通红的眼睛，眉心越皱越紧，低声道："早点儿休息。"

说着，他便进了洗手间，拿出手机，忙不迭地拨通了秦邵的电话。

陆励行再一次坚定地认为，人不能撒谎。

撒一个谎需要用另一个谎去圆，掩盖另一个谎，则需要更多的谎。

纪轻轻也没注意那么多，心思全在陆励行那句"不用再排练了，你演得很好"上，愉悦地眯起了通红的双眼。

说不定，她也能在演艺圈混得很好呢。

翌日一早，睡了个饱的纪轻轻前往拍摄现场，今天的拍摄任务完成得还算顺利，依旧是蒋溯和戚静云的主场，不过看他俩的表演，昨天应该是苦心排练过的。

不过想想也是，两个人昨天都被周导骂成那样了，今天再被骂，脸可就丢光了。

中午的时候陆励行来了，说是给她第一场戏加油打气，可纪轻轻深深地觉得，他是哄她喊"老公"来了。

纪轻轻也懒得管他，在一侧等戏，主要观摩周导是如何讲戏的，不知不觉间，天边暮霭沉沉，只留下一抹余晖。

"洒水了洒水了！"工作人员高喊着，那边人工降雨的设备被推了过来。

纪轻轻晚上这场戏，就是在雨中进行的。

风一吹，凉意袭来。

"轻轻，你不要紧张，就照我刚才和你说的那些，用你和蒋溯排练时的状态去演，咱们争取一次过。"

纪轻轻点头，想起昨晚陆励行的话，心里有了些底。

"周导，您放心，我会好好演的！"

"好，演员就位！大家努力，时间不早了，咱们争取一次过！"

蒋溯站在屋檐下，纪轻轻站在雨中，雨水顺着她的脸颊落下，她闭上眼，去感受女二号该有的悲愤情绪。一句又一句台词被熟练地说出口，纪轻轻仿佛真的成了剧中的女二号，红着双眼看着屋檐下冷漠的男人，爱恨交加，在大雨中不顾一切，声嘶力竭。

"陆西臣，当初如果不是我爹冒死收留你，你早就被人杀了！这么多年，我以为石头也被我焐热了，可我没想到，你忘恩负义、狼心狗肺、卑鄙无耻！陆西臣！你到底有没有良心？！"

她看着蒋溯，一步一步地朝他走去，声音哽咽，充满了痛苦："你为什么不爱我？你到底要我怎样才能喜欢我？我可以给你一切，包括我的命！我这么爱你……"

蒋溯神情微动，垂在身侧的双手紧握成拳。

"可是……虽然你狼心狗肺、忘恩负义、卑鄙无耻，可我……可我……"

她深吸了一口气，绝望地看着蒋溯："我还是这么爱你啊陆励行！"

轰隆——

一道人工雷打下，光亮霎时间照亮了整个剧组。

整个剧组静了一静，鸦雀无声。

按剧本的安排，纪轻轻饰演的女二号朝着男主角喊完这句崩溃的台词后，接下来的剧情应该是男主角与她对视 5 秒，然后喊来侍卫将她拖出去，紧接着是一个远景。男主角站在屋檐下默然无语，而女二号被侍卫拖离庭院，在雨中拍打院门。

但纪轻轻饱含情绪地喊完那句台词后，与蒋溯对视了足足 10 秒，也没见他有所反应。

"周导。"坐在周导身侧的陆励行幽幽地喊了他一声。

周导瞬间回神。

"侍卫呢？"

两名饰演侍卫的演员没有蒋溯的台词也不敢动，周导一发话，忙上前将纪轻轻拖离庭院。

纪轻轻在二人手下挣扎，被院子里的泥泞溅了一身也没管。她被扔出院外，挣扎着从泥泞里爬起来，沾着污泥的手拍打在院门上，哀求的哭声传遍整个庭院。

"卡！过！"

人工降雨停了，人造雷也停了。

深秋季节，这儿很偏僻，远处还有层峦叠嶂，晚风一吹，能让人一哆嗦。

纪轻轻在雨中演了 10 分钟，被水浇得透心凉，又在泥泞里滚了一圈，浑身上下都是泥，头发湿漉漉地贴在脸颊上，晚风一吹，打了个寒战。

周导一说"卡"，剧组工作人员连忙上前扶她起来。

"没事没事我自己来。"

陆励行远远地望了她一会儿，看她浑身污泥还开心地笑，起身走到她面前。

纪轻轻抬头冲他一笑，脸颊上也被溅了少许的泥："你离我远点儿。"她手上身上全是泥，声音还带着号啕大哭后的嘶哑哭腔，"别弄脏你衣服了。"

"我也爱你。"

"回应成功，生命值加 1，当前生命值为 4 小时。"

地上的泥土有些滑，纪轻轻听到这话，没站稳，脚一滑，直直地往那门上扑。

陆励行手疾眼快，一把将人拦腰抱住。纪轻轻下意识地双手抓在他手臂上，笔挺的西装上登时沾了不少污泥。

上前搀扶纪轻轻的几名工作人员极为默契地四散走开，转头装模作样地去办自己的事。

　　纪轻轻瞪大了眼睛望着陆励行，又看了一眼四周的工作人员，咬牙切齿地低声道："你干吗？"

　　她压低了音量凑到陆励行耳边："剧组这么多人在，你就不能低调点儿？"

　　显然，纪轻轻演戏时入戏太深，至今还没能反应过来最后喊出来的那句"我还是这么爱你啊陆励行"有什么不对。

　　陆励行挑眉，似笑非笑地看着她。

　　纪轻轻看不懂他这表情，心里头有些恼，推开陆励行："走开。"

　　剧组的人连忙给她送来毛巾和热姜汤。

　　纪轻轻坐在周导身边，一边哆嗦着喝姜汤，一边问周导："周导，我刚才……表现怎么样？"

　　周导点头："不错。"

　　纪轻轻展颜一笑："那我能看看我刚才的表演吗？"

　　毕竟是第一次拍戏，纪轻轻对自己刚才在屏幕上的表现还挺好奇的。

　　她心里其实也没底，不知道自己演得怎样。

　　周导莫名地咳嗽了一声："你先去把衣服给换了，免得生病了。"

　　纪轻轻去车上换了一身干净的衣服，又回到拍摄现场看刚才的拍摄片段。

　　周导回放前沉声对她说了一句："轻轻啊，其实你刚才那场表演很不错，一次过，完全不需要再看一遍。"

　　"真的吗？"周导这么说，倒是勾起了纪轻轻的好奇心，"那您让我看看，我也想知道我刚才的表演是什么样的。"

　　周导沉默片刻，说："其实电视剧后期都是要配音的，现在错一两句台词没什么，你不用放在心上。"

　　纪轻轻诧异地看了周导一眼。

　　虽说周导不是业内有名的严苛导演，但专业与阅历摆在那儿，演员台词错了不是应该重拍吗？

　　不过她刚才有说错台词吗？

　　蒋溯也端着一杯姜汤缓缓走了过来，朝纪轻轻点了点头："你刚才演得很好，重拍你可能抓不到之前的那个情绪，说错一两句台词，没什么问题。"

纪轻轻眼神越发惊讶。

蒋溯当年拿最佳男主角奖的时候不是说过，最不喜欢不敬业、连台词都记不住的演员吗？

周导看了陆励行一眼，将刚才的拍摄片段放出来给纪轻轻看。

拍摄片段虽然还没经过后期制作，但纪轻轻将得知真相后的绝望与纠结、崩溃与痛苦表现得淋漓尽致，一句句强装坚定却又掩饰不住颤音的话让人不由得心都揪了起来。

她台词说得很顺畅，脸部表情无论是远景还是近景都无可挑剔。

纪轻轻兴致勃勃地看着视频中自己的表演，心里很满意最近这段时间的勤奋练习，勤能补拙这句话还真是金玉良言。

纪轻轻朝着陆励行挑眉，眼底的骄傲一览无遗。

陆励行双眼微眯，嘴角勾着一抹意味深长的笑。

"我还是这么爱你啊陆励行！"

视频中纪轻轻撕心裂肺的声音传来。

"轰隆——"

"……"

全场再次安静。

陆励行泰然自若地坐在那儿，仿佛视频中声嘶力竭喊出的名字不是他的，屏蔽周遭所有若有若无的目光，脸皮之厚让纪轻轻为之汗颜。

纪轻轻觉得自己的心脏被视频中的那个声音撕得七零八落。

原来，周导和蒋溯一个劲儿地说一两句台词错了不用重拍是这个意思。

所以她刚才在大庭广众之下又把陆西臣喊成了陆励行？

而刚才陆励行那句"我也爱你"是在回应自己？

纪轻轻觉得那道雷估计是劈在了自己头上，否则她怎么在这么多人面前，将陆西臣说成了陆励行？

她转头偷偷地看了陆励行一眼。

她想要悄悄一瞥，却正好与陆励行四目相对，被抓个正着，猛地低头，收回目光。

她刚才还一本正经地教训陆励行大庭广众之下别太过分，不到5分钟就打了自己的脸，过分的到底是谁？

她都当着全剧组人的面大声喊出这句话了，谁才过分？

而且，陆励行绝对是误会了。

一次就算了，这一次她说得这么坦荡，怎么解释？

陆励行该不会认为自己是在借这个机会向他告白吧？

刹那间，纪轻轻手心里捧着的姜汤的滚烫热意从手心直冲向脑门儿，给她一种脸上要烧起来的错觉。

周导笑了两声："说错这一句没事，没拉近景，你到配音的时候改改就行。"

纪轻轻讷讷地点头，完全不敢抬眼直视周导。

晚风一吹，在场的人又是一阵尴尬的笑。

"没事！"周导自认很贴心地为她解围，"我虽然比不上你们年轻人，但也不是什么迂腐的人，你们爱玩的那些花招和浪漫我年轻的时候都玩过，能理解。"

言外之意就是认为，纪轻轻这是在借着这个机会向陆励行表白？

周导过分了。

陆励行都没误会，周导这过度解读是几个意思？

陆励行适时地站出来，没让纪轻轻继续在这儿尴尬下去："周导，没拍摄任务的话，我就先带她回去了。"

"我们也快收工了。"周导同意了。

三十六计走为上计。

纪轻轻连忙起身，匆匆打过招呼后火急火燎地钻进保姆车。

周导看着保姆车离开拍摄现场，笑了笑，这纪轻轻之前在剧组也待了两个多月，可这两天直接颠覆了他对她的印象，难道爱情让人盲目，也让人可爱？

周导高声喊了句"收工"，全剧组的工作人员开始动作起来。

沈薇薇这几天一直很安分，除了拍摄她自己的戏份，其他时间都不出现在纪轻轻面前。

她对目前的形势看得很清楚，纪轻轻才来不到两天，便让剧组内不少人对她大为改观，不少人说纪轻轻简直换了个人似的，比从前亲和不少。

陆励行在，她也不敢说什么做什么，在剧中扮演的原本就是个小配角，戏份不多，过两天也快拍完离开剧组，可自从陆励行在纪轻轻那件事上发话后，她从纪轻轻那里抢到的资源全部还给了纪轻轻，没有资源对一个演员来说简直是噩梦，孟寻也是焦头烂额。

公司靠不住，她得靠自己。

"周导，"沈薇薇笑着走到周导面前，"过两天我的戏就拍完了，这段时间感谢您的照顾。"

"应该的，你很有天分，好好努力，总有一天能出头的。"

沈薇薇笑容黯淡不少："谢谢您，我知道我还是个新人，虽然现在没有机会，但以后我会多多努力，争取让更多的导演看到我，给我更多的机会。"

对于沈薇薇的演技，周导其实是认可的，至少比现在演艺圈不少一线演员要好，假以时日她肯定能出头。

"行，下次有机会，我们再合作。"

周导这话算是保证了。

沈薇薇连声道："谢谢您周导！"

一侧准备离开的戚静云看到这一幕挑眉，没有说话。

她身边的经纪人看了沈薇薇一眼，低声道："怎么了？"

戚静云低声嘲笑："不知天高地厚。"

沈薇薇为了博周导的眼球，当众让她下不来台这件事，戚静云这辈子都忘不了。

她低声在经纪人耳边说了两句，经纪人听后看了沈薇薇一眼，点了点头。

在回酒店的路上，纪轻轻一直低头装死，不与陆励行有任何语言以及眼神上的交流，就连进酒店电梯也是一个人垂头站在角落里。

气氛很是尴尬。

不过气氛尴尬就尴尬吧，还能比在片场尴尬？纪轻轻自暴自弃地想。

他们回到房间后，一干随行的助理都走了，只剩下纪轻轻和陆励行两个人。

陆励行身上还有不少污泥，随手脱下外套就准备去浴室洗洗。纪轻轻拉着陆励行的衣袖不让他走，一脸生无可恋："你听我解释。"

陆励行制止了她将要说的话："你先去洗澡，顺便想想怎么和我解释。"

陆励行心情愉悦地进了书房。

纪轻轻愣在原地。

这需要想吗？她不就是一时口误吗？陆励行还想自己怎么解释？

纪轻轻泡在温暖的水里，整个人舒服得都快睡着了，身体的疲乏有了缓解，直到水有些凉了，她才从浴缸内起身。

头有些沉，纪轻轻摸摸额头，感觉温度不太对。今天淋了挺久的雨，感冒发烧了也说不定，她去房间里找了医药箱，用体温计一测，39摄氏度，果然发烧了。

接了杯热水，又吃了两粒药，纪轻轻不仅不觉得感冒缓解了，一测体温，温度反而升高了。

她感冒未好之前不能和陆励行一起睡，万一传染给他怎么办。

纪轻轻给温柔打了个电话，让她再给自己开间房，准备去书房和陆励行说一声，刚推开门，就看到他正站在窗边打电话，看到纪轻轻，示意她先出去。

纪轻轻打了个哈欠。

她好困。

给他发条微信算了，纪轻轻迷迷糊糊地想，反正今天也没脸再面对他。

陆励行还让自己好好想想怎么解释……

可是这能怪她吗？

如果不是昨天陆励行非要让她把陆西臣改成陆励行，她也不会入戏那么深。

在片场丢人的可是自己！

不解释不解释，她没脸解释。

纪轻轻拿出手机发了条微信给陆励行，随后离开了2507号房。

温柔在2507号房外等着，门打开，就瞧见纪轻轻脸上有着不正常的潮红，精神恹恹的，提不起劲，连站都站不稳的样子。

"轻轻姐，怎么了？"温柔上前去扶人，刚触到纪轻轻的手，就感受到了不正常的温度，惊道，"轻轻姐，你发烧了？"

纪轻轻有气无力，懒懒地倚在温柔身上往电梯的方向走，感觉自己呼出的气都是烫的。

"有点儿。"

"轻轻姐，我们还是去医院看看吧，你看起来……"

纪轻轻摆手："没事，我以前感冒发烧都是吃两粒药睡一觉就好了。房间开好了吗？"

温柔将房卡给她，还是不放心："陆总知道吗？"

"嗯，说了。"纪轻轻打了个哈欠，刚吃了药现在困得很，实在没精神说话，"感冒未好之前，不能和他住一间房，万一传染给他怎么办。行了放心吧，感冒发烧而已，我有分寸。"

电梯门打开，两个人走进电梯，纪轻轻从电梯的镜子里看到了自己红通通的脸，暗自感叹这身体也太虚弱了。

"对了,明天上午我没拍摄任务,这样,你明天早上来找我的时候,如果发现我状态还是不好,就帮我跟周导请个假,说明一下原因。"

"好。"

温柔小心地扶着她去了新开的房间,纪轻轻一看到床立马躺下裹紧被子就睡了。温柔给她送来了些感冒药和热水,放在床边低声嘱咐她。

纪轻轻头昏昏沉沉的,眼皮重得抬不起来,也没听见温柔具体说了些什么,听她喋喋不休只觉脑子要炸开似的疼,只随意地嗯了两声表示听见了,翻了个身,用被子将自己裹得严严实实。

世界安静了。

温柔无奈,轻手轻脚地离开房间。

而此时的2507号房里,陆励行刚打完电话。

电话是陈书亦打过来的,汇报那天陆励行刚来影视城时发现的林副导演与孟寻交易一事的调查结果。

公司内部已调查清楚,孟寻自己也承认了,这是她自作主张去办的。

通过孟寻,陈书亦也揪出了天娱娱乐内部的一些污垢,从孟寻到黎副总监,中间大大小小牵扯出了十来个人。

陆励行让陈书亦好好整顿公司,说完便将电话挂了。

陆励行刚挂电话,陆老先生的电话就打了进来,也没什么大事,就是关心关心他俩。陆励行将这两天的事都与陆老先生说了一遍,想让纪轻轻也和陆老先生说两句话,可找遍了整个房间也没找见纪轻轻的人。

"励行,怎么了?轻轻呢?"

陆励行看着整齐的床铺,说:"她有些事,待会儿我让她给您打个电话。"

"算了,我也没什么要紧的事,她拍戏一天估计也累了,让她好好休息。"

"行,那您也早点儿休息。"

挂了电话,陆励行拨打纪轻轻的手机,打了三次都没人接。

退出通讯录之后他才发现,纪轻轻给他发了一条微信:"陆先生,我生病了,为了不传染给你,今晚就不和你一起睡了。"

陆励行看着屏幕上的几个字,叹了口气,给秦越打了个电话询问纪轻轻去了哪个房间,秦越表示并不清楚,5分钟后他亲自过来,说温柔给纪轻轻开了个房间,纪轻轻现在正在1908号房。

温柔站在秦越身后,低声道:"我问过轻轻姐,她说陆总您知道,所以我就……"

陆励行二话不说,直接道:"房卡给我。"

温柔将房卡递给他。

陆励行雷厉风行地去了19楼。

他刷卡进房,大床上被褥凌乱成一团,看不到头也看不到尾,床边还有一杯凉透了的水和药。

陆励行站在床边,扒开裹紧的被子,看到了纪轻轻的头。

"纪轻轻,醒醒。"

纪轻轻呼吸沉重,一点儿苏醒的迹象也没有。

陆励行看她脸颊绯红,额上冒着细汗,将手背贴在她的额头上,手背上传来的滚烫温度让他不由得皱眉。

秦越和温柔进房。

陆励行看了他们一眼:"这附近有医院吗?"

"有一家。"

"去开车。"

秦越点头,离开房间去楼下准备车。

陆励行将纪轻轻裹得严严实实的被子拉下来,她的睡衣几乎湿透了,可身体温度高到烫人。

他让温柔去楼上拿一件纪轻轻的长大衣下来,帮她穿上后双手拦腰将人抱起,往外走。

这么大的动静,纪轻轻也没醒,头歪在陆励行怀里,手脚无力地垂着,怎么叫也叫不醒。

温柔跟在陆励行身后,急得都快哭了:"轻轻姐没事吧?都是我不好,我应该再劝劝轻轻姐的。"

陆励行沉声道:"别急,待会儿去医院检查就知道了。"

两个人乘坐电梯下楼,在楼下遇见了收工回来的剧组人员,见陆励行抱着纪轻轻,少不得要多问几句以示关心。

可陆励行哪有时间和他们闲聊,一言不发地冷着脸,穿过人群往外走。

秦越的车在外面等着,陆励行将人抱上车后,车朝着附近的医院开去。

路上纪轻轻倒是醒了一次,或许是因为道路太过颠簸,迷迷糊糊地睁开眼睛扫了一眼车内,随后又闭上眼睛,嘟囔道:"干吗啊?"

陆励行低声道:"送你去医院。"

纪轻轻皱眉:"不用了,我睡一觉就好了。"

说完，她又睡了过去。

20分钟后，医院到了。

陆励行将人抱下车，往医院急诊室走去。

幸好这儿偏僻，急诊室里没有病人。医生一见陆励行抱着个昏迷不醒的女人进来，还以为病人受了很严重的伤，直接将值班的急诊科主任叫了过来。

陆励行将纪轻轻放在急诊室内，自己与秦越几个人坐在门外等。

"秦哥，轻轻姐不会有事吧？"温柔不安地问。

秦越沉默着不说话。

"我听说，高烧也会把人烧成傻子……"

秦越沉声道："别胡思乱想，没事的。"

陆励行脸色凝重地望着急诊室方向，双手不自觉地握紧。

只是普通的感冒发烧而已。陆励行在心里这么想。

10分钟后门开了。

医生从急诊室出来，摘下口罩。

"医生，怎么样了？"

"没什么大事，就是发烧了，39摄氏度，这边的建议是打一针，待会儿估计就能退烧，睡一觉明天应该就能好了，你们不用担心。"

"不用输液吗？"

"不用。"

"谢谢医生。"

三个人心里都松了口气。

陆励行一言不发地进了急诊室，抚了抚纪轻轻的额头，还是如刚才一般滚烫。

三个人在急诊室内坐了一会儿，半小时后有护士前来量体温："病人开始退烧了，没什么大事你们领她回去吧。"

陆励行将人抱起："回酒店。"

三个人来回折腾了近三个小时，回到酒店时已经是十点多了，陆励行让他们回去休息，自己将纪轻轻抱回了房间。

纪轻轻一路颠簸也没醒，在床上睡得昏昏沉沉的，脸色倒是没之前那么红了。

洗漱完后，陆励行上床睡觉，纪轻轻如往常一样凑了过来，手抱在陆励行的腰上，两个人离得极近。

但今天与往常不同，纪轻轻高烧还没完全退下，摸着陆励行的身体，只觉得冰冰凉凉的舒服得很，忍不住朝他怀里凑，手不安分地在那儿摸来摸去。

陆励行也是个正常的男人，纪轻轻灼热的气息喷在他下颌上，因为高烧而红润的脸近在咫尺，陆励行喉结滚动，一手紧紧攥住纪轻轻的手，低声道："纪轻轻。"

纪轻轻毫无反应。

"日常任务进度0，5分钟后进行盘点。"

"纪轻轻。"

纪轻轻眉心紧皱，似乎不满耳边这恼人的声音。

"醒醒。"

纪轻轻半睡半醒，眼睛眯成一条缝，看了一眼陆励行，又闭上了眼。

陆励行看着她潮红的耳尖，凑过去低声道："宝宝。"

也不知道听没听见，纪轻轻有气无力地应了一声："嗯……"

"宝宝。"

"干吗？别吵……我要睡觉……"

陆励行拎她耳尖，嘴角勾起一抹愉悦的笑，很是恶劣："宝宝。"

"干吗呀！"纪轻轻被吵得烦了，捂着耳朵翻了个身，抢走了陆励行身上大半的被子。

"日常任务进度3/3，生命值加3，当前生命值为3小时。"

陆励行扯了扯纪轻轻身上的被子，被子被她搂在怀里箍得死死的，一点儿也扯不出来。

他也不急，静静地躺在床上，心中默念：5、4、3、2……1。

纪轻轻翻身，手抱在他的腰间，脚放在他的大腿上，抱着抱枕似的，一脸满足。

翌日一早，日上三竿，纪轻轻这才迷迷糊糊地醒过来。

睁开眼坐起，她摸了摸自己的额头和脸颊，虽然还有些头晕，但烧好像是退了。

她看了一眼时间，时钟显示十点半。

纪轻轻一惊：不好！去剧组迟到了。

陆励行从外面走进来，看了一眼正准备起床换衣服的纪轻轻，制止了她下一步的动作，用手心摸了摸她的额头，确定她的温度和自己差不多后说：“你昨晚发烧，我替你向周导请过假了。”

"发烧？"纪轻轻想起来了，昨晚她确实是发烧了，好像，陆励行还送自己去医院了。

"谢谢你昨晚送我去医院。"

陆励行望着她："下次有什么事可以和我说。"

"我这不是怕传染给你吗？你当时又在打电话，我困得很，而且就是个发烧而已，不是什么大事，以前我都是睡一觉就好了。"

"咕噜，"纪轻轻的肚子不合时宜地响了起来，她尴尬地看着陆励行，说道："饿了。"

昨晚她没吃饭，今天这个时间才醒，胃里空空如也，她饿得很。

陆励行起身往外走："你自己问问酒店还有什么吃的，让他们送点儿上来，我还有事，你自己好好休息。"

纪轻轻点头，伸手就去拿手机。

"死亡警告，请询问您的妻子纪轻轻想吃的饭菜，并亲自动手，按照菜谱做一顿饭给她。"

陆励行拉门的手一顿。

陆励行僵在原地很久，转身，目光沉重地看着纪轻轻："想吃什么？"

被陆励行这么一问，纪轻轻眼前飘过无数好吃的，咽了一口口水："我想吃——"

陆励行打断她："想清楚再说！"

第七章
对 决

纪轻轻认真地想了想:"我想吃裴姨做的——"

陆励行再次打断她:"裴姨不在这儿,你吃不到她做的。"

纪轻轻不满地看了他一眼:"我知道裴姨不在这儿,可是酒店的厨师说不定能做呢?"

"现在这个时间酒店后厨的人都在休息,而且这里偏僻,太复杂的说不定没有原料,做不出。"

纪轻轻语气不忿:"那你还问我想吃什么?"

昨晚她发高烧,现在说话声量拔高,她就觉得喉咙撕裂了一般地痛。

陆励行戳在原地听她语气中的埋怨,片刻后去厨房,端了杯温水回到房间,一并将感冒药送到她手上,低声道:"你昨晚发烧,身体还没完全恢复,吃点儿清淡的,吃点儿白米粥。"

纪轻轻看着凑到面前还冒着热气的水杯,接过,吞了两粒药,又喝了两口温水,喉咙的疼痛感消退不少。

"白米粥?不要!"

"白米粥好消化,对身体好。"陆励行一本正经地向她讲解白米粥的好处,"大米有很多功效,比如补中益气、健脾养胃、止渴、止泻,你病还没好……"

"我不吃白米粥。"纪轻轻选择自力更生,"我自己出去吃。"

说着她就要下床。

陆励行兵败如山倒，咬牙切齿地问道："那你想吃什么？"

纪轻轻认真地想了想："想吃……"

陆励行的心提了起来。

"玉米虾仁。"

他是要将玉米和虾仁一起炒就行？

"想吃你那天送去剧组的苏眉鱼。"

他将鱼蒸熟就行了？

"还有……"

"还有什么？"

纪轻轻朝他神秘地笑笑，陆励行眉心紧拧，深觉纪轻轻接下来要说的菜怕是不好办，正提着一口气，就听见她说："炒青菜！"

陆励行那口气松了下来，只要把青菜放锅里随便炒炒就行了，或者放水里随便煮煮。

三道菜，听起来并不难做。

"你先休息，我来办。"

说着他起身朝外走，给酒店的经理打了个电话，报了这几个菜名。

酒店经理不敢怠慢："陆先生，请您稍等，我去通知厨房让他们尽快把这几道菜做出来。"

"不用做，"陆励行看了一眼紧闭的房门，低声道，"将这些食材以及配料都送上来。"

食材和配料送上来？

酒店经理瞬间明白了陆励行的意思。

套房配有厨房，以便入住的客人心血来潮做饭。他早就听说陆励行入住套房后，是与纪轻轻住在一起的，做饭不过是一种情趣而已。

"好的陆先生，我马上让人去准备。"

电话挂断20分钟后，酒店工作人员将陆励行所需的材料送了上来，一一放在厨房。

一名服务员低声道："陆先生，不好意思，我们酒店没有苏眉鱼。"

"没有？"

"是的，苏眉鱼昨天就已经卖完了，我们这边给您送来的是石斑鱼……"

"我只要苏眉鱼。"陆励行看着那条看不出是何品种的鱼，挥手，"算了，你们先出去吧。"

酒店服务员笑着离开房间。

陆励行再次给酒店经理打了个电话，让他务必想办法弄一条苏眉鱼来。

酒店经理不得不硬着头皮应了下来。

虾在袋子里活蹦乱跳，鱼在水里吐着泡泡，玉米粒中间还夹着须，食材十分新鲜，酱料也都是未开封的，可陆励行看得眉心紧蹙，一副颇为凝重的样子。

相比办公室、会议室、谈判场，厨房是他从未涉足过的区域，别说做饭，就是这些酱料也是没见过几次。

他在那堆酱料中翻翻看看，熟悉了之后将平板电脑打开，翻开这些菜谱的视频教程，将衣袖卷起，跟着视频里的人一步步做起来。

首先是玉米虾仁，他将玉米一粒粒地从玉米棒上剥下来，剥了十来分钟，才剥下来不到一半。

陆励行脸色阴沉得可怕，剥下来的玉米粒，被他用手指捏碎了大半。

脚步声从客厅里传来。

看到厨房里低头全力剥玉米粒的陆励行，纪轻轻大惊："你在干什么？"

陆励行抬头看了她一眼："剥玉米。"

纪轻轻在房间里听到了些声音，以为是酒店服务员将饭菜送来了，还想着酒店速度真快，半个小时不到就送饭来了。结果她洗漱好出房门，不仅没闻到想象中的饭菜香味，就连陆励行也没个人影。

她找了一圈，这才在厨房里找见了他。

"我不是在问你在干什么，我是在问你，你这是在干什么！"

纪轻轻被自己绕晕了，看着那被陆励行捏扁了的玉米粒："我的意思是说，你为什么在这儿剥玉米粒？"

"给你做饭，看不出来吗？"

给她做饭？纪轻轻大惊。

陆励行给她做饭？他开什么玩笑？

"酒店不能做吗？"

陆励行专心捏玉米粒，一本正经地瞎掰："酒店厨房设备有问题，正在抢修中，酒店厨房的厨师都放假了，谁给你做饭？"

"放假了？"纪轻轻连忙道，"那你放着，我叫个外卖，这儿离剧组不远，能送外卖到剧组的地方，也能送外卖到这儿。"

纪轻轻拿出了手机，准备叫外卖。

陆励行这十指不沾阳春水的大少爷亲自下厨给她做饭？

就算陆励行愿意做，她也不敢吃啊。

陆励行眼瞧着她就要打电话叫外卖，忙放下手里的玉米粒，大步朝她走去，从她耳边将手机夺了过去："你病刚好，不能吃太油腻的。"

"我叫清淡点儿的就行了。"

"外面饭店不干净。"

纪轻轻解释："干净的，剧组那么多人吃都没事。"

说着她就要去抢陆励行手里的手机。

陆励行仍然不松口，将手机举高至头顶，不让纪轻轻轻易够到。

"食材都送上来了，不做浪费了。"

"可是……"

"自己做干净点儿。你如果饿了先吃点儿水果，饭菜马上就好。"

两个人僵持在厨房门口。

最后还是纪轻轻看陆励行坚持，率先妥协，无奈地点头："那好吧。"

说着她进了厨房，看了一眼新鲜的食材，捋起袖子，放下砧板拿起菜刀就准备动手。

陆励行一个箭步冲过来，夺下她手里的菜刀："你干什么？"

纪轻轻诧异地望着他，理直气壮地说道："做菜啊。"

"你放下，我来。"

"行了，我只是发烧而已，而且也差不多好了，厨房里这个活儿你这个大少爷干不了。"

真让陆励行下厨，她这顿饭指不定什么时候才能吃上。

陆励行却坚持将她推出厨房："你去休息，这顿饭我来做。"

纪轻轻妥协："行，那我在这儿看着你做饭行吗？"

陆励行同样妥协："行。"

陆励行又回到厨房里，在灶台前继续剥玉米粒。纪轻轻看他一粒一粒地剥得颇为费劲，忍不住上前帮他："玉米粒不是这样剥的，你这样一粒一粒剥得剥到明天。看，这样，你用刀把这一条玉米粒都剥下来，然后用刀一条一条地削，很快的。"

就在纪轻轻说话的时候，她手上那根玉米被她剥了一半不止："玉米我来剥吧。"

陆励行看着自己剥了十几分钟的玉米，谨慎地问了系统一声："这算违规吗？"

"打下手不算。"

陆励行转身去处理活蹦乱跳的他吃过没弄过的虾。他直接将基围虾掐头去尾扔到盘子里，纪轻轻这边把玉米粒剥好用盘子装好了，就看到陆励行在那儿处理基围虾。

基围虾倒是比玉米好处理，陆励行三两下就把虾头全部掐完了。

"你没去虾线？"

纪轻轻看了那只虾，指着虾上的壳："做玉米虾仁你得把虾壳和虾线去了才行。"

陆励行眉心能夹死苍蝇："不去不行？"

"不去怎么吃？"

陆励行照着纪轻轻教的，耐心地去除虾壳和虾线。

虾壳很好去，特别是这种新鲜的基围虾，一剥就剥落了虾的一个关节上的壳，可陆励行剥的虾壳大多不完整，这么多虾，基本是纪轻轻在善后。

把所有的虾壳处理完，陆励行第一次深切地感受到了劳动人民做一顿饭的艰辛。

纪轻轻看了一眼厨房里的其他食材，地上的小桶里传来扑腾声，走过去一瞧，里面是条身上有许多斑点的鱼。

"这是苏眉鱼吗？"

"不是，这是石斑鱼。"陆励行说，"我已经让他们去找苏眉鱼，待会儿应该能送来。"

"没关系，石斑鱼清蒸也很好吃，别麻烦了。"纪轻轻说着就要捞那条石斑鱼。

陆励行抓住她的手腕："你想吃苏眉鱼，就一定让你吃到。"

纪轻轻挑眉，对那条石斑鱼说道："好吧，今天先放你一马！"

陆励行起身，看了一眼炉灶上的锅，学着视频里的样子，放油将油烧热。

他没经验，放油前没把锅里的水烧干，这锅里的油一热，立马噼里啪啦地溅了起来，好几滴溅到了陆励行的白色衬衫上。

纪轻轻环顾四周，从厨房柜子上找出一条围裙，抖开后对陆励行说道："你过来，我给你穿上。"

那围裙是粉色的，上面印有淡蓝色的小花纹。陆励行看了一眼，坚定地拒绝："不穿！"

"那油都溅到你衣服上了，很难洗的。"

"难洗就扔了。"

纪轻轻叹了口气。

这陆励行还真是个大少爷,一件价格为五六位数的衬衫,说扔就扔。

不过也是,他身家那么多,扔一两件衬衫算什么。

"你来这儿没带几件衣服,多扔几件可就没的穿了。"

陆励行想起衣柜里零星的几件衬衫,沉默了下来。

纪轻轻走到他身后,将围裙围在他身前,并将围裙的带子在身后给他系上。

陆励行低头看着自己身上的粉色围裙,万般无奈地端起虾仁就往锅里倒。

虾仁遇到滚油,油溅出了好几滴到围裙上。

"这样就不会弄脏衣服了。"

陆励行面无表情地挥着锅铲,虾仁在高温的作用下开始变红,他学着视频里的样子倒了些料酒去除腥味,像模像样地翻炒了一会儿,将玉米粒倒了进去。

玉米的香味散开。

"好香啊。"纪轻轻被勾得饥肠辘辘,凑过去闻,一粒玉米从锅里飞溅出,溅到了纪轻轻手背上。

"哟——"纪轻轻捂着手背,倒吸了口凉气。

"怎么了?"

"没事没事,"纪轻轻松开捂着的手背,那儿红了一块,"一会儿就好了。"

陆励行抓过她的手背看了一眼。

纪轻轻皮肤白皙,平时稍稍磕着碰着就是一块瘀青,被溅出来的玉米粒烫到了,也有一小块皮肤通红,陆励行将她的手拉到水龙头下冲凉水。

"没事,不疼。"

陆励行却紧拽着她的手不放:"冲一会儿。"

纪轻轻深觉大少爷少见多怪,不知人间疾苦,这点儿红根本不是事,根本不用这么大惊小怪。

"没事的,一会儿就消了……什么味道?"纪轻轻鼻子嗅了嗅,"虾仁!"

纪轻轻抽出手,身后的虾仁有不少已经烧焦了,还有了起火的势头,陆励行连忙将火关了。看着一锅有点儿煳的虾仁,两个人都发愁。

"没事,你看,还有挺多没煳的,咱们把煳的都挑出来。"陆励行觉得让他重新弄一道玉米虾仁的话,第二次剥玉米粒和虾仁估计能把他逼疯。

他将煳了的玉米粒和虾仁细心挑出来:"这不就行了?放盐了吗?"

"还没。"

纪轻轻去拿盐,一只透明的小调料瓶就放在灶台一角。纪轻轻扫了一眼,拿起它往锅里撒了一点儿。

"等等——"陆励行眼尖,看到了调料瓶底下有个小标签,上面写着"糖"。

"怎么了?"

门铃响了。

"去开门。"

纪轻轻放下调料瓶去开门。

陆励行看了一眼那个调料瓶,确定了刚才纪轻轻放的是细砂糖而不是盐,而贴了"盐"的标签的调料瓶藏在一堆调料瓶的最里边。

重做是不可能重做的,陆励行想了想,夹了块虾仁尝了尝,幸好纪轻轻糖放得不多,虽然甜,但还可以忍受的范围内,总之能吃,于是他又在锅内倒了点儿盐进去。

门外是酒店的服务员,是特地过来送苏眉鱼的:"纪小姐,陆先生要的苏眉鱼我们带来了。"

纪轻轻看到那名服务员提着的一个小桶:"你们进来吧。"

服务员进房,扫视了一圈,询问道:"纪小姐,我们这鱼……"

"给我吧,麻烦你们了。"

"不麻烦。"

陆励行拿着锅铲从厨房内走出,迎着两名服务员惊恐的眼神走到纪轻轻面前,看了一眼桶里一动不动的苏眉鱼:"还活着?"

一侧的服务员看得眼睛都直了。

在接到陆励行的电话时,她们还以为是纪轻轻心血来潮要做饭,可现在看着陆励行穿着粉色围裙,拿着锅铲的模样,这哪里是纪轻轻要做饭,明明就是陆励行在做。

想到这儿,两名服务员不禁将好奇的目光投在纪轻轻身上。

将一个男人收服得如此彻底,她是怎么做到的?

陆励行没听到回答,回头看了二人一眼:"死了?"

一名服务员回神:"不不不,还活着,您看。"那服务员晃了晃桶,苏眉鱼在桶内甩了甩尾巴,"活的!"

两名服务员笑道:"陆先生,如果没什么事,我们先走了。"

陆励行嗯了一声。

关上房门,纪轻轻提着装了苏眉鱼的小木桶往厨房去。陆励行弓身,手在她手背上擦过,顺势将小木桶接了过去。

"苏眉鱼怎么做?"

"清蒸。"

想起那天鲜嫩的鱼肉口感,纪轻轻更觉饥肠辘辘。

站在小木桶前,纪轻轻与陆励行不约而同地保持着沉默。

酒店没帮他们把鱼处理好。

"你会杀鱼吗?"纪轻轻问他。

"不会。"

"那怎么办?"

"直接放到锅里蒸。"

"那怎么行!它肚子里还有那么多脏东西。"纪轻轻想了想,深觉这个时候还是得她动手,撸了袖子提了刀,跃跃欲试,"算了,我来!"

纪轻轻将苏眉鱼从小木桶内捞出,放在砧板上,学着平时在菜市场里见过的杀鱼师傅的样子,一手摁着苏眉鱼的脊椎处,刀放在它的肚子上,正准备用力往下割,这条苏眉鱼仿佛感到了几分危险,从砧板上一跃而起,猛烈地挣扎着,水花乱溅,从料理台台面上蹦到了地上。

纪轻轻脸上身上全是苏眉鱼蹦跶时被溅上的水渍,她擦了擦脸,怒了:"今天我非杀了你不可!"

说着她便蹲下去捉鱼。

可那鱼身上滑得很,她两只手去捉,鱼一挣扎,又滑下来掉在地上。

陆励行看纪轻轻一次又一次地蹲下去捉鱼,无奈地说道:"我来吧。"

力气大总是管用些。

陆励行两只手一把将苏眉鱼抓住,苏眉鱼安静了一会儿,纪轻轻连忙说道:"快快快,放砧板上!"

下一秒苏眉鱼尾巴猛地摆动,想要挣脱陆励行的束缚。

纪轻轻去帮陆励行的忙,抓住它不停摆动的鱼尾巴。这鱼劲儿实在是大,纪轻轻难以控制住,恼了,厉声冲着它喊道:"不许动!"

两个人合力将苏眉鱼镇压在砧板上。陆励行举起刀,手起刀落,十分残忍地将苏眉鱼的头与身体分离了。

方才还活蹦乱跳的鱼儿现在安静地躺在砧板上，任陆励行为所欲为。
纪轻轻看着陆励行："你剁它头干什么？"
陆励行脸色已经到了不能再难看的地步，嘴里挤出两个字："杀鱼。"
"你应该把它的肚子剖开，然后把肚子里的东西弄出来，你直接把头给砍了，好残忍啊！"
陆励行举着血淋淋的刀望着她，幽幽地道："我残忍？"
纪轻轻愣怔片刻，沉声道："顺便把它肚子剖了吧。"
陆励行极其残忍地将苏眉鱼的肚子剖开，放上蒸锅加水蒸。
纪轻轻将还在锅里的玉米虾仁装盘，想起刚才自己放的"盐"似乎不太够，又拿起那罐调料。这回她看到了底下的标签，是盐没错，于是往锅内又撒了一些，小火加热后装盘。
"再炒个青菜就可以吃饭了。"
陆励行将那青菜洗干净放油炒了，虽说最后炒出来的东西不太像青菜，但闻着是一股青菜的味道。
纪轻轻皱眉看着陆励行做出来的玉米虾仁和炒煳了的青菜，突然就不饿了。
门外传来一阵敲门声。
纪轻轻打开门一看，来者是温柔和秦越。
"轻轻姐，你病好了吗？"
"好多了，你们怎么来了？"
温柔朝她神秘兮兮地笑道："我和秦哥特地去当地的市场买了些滋补的食材，让酒店厨房帮忙做了一下，特地给你送过来的。"
纪轻轻这才发现，秦越手里提了几个保温盒。
"酒店厨房？不是设备有问题，厨师放假了吗？"
"设备有问题？放假？没有啊，我和秦哥刚从厨房那边来。"
可是陆励行不是说酒店厨师放假了吗？
"谁啊？"陆励行的声音在纪轻轻身后响起。
纪轻轻推开门让两个人进来。
"是秦越和温柔，他们来给我送饭。"纪轻轻看着他，"你不是说酒店厨师放假了吗？"
陆励行刚将苏眉鱼放下，表情一滞，若无其事地转身，一本正经地扯谎："可能我打完电话后就修好了。"
纪轻轻嘀咕着，但也没过多怀疑，招呼着秦越和温柔进屋。

陆励行站在餐桌边，微眯了双眼看着二人："送饭？"

秦越与温柔脚步一顿，相当默契地停下了脚步。

陆励行在两双眼睛的注视下，淡定地将身上还没来得及脱下的粉色围裙解下来，冷冷地看着两个人。

秦越还能稍稍控制一下自己的表情，然而温柔的目光随着陆励行脱下的围裙转动，就差把"陆总你竟然会做饭"这几个字写在脸上了。

"来得早不如来得巧，我们刚做好饭，愣着干什么，坐下啊！"纪轻轻招呼道。

这似乎并不是个好的巧合，对秦越和温柔而言。

纪轻轻伸手去接秦越的保温盒，打开，里面有炖好的鸡汤，有清蒸的鱼肉，有晶莹剔透的虾仁，还有青翠的时蔬小菜，色香味俱全，令人垂涎欲滴。

纪轻轻的馋虫被勾了出来："都是我喜欢吃的，秦哥，谢谢你。"

陆励行的脸色一点儿一点儿地阴沉下去。

"你们坐下一起吃啊，这么多菜，我肯定吃不完，这些都是陆先生做的，你们有口福了，我给你们去拿两双筷子。"纪轻轻起身朝厨房走去。

秦越看着餐桌上的菜，可不认为自己有这个福气消受它们。

纪轻轻从厨房出来，将碗筷递给秦越和温柔："别客气。"

秦越和温柔看了一眼桌上的菜，将目光放在那盘勉强可称为玉米虾仁的菜上，一人夹了一个虾仁，嚼了两口，再次默契地停下嘴里动作，对视了一眼，均看到了对方眼底的绝望。

喉结滚动，两个人将虾仁整个咽下，不敢再嚼一口。

陆励行看着两个人，神色微沉，眼中锐利的光芒尽显："好吃吗？"

"好吃！"

"特别好吃！陆总，您手艺真的太好了！"

纪轻轻笑道："好吃就多吃点儿。"

两个人放下筷子，不约而同地想：他们刚才吃的是什么？是虾吗？如此美味的虾竟然能被做成这种口味，陆总是怎么做到的？

"我们吃好了。"

"对对，轻轻姐，吃好了。"

纪轻轻皱眉："你们就吃了一个虾仁。"

"饱了！"

"对，我们饱了，特别饱！"

二人起身。

三十六计走为上计，再待下去，再吃两口，他们估计得升天吧？

"轻轻，没什么事我们就不耽误你和陆总吃饭了，我们还有点儿事，就先走了。"

"对，我们先走了，陆总，轻轻姐，再见。"

在陆励行点头后，二人落荒而逃。

那饭菜，简直是要人命。

幸好他们今天去送了饭菜，否则明天岂不是要出人命？

纪轻轻坐在餐桌边上，迟疑着拿起筷子夹了一个虾仁放进嘴里，嚼了两下，终于明白秦越和温柔的脸上那见了鬼一般的表情是因何而来了。她看着陆励行，强行挤出一抹笑，囫囵将虾仁吞了下去。

看纪轻轻脸上表情的变化，陆励行就能猜得出玉米虾仁的味道。

"不好吃？"

纪轻轻勉为其难地夸奖他："其实，第一次做能做成这样，已经算不错了。"

陆励行夹了一个虾仁，嚼了一口便停了，咽又不想咽，吐又不能吐，最后面无表情地吞下虾仁。

纪轻轻又夹了一块苏眉鱼肉："你放醋了？"

"醋？"陆励行想起自己放的黑色调料，放的时候他没注意它到底是什么，此刻心里没底，"放的应该是生抽吧？"

纪轻轻实在不想动那盘青菜，可又不能不给陆励行面子，鼓起勇气嚼了两口，沉默地将秦越送来的几份饭菜推到陆励行面前："这些应该还不错，中午我们吃这个。"

陆励行做的这些黑暗料理，打死她也不吃！

"死亡警告，必须吃完所有饭菜的50%才算成功。"

陆励行将危险的目光投向纪轻轻。

"谁吃都可以的！"

秦越和温柔送来的几个菜都出自酒店大厨之手，色香味俱全，让人很有食欲。

反观陆励行做的那几道菜，清蒸苏眉鱼倒还好，像模像样地保留了鱼本身的颜色，但是鱼肉蒸过头失去了原有的鲜嫩口感，再加上浓浓的醋味，白瞎了名贵的苏眉鱼。玉米虾仁则是虾仁一头黑一头焦，又咸又甜。至于那盘黑乎乎的青菜，直接让人失去了对食物的欲望。

纪轻轻本着为陆励行着想的念头,将秦越送来的饭菜摆放在陆励行面前:"陆先生,今天辛苦你了。"

陆励行眉心紧锁,幽幽地看了她一眼。

他只给了一个眼神,纪轻轻就明白了,顺势改口:"老公,今天辛苦你了。"

"生命值加1,当前生命值为1小时。"

陆励行双眼微眯,上身微微朝前倾,靠近纪轻轻,低声道:"我头一次做饭,你是不是应该有所表示?"

纪轻轻往后靠,拉开与陆励行的距离。

"表示?"

陆励行将被纪轻轻推走的玉米虾仁拉了过来。

"这盘玉米虾仁,玉米我处理了半个小时,虾我处理了20分钟,被虾壳划伤了2次,被油溅到了4次。"

纪轻轻看着他完好无损的手:"需要去医院吗?"

"你听我把话说完。"

"你说。"

他将苏眉鱼端了过来。

"苏眉鱼我洗了10分钟,现在手上还有腥味。"

"用洗手液洗一洗可以去腥味的。"

"还有这盘青菜,是我一根一根地洗干净的。"

纪轻轻试探地说道:"谢谢你老公,特意为我做这顿饭。"

"生命值加1,当前生命值为2小时。"

"就这样?"

纪轻轻恍然大悟。

也不知道这陆励行是怎么管理公司的,有要求还绕这么大一个弯子。

"老公,你今天为我做饭,我真的特别感动,为了感谢你,"她深吸了一口气,"老公老公老公老公老公老公老公老公老公老公老公老公!"

"生命值加12,当前生命值为14小时。"

"够了吗?"

"不够。"

"老公老公老公老公老公老公老公老公老公。"纪轻轻观察他愉悦的眼神,笑道,"这下总够了吧?"

"生命值加9,当前生命值为23小时。"

"不够。"

纪轻轻拧眉:"那你想怎样?"

陆励行目光落在桌面上的那三盘菜上:"我做的这些菜,吃一半。"

"……"

陆励行这是什么蛇蝎心肠?他让她尝尝味道就行了,还想着让她吃一半?他想让她死吗?

纪轻轻连忙摇头拒绝。

不吃,她打死也不吃。

她吃一口都差点儿中毒,吃一半怕是要升天吧?

"我辛辛苦苦为你做顿饭,你——"

"打住!"纪轻轻在陆励行说出长篇大论来道德绑架她之前打断了他,"陆先生,你花这么多时间和精力为我做饭,我很感激,也很荣幸,但一码归一码,做饭之前是你问我想吃什么我才说的,而且我在听说酒店厨师放假后,可是要点外卖的,但是被你否决了。"

"你的手艺我已经尝过了,为了安全着想,咱们还是吃秦哥送来的饭吧。"

陆励行语气低沉:"真不吃?"

纪轻轻猛摇头:"不吃。"

陆励行心里盘算着:"不吃也行,叫我100声'老公'这件事就过去了。"

"……"

他太过分了!

陆励行真是越来越过分了!

以前10声、20声就算了,现在他直接要求100声!

他当她是复读机吗?

他这么想听别人喊他"老公",不如用录音机录下来循环播放好了!

她拿出手机,打开录音功能,冲着手机喊了句"老公"。

"干什么?"

纪轻轻录音后将手机放到陆励行面前:"你不是想听吗?放录音也是一样的。"

说着她便点开录音,一遍遍地放给他听。

录音机里纪轻轻一遍遍地喊着"老公",然而陆励行的生命值毫无变化。

陆励行将那录音关了。

"好歹也是我特意为你做的，给点儿面子？"

"老公，这虽然是你第一次下厨，确实值得纪念，但是也没必要吃一半来庆祝。这样吧，我再吃两口。"

"生命值加1，当前生命值为24小时。"

说着，纪轻轻视死如归地夹了一筷子鱼肉，尝了一两根青菜，咽了一勺玉米粒，以示敬意。

"再吃两口。"

纪轻轻脸色一颓，将筷子放下："老公，我还是个病人……"

"生命值加1，当前生命值为25小时。"

陆励行目光沉重地望着那三盘菜，拿着筷子夹了一大块鱼肉，深吸口气将鱼肉放进嘴里。

清蒸苏眉鱼在这三道菜里是最容易下口的，除了肉质有些老，口感有些酸，没什么太大的毛病。

"你干吗？！"纪轻轻以一种"你疯了"的眼神看向他。

这菜能吃吗？

"吃饭。"

"这饭能吃吗？别吃了。"纪轻轻担心陆励行继续自讨苦吃，夹了一块炖煮软烂的鸡肉到他碗里。

陆励行又夹了一个虾仁往嘴里塞，嚼了两口，虾仁又甜又咸，让他的脸色比厨房里那锅底还要难看。

刚才做饭的时候纪轻轻错将糖当成了盐，他当时为什么不指出来并重做，为什么要抱着侥幸心理将错就错？就算让酒店重新送上来食材也比现在生吞硬咽的好。

纪轻轻看着他强迫自己吃自己做的饭，眉心紧皱，腮帮子生疼。

陆励行握紧筷子，咸与甜的口感交替凌迟着他的味蕾，舌尖都快麻木了。终于，在吃了七个虾仁后，他面无表情地将虾仁吐了出来，向现实妥协："算了，都倒了吧。"

纪轻轻唯恐他再做出伤害自己的行为，忙将那三盘菜倒进垃圾桶里，又倒了杯温水给他："喝口水，漱漱口。"

陆励行连喝了三大杯水，才将嘴里乱七八糟的味道勉强压下。

"任务失败，扣除生命值20点，当前生命值5小时。"

"20点？"

"任务难度越大，对应的生命值越高。"

陆励行将危险的目光投向纪轻轻。

正在夹菜的纪轻轻意识到了什么，突觉几分凉意，抬头看他。

"怎么了？"

"两天前在片场，你说晚上我想怎样就怎样，至今还没实现，怎么说？"

纪轻轻的筷子停在半空中。

之前在片场为了缓解尴尬，她是敷衍了陆励行这么一句，没想到陆励行记在心里还当真了。

纪轻轻若无其事地夹菜吃饭："这不是还没到晚上吗？"

"行，"陆励行意味深长地道，"晚上我等你。"

纪轻轻手一顿，察觉到了一丝危险的意味，望着面前丰盛的饭菜，有些食不下咽。

陆励行太奇怪了。

说他不怀好意吧，这段时间他们同床共枕，他倒也没做什么出格的事，很尊重她，不会对她动手动脚。

纪轻轻有时候会想，陆励行和她这么漂亮的女孩子睡一张床，竟然没有一点儿反应。

晚上……

晚上他还能干什么？

吃过饭，纪轻轻量了量体温，高烧退得差不多了，吃了两粒药后昏昏沉沉地又睡了几个小时，一觉睡醒，天色暗淡了许多。

饭菜的香味透过门缝飘了进来，纪轻轻深吸一口气，一下午的睡眠不仅治好了她的高烧，还消化了她胃里的食物，于是她起身去吃饭。

似乎为了弥补她中午的"遗憾"，晚上陆励行特地让酒店厨房做了玉米虾仁、清蒸苏眉鱼以及炒青菜，他看了一眼从房里出来的纪轻轻，随口喊了句："宝宝，过来吃饭。"

餐桌前的酒店服务员笑容一滞，低下头去，很好地掩饰了自己眼底的震惊。

宝宝……真肉麻。

纪轻轻脸一红，碍于有外人在，没驳了陆励行的面子，低低地应了一声，坐在餐桌前。

"日常任务进度1/3，生命值加1，当前生命值为3小时。"

"陆先生、纪小姐，二位点的饭菜都在这儿了，如果没什么事，我先走了。"

陆励行点头。那服务员转身离开房间，关门前听到陆励行对纪轻轻说了句："晚上准备好了吗？"

真劲爆！

端着碗吃饭的纪轻轻手一顿："陆先生，吃饭的时候就别提这茬儿，行吗？"

虽然嘴上这么说，可纪轻轻心里还是有些莫名的情绪，双颊涨红。

平心而论，陆励行也算是男人中的佼佼者，有张无可挑剔的脸，身材更是没的说，身家更是多得骇人，这样一个优秀的男人，是不少女人趋之若鹜的存在。

他们还是夫妻，同睡一张床，擦出点儿火花也是一件很正常的事。

纪轻轻戳着碗里的米饭，如果晚上陆励行提出床上运动，她到底是该拒绝还是不拒绝呢？

这事真是伤脑筋。

8点，纪轻轻从浴室出来，陆励行正在床上看杂志，一见纪轻轻出来，掀开被子，拍了拍身侧的枕头："上来。"

这才8点，他这么早就要开始？

纪轻轻一步一步地挪上床，低着头，完全不敢抬头看。

作为一个单身了二十多年的人，一想到待会儿可能要面对的事情，纪轻轻心里很纠结，究竟是拒绝还是不拒绝呢？

一想到这儿，她耳尖越发红了。

纪轻轻磨磨蹭蹭地上床，拿被子遮住大半张脸，只露出一双眼睛来。她刚洗过澡，那眼睛也仿佛被洗过一般，水水润润的，剔透明净，一眨不眨地望着他。

"你……你想干吗？"

陆励行俯身与她对视。

纪轻轻对上陆励行那双坚定沉稳的眼睛，咽了一口口水，突然有些怯场："那什么……其实我觉得，我们可以再稍微培养一下感情，然后再……再像爷爷和奶奶一样……"

陆励行被她支支吾吾的一番话弄糊涂了："什么像爷爷奶奶一样？"

"爷爷之前经常和我说他和奶奶的故事，说他和奶奶结婚后三天没说一句话，一个月后，两个人才……"纪轻轻两颊要滴血似的红。

陆励行倒是从她这只言片语中听出了她的意思。

"你以为我想和你上床？"

纪轻轻一愣："不是吗？"

陆励行深吸了一口气："纪轻轻！你脑子里在想些什么？！"

纪轻轻听他这话，第一时间就知道自己想歪了，自己提心吊胆纠结了几个小时没影的事。

陆励行捏着她红透了的耳尖，被气笑了："你羞不羞？"

纪轻轻看着他嘴角的笑，简直无地自容，把被子一蒙，自己躲进了被子里。

陆励行看着鼓鼓囊囊的被子，无奈地说道："出来。"

纪轻轻没动静。

陆励行拍了拍那个"鼓包"："我收回刚才说的话，你当我没问行了吗？"

说出的话怎么可能收回去？纪轻轻把自己藏在被子里，死活不出去。

太丢人了，她刚才怎么还一本正经地和陆励行商量这事，还认认真真地考虑怎么委婉地拒绝他。

陆励行倒是没生气，就是觉得好笑，看着纪轻轻又往床边躲了躲，掀开被子，也钻了进去。

被窝里有一股清甜的香味。

纪轻轻背对着他，整个人蜗牛似的蜷成一团，陆励行拍了拍她的后背："转过来。"

纪轻轻摇头。

陆励行忍着笑意，双手抓住她的手臂，将人强硬掰了过来。

两个人在被窝里面对面地望着对方。

"行了，你也不是第一次不知羞了，我都习惯了。"

纪轻轻被戳穿，脸上挂不住，不想理他，想转过去，却被陆励行一手按住了肩。

"不是说晚上我想怎样就怎样吗？"

"那你想怎样？"

陆励行挑眉："叫'老公'。"

纪轻轻心情复杂得难以形容："所以你说的'想怎样就怎样'是让我喊你'老公'？"

陆励行反问："不然呢？"

纪轻轻深觉几个小时前的自己简直是多虑了，陆励行还能想出什么来，她早该想到的，这人是个重症患者，没救了！

她清了清喉咙："老公。"

"生命值加1，当前生命值一个半小时。"

"继续。"

"老公……"

"生命值加1，当前生命值两个半小时。"

陆励行以眼神示意她继续。

"老公。"

"生命值加1，当前生命值三个半小时。"

"嗯？"

"老公老公老公老公老公老公，行了吗？"

"生命值加6，当前生命值九个半小时。"

陆励行笑了，凑到她耳边："我想怎样就怎样，继续。"

纪轻轻："……"

时间还早，长夜漫漫。

床头两盏台灯亮着，被窝里鼓鼓囊囊的，若有若无的声音从里面传来，偶尔气急败坏，偶尔低声喃喃，时不时有那么些许的动静，窗外高高悬挂的月牙偷偷地躲进了乌云里，害羞了一般。

纪轻轻醒来的时候，天已经完全亮了。

她一睁眼，枕边一如既往地空了。

纪轻轻闭上眼睛，意识模糊地去摸床头的手机，按下home键（返回主界面键）看了一眼时间，8点整。

昨天她因病请了一天的假倒还情有可原，可今天病好了继续请假，耽误剧组进度，怎么也说不过去。

纪轻轻用微信给温柔发了条消息，问她在哪儿，很快，温柔回了一条语音消息过来。

"轻轻姐，陆总今早给您请假了，您再好好休息一天吧。"

陆励行给她请假？

她感冒发烧早就好了他给她请什么假？这不是添乱吗？

她摁下语音键，刚想说话，喉咙隐约发痛。

纪轻轻长呼了一口气，心里暗骂了声"浑蛋"，给温柔发了条文字消息让她带着化妆师过来。

房门开了一条缝隙，随后便被一个毛茸茸的小脑袋给顶开，一只雪白的萨摩耶甩着尾巴进了房，仰着头在床边嗅来嗅去。

"斯斯，那浑蛋舍得把你接回来了？"

纪轻轻摸了摸斯斯毛茸茸的头，斯斯乖巧地在她手心撒娇似的蹭了蹭，在原地打转，冲纪轻轻甩着尾巴，仿佛是认同她的话。

斯斯真乖啊。

看着咧嘴笑的斯斯，纪轻轻一晚上积攒的郁闷情绪散了不少。

和斯斯玩闹了一会儿后起床，喝了杯温水，纪轻轻这才感觉嗓子好受了些。

听到声响，陆励行从书房出来。

"你……"

才说了一句话，纪轻轻一个眼神幽幽地扔过来，成功地让陆励行停顿了片刻。

"怎么不多睡会儿？"

纪轻轻昨晚话说得够多，今天完全不想和陆励行说话。

昨天晚上真是她的毕生耻辱，足以钉在耻辱柱上的耻辱！

她叹了口气：这陆励行到底什么时候走？他的假期什么时候结束？

整天腻在酒店里，他不要工作了？

"汪汪！"斯斯不要命地冲着陆励行叫了两声。

纪轻轻抚摩着斯斯的头，称赞它真乖。

陆励行默默地看了她片刻，走到她身侧，伸手覆在她额头上探了一会儿，确定纪轻轻发烧不再反复后倒了杯温水到她手边，没说什么，随后进了书房。

没过多久，温柔带着化妆师来了。

不看不知道，一看吓一跳，纪轻轻坐在化妆镜前神色萎靡不振，也不知是发烧后遗症的原因还是怎么回事，脸色要比前两天难看许多，连黑眼圈都瞧得见。

"轻轻姐，陆总说您感冒还没好，让您在酒店好好休息。"

陆励行发话，温柔可不敢擅自做主。

而且她看纪轻轻脸色确实不太好。

"我的病昨天就好了，而且就一点儿小病而已，哪里要请两天假，太耽误事了。快给我化妆去剧组。"

纪轻轻的声音似乎有些哑,她说完恹恹地靠在椅背上。

化妆师打开化妆箱,给她化妆。

纪轻轻穿着的睡衣领口解开了几粒扣子,一大早的她也没注意,往后一靠,露出一截白皙的脖颈与平滑的锁骨,以及脖颈处若隐若现的红色印记。

她下意识地伸手挠了挠那块红色的印记。

化妆师看见了:"轻轻姐,您脖子上……"

纪轻轻拉开衣领对着镜子看了一眼,脖子上有几个还挺显眼的红点,还有些痒。

她想了想,自己似乎刚到剧组时就有了点儿过敏的症状,但当时不严重,她也就没在意,现在想想,应该是剧组的衣服材质不过关,再加上前天演戏时自己在泥里滚了一圈,沾了些泥的原因。

"过敏。"纪轻轻说完想起今天有一场衣不蔽体的戏,"帮我拿粉底遮一遮。"

"哦,好的。"

温柔与那名化妆师对视了一眼,眼神碰撞间,明白并肯定了对方的意思后但笑不语。

她就说今天早上陆总一大早的替轻轻姐请假是为什么,原来是因为这个。

本来嘛,孤男寡女共处一室,发生点儿什么很正常,不过陆总未免也太过分了些,轻轻姐感冒发烧刚好,他就这么忍不住?

温柔暗自叹了口气,她原本以为陆总和别的男人不一样,现在看来,都是一丘之貉罢了。

半小时后化好了妆,纪轻轻坐车前往剧组。

这个时间剧组早已开工,纪轻轻进组时,剧组正紧张有序地拍摄男女主角的一场武斗戏,当然,男女主角的武斗戏即使再激烈,最后打着打着也要变得暧昧起来。

纪轻轻在一侧观摩了一会儿,直到这场戏结束后,才和周导打了个招呼。

"周导,不好意思我来晚了。"

周导放下耳麦,一脸关切地看着她:"你早上不是请假了?怎么来了?"

纪轻轻清了清嗓子,勉强笑道:"就是感冒发烧而已,昨天就好了。"

"你这声音怎么回事？"周导皱眉，"感冒还没好？没好回去休息，没关系，陆总一早给你请了假，我把你的戏往后延了。"

"没事，不用延，我已经好了，就是……"纪轻轻硬着头皮解释，"昨晚话说得有点儿多，所以嗓子就有点儿痛，不是感冒引起的。"

"感冒真好了？"

"真的好了。"

周导思忖道："那行，今天的戏还是按照之前说的场次排，你先去把衣服给换了，再好好看看剧本，我待会儿来找你。"

纪轻轻松了口气："行。"

周导刚走，纪轻轻就去车内将那身破破烂烂的戏服给换上了，温柔搬来椅子让她坐下，又端了一杯温水过来，并贴心地附赠一盒润喉片。

温柔苦口婆心地叮嘱道："轻轻姐，注意休息。"

纪轻轻没听出这话隐晦的意思，随口道了声谢。

戚静云走来坐在她身侧，身为同剧组演员，难免要关心几句："我听周导说，昨天你生病了，怎么不在酒店多休息会儿？今天就来剧组了？"

"没事，"纪轻轻笑道，"就感冒发烧，昨天就好了，一点儿小病，不碍事的，总不能因为我一个人耽误了全剧组的进度吧？"

"你这声音……"

想到昨晚的事，纪轻轻又羞又恼，不知不觉地红了耳朵尖，偏偏还得装作若无其事的样子解释道："就是有些后遗症。"

戚静云看她耳尖通红、精神萎靡的样子，正想宽慰她两句，目光向下，瞧见了纪轻轻脖颈至锁骨处隐约可见的红色印记。

虽然印记被粉底遮盖了大半，但戚静云一眼就看得出来那是什么。

难怪今早陆励行给周导打电话，特意给纪轻轻请假，原来是这么回事。

不过她还是有些好奇，纪轻轻和陆励行这两个八竿子打不着的人，是怎么在短短一个月的时间内凑成一对的，连感情都能这么好。纪轻轻拍戏陆励行都得放下手上的工作追过来陪着。

果然，再刚强的男人遇到心爱的女人，也会化为绕指柔。

纪轻轻见她看着自己的脖子，连忙解释道："这两天有些过敏，长了些红疹，不过没什么大事。"

戚静云也没戳破她的"谎言"，笑了笑："原来是这样，你还年轻，得多多注意身体。"

看着戚静云脸上的笑，纪轻轻感觉自己可能被误会了。

脖子上有红印，声音嘶哑，精神萎靡不振，这看起来怎么像是……

纪轻轻一愣，有心向戚静云解释，可一张嘴，又不知道从何说起。

她说这是过敏，可人家明显不信。

难道她要说陆励行昨晚让她喊"老公"，她却躲在被子下磨磨叽叽到凌晨？

这种话搁她身上她也不信。

纪轻轻叹了口气。

"好了，不耽误你看剧本了，待会儿可是你的重头戏，有什么不懂的可以来问我。"

"谢谢你，静云姐。"

不过好在她今天要拍的戏台词不多，喉咙不适也不是什么问题，主要是内心戏，要将被人背叛之后的心如死灰的状态表现出来，用力过猛会显得太假，力道不够则显得木讷，这中间的度不好拿捏。

周导忙完手头的事过来和她讲戏。知道接下来这场戏是重中之重，纪轻轻对自己能不能拍出他想要的感觉还真有几分担心，不过一想到那天那场雨夜里的戏，心里那些许的不安又平息了些。

"轻轻啊，这场戏你不要紧张，你代入女二号想象一下自己被信赖的人抛弃是种什么感觉……"周导想了想，"如果实在无法体会，你这样，想一想和前男友分手后的感觉，找找情绪。"

纪轻轻还真没有被人抛弃的经历，但试着带入一下女二号，大约能明白这是一种什么体验什么心情，点头道："我试试。"

纪轻轻话音刚落，周导目光落到了她的脖子上，见着几抹红印，高声道："化妆师呢？"

一个化妆师连忙过来。

周导指着纪轻轻的脖子说："你看看你化的什么妆，脖子上那红色的怎么回事？待会儿演戏入镜了怎么办？"

化妆师被骂也不敢反驳，连忙将化妆箱拿来给纪轻轻补妆，倒是周导这一喊，让剧组不少人的目光会聚过来。

纪轻轻连忙道："周导，不关她的事，我有点儿过敏，早上让她给我遮了，估计是刚才换衣服的时候把粉底给蹭掉了。"

化妆师感激地笑笑，先是在那红印上继续涂粉底，后来发现粉底覆盖部分的颜色与肤色有些差异，又将纪轻轻脖子上的粉底擦掉，重新再上一次。

这一擦，纪轻轻脖子上一片一片的红印就这么显露出来。

纪轻轻环顾四周，几名工作人员与她对视一秒，立马低下头去，或是装模作样地忙自己的工作，那模样，像是看到了什么不该看的秘密。

周导在一侧低低地咳嗽一声，催促化妆师："赶紧的。"

化妆师飞快地将粉底抹匀，盖住那些红印。

"导演，好了。"

周导看了一眼，点了点头，欲言又止地望着纪轻轻，半晌才说了句："年轻真好。"

纪轻轻脸上的笑僵在脸上。

她好像真的被误会了，而且还是怎么解释都不会有人信的那种误会。

可她真的还是个黄花大闺女啊！

纪轻轻绞尽脑汁，不知道说什么好时，余光瞧见沈薇薇正笑着朝她这边走来。

走到二人跟前，沈薇薇笑着对周导说："周导，还有最后一场戏我的戏份就拍完了，谢谢您这几个月以来对我的照顾。"

周导抬头看看她，尴尬的神色有所缓解，笑道："应该的，我记得你最后一场是和轻轻的戏吧？"

"对！"她看向纪轻轻，笑道："待会儿还请轻轻姐多多指教。"

纪轻轻同样报以微笑："不敢不敢。"

"今天拍完了什么时候走？"

"今天就走，"沈薇薇提起这个，笑容更甚，"待会儿有人来接我。"

看上去与她关系颇好的一名女演员在她身边打趣道："待会儿该不会是男朋友要过来吧？"

男朋友？听到这话的纪轻轻挑眉。

沈薇薇低眉害羞地笑，并不说话。

这就算是默认了。

不少人打趣起沈薇薇来。

众人刚说了两句，沈薇薇的手机响起，她接听后说了几句话，挂断电话后对周导说道："周导，我男朋友提前过来了，我想，能不能让我男朋友进组来等一会儿？拍完戏我们就走。"

这也不是什么大事，周导笑道："行，没问题，让他进来吧。"

沈薇薇感激地笑了笑，脚步轻快地朝外走去。

纪轻轻微眯了双眼：陆励廷那个混账玩意儿要来？

她冷眼看着沈薇薇一脸娇羞地领着陆励廷进了剧组。

就外貌而言，陆励廷与陆励行两兄弟长得有六分相像。

陆励廷与沈薇薇并肩而行，在外人看来，还真是男才女貌，天造地设的一对。

"周导，这是我的男朋友陆励廷，您放心，戏拍完了我们马上就走，不会打扰到剧组的正常拍摄的。"

周导觉得眼前这人有些眼熟，听到沈薇薇的介绍，又多看了两眼，心内疑惑他和陆励行是什么关系。

"行，没关系，随便坐吧，别打扰到大家就行了。"

陆励廷虽然气场不如陆励行强大，但身上那股骄矜的劲儿倒是一点儿没少，他冷冷地环顾四周，有一种"我与你们不是同一类人"的意思，眼神里那股子冷傲，只在看向沈薇薇时稍稍消融。

"励廷，谢谢你今天过来接我。"

陆励廷看着沈薇薇脸上温柔的笑容，眼底的冷冽之色消融了些，低声说道："我是你男朋友，应该的。"

纪轻轻窝在椅子里，瞥了一眼陆励廷和沈薇薇，继续埋头看剧本，耳边传来若有若无的议论声。

"哎，你看沈薇薇的男朋友，是不是长得有点儿像陆先生？连姓名都差不多。"

"你不说我还没注意，好像还真是这样。不可能这么巧，难道他们是兄弟？"

"那沈薇薇岂不是也要嫁入豪门了？"

"那她和纪轻轻……"

纪轻轻目光扫过去，声音戛然而止。

"轻轻！"周导在摄像机前高声喊道，"注意一下，咱们20分钟后开拍。"

纪轻轻放下剧本，应了一声："好的导演。"

这声应答吸引了一侧的陆励廷的注意，他循着声音望过来，瞧见纪轻轻双脚放在前面的凳子上，衣裙下露出一截瘦削白净的脚踝与微微蜷缩的脚趾。

陆励廷微微出神。

沈薇薇注意到他的目光，问道："励廷，怎么了？"

陆励廷回过神来："没事。在剧组，她没欺负你吧？"

沈薇薇脸色一变，嘴角硬挤出一抹勉强的笑："怎么会？你别瞎想……"

陆励廷沉声说道："我知道了。"

他和沈薇薇在一起多年，她脸上的那点儿表情代表着什么，他一清二楚。

"薇薇，你也过来。"周导在那边叫道。

沈薇薇应了一声，对陆励廷说道："我先去了，你坐一会儿，我'死'了马上就回来了。"

陆励廷无奈地笑："加油。"

"加油！"

沈薇薇笑着朝周导走去。

她饰演的角色是女二号身边的一个丫鬟，但后来被男主角收为心腹，一直替男主角传递消息。

而接下来她们将要演的这场戏的剧情则是女二号一家被男主角灭门后，男主角认为虽然女二号的爹坏事做尽，但女二号纯良并不该死，决定放女二号一马，然而沈薇薇所扮演的角色认为要斩草除根，于是暗中送毒药给女二号，最后却反被女二号杀死。

"来，我说的要点都记住了没？"

纪轻轻与沈薇薇点了点头。

"好，来，开始吧，各部门都打起精神，各就各位！Action（开始）！"

纪轻轻衣衫褴褛地躺在柴堆上，看着光鲜亮丽地推门走进来的沈薇薇，诧异的目光停留在她身上，惊疑不定许久，眼底的痛苦情绪一点儿一点儿地累积着："你……怎么会是你？"

沈薇薇手上端着一碗米粥，于她面前蹲下来，笑道："小姐，怎么不可能是我？"

"我待你……"纪轻轻眼眶中的泪水几欲溢出，"不薄。"

"不薄？那你可知我曾经也是一个大家闺秀，如今却只能沦落为你的丫鬟服侍你？"沈薇薇脸上露出几分凄惨的笑，"事到如今我也不怕你知道，你可能不知道我的来历，我告诉你，我真名叫陈云婉，是13年前被你爹诬陷满门抄斩的陈述怀的女儿，我死里逃生，阴错阳差地被卖进你爹府里成了你的丫鬟！"

"我……"

"所有的一切都是我安排好的，包括你和西臣的每一次相遇。"

"西臣？"

沈薇薇将那碗米粥端起来："是的，今天也是西臣让我来的。"

纪轻轻惊恐的目光放在那碗粥上，她不住地摇头："不……不可能，不会的……"

"喝了吧，反正你手足至亲都已不在人世，一个人孤苦伶仃……我也是为你好。"

那碗粥已被送到虚弱的纪轻轻嘴边，沈薇薇捏住了她的下巴，要将米粥灌进去。

纪轻轻下意识地挣扎，沈薇薇手里的米粥倏然往自己胸前倒下。

"啊——"

"卡！"周导赶紧喊停，"怎么回事？好好的一场戏怎么……"

沈薇薇率先起身，不住地朝周导道歉："抱歉周导，是我的错，是我刚才没端稳粥，请你再给我一次机会，这次我一定好好演！"

"行行行！再来一次，这次注意点儿，好好演！"

沈薇薇笑道："好的导演！"

有工作人员上前来给她擦胸前的米粥，纪轻轻在一侧补妆，直翻白眼。

刚才的表演浪费了她多少感情，现在她又得来一遍。

"各部门准备，Action！"

纪轻轻再次进入情绪，泪水盈盈落下，用绝望又不愿相信的目光望着沈薇薇："不……不可能，不会的……"

"喝了吧，反正你手足至亲都已不在人世，一个人孤苦伶仃……我也是为你好。"

沈薇薇将那碗米粥再次送到了纪轻轻嘴边，捏住了她的下巴，然而就在纪轻轻挣扎之际，那碗黏糊糊的米粥再一次泼到了沈薇薇身上。

"卡卡卡！怎么又洒了？"

沈薇薇幽怨地看了纪轻轻一眼，缓缓转身对周导低声道："对不起导演，是我的错。"

"你的错，当然是你的错，怎么连碗粥都端不稳？"

"这次我一定好好演，您别生气，我们再来一条，这次一定过！"

周导看了她一眼，无奈地说道："重新来一条！各部门准备……Action！"

两个人迅速进入状态，说出了烂熟于心的台词后，沈薇薇将米粥送到了纪轻轻嘴边。

"喝了吧，反正你手足至亲都已不在人世，一个人孤苦伶仃……我也是为你好。"

下一秒——

"卡!"周导脸色越发难看,在桌面上找来找去没找到能摔的东西,扯过身边副导演的剧本摔了,"沈薇薇你到底怎么回事?端不稳是不是?需不需要给你找个'手替'专门端粥?"

沈薇薇垂着头,手足无措地站在那儿听着周导的骂声,许久后才低声道歉:"对不起周导。"

一碗粥哪有什么端不稳的,一次也就算了,沈薇薇哪能三番两次在同一个地方失误。

剧组里的人都是人精,什么场面没见过,这看上去就不是沈薇薇的原因。

纪轻轻正补妆呢,意识到不同寻常的目光落在自己身上时,乐了。

她就知道,沈薇薇演这出是有原因的,临拍完了还要整这一场。

行,这锅,她背了!

"好了,别再和我说对不起,你说说看,怎么就端不好呢?"

沈薇薇看了一眼纪轻轻,眼底是无限的委曲求全:"可能是碗太滑了,轻轻姐一挣扎,我就没端稳……"

她这副可怜样儿活像谁欺负了她似的。

周导看了一眼纪轻轻,沉声道:"轻轻啊,你挣扎的时候动作小一点儿,都配合配合。"

纪轻轻应了一声。

两个人很快入戏,沈薇薇将米粥送到纪轻轻嘴边,一手捏着她的下巴:"喝了吧,反正你手足至亲都已不在人世,一个人孤苦伶仃……我也是为你好。"

纪轻轻一点儿都不挣扎,看着沈薇薇手上那碗米粥,抬手接住了碗沿,感受到沈薇薇想要将粥往自己身上倒的力道,眼底嘲讽全开:"想喝粥?全给你喝啊。"

说着,她抬手一掀,满满一碗粥全倒在沈薇薇领口。

"周导,对不起!我的错!我以为薇薇她又要端不住碗了所以就扶了一下。抱歉抱歉,周导再给我一次机会,再来一次吧!"纪轻轻只差声泪俱下,比刚才入戏的演技还要棒,不住地对沈薇薇说:"你没事吧?我不是故意的,我也没想到咱们俩都端不住这碗。"

周导已经快没脾气了:"行行行,再来一次。"

沈薇薇脸色青白，笑着让工作人员给她擦干净，又有人给她送上了一碗米粥。

戏演过半，沈薇薇端着那碗米粥凑到纪轻轻嘴边："我也是为你好。"

纪轻轻一抬手，那碗米粥直截了当地倒在沈薇薇身上，还有两滴溅到了她脸上。

沈薇薇蒙了。

周导十分暴躁："又是怎么回事！"

"周导，对不起，是我的错，这碗真的好重，不怪薇薇端不稳。"

"纪轻轻，你……行，道具组，给她们找个轻点儿的碗！"

道具组的人还真给她们换了个碗。

纪轻轻凑到沈薇薇身后，在她耳边恶劣地低声笑："这是第二次，你还欠我一次，待会儿我要把粥泼到你脸上。"

沈薇薇猛地回头。

"各部门准备！"

纪轻轻躺在地上朝沈薇薇挑眉。

接过道具组的人给她递的一碗粥，沈薇薇端着，迫使自己沉住气，一步一步地走向纪轻轻，沉声道："我也是为你好。"

沈薇薇看着纪轻轻，一手紧紧地端着那碗粥，另一只手捏住纪轻轻的下巴，脑子里尽是待会儿的对策，在纪轻轻抬手的下一秒，她下意识地将手里的粥碗往旁边扔去。

碗支离破碎，粥洒了一地。

纪轻轻手停在半空，突然笑了起来："你这么紧张干什么？我就吓吓你而已。"

演戏，谁还不会了？

整个拍摄现场鸦雀无声。

拍摄沈薇薇逼纪轻轻喝粥的这一幕，摄影师需要将镜头拉远，现场两台摄像机在两个人 2 米外，清晰地将两个人的全部行为举止拍了下来。

两个摄影师在现场拍摄这么多年，什么场面都拍过，什么小动作也都见过，可以说是见多识广。

沈薇薇将碗砸了的全过程，他们的摄像机都清清楚楚地记录了下来，纪轻轻挣扎时那手根本就没碰沈薇薇，明摆着就是沈薇薇自己把碗给扔了。

在一侧休息对剧本的戚静云与蒋溯显然也注意到了这边的动静，不过二人久在演艺圈，人情世故什么都懂，尔虞我诈也都经历过，这点儿儿戏就是点儿乐子。

"你怎么看？"

蒋溯笑道："两个小姑娘的事，你就别掺和了，不想被周导骂就好好和我对剧本。"

戚静云白了他一眼："我也是入选过'最佳女主角'奖的好吗？"说完，她老老实实地继续对剧本。

"又怎么了？"周导气急败坏地走到两个人面前，指着地上支离破碎的碗，"这碗招你们惹你们了，你们怎么就总卡在这上面呢？"

沈薇薇低头保持沉默，心底痛恨自己刚才没能沉住气，反倒让纪轻轻给要了。

不过这件事在场的人在想什么她不在乎，周导什么看法她也不在乎，她在乎的是陆励廷的想法。

沈薇薇遥遥望向拍摄场地外的陆励廷。

只要陆励廷亲眼看到并相信她是被纪轻轻陷害的，相信她在剧组一直被人欺负着，就够了。

"导演，对不起，刚才是我手误。"

"手误？"周导指着纪轻轻，"刚才我唯恐你俩又卡在这碗粥上，特意仔细瞧了，我可是看得清清楚楚，纪轻轻那是碰都没碰你一下，你怎么就把碗给扔了？怎么？是碗太重还是这粥烫手？"

"不是的周导，是我刚才——"

"没端稳？"事情闹到这个地步，脾气再好的人也被惹火了，更何况周导还不是个好脾气的人，"沈薇薇，这是你最后一场戏，你就不能给你的拍摄任务画上一个圆满的句号？非要给我整这套？"

"不是的导演，我……"

一个声音在周导身后炸响，带着压抑的怒气："如果不是纪轻轻，薇薇怎么会一而再、再而三地失手？"

纪轻轻挑眉，看向周导身后那个阴沉狠戾的陆励廷。

"你说什么？"周导问。

纪轻轻轻笑道："周导，他说沈薇薇是因为我才'失手'的。"她盯着陆励廷："我说得对吗？"

陆励廷冷笑着反问她："不对吗？"

"可是刚才是她自己把碗扔掉的，这也能怪到我身上？"

"你自己做过什么，你自己心里清楚！"

"励廷，你别这样，是我的错，不关轻轻的事，是我一时失手……"说到这儿，沈薇薇强颜欢笑地看着他，眼底充满哀求，示意他不要插手，"只剩最后一场戏了，你让我顺利演完好吗？"

陆励廷拳头紧握。

他知道薇薇是个小演员，在剧组或多或少会受到轻视怠慢，也许还会受到欺负，上一次她摔下山丘就证明了这个猜测，可薇薇的梦想和目标都要靠演戏实现，他就算再喜欢薇薇，也不能剥夺薇薇追求梦想的权利。

可他没想到，在他的眼皮子底下，还能发生纪轻轻当众欺负薇薇这种事！

陆励廷看着纪轻轻，眼底的火星子都快冒出来了。

"纪轻轻，我没想到你竟然会变成这样！"

纪轻轻摇头，同样失望地道："陆励廷，我也没想到你会变成现在这个样子。"

愚蠢、没脑子，这样一个低智商的男人是怎么当上小说的男主角的？陆励行的万贯家财真是便宜他了。

不过想想也是，沈薇薇这种女人可是无数男人的克星。幸好，她有这世界上最聪明、最机智的老公，能一眼看穿所有别有用心的女人的阴谋诡计！

嗯……其中包括她的。

纪轻轻走到陆励廷面前："有些话和你说你估计听不懂也不会听，我也懒得和你说。"她压低了声音，以只有两个人听得见的声音对陆励廷说道，"既然你觉得是我泼的沈薇薇，那么我让你看清楚，你的薇薇是怎么泼我的。"

她一步一步地走近陆励廷，最后站在他面前，二人之间距离极近。

陆励廷下意识地后退一步，皱眉，刚想说什么。纪轻轻笑了笑，突然脸色剧变，当着他的面就要往他身上倒。陆励廷下意识地抬起双手就要去扶她，纪轻轻却就着他的双手顺势往后跟跄了几步，像是被人推了一把一般倒在地上，惊疑不定地望着陆励廷。

陆励廷看着纪轻轻无可挑剔的演技，上前几步怒不可遏地说道："纪轻轻，你……"

温柔一个箭步上前扶起纪轻轻，怒视着陆励廷："你还想动手？"然后她关切地问纪轻轻："轻轻姐，你没事吧？"

四周的工作人员拦在陆励廷面前，唯恐他做出过激的事情来。

周导高声道:"保安呢?保安!"

沈薇薇连忙解释:"导演,不是这样的,励廷他不是这样的人!刚才一定是有误会,他绝对不会对轻轻动手的!"

"陆励廷,我没想到你竟然是这样一个心胸狭窄的男人,你竟然对我动手?你还是不是男人?!"纪轻轻义正词严地控诉他,坐实他动手打女人的事。

"纪轻轻!我刚才根本就没碰你!"

纪轻轻一脸悲愤:"你没碰我我怎么会倒?难道是我自己往后摔的吗?你的意思是我故意陷害你?我为什么要陷害你?你真当这里这么多人都是瞎子?你一个大男人敢作不敢当?"

陆励廷被纪轻轻三言两语堵得一句话都说不出。

纪轻轻还是那么嚣张跋扈,简直一点儿都没变!

这样的女人就是个祸害!

纪轻轻刚才表演时酝酿的情绪还没散去,正想哭两声时,瞟向陆励廷身后,见着了一个熟悉的人影。

她飞快地起身,小鸟般朝着来人扑过去,控诉道:"你弟弟又欺负我。"

陆励行看着挽着他手臂的纪轻轻,目光又放到陆励廷身上,眉心紧蹙。

陆励廷同样表情诧异地看着陆励行,明显没想到在这儿还会遇到陆励行。

自从上次和陆老先生闹翻之后,他不常回家,不知道陆励行的行踪,但大概也猜得出陆励行不是在公司就是在家,毕竟陆励行"工作狂"的名声尽人皆知。

可是现在陆励行为什么会出现在这儿?

他心底的疑问脱口而出:"大哥,你怎么在这儿?"

他这声"大哥"喊出口,剧组里有过猜测的人并未表现得太过惊讶,陆励行与陆励廷两个人长得如此相似,且名字都差不多,不是亲兄弟才奇怪。

倒是沈薇薇,像是从未认识过陆励廷一般,以无比震惊的目光望着陆励廷:"你……你刚才喊他什么?"

陆励廷一愣,脸色一僵,转而飞快地对沈薇薇说道:"薇薇,你听我说……"

"你骗我?"沈薇薇往后退了一步,"你说你父母双亡,一无所有……你是在防备我?你从来不告诉我这一切,是担心我和你在一起,只是看中你的钱而已,对吗?"

"薇薇，我从没这么想过你，我只是——"

"沈小姐，这点你大可放心，陆励廷他虽然是我弟弟，但陆氏和他没有半点儿关系，而且他已经向我承诺，以后不会再以陆家人的身份为你铺路。"陆励行忽然说。

沈薇薇眼底悲愤的情绪有些许凝滞。

陆励廷毫无所觉，表情坚定："对，薇薇！陆家是陆家，我是我，我不告诉你是因为我觉得完全没必要，我可以靠自己打拼事业，给你想要的生活！"

"等等！"纪轻轻打断陆励廷将要说的话，"事情一件一件地来好吗？你们小情侣之间的事自己关上门慢慢说。"她抬头看着陆励行，委屈地告状："你弟弟刚才想打我，你得好好教育教育他。"

陆励廷再次被纪轻轻激怒："纪轻轻，你别胡说八道！我根本就没碰你，是你自己倒的！你还诬陷我！"

"刚才那么多双眼睛都看见了你还狡辩！"纪轻轻看着陆励行："你如果不信，可以问周导，他们都看见了。"

陆励行看向周导。

周导也是左右为难，知道陆励廷的身份前倒是无所谓，现在知道陆励廷是陆家人，他倒是不好说了。

"周导，怎么回事？"

"还能怎么回事？"纪轻轻伶牙俐齿地解释道，"就刚才拍一场戏，沈薇薇NG了6次，陆励廷以为是我故意刁难沈薇薇，结果就想动手！"她嘀咕道，"我哪有那么笨，真想陷害她刁难她，一次又一次地在同一个地方NG6次？就不能换个套路？"

陆励行目光沉沉地看着陆励廷："你还想动手？"

"我没有！"陆励廷今天总算是尝到了百口莫辩是什么滋味，简直恨不得撕破纪轻轻脸上的面具，"我说了我没碰她！"

纪轻轻再添一把火，一副委曲求全的表情："行了行了，我也没什么事，这件事就这么算了吧，拍摄任务本来就因为我耽误了一天，再耽误下去，今天又完了。"

听了纪轻轻这话，陆励廷越发怒不可遏："纪轻轻，你别装，你说是我推的你，有证据吗？"

纪轻轻眼皮一掀，似笑非笑地看了他一会儿，脸上的笑容逐渐消失，眼底不带情绪地望着他："那你说我刁难沈薇薇，你有证据吗？"

"你那是明摆着的，所有人都——"

纪轻轻笑："都看见了？"

陆励廷微愣。

陆励行听了一会儿二人斗嘴。事实上发生了什么他怎么会不知道？他在外面站了一会儿，把里面的情况都看得清清楚楚，转头对周导说："周导，不介意的话，休息20分钟可以吗？"

周导哪能不应："当然可以！"

在场的工作人员散开。

纪轻轻经过陆励廷身边时低声对他笑笑："今天的课程免费送你了，不用谢。"

该说的她都说了，该做的她也都做了，如果陆励廷还不能醒悟，那也不关她的事了。

陆励廷眉心紧蹙，眼神复杂地看着纪轻轻的背影，迟迟没有说话。

"励廷……"沈薇薇低声喊他。

陆励廷置若罔闻。

沈薇薇眉心紧皱，知道陆励廷这是在怀疑自己，思来想去挤出了满眼眶的泪水，自嘲道："励廷，你在怀疑我，是吗？"

陆励廷蹙眉："薇薇，你别乱想，我没有……"

可他想起适才纪轻轻的话，觉得也并非毫无道理。

他在拍摄场地外看到的就真的是真相吗？如果不是纪轻轻故意刁难薇薇，那么……

不，这不可能！

薇薇在他身边四年了，是什么样的人自己难道不清楚吗？反观纪轻轻，嚣张跋扈、见钱眼开、唯利是图，说的话怎么能信？

"你到现在还在骗我，你相信纪轻轻的话了，是吗？你现在开始怀疑我就是这样一个充满心机的女人，对吗？"沈薇薇望着他，哽咽道，"你为什么从来不肯试着相信我？那么艰难的日子我都陪你过来了，难道还在乎你有钱没钱吗？"

陆励廷的思绪被打断："薇薇，我说了，我没有那个意思。"

沈薇薇拭去自己眼角的泪痕，沉声严肃地说道："陆励廷你听好了，不管你有钱还是没钱，我爱的都是你陆励廷这个人，不是你的家庭，更不是你的身份，我只爱你，你听见了吗？"

陆励廷心头大震，看着沈薇薇单纯的脸，不由得痛恨自己刚才竟然相信了纪轻轻的话而去怀疑她。

269

"薇薇你放心，从今往后，我绝对不会再瞒你一件事！"

沈薇薇看着他认真发誓的那张脸，半响后终于破涕为笑："那我再最后相信你一次，以后不许骗我。"

"不骗你，一辈子都不会再骗你。"

沈薇薇笑着拥抱陆励廷，眼底的笑意却一点儿一点儿地冷淡下去。

剧组休息区内，陆励行坐在工作人员特意给他搬过来的躺椅上，好整以暇地看着纪轻轻："有什么想说的就说吧，趁我还在这儿。"

陆励行今天出现得这么准时恰当，纪轻轻决定原谅他昨晚的荒唐行径。

"老公，今天吓死我了。"

"生命值加1，当前生命值为532小时。"

陆励行意味深长地望着她："吓死你了？"

他那副明察秋毫的样子总让纪轻轻有种自己的一切心思都被陆励行给看透了的错觉。

"当然，刚才你不知道——"

"想清楚了再说。"

两个人大眼瞪小眼。

"好吧，其实是这样的……"纪轻轻将刚才发生的事完完整整地说了一遍，"沈薇薇明摆着陷害我，我才不受这个委屈！既然陆励廷为她说话，那我就让他尝尝百口莫辩的滋味！"

说完，她小心翼翼地看了陆励行一眼，再三斟酌后说道："你也知道你那个弟弟，他……对我有点儿误会。"

陆励行似笑非笑："你说你这么嚣张跋扈，是不是笃定了我会站在你这边？"

"我们是夫妻，你不站在我这边站哪边？而且就算你不来，我也能摆平这件事好吗？再者说，我哪里嚣张跋扈了？人不犯我我不犯人，是她先招惹我的，这不能怪我。"

陆励行点头："是，是不能怪你。"

相比陆励廷，陆励行还是要强太多，不用担心陆励行被哪个女人挑拨蒙骗，纪轻轻对此也很满意。

"你今天怎么来了？"

"今天来是想告诉你，公司出了点儿事情，下午我必须马上回去。"

纪轻轻不仅没有太意外，心里反而还松了口气：这祖宗终于要走了。

"你工作忙，回去是应该的。"

"但是，有件事你必须答应我。"

"什么事？"纪轻轻看着他，察觉有些不对劲，总感觉这陆励行又要开始作妖了。

"每天和我视频，不得少于5个小时。"

正端水过来的温柔手一颤，差点儿把水给泼了。

纪轻轻以一种"兄弟你在说啥呢"的眼神看着陆励行。

每天视频不得少于5个小时？陆总的控制欲这么强的吗？

剧组工作这么忙，每天和他视频5个小时，她还要不要工作了？

更何况她看陆励行工作也不轻松，哪儿来的时间每天和她视频？每天能挤出5分钟都算不错了。

"不行，这多耽误你工作，再者说，"她疑惑地看着陆励行，"我们关系很好吗？为什么要每天视频5个小时？"

"不是你说的吗？我们是夫妻，每天视频需要理由吗？"

"可是每天视频就够了，为什么还非得5个小时？我哪儿来的时间？"

陆励行将目光投向一侧端着水杯站在那儿装雕塑的温柔："你不是还有助理吗？"

温柔顶着陆励行的目光，硬着头皮将那杯水放在他手边："陆总，您喝水。"

"如果你平时没时间，就让温柔在你拍戏时用手机视频。"

她拍戏时让温柔举着手机视频？

纪轻轻光是想想这个画面就觉得好奇怪，陆励行活得还真是潇洒，片场这么多人，就不怕别人瞧见了说闲话？

纪轻轻皱眉："好奇怪。"

"哪里奇怪？这既不会耽误你工作，又不会耽误你生活，我只想知道你在剧组过得好不好而已。"

他这么关心自己？纪轻轻狐疑地盯着他。

以她这些天来对陆励行的了解，再想想他这些天的所作所为，他可不像是一个这么会关心人的人。

不过仔细想想，纪轻轻又觉得陆励行说这话还挺正常的，毕竟陆励行这人控制欲强。

自己这不是刚来影视城拍戏，他就巴巴地赶过来了吗？

陆励行任由她打量自己，镇定自若，心里感叹自己撒谎真是越来越顺口，毫无心理压力。

"斯斯是我今天带回去,还是你自己带回去?"

纪轻轻想了想,自己在这儿拍戏,也没什么时间照顾斯斯,更不用说每天去遛狗。

"你先带回去吧,也好让它先熟悉熟悉家里的环境。"

"行,那件事就先这么定了。"陆励行用斯斯成功地转移了纪轻轻的注意力。

纪轻轻正想和他再说些什么,转头就瞧见不远处陆励廷与沈薇薇两个人并肩走来,立马闭了嘴,翻开剧本,装模作样地看起剧本来——他们过来多半没什么好事。

陆励廷与沈薇薇两个人走近。

"大哥,我介绍给你认识,这是我的女朋友,沈薇薇。"说完,陆励廷又对沈薇薇说道:"薇薇,这是我大哥。"

沈薇薇刚才显然是哭过,眼圈发红,瘦小的模样像兔子似的,看起来越发可怜,容易激起男人心底的保护欲,让男人忍不住发自内心地去关怀一二。

"陆大哥你好,我是沈薇薇——"

不等沈薇薇继续说下去,陆励行很没风度地打断她的话:"沈小姐,在你和陆励廷结婚之前,这声'大哥'并不合适。"

沈薇薇听了陆励行毫不客气的话,笑容尴尬地僵在脸上,眼眶再度一红,手足无措地低下头,声如蚊呐:"陆先生,对不起,我冒犯您了。"

这话说得委屈极了。

"大哥!"陆励廷看沈薇薇做小伏低的委屈模样,一颗心仿佛被揪了起来,沉不住气,紧紧地握住了沈薇薇的手,对陆励行道,"你别这样,薇薇是我女朋友,我很了解她,她是个天性善良单纯的女孩子,你对她一定有误会。"

沈薇薇拽了拽他的手,示意他别说话。

陆励行抬起眼皮,冷冷地望着陆励廷:"在你们结婚前,这一声'大哥'我承受不起,这和她天性善良单纯没有关系。"

"可是——"

"励廷,别说了,没关系的,刚才是我太唐突了,以后再改口也是一样的。"沈薇薇那副委曲求全的模样简直让陆励廷愧疚到了极致,心里不由得升腾起一股无名的愤怒——在自己家人面前,他连自己的女人都护不住!

"轻轻,刚才真的对不起,是我不好,总是手滑端不住碗,一次次 NG

耽误你的时间,你放心,下一场戏我一定好好演,不会给你添麻烦的。"

纪轻轻看着陆励廷那如狼似虎的眼神,就知道沈薇薇成功地将陆励廷的仇恨转移到了自己身上,又低下头去看剧本,毫不在意地说道:"这有什么对不起我的,没必要道歉。NG 很正常,拿过'最佳男主角'奖项的蒋溯哥前两天一场戏 NG 了不下 10 次,咱们才 NG 6 次,不算什么。"

不正眼看人的纪轻轻成功地将陆励廷刺激得怒火高涨,但在陆励行面前,他也不敢对纪轻轻太放肆,忍着气对沈薇薇说道:"薇薇,NG 不是你的错,没必要道歉。"

纪轻轻点头:"对啊,NG 那是导演的决定,与在场的灯光、摄影、动作以及演员的发挥都有很大的关系,又不全是你端不住碗的原因。"

"纪轻轻,你别在这儿阴阳怪气地说话。"

纪轻轻瞥了一眼陆励廷,没工夫在这儿搭理他,收拾他的任务还是交给陆励行:"周导估计等得烦了,我先过去了。"

陆励行点了点头。

纪轻轻起身离开。

沈薇薇也对陆励廷笑道:"励廷,那我也过去了,待会儿我的戏拍完了咱们一起走。"

"嗯,去吧,我等你。"

沈薇薇知道陆励廷今天肯定是要将自己的事和陆励行说清楚,将自己女朋友的身份公之于众。

陆氏集团二少爷女朋友的身份,她等了这么多年,终于等来了。

等沈薇薇走了,陆励行这才抬眼看陆励廷:"听你说话的语气,你要娶她?"

"是,我要娶她!"陆励廷的话掷地有声,"她在我身边四年,知道我没钱,即使是进了演艺圈,见过形形色色比我有钱有势的男人,依然一如既往地对我不离不弃。她辛苦了这么多年,我要给她我陆励廷妻子的身份!"

"老实说,你想娶谁是你的私事,你自己做决定,与我无关,但是,如果你娶她,想让她住进陆家,那么你就得征得爷爷的同意,但凡爷爷他老人家有一点儿不答应,哪怕她沈薇薇有了你的孩子,也不能进我陆家的门,你听清楚了吗?"

"这件事我会和爷爷说。"陆励廷说完又冷笑道,"爷爷都让纪轻轻这样的人进门了,难道还会不让薇薇进门?"

陆励行眉心微拧,音量拔高,那点儿不悦清清楚楚地写在脸上:"你说什么?"

陆励廷在自己决定娶沈薇薇的节骨眼儿上不敢和陆励行顶嘴,闭口不言。

陆励行冷冷地望了他一会儿。

"你对轻轻有什么误解今天一次性和我说清楚。"

"我对她没什么误解。"

"我记得你之前说过,你和她谈恋爱时,她因为你没钱所以离开你,跟一个有钱人在一起。"陆励行微眯了双眼望着他,"你是觉得,所有人都应该像沈薇薇一样,待在你身边吃苦是吗?"

"我没这么想过。"

"那纪轻轻离开你,你又有什么好指责她的?"

"我……"

"我记得你曾经说过,纪轻轻是个见钱眼开、唯利是图的人。"

心中想法被陆励行挑明,陆励廷也决定不忍了:"对,没错!她就是这样一个人!从前我没钱的时候她就果断地抛弃了我跟一个有钱人在一起,后来又为了钱嫁给你。她亲口对我承认了,她是为了你的钱才嫁给你的!"

"对,她当然是为了我的钱才嫁给我的。你知道当初沈薇薇受伤之后,告她,私下让她赔款2000万元的事吗?你知道她拿出全部的家产也凑不出这2000万元吗?"

"那是她罪有应得!"

"所以爷爷说了,只要她愿意嫁给我,就帮她解决这2000万元的事。陆励廷,你不会天真地认为,爷爷会在我死后,把我所有的家产都交给纪轻轻吧?"

陆励行目光沉沉地望着陆励廷:"纪轻轻她心里对这些难道没数吗?她真的认为自己能得到我陆家的财产吗?她只不过是走投无路,被爷爷利诱来的一枚棋子而已。爷爷自己明白在这件事上愧对纪轻轻,所以不止一次和我谈过,但凡我有一点儿不愿意和轻轻在一起,对轻轻有一点儿不好,他都会让轻轻离开我,等到将来轻轻找到称心如意的男朋友,他会让她以他孙女的名义出嫁,总不会亏待她。"

陆励行的一番话让陆励廷如遭雷击。

当初纪轻轻在他面前炫耀,张牙舞爪地坦承自己为了钱和陆励行在一起,想要继承他的遗产,可现在陆励行告诉他,纪轻轻之所以会嫁进陆家,是因为爷爷利诱？

"你说……当初是爷爷让纪轻轻嫁给你的？可是她当初明明说她是为了你的遗产，还说……"

"陆励廷，这世上有钱的男人只有我一个吗？你要知道，她并不喜欢我，你认为以她现在的外貌和能力，嫁一个心仪又优秀的男人很难吗？为什么偏偏要嫁给当初和她素未谋面的我？"

"我……"陆励廷语塞。

"我不否认纪轻轻确实嗜钱如命，那是你二少爷的舒服日子过久了，不知道生活不易。别说纪轻轻，就是我也看重钱，你也看不起我吗？你知道陆氏好几次因为资金链断裂而差点儿破产的事吗？你知道金融危机股市动荡差点儿崩盘的事吗？你不差钱就觉得这世上没人生活在水深火热里，你如果真的介意当年的事，不妨去查一查当年纪轻轻为什么会和你分手。"

陆励廷表情困惑：当年纪轻轻和他分手还能有什么原因，不过就是看中那人的钱！

陆励行望着陆励廷："励廷，你是我弟弟，轻轻是你的前女友我并不介意，以后你和她就算不在同一屋檐下生活，也难免会有交集，所以我希望你能摆正对轻轻的态度。你是个男人，不要总将前任女友的不是挂在嘴边，更何况这些'不是'还是你无中生有的。"

如果陆励廷不是自己亲弟弟，他哪里来的时间和耐心说这番话。

"你无法忍受我对待沈薇薇的态度，你对轻轻的态度就很好吗？我不希望再从你嘴里听到她是个见钱眼开、唯利是图的女人这种话，也不希望在公共场合看到你对她说过分的话、做过分的事。她是我的妻子，你对她是什么态度就是对我什么态度，懂吗？"

陆励廷下意识地避开陆励行锐利的目光，双唇抿成一条直线，并不言语。

陆励行起身，话说到这个份上也就够了，陆励廷懂了，以后改了、退让了，这事也就算了，如果不改，以后可就没那么容易放过了。

"我下午2点的飞机，你如果有心就多回家看看爷爷。我不反对你自己创业，但凡事也有个度，别让我砸了你那破公司。"

第八章
吃 醋

拍摄工作仍在热火朝天地进行着。

这一次的拍摄异常顺利,在沈薇薇端着那碗粥凑近纪轻轻嘴边时,周导提着一口气,唯恐那碗粥再次无端受灾,好在这次顺利过去,一镜到底,纪轻轻将沈薇薇反杀在柴房里,片段以纪轻轻那张逐渐阴冷的脸结束。

"卡!过!"周导笑容满面,"轻轻,表现不错,继续保持。还有薇薇,恭喜你,你的戏拍完了!"

纪轻轻松了口气,揉了揉僵硬的脸:"谢谢周导,大家辛苦了。"

沈薇薇起身,吐出嘴里的假血浆,接过工作人员递过来的毛巾和水,擦拭干净后笑道:"谢谢周导,同时也谢谢大家这段时间的照顾,今晚我请大家吃个饭吧。"

沈薇薇若是在半个小时前说这话,估计没几个人能回她,毕竟她在剧组扮演的也就只是个小角色。

但现在不一样了,所有人都知道沈薇薇是陆励廷的女朋友,而陆励廷是陆励行的亲弟弟,而且从陆励廷专门来剧组接人的这架势就看得出,两个人关系亲密。

陆励廷从场外走来,沈薇薇见着人连忙走过去,笑着挽上他的手:"励廷,我的戏拍完了,晚上的时候我想请大家吃个饭再回去,好不好?"

陆励廷有些许不自在,但在沈薇薇面前什么也没说:"行,没问题。"

沈薇薇笑容更甚,转头望向周导等人:"周导,这段时间承蒙您的照顾，晚上一定要来啊。蒋溯哥、静云姐，你们千万也得来，你们帮我太多了，我真的要好好感谢你们。"

蒋溯与戚静云放下剧本，看了一眼沈薇薇，并未说话。

"轻轻，你也来吗？"

正在卸妆的纪轻轻真想冲她翻个白眼。

"不好意思，晚上我没空。"

沈薇薇脸上笑容一滞，神情落寞了几分，强打起几分笑意："没空吗？就一顿饭而已，不会耽误你太多时间。"

陆励行走来，看了陆励廷一眼："我下午2点的飞机，你和我一起走。"

"可是……"

陆励行目光冷冷地扫过，陆励廷眉心紧皱。

"你在这儿还有什么大事？"

沈薇薇很明事理地为陆励廷解围，笑道："没关系，我留下来请剧组的人吃饭就好了，励廷，你工作忙，就先回去吧。"

周导翻了翻今天的拍摄任务表，晚上排了四场戏，都是顶重要的戏："薇薇啊，今晚安排的戏有些多，大家恐怕没时间吃饭了。"

这话，简直没给沈薇薇半点儿面子。

但沈薇薇似乎真的不在意被周导落了面子，顺势笑道："没关系，是我没考虑周全，那这样吧，以后有机会了我再请大家吃饭。"

"行。"周导应道。

纪轻轻走到陆励行面前："你下午2点的飞机，可是我待会儿还有戏，就不去送你了。"

陆励行嗯了一声，随后将目光落在周导身上："周导，接下来的一段时间，轻轻就麻烦您照顾了。"

周导哪里有不应的："陆先生尽管放心。"

陆励廷就站在陆励行身侧，与纪轻轻离得极近，一眼便看到了纪轻轻脖子以及锁骨上若隐若现的红色印记。

这红色印记是什么，他再清楚不过了。

陆励廷脸色一僵，皱眉，眼底有不易察觉的阴沉之色。

剧组外有人进来催，穿着西装，眼生，像是特地来请陆励行回去的。

他微微躬身对陆励行说道："陆总，车在外面等着了，咱们得走了。"

陆励行看了一眼纪轻轻，低声道："我先走了。"

纪轻轻点头，眼底没有半点儿不舍的情绪，甚至还笑眯眯地挥手告别。

走了好啊,他走了她就能全心全意地拍戏,不会被陆励行分去大半注意力了。

陆励行挑眉:"我走了你这么开心?"

纪轻轻将自己开心的情绪收敛了几分,装作一副恋恋不舍的模样,摇头,沉重地说道:"没有,我可舍不得你了,真的,我难过得都要哭出来了。"

陆励行简直要被她这假惺惺的模样给气笑了:"行了,别装了。"

"死亡警告,请和您的妻子纪轻轻来一个离别的拥抱,持续时间不得低于5分钟。"

"……"陆励行艰难地说,"抱一个?"

"别了吧,"纪轻轻低声道,"这么多人看着呢。"

说完她转身就走。

陆励行伸手握住她的手腕,强硬地将人拉入自己怀里,以环抱的姿势将纪轻轻紧紧地抱在怀中。

纪轻轻直直地撞进他的怀里,心脏猛地一跳。

剧组内的人都尴尬地转移视线,并附赠几个意味深长的笑。

夫妻俩就要分居两地,来一个拥抱很正常。

纪轻轻被他强劲有力的双臂抱着,一时间也挣不开,脸颊涨得通红,伸出双手抱了抱他:"好了好了,赶紧走吧,误了飞机就麻烦了。"

然而陆励行置若罔闻。

"喂,够了啊。"纪轻轻急了,拍了拍他的手臂,但陆励行依然一动不动。

"那个……"周导适时发话,看向一侧挑眉暗笑的众人,"静云、蒋溯,我给你们俩讲讲戏,还有你们,自己的事做完了吗?还不赶紧准备下一场的拍摄!"

剧组这么多人,原本还戳在原地默默地计算时间,听周导这话,都忙不迭地动了起来,个个装作一副忙自己事的样子。纪轻轻越发脸红,埋头在陆励行怀里装鸵鸟:"干吗啊?以后又不是见不到了,我两个月……最快一个月就能回去了。"

陆励行低声道:"别动,让我再抱抱你。"

他脑子里却疯狂地在与系统交流:"几分钟了?"

"不到3分钟。"

身后的人尴尬地咳嗽两声以示催促。

纪轻轻身体一僵，作势要挣扎，却依然被陆励行无情镇压。

一侧的陆励廷脸色青白一片，手攥得死紧，若不是慑于陆励行的威势，他早就将纪轻轻这女人从他哥怀里拉出来了！

他大哥一定是被纪轻轻这个女人引诱的，否则，他英明神武的大哥怎么会变成这样一个"昏君"！

"还剩1分钟。"

咳嗽声再起。

陆励廷忍不住沉声提醒道："大哥，你该走了。"

陆励行依然紧紧地抱着纪轻轻，鼻腔中充斥着纪轻轻头发的清香。

那是他这段时间以来最为熟悉的香味。

纪轻轻抬头，下巴抵在他的肩膀上，很无奈这陆励行临走前，还要给自己来这么一道难题。

"你还走不走啊？"

"时间到，任务完成，生命值加5，当前生命值为537小时。"

陆励行抱着纪轻轻的手一点儿一点儿地松开："我走了。"

纪轻轻脸红成了番茄，忙后退三步，唯恐他在大庭广众之下再来个什么操作："再见。"

陆励行深深地看了她一眼，转身朝外走，步伐急促，那穿着西装的男人小跑着才堪堪跟上。

陆励廷开车跟在陆励行的车后，沈薇薇坐在副驾驶座上，跟着他一同回去。

一路上陆励廷有些心不在焉，目视前方，不知道在想些什么，车内气氛一时有些沉闷。

"励廷，这次真的麻烦你了，大老远的跑来接我。"

"你是我女朋友，我来接你天经地义，说什么见外的话。"

沈薇薇嘻嘻一笑："说得也是。"

"这次回去后我估计又得换经纪人了，也不知道会被谁接手。"她叹了口气，话语间十分落寞，"孟寻其实是个很好的经纪人，就是有时候会为了手下的艺人做事没有分寸。励廷，我没有求过你什么，你能不能就这件事和陆先生说一说？就让孟寻继续待在天娱吧，我都跟她那么久了，也不想再换经纪人了。"

陆励廷叹了口气，眉眼间都是为难之色，驾车跟着前面陆励行的车拐了个弯，带着抱歉的口吻低声道："薇薇，很抱歉，之前我和大哥约定过，不会再利用陆家的资源，更不会用我大哥的身份去干涉你的事，所以……"

沈薇薇嘴角的笑意淡了许多，陆励廷一瞥之下似乎察觉到了什么，但再回过头来看沈薇薇时，沈薇薇脸上的笑容一如既往，并没有什么不妥。

"没关系，我可以自己努力奋斗，靠自己的演技去试镜，一定会有导演赏识我的。你不用感到抱歉，以后我们各自努力，生活一定会越来越好的！"

陆励廷一只手离开方向盘，紧握住她的手，脸上满是欣慰的笑容："薇薇，谢谢你能理解我。"

"我不理解你，就不会在你身边四年了好吗？"她似乎想到了什么，又沉下了脸，"但是你老实告诉我，你对轻轻是不是还有感情？"

"别瞎说！"

"我没瞎说。我是个女人，我能感觉到，你今天看轻轻的眼神不对。"

被沈薇薇这么一说，陆励廷想起适才见到的纪轻轻脖颈以及锁骨上的红印，心里乱得很，只握紧了沈薇薇的手："没有的事，多半是你看错了。"

"其实这也没什么，纪轻轻她是你的第一任女朋友，是你的初恋情人，人对初恋情人都有一种特别的感情，就算分手了，心底还是会为初恋情人留一个位置。你忘不掉她我能理解，我都和你在一起四年了，到今天难道还会因为这事怪你吗？"

沈薇薇笑了笑："其实轻轻长得比我好看，也比我更有名气，她比我更配你……"

"不许胡说八道。"陆励廷以责备的目光看着沈薇薇，"她在我这儿属于过去式，没必要再提，这辈子，除了你，我谁都不要。"

"真的？"

"当然是真的！而且她现在是我大哥的妻子，你认为我和她还有什么可能吗？"

"说起陆先生，他和轻轻确实蛮相爱的。"沈薇薇将这段时间在剧组的所见所闻说给陆励廷听，"轻轻来剧组的当天晚上，陆先生就过来了，不仅如此，陆先生还给轻轻做饭了，轻轻生病那天，也是他亲自将人送去医院的，可紧张了。"

"做饭？"陆励廷手一顿，差点儿错打方向盘。

陆励行做饭？

长这么大，陆励廷从没见陆励行进过厨房，他竟然还会为一个女人做饭？

这不可能！

陆励廷心底否定了这个传言，这一定是纪轻轻那个女人故意让人传出来的！

"对啊，做饭，我听酒店工作人员说的。那天陆先生让服务员送了好些食材上去，服务员看见陆先生穿了围裙，不是他做饭是谁做饭？"

陆励廷竭力挤出一抹笑："你如果喜欢，我以后也做给你吃。"

"真的？"

"当然是真的。"

"那好，那我可等着你做的饭菜。"

沈薇薇眯眼笑了笑，脸上略显疲惫，懒懒地往后一靠，看向窗外大片荒寂无人的原野，脸上的笑容逐渐消失。

陆励行下飞机时是下午5点左右，直奔公司会议室，会议进行了整整三个小时才结束。

这次出纰漏的是他最看重也是公司未来最为重要的一个项目，涉及的领域是公司未来的发展方向，但最近其中一项重要的研发技术有了知识产权纠纷，公司几大股东联合施压，希望公司能放弃这个投资方向，以致项目一度无法继续进行，公司这才将陆励行从影视城请回来主持大局。

离开公司时已经是晚上九点半，陆励行披星戴月地回到陆家，一进门就听见了小狗汪汪的叫声。

"少爷回来了，我去把夜宵热热。"还在客厅和斯斯一起玩的裴姨见着陆励行进门，忙起身。

陆励行拦住她："裴姨别忙了，我不饿，就是有些累，想早点儿休息。"

"那你早点儿休息。"

陆励行点头，瞥了一眼斯斯，上楼去了。

泡过热水澡，陆励行带着一身疲惫上床，房间内光线昏暗，他下意识地翻身，手搭在身侧，搂了个空。

陆励行迷迷糊糊的神志瞬间清醒，看着身边空荡荡的枕头，愣了许久。

今晚似乎是他这段时间以来，第一次没有和纪轻轻同床共枕的夜晚。

想到这儿，陆励行又觉得自己在自讨苦吃——纪轻轻睡觉时不是双手双脚紧缠着他，就是把他挤到床边，极其不老实，连带他时常一觉睡醒，全身酸痛，他居然还会想起纪轻轻？

陆励行呼了口气，闭上眼睛，逼着自己睡觉。

然而半小时后，陆励行睁开眼睛，眼底看不到丝毫的睡意。他认为这是自己工作任务太重，压力太大导致的失眠，起身打开电脑看邮箱里的邮件，可10分钟过去，一封邮件也不曾看完。

他想了想，拿出手机给纪轻轻打了个视频电话。

纪轻轻在电话响起前半个小时也正在床上翻来覆去地睡不着，手脚并用地抱了个抱枕也无济于事。

她气恼地坐起来，为自己的失眠感到莫名的烦躁。

她怎么就睡不着呢？

平时她都是5分钟入睡的，今晚过去了一个小时竟然还没睡着。

不就是陆励行不在吗？

在床上翻来覆去依然睡不着之后，纪轻轻掀开被子起床，给自己倒了杯水，翻了两页剧本，那一个个字她平时背得滚瓜烂熟的，今天不知道怎么了，变得晦涩难懂。她又在窗前看了会儿月色，依然没能感受到一丝睡意，蔫蔫地上床。

她看了一眼手机上的时间，解锁后莫名其妙地翻开联系人列表，目光放在备注名为"陆先生"的电话号码上。

这个时间，陆励行应该睡着了，估计还睡得很香。

纪轻轻心中不由得感叹：全世界都睡着了，只有自己失眠，想想还真是既难过又心酸。

下一秒——

手机剧烈地振动起来，屏幕上显示着"陆先生"的视频邀请界面。

纪轻轻心猛地一跳，手的动作比思绪更快，下意识地瞬间按下了接听键。

陆励行的脸出现在屏幕上。

啪——

在陆励行的脸出现在手机屏幕上时，纪轻轻手一翻，将手机倒扣在床上。

这月黑风高的，陆励行不睡觉，给她打视频电话干什么？

难道他也像自己一样睡不着？

可是他睡不着给她打电话干什么？

纪轻轻满腹疑问，顺了顺自己蹭得乱七八糟的头发，拿起手机，凑近屏幕。

陆励行适才还在疑惑视频画面怎么一下子变黑了，纪轻轻的半张脸就突然出现在屏幕上，猝不及防之下，陆励行的头猛地往后撤，他被屏幕里她那只放大的眼睛吓到了。

纪轻轻看了一眼视频中的自己，确定自己形象完好后若无其事地问道："这么晚了，有什么事吗？"

陆励行微愣。

门外传来爪子扒门的吱啦声，紧接着又传来由近及远的狗吠声。

陆励行回神："没什么事，只想和你说一声，斯斯在这边适应得很好，裴姨很喜欢斯斯。"

"裴姨喜欢就好。今天太晚了，你改天不忙的时候，给我发点儿斯斯的视频过来。"

陆励行嗯了一声应了下来。

"爷爷身体还好吗？"

"挺好的。"

"裴姨呢？"

"裴姨身体也挺好的。"

纪轻轻点了点头。

两个人默契地保持着沉默，气氛一时间有些尴尬。

"你……"

"你……"

两个人异口同声，却又双双闭口不言。

"还有什么事吗？"沉默一会儿后，纪轻轻问。

陆励行想了想："你的戏什么时候拍完？"

"还早着呢，乐观估计也得一个半月，如果再拖一拖，两三个月都是有可能的。"

"两三个月……这么长时间？"

纪轻轻疑惑地问道："怎么了？"

"没事，随便问问。"

两个人的聊天再一次暂时告一段落。

"你今天急着回去，是不是公司出什么事了？"

陆励行点头："公司一个项目出了点儿问题，所以急着回来。"

"严重吗？"

关系到公司未来发展方向的项目出问题当然严重，董事会有人搅局，几大股东联合施压，希望就此改变公司的发展方向，这些人有备而来，陆励行很被动。

但这一切,他没打算和纪轻轻说。

"不严重。"

"那就好。"

纪轻轻想起今天下午陆励行乘的是2点的飞机,公司出了事,第一时间应该是去公司处理事务,以他这工作狂的工作态度,估计现在才回到家里休息,这都快11点了,舟车劳顿加上连续的工作,他怎么还不睡?

"你现在还在工作吗?"

陆励行瞟了一眼手边的文件:"嗯,公司还有些事没处理完。"

"那我是不是打扰你工作了?"

"没有,正好休息一会儿。"

纪轻轻点头。

"你今天拍摄怎么样?"

"还行,挺顺利的,你走后我又拍了一场,只NG了2次。"一提起这个,纪轻轻眉飞色舞地笑了,"你知道吗?今天周导夸我了,他说我很有潜力也很有天赋,只要我肯用心,假以时日,一定能单挑一部剧。"

"是吗?你确定不是周导哄你开心?"

"他哄我开心干吗?周导可是连静云姐出错都骂的人,一点儿都不讲情面。"

"也是,如果你没点儿天赋,他也不会硬夸你。不错,好好努力。"

纪轻轻笑了笑,突然想起了什么,一脸神秘地看着陆励行,凑近屏幕低声道:"你知道吗?我今天知道了静云姐的一个猛料!"

陆励行挑眉:"什么猛料?"

"静云姐她有男朋友!我今天无意间看到了她的信息……"纪轻轻连忙解释,"不过你别误会,我就是不小心看到的,我在那儿看剧本,她手机上有消息弹了出来,我就看到了。"

"和别人说过没?"

"没有!这种事我怎么能和别人说?我们演艺圈的人都看重自己的隐私和婚姻状况,而且一些粉丝也不喜欢自己喜欢的演员有男女朋友,而且静云姐是想给自己的粉丝一个惊喜也说不定。"

"你们演艺圈的人都看重自己的隐私和婚姻状况……"陆励行来回咀嚼这几个字,"你对这个也很看重?"

"当然!你不知道,现在有些粉丝知道自己喜欢的演员有了男女朋友,他们就脱粉了。"纪轻轻想了想,"虽然我现在粉丝少,但是我觉得,总有一天我会成名的!"

"想法不错,但还需要努力。"陆励行试探地说道,"今天爷爷问了一件事。"

"什么事?"

"他问我,咱俩婚礼的事。"

纪轻轻眨眼。

陆励行低声问道:"你有什么意见吗?"

"婚礼……"纪轻轻迟疑片刻。

她也曾向往过婚礼,但那是在两个人有感情的基础上,她和陆励行又没多少感情,举行婚礼,让所有人都知道她是陆励行的太太,陆励行愿意吗?

纪轻轻眯眼望着陆励行,这事既然是他主动提出来的,他应该是愿意的吧?

陆励行看她犹豫不决,也有些后悔提这事。

举行婚礼,就相当于将二人的关系公之于众,纪轻轻看重自己的事业,怎么会愿意举行婚礼?

他刚才是怀着什么心情才一时冲动将这话说出口的?陆励行疑惑又认真地在心底问自己。

"我没——"

"算了,"陆励行说,"这件事以后再说。"

纪轻轻将"我没什么意见"这几个字咽了回去:"那你什么时候睡觉?"

"你呢?"

纪轻轻装模作样地拿起剧本翻了两页:"看完这一段我就睡了。"

"我看完这份文件也睡。"

二人对视一眼,同时低下头去看剧本,看文件,默契地没将视频挂断。

没人说话,一时间,只听得见纸页翻动的声音。

纪轻轻看了一会儿剧本,也是奇怪,白日里背得滚瓜烂熟的台词,现在在她眼睛里却成了晦涩难懂的句子,她像是不认识这些字了一般。

纪轻轻硬着头皮往下看,翻过一页,听着陆励行翻页的声音,浮躁的心竟然奇迹般平静了下来。

陆励行专心地看着文件,但不知为何,这些他曾经可以一目十行的英文单词，如今到了他脑海中却成了一个个难懂的符号，他一个也翻译不出来。

听着纪轻轻偶尔翻动剧本的声音，他仿佛还能听见她的呼吸声，感受到她的存在，似乎纪轻轻就坐在自己身边一般。

陆励行抬头看了一眼视频中认真看剧本的纪轻轻。她的头发自耳后溜下来一缕，恰好落在小巧挺直的鼻梁上，她伸手将那缕头发往后一捋，露出一只小巧却经常通红的耳朵，随手将剧本翻了一页。

陆励行往后一靠，闭上眼小憩。

不知不觉中时间来到12点，纪轻轻打了个哈欠，感到几分疲乏，看了一眼视频，陆励行正闭目靠在椅子上。

"陆励行？"

陆励行没反应。

纪轻轻想了想，小心翼翼地试探："浑蛋？"

他依然没反应。

纪轻轻放下剧本，用目光描摹着屏幕上陆励行那张棱角分明的脸，叹了口气："其实，我对举办婚礼的事没什么意见。"

陆励行眼皮一跳，睁开眼睛，含笑的眸子望着纪轻轻："没意见？"

纪轻轻以为他睡着了，没想到他竟然是在装睡！

意识到自己说的话被他听了个清清楚楚，纪轻轻登时红了脸，伸手忙不迭地戳着手机屏幕，慌张地挂断了两个人的视频通话。

陆励行看着黑色的视频画面，扬眉笑了。

"视频通话一小时，生命值加2，当前生命值为527小时。"

翌日一早，纪轻轻一如既往地7点起床化妆，8点赶到剧组，昨晚虽说在陆励行面前闹了个笑话，但她也成功地在挂断视频后5分钟内入睡，一觉睡到7点，精力充沛。

"轻轻啊，你今天的拍摄任务比较重，吃不消就和我说，不要勉强，咱们优先保证质量。"

"我记住了。"

一整天的拍摄任务安排得很紧凑，纪轻轻连喝水的时间都没有，不是在听周导讲戏，就是在和演员试戏，忙忙碌碌一上午，下午1点左右，替纪轻轻保管手机的温柔接到了陆励行发过来的视频通话邀请。

温柔接起后磕磕巴巴地说道："陆总，轻轻姐在拍戏，恐怕没时间……"

"后置摄像头,将她拍戏的情况给我看。"

温柔打开后置摄像头,将纪轻轻框在屏幕中间。

"听好,你的任务就是不让她离开镜头,干得好,我给你涨工资。"

温柔身为一个小助理,听到"涨工资"三个字干劲十足:"谢谢陆总!您放心,我决不让轻轻姐离开我的镜头!"

陆励行点头,看了一眼正在和周导交谈的纪轻轻,埋头继续工作。

陈婧进门送报表:"陆总,这是您要的报表。"

"嗯,放下出去吧。"

视频那头传来纪轻轻的声音:"温柔,你干吗?"

"轻轻姐,陆总在和你视频呢!"

陈婧挑眉一笑。

陆励行抬头看了她一眼。

陈婧忙点头:"陆总,没什么事我先出去了。"

说完她赶紧离开办公室。

视频的另一头,纪轻轻看着视频里的陆励行问:"你找我有什么事吗?"

"之前我不是和你说过每天视频不少于5个小时?"

"可是你不是在工作吗?我这儿这么吵,不会打扰到你工作?"

陆励行若无其事地将蓝牙耳机戴上,从手机里传出的谁都能听见的纪轻轻的声音瞬间仅能传到他的耳朵里。

"不会。"

"那行吧,我先去拍戏了。"说完,纪轻轻将手机交给温柔,又看了听话地冲着她举着手机的温柔一眼,"辛苦你了,之后给你涨工资。"

连续收获两份涨工资承诺的温柔再次燃起干劲,笑道:"谢谢轻轻姐!"

有工作人员见温柔总是举着手机,多少有些疑惑:"温柔,你怎么总是举着手机?在拍花絮?"

"不是,我在拍轻轻姐。"

来人往手机屏幕上看了一眼,见右上角的视频小窗内是陆励行,倒吸了一口凉气。

"你慢慢拍,慢慢拍……"

陆先生这是在和纪轻轻视频?

"喂喂喂,你们知道吗?我刚才看见轻轻姐的助理拿着她的手机在拍她。"

"拍点儿花絮不是很正常?"

"不是！不是录视频，是两个人在视频！"

"什么意思？"

"我在那视频画面上看到了正在工作的陆先生！温柔这是在拍轻轻姐工作时候的样子，陆先生就在视频那头看着呢！"

"不会吧？陆先生？"

"可不是！我就说吧，轻轻姐刚来剧组，陆先生就来了，一定是紧跟着轻轻姐来的，现在由于公司有急事走了，还不放心轻轻姐。"

"在剧组拍戏，陆先生有什么不放心的？"

"有什么不放心的？就之前轻轻姐和沈薇薇那事，你说放不放心？"

"你这么一说还真是……看来陆先生对轻轻姐是真爱？"

"是真爱无疑了。"

几个人将目光投向举着手机的温柔，又看向正在拍摄现场的纪轻轻，相视一眼，均看到了对方眼底的难以置信。

不仅是他们难以置信，陆励行公司里的员工也都难以置信。

据传，工作繁忙的陆总在工作时还不忘和某女艺人视频通话，这可是从陆总助理办公室里传出来的可靠消息。虽说这女艺人的名字被掩去了，大伙儿不知道她是谁，但正因为不知道是谁，才增添了几分神秘的色彩，成了不少人茶余饭后的谈资。

大家纷纷猜测，那个能一举拿下陆励行的女人是谁。

有人猜她是某当红艺人，毕竟之前酒会上两个人被拍到亲密谈笑的照片，虽然这照片放在网上10分钟就被撤了，但依然被公司里的人争相传阅。

有人猜她是纪轻轻，因为天娱娱乐有传闻说陆总捧着99朵玫瑰花送给了纪轻轻。不过不少人对此并不认同，毕竟纪轻轻名声还在，许多人认为他们英明神武的陆总不会选择这样一个声名狼藉的女人。

直到后来，午休时给陆励行送午餐的助理偶然瞧见，视频里是一个长相平平但十分爱笑的陌生女孩时，这场盲目的猜测才终结。

这个女人是谁不重要，**重要的是那女人长得并不漂亮，但有一个优点：爱笑！**

可见陆总并不喜欢漂亮的女人，而是喜欢爱笑的女人。

更有传得邪乎的传言，说陆总在电梯前看到一个普通员工的笑容，直接将此人往上提拔了三级。

一时间，整个陆氏随处可见灿烂的微笑，公司的工作氛围瞬间提了上来。

"陆总，5分钟后有个会议，人已经到齐了。"

陆励行合上文件，拿起手机往会议室走。陈婧跟在他身后，能清楚地看到手机屏幕上的画面，是一个拍摄现场。

这都将近一个月了，这两个人还在视频？

陈婧不由得咋舌，看来陆总对纪轻轻还真是上心。

陈婧想着抱紧了怀里的文件，跟着陆励行进了会议室。

陆励行花了近一个月的时间将股东反对的声音压了下去，研发技术的知识产权纠纷也被彻底解决，各部门的人提心吊胆一个多月，唯恐项目撤销后自己因此而失业，这个会议可以说得上是安抚人心的会议。

公司一名副总在会上向各主要部门的主管解释这一个月以来项目停滞的原因，以及未来的规划。陆励行戴着蓝牙耳机听着，目光偶尔扫过手机里的视频画面，眼神微顿。

纪轻轻今天这场戏很重要，是她最后的一场戏。

她作为崩溃后变坏的女配角，在与男主角相爱相杀、斗智斗勇后，最终替男主角挡刀，死在了男主角怀里。

胸口殷红的血蔓延至地上的草丛中，纪轻轻将压在心底的想对男主角说的话与满腹的情感在临死之际宣泄而出，满是血污的手停顿在半空中，最终也没能触摸到男主角的脸，颓然无力地落下。

蒋溯看着怀里了无生气的女人，想起了曾经天真单纯的她，想起了狠毒且步步为营的她，是他亲手改变了她，也是他一手断送了她。

他或许有后悔，或许有愧惜，或许有难过，但种种情绪最后都化为一个深深的吻，了断了两个人这辈子的瓜葛。

陆励行看着屏幕上吻到一起的两个人，脸色瞬间阴沉。

"陆总，关于这个项目，您觉得还有什么需要补充的吗？"

所有人的目光都放在陆励行身上。

然而陆励行一言不发，眉眼微沉，周遭气压倏地猛降，所有人为之一愣，特别是那名副总，将自己刚才的话在脑海里转了一遍。

他说错话了？

倒是一侧的陈婧反应过来，低声提醒了陆励行一声："陆总？"

陆励行这才将注意力从手机的视频画面中抽出，看了看会议室中的众人，将蓝牙耳机摘下。

摘了蓝牙耳机的陆励行自然也就没能听见视频中周导的话。

"卡！很好！蒋溯，你这个借位接吻还不错，这条过了。轻轻，恭喜你，戏杀青了！"

戚静云给纪轻轻送上鲜花："恭喜杀青。"

纪轻轻接过鲜花，欣喜地笑道："谢谢周导这段时间的指教，也谢谢这段时间大家的照顾！"

"轻轻啊，不是我说你，这拍戏，你总不能一辈子都拒绝吻戏吧？"周导说。

纪轻轻心虚地笑道："以后再说。"

历时一个月零三天，纪轻轻的戏成功杀青。

这比从前保守估计的两到三个月要缩短了不少时间，当然，这保守估计的时间是在从前的纪轻轻一场戏NG无数次的情况下计算的。

纪轻轻这一个月以来的表现，不仅让剧组工作人员折服，就连周导也刮目相看。

谁能想到，一个月前连台词都说得磕磕巴巴的纪轻轻，在一个月后都不用周导专门讲戏了。

纪轻轻捧着戚静云送来的花问周导："周导，今天晚上有拍摄任务吗？"

"大家都等着你的戏杀青，让你请吃饭，我能安排拍摄任务吗？"

"那好，今晚我做东请大家吃饭，谢谢大家这段时间对我的照顾。"说着纪轻轻看向剧组中的两大主演，"不知道静云姐和蒋溯哥能不能给我这个机会？"

一个月的时间，剧组中几个演员和纪轻轻的关系也都缓和不少，但从前被嚣张跋扈的"纪轻轻"在剧组欺负过的人，对她有些改观。

戚静云与她不仅没什么隔阂，这段时间相处之下也愿意和纪轻轻深交，当下半开玩笑道："当然得去，你这顿饭，我可是天天惦记着的。"

蒋溯也应承下来："晚上一定到。"

戚静云与蒋溯这么一答应，剧组除了年纪大身体不大好的老戏骨，年轻的演员哪还有不答应的，纷纷应了下来。

纪轻轻切了蛋糕，一回头就瞧见温柔站在离她不远处拿着手机冲她拍摄。

纪轻轻立马走过去，陆励行应该也是知道她的戏杀青的消息的，她正想和他说自己订了明天的机票来着，看了一眼视频界面，却只有一面空空荡荡的墙。

"他人呢？"

"陆总好像是在开会。"

那边应该是关了声音,纪轻轻听不到会议室里一丁点儿的声音。

"辛苦你了,手机给我吧,你去吃蛋糕休息一会儿。"

温柔笑着点头去了。

纪轻轻将手机摄像头调为自拍模式,一个人影在陆励行手机的镜头中晃过,随后陆励行的手机被人拿起,陆励行的脸出现在了屏幕上。

"你的戏杀青了?"

纪轻轻脸上还沾了些奶油,擦了擦,笑道:"对,明天我就能——"

"轻轻,过来吃蛋糕。"蒋溯的声音传来。

"马上就来。"

偌大的会议室里只剩陆励行一人,听到纪轻轻那边的男声,拧眉:"谁啊?"

"是蒋溯哥,我的戏不是杀青了吗?他送了个蛋糕,让我过去吃蛋糕。"

蒋溯蒋溯,又是蒋溯。

这段时间他可是看得清清楚楚,纪轻轻和蒋溯的对手戏不少,他屡屡看到两个人凑到一块儿看剧本,一起吃饭,偶尔还一起打闹的场景,二人的关系在他的见证下越来越好。

那一幕幕在陆励行眼前闪现,他脸色越发难看。

"不许吃!"

纪轻轻奇怪地看着他。

陆励行沉声道:"你看你都胖成什么样了。"

纪轻轻捂着自己的脸:"没胖啊,这几天我一直都称体重,而且也没人说我胖。"

"那是他们天天和你在一起,看不出来,我不一样。你自己摸摸下巴还有脸上的肉。"

陆励行说得煞有介事,倒让纪轻轻真有了几分怀疑:她真胖了?

"轻轻,快过来,给你留了块蛋糕。"

纪轻轻一边捏着脸,一边犹豫地回绝道:"静云姐你们吃吧,我现在没什么胃口。"

她可爱惜她现在的形象了,这关乎她在电视荧幕上的样子。

陆励行想起刚才在视频中看到的蒋溯吻纪轻轻的那一段表演,感觉如有一根刺扎在他心里,拔难受,不拔更难受。

"你工作现在怎么样?之前你说项目有问题,现在怎么样了?"

"嗯,都处理好了。"

"都处理好了?那……不忙了?"

"嗯,不忙。"

纪轻轻试探道:"那我明天的飞机,估计下午 5 点能到……"

"路上注意安全。"

"哦。"纪轻轻撇嘴。

同样是杀青,别人有人接,她怎么就没有呢?

算了算了,陆总公务繁忙,她得体谅。

"还有事?"

"没什么事了。"

"那你好好休息,我还有事就先挂了。"

视频挂断。

温柔给她端过来一小块蛋糕:"轻轻姐,吃蛋糕,这蛋糕可好吃了。"

纪轻轻看了一眼香甜可口的蛋糕,咽了一口口水。

"不吃,减肥!"

温柔看着身高一米六八、体重不足百斤的纪轻轻,点了点头,在纪轻轻的注视下,将蛋糕往自己嘴里送。

陆励行这边将视频通话挂断,起身离开会议室。

陈婧在外面等着,完全不敢打扰大老板的视频通话。

"明天下午我有什么安排?"

陈婧看了一眼行程表:"您明天下午 2 点有个会。"

"推到后天。"

陈婧应了下来。

晚上的聚会剧组开了不少酒,纪轻轻端着酒杯,看着满满当当两大桌的人:"承蒙大家这段时间以来的照顾,让我的戏顺利杀青。这一个月以来我和大家相处得很愉快,如果有机会,希望下次再次和大家合作。"

这顿饭纪轻轻喝了不少酒,过去与剧组众人之间的那些不快与芥蒂,在酒桌上都成了浮云。

饭后,全剧组的人或多或少都有些醉,纪轻轻意识还清醒,被温柔慢慢地扶回了房。

纪轻轻知道今晚是要喝酒的,所以提前将房间里的东西都收拾好了。宿醉后她第二天睡到中午,几个人去了剧组告别后直奔机场,下午 5 点飞机落地。

她终于回来了!

一到陆家,纪轻轻下车后便迫不及待地疾步走进陆家别墅。

陆老先生和裴姨正在落地窗前给绿植浇水,纪轻轻离开一个多月没见着人,简直如隔三秋。

"爷爷!裴姨!我回来了!"

陆老先生回头一瞧,登时也笑了,放下手里的喷壶:"看看这是谁回来了?怎么回来也不提前和爷爷打个招呼?"

纪轻轻上前紧紧地抱了抱陆老先生:"我这不是想给您一个惊喜吗?"说完,她又抱了抱裴姨。

裴姨仔细端详着她,突然叹了口气,对陆老先生说道:"少夫人在外拍戏辛苦了一个月,都瘦了。"

她瘦了?

昨天陆励行还在恐吓她胖了,吓得她除了饭菜,甜点都不敢吃。

"那你今天晚上给轻轻多做几样好菜,补一补。"陆老爷子笑道。

"行,没问题,我这就去准备!"

斯斯跑到纪轻轻脚边,仰着头冲她摇尾巴,显然还记得她。

纪轻轻蹲下去抚摸斯斯头顶上的毛:"斯斯,一个月不见,裴姨都把你养得这么胖了。"

斯斯无比乖巧地用头顶蹭了蹭她的掌心。

"真乖。"

陆励行从屋外进来,身后的助理将纪轻轻的东西送上楼,他说了两句话后,深深地看了纪轻轻一眼,便上楼去了书房。

就在裴姨准备晚饭的时候,纪轻轻陪着陆老先生,给他讲这段时间在剧组的一些趣事。

"对了,爷爷,差点儿忘了,我给您带了礼物。"

"你这孩子,回来就回来,还带什么礼物?"话虽这么说,可老人家脸上的表情可没一点儿不高兴。

"这是我拍戏的地方很有名的药酒,说是对骨痛很有效,我找医生验证过,对人体无害,您如果愿意试试就试试。"

陆老先生笑眯眯地收下:"行,爷爷收下了。"

"老先生、少夫人,晚饭好了。"裴姨笑着又要上楼去,"我去叫少爷下楼。"

裴姨做的晚饭全是纪轻轻爱吃的菜，陆老先生和裴姨两个人不断地往纪轻轻碗里夹菜，一个劲儿地说她瘦了，得多吃点儿。

纪轻轻看了一眼陆励行，眼底带着"我不是胖了吗"的疑惑。

陆励行对此视而不见，专心吃饭。

看到桌上裴姨做的饭菜，纪轻轻大快朵颐，这一顿饭算得上是她这一个月以来吃得最满足的一顿。

吃过晚饭，陆老先生与裴姨很明事理地将时间留给小别胜新婚的小夫妻，甚至还不忘将斯斯也带走。

舟车劳顿一天确实有些累，纪轻轻上楼想眯一会儿再去洗澡，衣服也没脱，迷迷糊糊地就往床上躺。

陆励行还在一侧的沙发上看书，见纪轻轻进来，眼皮一抬，看了她一眼后又将注意力放回书上。

就在纪轻轻迷迷糊糊地快睡着的时候，耳边响起陆励行说话的声音。

"你拍吻戏了？"

纪轻轻实在是困，陆励行说的话几乎没听进脑子里，只下意识懒懒地嗯了一声，算是回应他。

陆励行后槽牙紧咬，深深吸了口气："你不介意？"

纪轻轻眼睛都快睁不开了，又混混沌沌地嗯了一声。

陆励行手上的书有了些折印。

也是，演员的工作就是演戏，吻戏算什么。更何况他和纪轻轻除了婚姻关系，又没别的感情，他有这个必要干涉她工作上的事吗？

他没必要。

他们本来就互不相干。

陆励行宽容大度地想。

他低头继续看书，可一行行的字仿佛成了一行行晦涩难懂的甲骨文般，他一行都看不进去。

"纪轻轻。"

纪轻轻过了一会儿转过身来，强行撑开眼皮看他："什么事？"

"你是陆家的儿媳妇，以后在外面还是注意些好，省得外人说闲话。"

纪轻轻睡意去了大半，将陆励行的话在脑子里仔细地过了一遍。

这话说得好奇怪，好像她是什么不守妇道的女人在外面乱说话乱勾搭似的。

她爬起来，撑起上半身看着他："我怎么了吗？"

"你和别的艺人拍吻戏,是你的工作没错,可是你得为爷爷想想,如果爷爷看见了,他会怎么想?"陆励行抬头看着她,沉声道,"爷爷不是年轻人,不太能接受现在年轻人自由的理念,所以以后那些亲密的戏份,要么找替身,要么就直接推了。"

"我可以向爷爷解释,我和蒋溯的吻——"

陆励行音量拔高,打断她:"解释什么?你都和别人接吻了你还解释什么?"

纪轻轻看着他,看了许久。

他这么激动干吗?

纪轻轻下床,凑到他面前,突然道:"陆先生,你这个样子,不会是吃醋了吧?"

陆励行微愣,嗤笑,随手将手上的书放在一侧。

"我吃醋?我吃谁的醋?吃蒋溯的醋?我嫉妒他和你接吻?纪轻轻,你——"

纪轻轻幽幽地道:"知不知羞?"

这四个字都快成陆励行的口头禅了,他老用在她身上。

可她不知羞总比陆励行不解风情好,更何况,她哪里不知羞了?

她就是根木头,经过这一个多月,也知道陆励行喜欢她了。

这一个多月里,陆励行跟着她去影视城,陪着她拍戏,替她出头,一个月不间断地每天和她视频通话,这不明摆着就是喜欢她吗?他还在她面前装!

"既然不是吃醋的话,那我自己去和爷爷说清楚就是,现在哪部剧没有吻戏?没有吻戏的剧没有灵魂!"

"这是什么歪理?"

"剧情有时候需要吻戏来升华,我和蒋溯那场吻戏就是这样。他需要用一个吻来表达他对我的特殊感情。不过……"纪轻轻看着他,"如果你说,你不愿意我接吻戏,那么我听你的,不接。"

陆励行强自镇定,看着纪轻轻那带着深意的眼睛,第一次深刻地感受到事情不受自己控制的感觉。

"纪轻轻,我告诉你,你别胡思乱想,我是站在爷爷的角度考虑,我和你之间没有任何感情。我对你没有兴趣,我们只有婚约,我不会越雷池一步!"

"没有兴趣?"

"没有！"

"不喜欢我？"

"不喜欢！"

他就是嘴硬。

知道陆总要面子，纪轻轻敷衍道："行行行，我知道了。那陆先生，没什么事的话，我先去洗澡了。"

说着，她转身朝浴室走去。

"死亡警告！请亲吻您的妻子纪轻轻的身体至少3个不同的部位。"

"不亲！扣生命值！"

"温馨提示，您的剩余生命值不够扣，请问您接受当场被气死吗？"

陆励行的冷笑僵在嘴角，身体也逐渐僵硬。

纪轻轻从衣帽间出来，看了一眼姿势不变的陆励行，拿着睡衣坦然地走进浴室。

这可不是她自作多情，就像她刚才说的，陆励行这一个月以来的所作所为，还能有什么其他动机吗？平时他总说她不知羞，每天装成一本正经的样子，他也很累吧？

纪轻轻对着镜子绾起头发，看到了自己脸上的憔悴以及眼周的黑眼圈。

她在剧组拍戏一个多月，基本每天有夜戏，熬夜这段时间，皮肤变差了不少。

她关上门，正准备洗澡，敲门声传来。

纪轻轻打开门，就见陆励行面无表情地站在门外。

"有事？"

从纪轻轻这个角度看过去，陆励行后槽牙紧咬，下颌线条紧绷，浴室内光线过亮，映在陆励行脸上，倒看不出他脸色如何，纪轻轻只觉得他双唇抿成一条直线、目光灼灼地紧盯着她的样子，有些如狼似虎的感觉。

亲吻？他还得是亲吻身体三个不同的部位？

陆励行上下打量着只穿了一件小吊带裙的纪轻轻，她垂在肩头的长发被束在了脑后，露出白皙颀长的脖颈、平直纤细的锁骨，吊带下的风景若隐若现，越是遮掩，越是诱人。在橘色的温暖灯光下，纪轻轻整个人看起来又香又软。

原本姿态紧绷的陆励行，目光游走间，逐渐松懈下来。

陆励行的沉默让纪轻轻愈发不安，她总觉得陆励行一言不发地审视她，心底在打着什么坏主意。

脑后的发带有些松了,她伸手想用发带系紧头发,陆励行趁机上前一步,弓身亲在她的脸颊上。

扎头发的手一顿,纪轻轻白皙的脸颊上肉眼可见地染上一层绯红,她猛地往后退了一步,难以置信地看着陆励行。

"你……你干什么?"

陆励行上前一步朝她逼近,视线仍然在她身上游走,从脸到脖子,到肩头,沿着手臂落在她的手背上。

"不干什么。"

说完,他伸手握住了纪轻轻的手,将其拽到跟前,俯身亲在她的手背上。

纪轻轻系于脑后的头发瀑布般散落,落在肩胛。

手背那蜻蜓点水般的一吻让纪轻轻仿佛被什么灼伤了一般刺痛,猛地将手抽回,以一种极度震惊的目光看着陆励行,心跳加速,从脖子红到了耳朵尖。

"你……你知道自己在干什么吗?"

"知道。"

陆励行这副坦然的模样让纪轻轻几乎觉得他是在打击报复自己!

"可是你刚才说,你对我没有兴趣,不会越雷池一步!"她双手抱胸,退到无路可退,警惕地看着面前这个身强力壮的男人。

这房间隔音效果好,万一陆励行真想干点儿什么事,手无缚鸡之力的自己还会有反抗的余地吗?

陆励行一言不发,目光落到她的脖子上,纪轻轻伸手捂着脖子,他看她的耳朵,纪轻轻捂住耳朵,他将视线放在她的额头,她又将额头捂得死死的,那目光,就像看一头饿了很久的狼。

陆励行:"……"

"你……刚才的事我就不和你计较了,没什么事你赶紧出去,我要洗澡了。"纪轻轻敷衍地打发他。

陆励行不退反进,与纪轻轻相距咫尺,低头打量着她,最后目光锁定在她的下巴上,挑眉,俯身朝着她的下巴吻了上去。

纪轻轻手疾眼快,一把将嘴捂住,陆励行的吻直接落在了她的手背上。

陆励行刚才给予的滚烫感觉还没退去,这一秒又变本加厉地添了一把火,纪轻轻瞳孔紧缩,心跳加速,恍惚觉得自己整个人都快烧起来了。

亲到了手背,陆励行将她碍事的手不费吹灰之力地拿下,在纪轻轻僵硬之际,乘虚而入,亲在了纪轻轻红润柔软的唇上。

纪轻轻靠在墙上,发带从她手上滑落,大脑嗡的一声,一片空白,什么都想不到,什么也听不见,就连眼睛也只看得见陆励行那近在咫尺的一张脸。

心脏骤然停顿,下一秒又猛地在她胸腔里剧烈地跳动起来,她整个人仿佛触电了一般,电流从脚底直蹿到头顶,头皮发麻,四肢渐软,唇瓣相撞间,她忘记了呼吸,整个人仿佛被一簇火焰包围,浑身每一个细胞都在剧烈地燃烧着。

这是一个浅尝辄止的吻。

放开纪轻轻时,陆励行眸中染了自己都不知道的情欲。

纪轻轻思绪回笼,神色木然地看着陆励行。

但奇怪的是,她大脑中一片空白,脱口而出却是一句质问:"你说不喜欢我,为什么亲我?"

陆励行看着她柔软的红唇,眸色微黯,喉结上下滚动,声音喑哑:"你的口红是我买的。"

纪轻轻来陆家之后,这些日用品确实都是陆家给她置办的。

"所以呢?"

"还给我。"

纪轻轻低着头,指着浴室外:"在衣帽间的梳妆台上。"

"我不要那些。"陆励行一手挑起纪轻轻的下巴,"我只要你嘴上这支。"

说完,他俯身,再次吻了上去。

这个吻比适才那个浅尝辄止的吻更深入,他用强硬的力道撬开纪轻轻的唇,使她被迫接受,被迫容纳,她木讷地站在那儿,四肢发软。

陆励行双手环抱住她的腰,纪轻轻回神,下意识地就要去推开他,却被陆励行不轻不重地咬在唇角,纪轻轻吃痛,瞪着他,反口在他唇角上也咬了一口,化被动为主动,踮起脚,双手搂住陆励行的脖子,宣布主权。

不同于陆励行的温柔,纪轻轻很是霸道,像是要打击报复,又像是要分出胜负,认真又仔细,全身重心逐步放在陆励行身上,以强横的姿势迫使陆励行逐渐后退,退出了浴室。

两个人难舍难分,也不知道这场角逐里到底谁胜谁负,也不知道究竟吻了多久,纪轻轻气喘吁吁地与陆励行分开时,整个人骄傲得像只开屏的孔雀。

"不就是接吻吗?别以为就你会,我也会!"

陆励行本来情欲上涌，冷不丁听到这一句，如被一桶冰水当头浇下，浇灭了他所有的情愫与欲望，只觉得从头凉到了脚，浑身凉得就像冰块。

她只用一句话就打得他丢盔弃甲。

"是在蒋溯那儿学的？"

纪轻轻微愣，看着陆励行严肃的表情与目光，突然挑眉笑了。

"你在吃醋？"

陆励行没有第一时间反驳，而是仔细地看着纪轻轻，脸上没有任何玩笑的表情。

纪轻轻仔细想想，今晚所有事情的起因，好像都是她和蒋溯的那个吻。

那是个美妙的误会。

"剧组最后那场吻戏，是借位。"纪轻轻解释说，"和刚才那个吻不同，我没有碰到蒋溯，至于你说是在哪儿学的……"

站在门外的陆励行听着纪轻轻的话，觉得似乎有一簇火从胸膛生起，随着心跳，烧得血液沸腾，这股炙热的温度朝四肢蔓延，将他冻坏了的身体回暖。

纪轻轻突然间猛地将浴室门关上，背倚在门上，低声笑道："是你刚才教的。"

她可是很聪明的，一学就会。

陆励行看着半透明的浴室门后的背影，抚摸着唇角，低低地笑了两声。

"可是老师觉得，刚才教得不好，有义务再教一次。"

纪轻轻才不顺着他的话走，谁让他刚才那么气她？

他不是说不喜欢她吗？他还玩偷袭。

纪轻轻挑眉，得意扬扬地笑道："学生聪明，可以自己领会精髓，不需要老师再教。"

陆励行不用看，光靠想象都能想得到纪轻轻此时脸上那狡黠的笑。

她此时肯定像只小狐狸，就缺个狐狸尾巴。

不过话说回来，这小狐狸还挺聪明，学得不错。

"任务完成，生命值加30，当前生命值为52小时。"

浴室里淅沥的水声传来，陆励行嘴角轻勾，转身出了房间。

纪轻轻洗完澡出来，房间内空无一人，她看向半开着的房门，微微一笑，上了床。

窗外月色皎洁，今晚她定能一夜好眠。

翌日一早，纪轻轻睁开眼，身边的陆励行早已不知去向，起床下楼吃早饭，这么悠闲的日子太舒服了。

"少夫人起来了？今天吃点儿什么？"

"什么都可以，谢谢裴姨。"

裴姨笑着进厨房给她端来早点，陆老先生笑望着她："轻轻啊，昨晚睡得好吗？"

"挺好的，爷爷您呢？"

"我？我一直都睡得好。这样，咱们吃过早饭之后，谈谈？"

看陆老先生这模样，纪轻轻猜不出陆老先生想和她说些什么："好。"

吃过早饭，纪轻轻去了陆老先生的书房。

"是这样的，"陆老先生笑眯眯地望着纪轻轻，"有件事想和你商量一下。"

"什么事您直说就好了。"

"那我就直说了，我今天要和你商量的事，是你和励行的婚事。"

纪轻轻闻言一愣，转而尴尬地笑道："这件事……"

陆老先生叹了口气，不是他说，这陆励行越发不像样了，结婚这种大事不亲自去说，非得让他一把老骨头来说。

"轻轻，我作为励行的爷爷，很感谢你这段时间做的一切。"

"爷爷，这话您说过很多次了，不用谢我，我真的什么都没做。"

"不是励行醒过来这事，"陆老先生看着她，笑道，"是你让励行的生活，除了工作，有了其他的内容。"

纪轻轻微愣。

"我和励行一起生活了30年，自他懂事起，生活中就是学习，长大后只有工作，可现在你来了，周末以及节假日，他开始在家休息，也开始去度假。"说到这儿，陆老先生叹了口气，"我时常后悔，从小给他灌输要肩负起陆家的重担这件事，以致他没有多少自己的时间，更没有过一天放松的日子，我更希望他能放下陆氏一段时间，过一段属于自己的生活。

"爷爷知道你对励行没有感情，办婚礼等于公开你们的关系，但是我由衷地希望你能好好和励行相处，给他一个机会，如果你现在还在摇摆不定，那么爷爷可以给你时间认真考虑。"

"爷爷，我——"

"你现在不用急着回答我。"陆老先生打断她的话，"轻轻，这是关乎你一辈子的事，认真考虑，仔细想想，不要轻易做决定。"

纪轻轻眼底笑意渐浓："您误会我的意思了，我是想说，这件事，您拿主意就好。"

这话算是正面回答了陆老先生的话，愿意办这场公开关系的婚礼。

老先生诧异地看着她，嘴角笑意更甚："你答应和励行办这场婚礼？"

纪轻轻点头。

"既然答应，那怎么能只有我拿主意？这可是你们俩的大事！日子我帮你们定，但是具体事宜还得你们亲自把关，首先要和你家人见上一面。"

纪轻轻嘴角的微笑有瞬间的凝滞，半晌她强扯出一抹笑："爷爷，我的家庭……"她不知道该怎么说才不会让陆老先生误会。

陆老先生注意到纪轻轻的表情，突然领悟到了什么。

"放心，爷爷虽然老了，但不糊涂，你有什么顾虑，大可和爷爷说。"

"其实也没什么事……"纪轻轻将纪家的事一五一十地和陆老先生说了，不偏颇，更不添油加醋。

如果纪家父母知道她要嫁的人是陆励行，恐怕会死抓着陆家不放，往后他们上门，陆家人只怕就没这么悠闲的日子过了。

陆老先生闻言后叹了口气，点头："原来如此。"

看纪轻轻脸色不好，陆老先生又说道："不要担心，你就安心地做你的新娘子，有什么事都交给励行这个新郎去办。新娘子嘛，就该开开心心、漂漂亮亮地准备出嫁。"

笑意占据眼底，纪轻轻心底恍若有一股暖流淌过，顿时安心。

吃过午饭，纪轻轻陪着陆老先生在后湖钓鱼，彻底向陆老先生敞开心扉，说了自己心底的顾虑，老先生阅历丰富，见多识广，那些年轻人眼里的大事在他眼里全是不足挂齿的小事。

有了陆老先生的话，纪轻轻彻底安心。

手机微信推送铃声响个不停，纪轻轻拿出手机一看，备注为"弟弟"的人接连给她发了好几条语音消息。

对于原主的家庭，在陆老先生的开导下，纪轻轻现在没有任何负担，点开语音消息听。

"姐姐！"

听筒里传出鬼哭狼嚎的声音，音量之大不仅吓她一跳，也吓跑了陆老先生一条上钩的鱼儿。

纪轻轻冲着陆老先生笑笑，陆老先生惋惜那条将要上钩却又摆着尾巴游走的鱼，挥挥手："去吧去吧，今天爷爷给你钓条鱼吃。"

纪轻轻笑着离开后湖，去了卧室，点开后面的微信语音。

"姐姐！你救救我！你快救救我！你不救我我就死定了！"

纪轻轻眉心一皱，又点开接下来的几条语音。

这位弟弟来来回回就那几句救救我。

你说他不急吧，听这语气确实是急得要上吊了，说他急吧，他又不说到底是什么火烧眉毛的事。

纪轻轻回了一条微信："你怎么了？"

1分钟后一条信息发了过来："姐姐你终于回我了！这次你一定要救我！否则我就死定了！"

"好好说话，到底怎么回事。"

"我在网上借了点儿钱……"

纪轻轻想着，一个19岁的大学生，能借多少钱？

纪轻轻问了一句："欠了多少？"

"380万元。"

纪轻轻一愣，简直不敢相信自己的耳朵："380万元？！你借这么多钱干什么？"

"我不是故意的，都是他们骗我的！"一个极其委屈的声音从手机里传了过来，"姐姐，你救救我，爸妈已经在准备和我断绝关系的证明了，现在能救我的只有你了。"

"你在哪儿借的？"

"我就……就是在那个倾家荡产APP上借的。"

倾家荡产APP？

纪轻轻想起她刚穿过来时，电视上打的广告。

"急需用钱吗？"

"只要你照我说的去做，你就可以拥有这辈子都花不完的钱。"

"首先下载倾家荡产APP，只需一步，输入您所需的借贷金额，便可拥有这辈子都花不完的钱。"

提起这个倾家荡产APP，纪轻轻倒想起那个系统小A了，可惜自从她同意嫁给陆励行之后它就音信全无，不然她就能提醒它，它那未卜先知的能力有漏洞。

"那你借了多少？"

"我就借了5万元，也不知道怎么突然就滚到了380万元！"

"……"纪轻轻说,"没救了,你等死吧。"

微信聊天窗口沉寂许久,半晌后一条时长30秒的语音消息发了过来。

"姐姐啊!姐姐!求求你救我一条狗命吧!我以后当牛做马也会报答你的!"

纪轻轻无言以对:"倾家荡产APP,它都叫这个名字了你还去找它借钱,你是不是脑子有病啊?"

对方发来一段长达58秒的惨叫声。

纪轻轻无奈地说:"别叫了,这事明摆着就是那个倾家荡产APP的问题,你要么去报警,要么我们断绝姐弟关系,你自己选。"

半晌,一条语音消息才发了过来:"那我去报警吧……"

那颓丧的语气让纪轻轻不禁皱眉:"你借5万块干什么?"

纪家父母应该很宠这个唯一的儿子才是,怎么会让他缺钱花?

"我打了几个人,赔了5万块的医药费。"

"打人?"

"谁让他们嘴里不干净,还敢造你的谣。"

纪轻轻挑眉:"造我的谣?什么谣言?"

男生的声音很是不快:"都是些乱七八糟的话,姐姐你没必要听,脏了耳朵。"

"赶紧去报警,听清楚了吗?"

"姐姐,我去报警了。如果我因此遭遇不测,你不要替我报仇,远离这场阴谋,要好好地活下去!"

纪轻轻听后无语:这个便宜弟弟似乎病没治好。

"行了,地址发给我,我陪你一起去报警。"

很快,便宜弟弟发了地址过来。

纪轻轻开车出门,约莫半个小时后到达目的地,等了一小会儿,就看到一个干净开朗的年轻人背着个包冲她跑来,拉开车门,整个车厢内充斥着他身上那股阳光劲儿。

"姐姐你总算来了,我已经报警了!"

不远处就是警局。

纪轻轻打量着她这个便宜弟弟,男生目测身高近一米八,长腿蜷缩在副驾驶座里憋屈得很,皮肤很白很干净,五官带着几分稚气,没能完全长开,一副懵懂少年样儿。这副模样在学校里,不知道会是多少女孩子的理想对象。

她很难想象这么一个阳光帅气的大男孩，是微信里那个走投无路惨叫的人，也难以想象他会是纪家父母培养出来的孩子。

"不过爸妈说要和我断绝关系，还说不许我回家，否则就打断我的腿。姐姐，我没地方去了。"

阳光干净的男孩子可怜兮兮地望着你，小奶狗似的，实在让人很难说出拒绝的话。

"你不是住校吗？"

"过两天就放寒假了，学校不让住了。"

纪轻轻想了想："这样吧，我那公寓还有两间房，我先送你过去，你在那儿住几天。"

"好！"

纪轻轻驱车前往自己市中心的那套公寓，带他上楼并将钥匙给他："你自己熟悉熟悉环境，有什么需要给我打电话。"

便宜弟弟却拦着她不肯让她走："姐姐，这是你的房子，你去哪儿？"

"我……你一个大男人……"纪轻轻语塞。

"我们是亲姐弟，没必要这么避嫌吧？更何况，这里又不止一个房间。"

纪轻轻想了想，她本来计划着过来这边收拾东西，但一直没机会，既然今天来都来了，不如就趁着这个机会把一些日用品都收拾好。

"那行，我这个房子很久没住人了，你去洗手间拿拖把和抹布，把房子打扫一遍。"

便宜弟弟："……"

说完，她转身就给陆老先生打了个电话，说今晚不回去了。

打完电话她又给陆励行发了条信息。

然而令纪轻轻不曾预料到的是，她只是带自己的弟弟去自己的公寓，竟然还会被娱乐记者拍下来编成八卦新闻放在网上：

"纪轻轻与一陌生男子同回家中，至今未出门一步！"

这条被爆出来的八卦新闻下，还有无数张偷拍的她和那名"陌生男子"的照片。

陆励行看到这条娱乐头条时，置之一笑，并未放在心上，但当看到纪轻轻下午4点发过来自己却迟迟没看到的信息时，眉心不自觉地皱起。

他给纪轻轻打了个电话。

"在哪儿？"

电话里纪轻轻压着声音说道："在我自己的公寓，怎么了？"

陆励行这边刚想说话，就听到了纪轻轻那边清亮的声音："饭好了！"
说话的人是男的。

陆励行脸色瞬间阴沉。

看着餐桌上丰盛且色香味俱全的饭菜，纪轻轻还挺意外她这便宜弟弟竟然这么能干。

"姐，刚才是谁啊？"

便宜弟弟在她面前摆了一副碗筷，一双清澈透亮的眼睛不住地往她身上瞟，坐下后端起饭碗往嘴里扒拉一大口饭，若无其事地试探。

"就一个朋友。"

"朋友？什么朋友？"

纪轻轻若无其事地说道："怎么？我交什么朋友还要和你交代？"

"不是，我这不是关心你吗？"

"行了，别关心我了，先关心关心你自己吧。"纪轻轻抬眉看着他，"报警之后，警察那边怎么说？"

便宜弟弟支支吾吾："就给我做了个笔录，说若是调查之后情况属实，会和我联系的。"一说到这事，便宜弟弟自觉理亏，连声说，"姐，这真的不能怪我，我也没想到他们竟然这么坑人。我本来准备攒几个月零花钱，再利用周末打几份工就把钱给还了的，可我哪里能想到，我就借了 5 万块，一两个月的时间，欠债就滚成了 380 万！"

"那是你蠢！你是怎么想的，去相信一个叫'倾家荡产'的 APP？"

"它打过广告，很多人知道，而且它秒到款！我当时急着出医药费，所以我就……"

"这事你没和爸妈说吗？"

"他们一听那公司的人说我欠了 380 万元，立马就说没我这个儿子，哪儿还有我解释的机会。"

纪轻轻想想也是。

"好了，别哭丧着脸，先吃饭，吃完饭我们再想对策。"

便宜弟弟点头，脸色比之前好看不少，埋头吃饭。

吃过饭，便宜弟弟自告奋勇地收拾碗筷，纪轻轻则上网查了一会儿这个名为"倾家荡产"的软件。

她上网一查，广告铺天盖地，也不知道取了这么一个名字的网贷公司，吸引了几个脑子不正常的人借贷。

这个公司的负面消息不多，不知是被压下去了还是根本没人上当受骗。

"姐姐，怎么样了？"

便宜弟弟洗了碗，打扫了卫生，进房间见着纪轻轻在查这个公司的资料，一脸欣喜。

纪轻轻看了他一眼，随后合上电脑："我随便查了一下，没查出什么来，网上估计也没什么线索，今天先这样，明天我问问别人，这件事我帮你解决。我有点儿累了，先去洗澡，你也早点儿休息。"

"那行，姐姐你早点儿休息，晚安。"

"晚安。"纪轻轻打着哈欠，进了浴室。

便宜弟弟离开纪轻轻的房间，站在门外挠头，叹了口气，一脸颓丧。

他这事看上去不太好办，否则姐姐也不会如此说。

门铃声响起。

他看了一眼时间，九点半，眉心不由得紧蹙。

这么晚了，门外是谁？

他透过猫眼往外看，门外站着个西装革履的男人，正目光凌厉地看向猫眼，便宜弟弟的目光与他撞个正着，明明从猫眼外看不见里面，刚才那一眼，他却差点儿以为屋外那男人是看见了自己。

他的脸色不由得沉了下去。

他姐姐早些年交过两个男朋友，他至今还记得那两个准姐夫。其中一个没钱，被他姐踹了，踹了就踹了，也没什么事，他姐那么优秀，多半是那男人的问题，以后她定能找到更好的！

另外一个有钱，把他姐给踹了，对这种渣男，他向来不会给什么好脸色，没踹这种渣男几脚，算渣男跑得快！

后来他姐做了艺人，这些年时常有绯闻传出，他向来嗤之以鼻，直到那个叫辜少虞的男人出现。他当时就看出那男人不是什么好货色，事实证明那男人果然不是什么好东西！

门外这个男人，他有些眼熟，但一时间没想起来是谁。这个人穿着西装装模作样，这么晚上门，对他姐姐只怕有什么居心，他自动将其划到了辜少虞之流。

幸亏他今天在这儿，若是他不在这儿，他姐来开门，指不定会发生什么。

他打开门，看着眼前比他高上那么一点儿的男人。这男人长得还行，配他姐还算配得上，就是不知道这光鲜的外表下是颗什么样的心。

"你是谁啊？"

就在便宜弟弟打量陆励行的同时，陆励行也在打量着他。

他站在门口那副姿态，简直将自己当成了这房子的主人。

陆励行双眼微眯："你是谁？"

"关你什么事！"暴躁弟弟伸手就要关门。

陆励行一手撑门，阴郁地望着他："我找纪轻轻。"

便宜弟弟挑眉："她在洗澡。这么晚了你上门有事吗？有事和我说，我会转告她，没事赶紧走，这么晚了，我们也该睡觉了。"

陆励行脸色刹那间一沉，紧盯着面前作死的弟弟，一字一顿地说道："你说什么？"

"我说，有事和我说，我会转告给她，没事就赶紧走。大半夜的，你不睡觉我们还要睡觉呢！"便宜弟弟开始赶人，顺势想将门关上。

陆励行用手撑门，往前使劲一推，门再次被撑开，便宜弟弟那常年打篮球的手没能抵挡得住陆励行推门的力道，反而被震得往后倒退了三步。

这简直是奇耻大辱！

"你们睡觉？"陆励行一字一顿地问道。

便宜弟弟不觉得这话哪里不对："是，我们睡觉，怎么了？"

陆励行往前跨了一大步，走进公寓。

客厅干净整洁，墙上挂着几幅巨大的纪轻轻的照片，相比陆家别墅，这公寓并不大。

走廊尽头的主卧里隐隐传来流水声，陆励行沉着脸往里走。

"喂！你干什么？"便宜弟弟关上大门，上前一把拦住他，"我警告你，马上离开，否则我要报警了！"

陆励行目光四处扫视："纪轻轻呢？"

"她在洗澡。怎么？想耍流氓？"

便宜弟弟脸上那表情很招人揍，但陆励行自诩是个修养好的人，能动嘴解决的事，尽量不动手。

"我是纪轻轻的男朋友，你是谁？为什么会出现在我女朋友家里？"

"男朋友？你是她男朋友我还是她老公呢！"

便宜弟弟心里不爽。

什么男朋友，他姐什么时候有的男朋友？他怎么一点儿消息都不知道？

陆励行的脸色已经无法用"难看"二字来形容，可他心里实在不愿意相信网上那些胡言乱语，相比之下，他更愿意相信眼前这口无遮拦的男人和他之间不过是有一场误会而已。

"你是她老公？"陆励行收敛了脾气，冷冷地打量着他，"看你这样子，不到20岁？青春期过了吗就大言不惭？"

便宜弟弟就像只被踩着尾巴的猫，浑身汗毛竖起。

"现在女生就流行找我这种年轻人，大叔你已经不吃香了好吗？还有，别看我年轻，我还有很大的生长空间！"

陆励行沉声说道："我不想再和你说废话，你到底是谁？或者你让纪轻轻出来和我解释清楚。"

便宜弟弟一听这话就怒了：他是谁啊？他大半夜的上门，还让他姐出来向他解释？

他的脸呢？谁给他的脸？

"解释什么啊解释，我从来没听她提起过你，也从来没见过你，趁我现在没报警，赶紧走！"

陆励行被眼前这个小鬼弄烦了，眉心紧蹙，目光如炬阴沉地望着他："我再说一次，我是纪轻轻的男朋友，我现在不想听你说一个字，让她出来亲自和我说。"

便宜弟弟还想说话，但在陆励行的高压视线下收敛不少。

但他是不可能在这男人面前示弱的，便宜弟弟丢下"等着！"两个字，随后进了主卧，敲响了纪轻轻的浴室门。

纪轻轻还在泡澡，随口应了："什么事？"

"姐，你有男朋友了？"

纪轻轻疑惑他是怎么知道的："你是怎么知道的？"

"你真有？"

"大惊小怪什么？到底怎么了？"

便宜弟弟嘟囔两句，有些埋怨的意思："那你怎么都不和我说呢？"

"什么？"

他高声道："没事，你慢慢洗吧。"

外面那男人难道真是他姐的男朋友？

回到客厅，便宜弟弟再次认真而又仔细地打量着面前这男人。

见过纪轻轻交往过的三个男朋友，他知道他姐姐挑人的眼光一向不行，从前那几个前男友，都是些人面兽心的浑蛋，眼前这男人虽然看上去似乎比之前那三个男人要顺眼不少，但防人之心不可无，是人是鬼，外表是看不出来的。

陆励行一看他没了那股嚣张跋扈的劲儿就知道他是问过纪轻轻了，在沙发上坐下:"你也坐。"

这个人竟然反客为主?

便宜弟弟满腹怨气地坐在陆励行对面,警惕地看着他,可一看这人穿着正式西装,自己穿着家居服吊儿郎当的,气势上就输了一大半。

他学着陆励行挺直了腰板,清了清喉咙,问道:"你说你是她男朋友,什么时候交往的?我怎么一点儿都不知道?"

"两个多月前的事,还没决定公开,你不知道很正常。"

"那好,你们既然在一起两个多月了,你对她肯定有了一定的了解,我问你,她喜欢吃什么?"

陆励行回想起从前饭桌上纪轻轻喜欢吃的饭菜:"口味清淡,不怎么吃辣。"

"她喜欢什么颜色?演过什么电视剧?"

陆励行微怔。

便宜弟弟见他不说话,继续问道:"平时没事的时候,她喜欢做些什么打发时间?"

陆励行依然保持沉默。

"你不知道?"便宜弟弟音量拔高,"你连这些都不知道,还有脸说是她男朋友?"

他火冒三丈。

他姐姐这是什么眼光,一次又一次,都说事不过三,这都第四个了,她又找了个不靠谱的男朋友!这个人看着像是个正人君子,没想到还是个不把人放在心上的!

便宜弟弟认为自己非常有必要先为姐姐把把关。

"行,这些咱们先放一边,我问你,你是干什么的?"

"在公司上班,处理文件。"

便宜弟弟在心里嘀咕:处理文件?这个估摸着也就是个助理,养得起他姐姐吗?

这人肯定是养不起的,说不定还得姐姐来养他。

"有房吗?"

"有。"

"有车吗?"

"有。"

"有存款吗?"

"有。"

那还行。

陆励行挑眉："还有什么要问的？"

"还有件事。你应该知道她是个艺人，演艺圈里最忌讳的就是艺人公布自己的婚姻状况，而她现在事业又在上升期，公布自己有男朋友这件事很容易掉粉，你身为她的男朋友，应该全力支持女友的工作，对吗？"

陆励行点头："是这样没错。"

"所以，我希望你能充分尊重她的意愿，她不想公开，你就不要在外面到处宣扬自己是纪轻轻的男朋友，明白吗？"

"可是，我们最近已经在准备婚礼了。"

"婚礼？"便宜弟弟大惊，猛地起身，难以置信地看着他，"什么婚礼？你们俩的婚礼？什么时候的事？问过我了吗？"

陆励行静静地看着他，被盘问这么久，脸上毫无动怒的神色："这是我和她的事，和你有关系吗？"

"怎么没有？不是……我说，你们这也太快了吧？这才两个月就准备结婚的事了？"便宜弟弟越发觉得面前这男人不是什么好人，肯定是贪图他姐姐的财富和美貌，所以这么快就逼着他姐结婚。

他那个姐姐真是让人操心，这才两个月，了解清楚这个人了吗？她什么都不清楚就准备结婚的事？他恨铁不成钢地想。

"不行！这婚事我不答应！"

主卧里，纪轻轻终于洗完澡从浴室里出来，看了一眼放在床头的手机，手机显示有陆励行的五个未接电话。她一边擦着头发一边打了回去，又觉得有些渴，出来客厅准备倒杯水喝。

客厅里，陆励行与她那个便宜弟弟在沙发上对坐着，她微愣，惊讶地问道："你怎么来了？"

陆励行望向纪轻轻："你说你回家，爷爷让我来看看有没有什么需要我帮忙的。"

"不用，我就随便收拾收拾。"纪轻轻目光从陆励行身上扫到一侧颇有些余怒未消的便宜弟弟身上，"你们还不认识吧？这是我弟弟，纪成蹊。"说完，她又对纪成蹊说："这是我男朋友。"

"弟弟？"陆励行双眼微眯，"刚才他还挺嚣张地说是你老公呢。"

纪轻轻目光震惊地望向纪成蹊。

纪成蹊连忙道："姐……不是，我没……没……没有那个意思，我就随便开开玩笑而已。"

纪轻轻上前就要动手："开玩笑？小浑蛋你胡说八道什么！开玩笑是这么开的吗？"

纪成蹊被吓得往后连连退了几步。

"你别和他计较。"纪轻轻没想着真的动手，就吓唬吓唬他。

陆励行点头："没和他计较，如果不是早就猜到他是你弟弟，我也不会让他这么放肆。不过婚礼的事，他说他不同意。"

"对！"提起此事，纪成蹊一本正经地说道，"姐，你才和他在一起多久，两个月的时间，你中间还去影视城拍戏了，相处不到一个月。你怎么嫁给一个刚认识不到一个月的男人？"

纪轻轻很惊讶：纪成蹊说这话不怕被打？而陆励行竟然对他的话无动于衷。

"纪成蹊，这是我的私事，另外，在他面前说这话，你不怕被打？"

纪成蹊义正词严地说："我不怕！忠言逆耳，姐姐你现在是被爱情冲昏了头脑，当局者迷，不理智，我这个旁观者当然要让你清醒清醒！"

"你还想不想解决网贷的事了？"

"姐姐我是为你好！你不能用这件事来威胁我，你答应我了，会帮我解决网贷的事。"

陆励行问："什么网贷？"

纪轻轻解释道："他在网上借了点儿钱，结果几个月利滚利，滚成了380万元，借贷公司的人找上门来，他没办法，来找我帮忙解决。"

不过，如果陆励行肯帮忙的话，这事铁定能成。

陆励行眼皮一抬："叫我一声'姐夫'，我帮你解决这事。"

陆励行对纪成蹊并不反感，他身上的阳光与冒失正是这个年纪该有的。

纪成蹊怀揣着疑惑问道："你帮我解决？你是谁啊？"

他心里其实很不以为意，一个在公司处理文件的人，不是助理顶多也就是个经理级别的人，能帮得上他什么忙？

"陆励行。"

纪成蹊愣了一会儿，对这个名字依稀有些印象。

上次学校那个招聘会上，他好像听到了这个名字来着，可一时之间实在想不起来陆励行是谁。

等等……

纪成蹊灵光一闪。

上次和他追同一个女生的浑蛋不就是有个在陆氏任职的爹？那个浑蛋拍着胸脯保证可以让那女孩子毕业后顺利进入陆氏，所以才成功地虏获了那女生的芳心。

他怎么记得陆氏集团的老板也是姓陆？还恰好和眼前这人的名字一样也叫陆励行。

纪成蹊一哽。

"你是陆氏集团那个老板？"

陆励行点头。

纪成蹊神色一凛，看向纪轻轻："姐，咱们是亲姐弟，是你一手把我带大的，你的事就是我的事，我的事就是你的事。这是什么？这是家事！没必要让外人掺和进来，咱们自己可以把事情解决好，你说对吧，姐夫？"

纪成蹊对"陆励行"印象深刻。

原因无他，主要是陆氏集团的大名如雷贯耳，一直以来都是他们学校学生毕业后奋斗的目标。

陆氏每年都会去他们学校招聘，即使校招暂时不关纪成蹊的事，从别人口口相传的故事里，也被迫了解过这家公司，顺便了解过陆励行这个人。

陆励行既然能将陆氏发展成现在这个规模和知名度，那么能力肯定是不差的。

前段时间纪成蹊有个学姐进了陆氏工作，偶尔和他聊过一些关于陆励行的传闻，说他这么多年洁身自好，优待员工，商业目光长远，是个很有魄力的人，这么多年，低调内敛，恶评为零。从这些传闻就足以看得出他人品不错，是个值得托付终身的人。

他姐眼光总算进步了，之前选的那三个浑蛋，都是些什么玩意儿！

纪轻轻在一侧幽幽地看着他："你这声'姐夫'叫得还真是顺口。"

"这不是有更好的选择吗？"纪成蹊坐到她身侧，一本正经地说，"你看你平时工作那么忙，还得为了我的事去奔波，我这个做弟弟的也不能太混账，老是麻烦你！姐夫说他能帮我摆平，这事对姐夫来说就是动动手指的事，哪儿能让你继续操心这点儿小事？我没说错吧，姐夫？"

陆姐夫点头，对纪成蹊的话表示认同。

纪轻轻听不下去了："现在还不是姐夫，收敛点儿。"

"这不是迟早的事？姐夫，这事就拜托你了！"

"这件事你仔细和我说说。"

其实这事说大不大，但说小也不小。两个多月前，纪轻轻正陷入舆论风波中自顾不暇，纪成蹊一个在校大学生，什么忙也帮不了，正急得团团转时，听见两个人说他姐的坏话。纪成蹊脾气一上来，当场就用板砖教会了那两个人什么叫老天有眼、罪有应得。

陆成蹊出了口恶气，人却进了医院，虽说两败俱伤，但确实是纪成蹊先动的手。

现在这社会，谁先动手谁责任大，那两个人其实也不敢得罪纪成蹊，不想把这事闹得太大，私下商议后，让纪成蹊赔付他们两个人5万块的医药费，这事算完。

纪成蹊在倾家荡产APP上借了5万块钱，以为这就是家正规的借贷公司，毕竟上过电视，可没想到，两个月的时间利滚利，竟然滚出了380万元。

陆励行静静地听他说完，沉思片刻后点头："这事我知道了。"

"姐夫，您有把握吗？"

陆励行抬眉："或者你觉得还能找到比我更有把握的人？"

这一瞬间，纪成蹊觉得他姐夫贼靠谱！

"一家人不说两家话，那我就不和你客气了，这件事就麻烦你了，姐夫。"

陆励行嗯了一声。

纪轻轻简直没脸再听下去，这纪成蹊一口一个"姐夫"，忘记自己刚才说的话了吗？

纪轻轻都替他臊得慌。

"行了，废话这么多。你不是还在发育期吗？这么晚了不怕耽误发育？赶紧去洗澡睡觉。"

纪成蹊看了一眼自己单薄的小身板，再看一眼陆励行结实健壮的身材，有些羡慕。

"明天姐夫还得上班，姐夫先去洗吧。"纪成蹊很是贴心地为陆励行考虑，"姐夫，今天晚上太晚了，你就留在这儿别走了，我姐这儿有两个房间，我睡一间，你和我姐睡一间。"

陆励行看了一眼纪轻轻。

纪轻轻将视线投了过来。

"那你今晚……是回去？还是……"

没纪成蹊在也就罢了，现在在多了个纪成蹊，三个人共处一室，她和陆励行同床共枕……纪轻轻尴尬得不行，浑身写满了不自在。

陆励行认真地思考纪轻轻的这个问题，为了节省时间成本，摇头道：

"太晚了，这儿离公司也近，就住这儿吧。"

"我姐这儿就三间房，一间主卧一间客房，还有一间书房，"纪成蹊试探地问道，"要不我睡沙发？"

陆励行顺势改口："不用。"

纪轻轻起身："我去给你拿衣服洗澡。"

她从客房的衣柜里翻出一套男式睡衣给陆励行。

陆励行拿着那套睡衣，睡衣没有陈旧的痕迹，里面还有吊牌没拆，显然是新的。

一想到来这儿的最初目的，陆励行双眼微眯，语气很是不快："你这儿怎么会准备男人的睡衣？"

纪轻轻怎么知道这房子里为什么会有男人的睡衣？

这陆励行怎么无孔不入？她给他拿睡衣还有话说。

面对陆励行的质问，她眨眨眼，脑子飞快运转："这是——"

"为我准备的！"纪成蹊笑着替纪轻轻解释，"我今天这不是过来吗？我姐特意给我准备的，睡衣都大，姐夫你穿应该合适。"

"我穿了你的睡衣，你穿什么？"

"我裸睡将就一晚。"

陆励行不疑有他，起身去了浴室。

陆励行前脚刚进浴室，纪成蹊后脚就做贼似的蹑手蹑脚地凑到纪轻轻身侧："姐姐，你和他是怎么回事？"

纪轻轻看了他一眼："什么怎么回事？不就是你看到的那样？"

看纪成蹊这样，想来和"纪轻轻"关系还不错，她原本以为纪成蹊会是个在家庭的耳濡目染之下长歪了的小浑蛋，没想到这棵小树长得还挺直溜。

"可是你和上一个浑蛋分手后过去了不到三个月，算起来你和他认识还不到三个月，就开始筹备婚礼？"

"既然你觉得他不靠谱，那刚才姐夫喊得那么起劲儿？"

纪成蹊毫不客气地说："姐，不是我说，你挑人的眼光一向不行，之前那几个男人我就不仔细说了，一个比一个差劲。"

"所以呢？"

纪轻轻起身去房间，纪成蹊跟在她身侧。

"我听一些同学说起过他，说他这些年洁身自好，管理公司井井有条，没有不良嗜好，肯定是个好男人。"

纪轻轻戏谑地看着纪成蹊："那你这是赞成我和他的婚事了？"

"我之前那不是不知道他是谁吗?刚才我一听你们才相处两个月,我又不了解那人,当然不赞同,现在知道他是谁,我当然赞同你们俩在一起。不过你们认识三个月就谈婚论嫁,是不是太快了些?而且你和姐夫在准备婚礼这事,你和爸妈说了吗?爸妈知道姐夫吗?"

提及纪家父母,纪轻轻脸上笑意淡了不少:"还没。"

纪成蹊想想觉得也是,如果他爸妈知道了姐夫的身份,哪里还会让他来劝他姐和那渣男复合?他们只怕早就一口一个"好女婿"地和别人炫耀上了。

自家父母什么样,纪成蹊在家里生活了近二十年难道不清楚?

他的父母嗜钱如命,好面子,总在外人面前吹嘘女儿多有名气。

每次他听见他妈给他姐打电话,不是要钱就是哭穷,他都替他姐累得慌。

"你知道上次我回家,妈和我说什么了吗?"

纪轻轻坐在化妆桌前看着纪成蹊,挑眉道:"说什么?"

纪成蹊严肃地看着她:"她说之前那个渣男又回来找你,你却宁愿跟一个穷小子也不愿意和有钱的前男友复合。"说到这儿,他疑惑了一下,"妈说的那个'穷小子'不会就是姐夫吧?"

"嗯,上次他和爸妈在家里见了一面,还和你说的'渣男'一起吃了顿饭。"

"那浑蛋仗着自己有两个臭钱而已。"不提虞洋还好,一提他纪成蹊就来气,"下次别让我见着他,见一次我就打一次!他算什么玩意儿?!"

纪轻轻差点儿笑出声,觉得他像个小老头似的唠唠叨叨的:"行了,下次见着那浑蛋别这么冲动,打人这种事,打赢了进警局,没打赢进医院,反正总得进一个,得不偿失。"

"我知道了。不过姐姐,你想好了吗?婚姻是一辈子的大事,你确定你要嫁给他?"

"你刚才不是还夸他,认为我嫁给他是个不错的选择?"

"我刚才不是站在旁人的角度分析吗?他是个优秀的男人我承认,也是个值得托付的人没错,可幸不幸福这种事只有自己知道。姐姐,你觉得和他在一起幸福吗?愿意将后半生托付给他吗?"

"行了,这件事我心里有底,没什么事你就早点儿回去休息。"

"姐姐……不是,我话还没说完呢!"被推着出门,纪成蹊转头一个劲儿地对她说,"但凡你有一点儿不愿意,这个人再优秀,咱也不能要——"

他的声音戛然而止。

陆励行站在门口，也不知站了有多久了。

"但是，如果是像我姐夫这么优秀的人，那姐姐你一定不能放手！"纪成蹊朝陆励行笑道："姐夫，你怎么没去洗澡？是不是缺点儿什么？"

陆励行轻飘飘地看了他一眼："毛巾。"

"我那儿有新的，我给你拿！"说完，纪成蹊趁机溜了。

纪轻轻看着溜进房的纪成蹊，刻意压低了声音对陆励行无奈地笑道："他就是个19岁的大学生，什么都不懂，你别把他的话放在心上。"

"你们俩还真是亲姐弟。"陆励行低声笑道，"性格都差不多。"

纪轻轻思忖着，她没纪成蹊那么傻吧？